THE TRIALS OF APOLLO 太陽神試煉

烈焰迷宮

Rick Riordan
雷克・萊爾頓 著
王心瑩 譯

【系列推薦文】

進入天神的幻想異域

暨南大學推理同好會指導老師 余小芳

【太陽神試煉】是暢銷書作家雷克．萊爾頓的新作，他以生動活潑的巧筆、流暢好讀的行文及天馬行空的想像力，不僅再現波西．傑克森的英姿，整個冒險歷程更著墨在太陽神阿波羅被貶爲凡人的故事上。

故事中娓娓道來過往樹敵無數，而今「有所不能」的天神在凡間所面臨的嚴峻考驗，並透露出儘管前身曾呼風喚雨，想在現實社會生存，「進步的唯一方法就是練習」，道出了現代人努力的不二法則。

全書採用第一人稱的視點，直探神祇內心的脆弱與掙扎。透過古老神話的現代詮釋與演繹，別出心裁的劇情發展，引領讀者進入幻想異域，【太陽神試煉】再度展現一代奇幻大師出眾的匠心及功力，別具意義。

【系列推薦文】

一部視覺和聽覺交織的幻奇故事

演員 汪東城

「唱歌對靈魂有益，你絕對不該錯過唱歌的機會。」這是太陽神阿波羅在這系列中最觸動我心的一句話。

我透過作者雷克．萊爾頓的妙筆引領，想像自己正在衝破現實次元壁，和希臘神話的眾神們徹頭徹尾奔馳出一段英雄冒險歷程，而這一切在視覺上是這麼理所當然的奇幻驚喜。

但我更想說的是，其實這是一本會唱歌的書，作者在情節中播放著一首首滿是寓意的歌曲，因著文字我在紐約街頭聆聽了一場情懷漫溢的演唱會，在聽覺上真叫人出乎意料、美妙絕倫。

這是一部視覺和聽覺交織的幻奇故事，請大家跟著我和落入凡間的太陽神阿波羅一起放聲高歌吧！

【系列推薦文】

再見波西與太陽神的精彩結合

高雄市國教輔導團社會領域專任輔導員　蔡宜岑

希臘神話中的太陽神阿波羅墜入凡間只剩下一副十六歲男孩的軀殼，沒有俊俏的外表，以往引以為傲的神力通通消失，再也不是大家所熟悉掌管藝術、音樂、醫藥的陽光型男。

雷克．萊爾頓再度發揮奇幻創作，將神話中的阿波羅與創作出的人物波西．傑克森再度結合在【太陽神試煉】這部作品中，看著阿波羅如何與夥伴相互合作度過每一次的難關，如何運用現有資源與智慧在現代社會中找出自己的價值。作者大量運用青少年的用語，並巧妙插入貼近年輕人的話題，很自然地便能吸引年輕讀者的目光。而其生動、純熟的寫作筆法讓書中人物宛若躍然紙上，開啓讀者無邊際的想像空間。

獻給墨爾波墨涅，悲劇的謬思女神
我希望你為自己感到高興

闇黑預言

記憶產生之字句開始燃燒，
新月之前登上惡魔山。
矮小醜陋領主將面臨可怕挑戰，
直至屍體塞滿台伯河不計其數。

然此刻太陽必沿其路線向南行，
穿越黑暗迷宮前往灼熱死亡之地。
尋找白色快馬主人，
並向他取得字謎宣告人之聲息。

萊斯特必前往西方宮殿；
狄蜜特之女尋找她的古老根源。
偶蹄單獨引領確知方向，
穿上汝自身敵人之靴行走路途。

待三位皆已知且活抵台伯河，
直至那時開始搖擺阿波羅。

1

曾是阿波羅
如今為迷宮之鼠
求救。甜甜圈

不。我拒絕分享故事的這個部分。我的人生歷經了四千年，這是最悲慘、最羞恥、最恐怖的一週。悲劇。災難。心碎。我才不要告訴你。

你們爲什麼還在這裡？走開啦！

不過呢，哎喲，我可能別無選擇吧。不用懷疑，宙斯超希望我把故事告訴你們，當作懲罰的一部分。

我原本是神聖的阿波羅，而他把我變成滿臉青春痘、全身肌肉鬆垮的凡人青少年，化名爲萊斯特．巴帕多普洛斯，但這樣的懲罰還不夠。他派我去執行危險的任務，找到邪惡的古羅馬皇帝三人組，從他們手中救出五個偉大的古代神諭，但這樣的懲罰還不夠。我原本是他最鍾愛的兒子啊，他卻派我去當奴隸，主人是固執破表的十二歲半神半人，她叫梅格，但這樣的懲罰竟然還不夠！

最悲慘的是，宙斯要我把自己的恥辱記錄下來，留給後代子孫看。

好吧。但我警告過你們了。在這些書頁裡，只有痛苦和受苦等著你們。

要從哪裡開始說起呢？

當然是與格羅佛和梅格在一起囉。

我們已經在迷宮裡跋涉了兩天……跨越黑暗的深坑，繞過有毒的湖水，還穿行於荒廢的購物商場間，裡面只有萬聖節道具折扣商店，以及靠不住的中國菜自助餐。

迷宮實在是令人困惑的地方。就像凡人皮膚底下網狀分布的微血管一樣，迷宮連接了地下室、下水道和全球為人所遺忘的地道，而且超脫時間和空間的既定規則。你可能透過羅馬的人孔進入迷宮，走個三公尺，打開一道門，發現自己身在美國明尼蘇達州布法勞市的小丑訓練營。（拜託不要問。我受創很深。）

我還寧可完全避開迷宮。糟的是，我們在印第安納州接收到的預言講得相當明確：「穿越黑暗迷宮前往灼熱死亡之地。」眞好玩！還「偶蹄單獨引領確知方向」咧。

只不過，我們的偶蹄嚮導，羊男格羅佛．安德伍德，似乎不知道該往哪兒走。

「你迷路了。」我第四十次這樣說。

「才沒有！」他抗議說。

他穿著寬鬆的牛仔褲和綠色紮染T恤，山羊蹄套著特製的紐巴倫五二〇經典運動鞋，小跑步地搖晃前進。一頂紅色編織帽包住他的一頭鬈髮。他為什麼覺得這種偽裝有助於融入人類之中，我實在說不上來；他的兩支羊角在帽子底下凸起得很明顯啊。他的鞋子每天從羊蹄飛出去好幾次，我都覺得自己像是幫他把運動鞋撿回來的狗，眞是超煩的。

他走到一個T字路口停下來。無論向左還是向右，都有粗糙的石牆延伸到黑暗裡。格羅佛摸摸他的一小撮山羊鬍。

「怎樣？」梅格問。

格羅佛緊張地畏縮身子。他像我一樣，很快就害怕梅格變得不高興。並不是因爲梅格．麥卡弗瑞看起來很可怕。以她的年紀來說，她長得很嬌小，衣服的顏色宛如紅綠燈……綠色上衣、黃色緊身褲、紅色高筒球鞋，全都破舊髒汙，這要歸功於我們多次爬行穿越狹窄的地道。蜘蛛網讓她的及肩捲翹黑髮夾雜著條紋，貓眼眼鏡的鏡片也好髒，我無法想像她這樣還看得見。最誇張的是，她看起來很像幼稚園小孩遇上凶狠的遊戲場群架，爲了搶占輪胎鞦韆而大打出手，而她是最後的贏家。

格羅佛指著右邊的地道。「我……我相當確定棕櫚泉要往那邊走。」

「相當確定？」梅格問：「就像上一次，我們走進一間浴室，嚇到一個正在上廁所的獨眼巨人？」

「那又不是我的錯！」格羅佛抗議說：「而且，這個方向聞起來是對的。像是……仙人掌的氣味。」

梅格嗅聞空氣。「我沒有聞到仙人掌啊。」

「梅格，」我說：「羊男應該是我們的嚮導。我們沒有太多選擇，只能相信他。」

格羅佛怒氣沖沖。「還眞感謝投下信任票。每天要提醒你一次：我可沒有請求受到魔法的召喚，飛越大半個國家，最後在印第安納波利斯市的屋頂番茄園醒來！」

說出這番話還眞勇敢，不過他緊盯著梅格兩隻中指上的那對戒指，也許很擔心她可能會召喚出黃金彎刀，把他切成燒烤羊肉片。

自從得知梅格是掌管生長的女神狄蜜特❶之女，格羅佛就表現得比較怕她，反倒比較不怕我這個前任奧林帕斯天神。人生眞是不公平。

梅格揉揉鼻子。「好吧。我只是不想在下面這裡又晃蕩個兩天。新月是在……」

「再過三天，」我說，打斷她的話。「我們都知道。」

也許我太唐突了，但我不需要別人一直提醒預言的其他部分。我們向南跋涉、尋找下一個預言的同時，我們的朋友里歐．華德茲則駕著他的青銅巨龍，奮力飛向朱比特營，那裡是羅馬的半神半人位於北加州的訓練基地；里歐想要去警告他們，新月那一天可能要面對火焰、死亡，以及可怕的大災難。

我努力讓語氣顯得溫和。「我們必須假設里歐和羅馬人可以處理北方即將發生的狀況。我們有自己的任務要執行。」

「而且我們自己的火焰已經夠多了。」格羅佛嘆口氣。

「什麼意思？」梅格問。

就像過去兩天一樣，格羅佛保持一貫的逃避態度。「最好不要在……這裡討論。」

他緊張地查看四周，彷彿隔牆有耳，那絕對是有可能的。迷宮是個活生生的構造，從某些走道散發的氣味聞起來，我相當確定迷宮至少有比較末段的腸子。

格羅佛抓抓胸口。「兩位，我會努力帶大家快點到達目的地，」他打包票說：「不過呢，迷宮有自己的心智。上一次我在這裡的時候，那是和波西一起……」

他的神情充滿留戀，每次提到以前與最要好的朋友波西．傑克森一起冒險，他經常變成這樣。我不怪他。有波西這樣的半神半人在身邊還滿方便的。只可惜他不像我們的羊男嚮導一樣，簡簡單單就能從番茄園召喚而來。

我伸手放在格羅佛的肩膀上。「我們知道你很盡力。繼續前進吧。而且，你注意嗅聞仙人掌氣味的時候，如果也能張開鼻孔尋覓早餐，也許是咖啡搭配檸檬楓糖漿可頌甜甜圈，那就太棒了。」

我們跟著嚮導的步伐，沿著右手邊的地道走。

過沒多久，通道變窄也變矮，迫使我們排成一列，蹲低身子搖擺前進。我待在隊伍中間，這是最安全的位置。你可能覺得這樣很不勇敢，不過格羅佛可是野地之王，也是「偶蹄長老會議」的重要羊男成員。根據傳說，他擁有很大的力量，雖然我還沒見過他施展就是了。至於梅格，她不只能揮舞兩把黃金鐮刀，更能用一包包園藝種子使出驚人絕技，而她在印第安納波利斯市囤積了不少存貨。

另一方面，我則是一天比一天衰弱、愈來愈無力抵禦。自從我們與康莫德斯皇帝❷大戰一場，我炸裂一道天神光芒讓他瞎掉後，以前的天神力量連最少的一咪咪都召喚不出來。我的手指在戰鬥烏克麗麗的指板上變得好遲頓，射箭技巧也嚴重退化，連在廁所拉弓瞄準獨眼巨人都失手沒射中。（我不知道比較尷尬的人是他還是我。）在此同時，有時候讓我動彈不得的半夢半醒幻影愈發頻繁，影像也愈來愈強烈。

---

❶狄蜜特（Demeter），希臘神話中的農業女神，掌管大地農作物的豐收。她是宙斯的姊姊。

❷康莫德斯（Commodus, 161-192），羅馬皇帝馬可．奧里略（Marcus Aurelius）的兒子，十六歲即成為羅馬帝國統治者。

我沒有請朋友分擔自己的煩憂。還沒有。

我想要相信自己的力量只是需要重新充電。畢竟，我們在印第安納波利斯面臨的試煉差點毀了我。

不過還有另一種可能性。我一月時從奧林帕斯山墜入凡間，摔落在紐約曼哈頓的垃圾箱裡。現在是三月，這表示我成為人類已經兩個月了，有可能停留在凡人形態愈久，我就變得愈虛弱，要恢復原本的天神形態也更加困難。

前兩次宙斯把我貶入凡間也是這樣嗎？我不記得了。有些時候，我甚至不記得神食的滋味，不記得幫我拉動太陽戰車那些馬的名字，以及我的雙胞胎姊姊阿蒂蜜絲❸的容貌。（不記得我姊姊的容貌，通常我會說是天神保佑，但我超級想她。諒你們也不敢告訴她這件事。）

我們沿著走道爬行，擁有魔法的多多納之箭在我的箭筒裡嗡嗡作響，很像轉成靜音模式的手機，彷彿要求我把它拿出來商量一番。

我努力忽略它。

前幾次我向那支箭尋求建議時，它根本幫不上忙。更糟的是，它的幫不上忙，用的是莎士比亞式的英語，用了一堆「汝、爾、然也、誠然」之類的字眼，完全超過我的容忍範圍。我向來不喜歡九〇年代的事。（我指的是一五九〇年代喔。）也許等我們到達棕櫚泉，我會找那支箭商量看看。如果我們真的到得了棕櫚泉的話……

格羅佛又在另一個T字路口停了下來。

他聞聞右邊，再聞左邊。他的鼻子抖了一下，活像兔子剛聞到一隻狗的氣味。

他突然大喊「後退！」，然後轉身一跳。走廊實在太窄了，他倒在我的大腿上，迫使我倒在梅格的大腿上，害她猛力坐倒在地，嚇得發出咕噥一聲。我還來不及抱怨說我才不要做團體按摩，這時耳朵突然啪啪作響。空氣中所有溼氣全被吸走。一陣刺激的氣味席捲而來……很像亞利桑那州的高速公路剛鋪好柏油的氣味；接著，一片黃色火海從我們正前方的地道呼嘯而來，一波純粹的高熱快速湧至，然後也一樣快速消失。

我的耳朵劈啪作響……可能因爲腦中血液沸騰了吧。我的嘴巴好乾，根本不可能吞嚥。到底是我自己無法克制而全身發抖，還是三個人全都如此，我實在無法判斷。

「那是誰……那是什麼啊？」眞不知道我的第一個念頭爲什麼說出「誰」。這陣烈焰有某種方面感覺好熟悉。濃煙流連不去，我覺得我感受到了仇恨、挫折和飢餓的臭氣。

格羅佛的紅色編織帽冒出蒸氣。他聞一聞燒焦的山羊毛。「那個，」他虛弱地說：「表示我們很近了。動作得快一點。」

「我不是一直這樣說嗎？」梅格咕噥抱怨著。「那就快走吧。」她用膝蓋頂我的屁股。

我掙扎著爬起來，至少達到狹窄的地道能夠爬起來的程度。火焰消失後，皮膚感覺好溼黏。我們前方的地道一直很黑暗、寂靜，似乎不可能是地獄之火的噴口，不過我在太陽戰車上待的時間夠久，很擅長評估火焰的熱度。假如那陣烈焰吞沒了我們，三個人一定會瞬間離子化，變成電漿。

「我們得走左邊。」格羅佛下定決心說。

「呃，」我說：「左邊是火焰燒來的方向耶。」

---

❸阿蒂蜜絲（Artemis），希臘神話中的月亮女神，也是狩獵女神。她和阿波羅是孿生姊弟。

「那也是最快的捷徑。」

「向後退如何？」梅格提議說。

「兩位，我們很近了，」格羅佛堅持說：「我感覺得到。不過，我們已經走進『他』那部分的迷宮。如果動作不快一點……」

噫噫噫！

那個聲響從我們背後的走道迴盪而來。我想要相信那是某種隨機產生的機械聲響，迷宮經常產生那樣的聲音，例如金屬門的生鏽鉸鏈發出的聲音，或是萬聖節清倉商店的電池驅動玩具滾進無底深淵的聲音。然而根據格羅佛臉上的表情，看來我已經猜到聲音的來源：那個巨大聲響是某種活生生動物的叫聲。

「噫噫噫！」第二次的叫聲更加憤怒，而且變得更接近了。

我一點也不喜歡格羅佛剛才的說法，他說我們「走進他那部分的迷宮」。「他」指的是誰啊？我絕對不想闖進某種「瞬間烤熟」的裝置，不過換個角度想，我們背後的叫喊聲讓我整個人充滿恐懼。

「快跑。」梅格說。

「快跑。」格羅佛表示同意。

我們衝進左手邊的地道。唯一的好消息是：這條地道稍微大一點，讓我們的逃命空間比較充裕。到了下一個交叉路口，我們再度轉向左邊，接著向右急轉彎。我們跳過一個坑洞，爬上一段階梯，沿著另一條走道奔跑，但是背後的生物似乎能毫無困難地追蹤我們的氣味。

「噫噫噫！」牠在黑暗中狂叫。

我認得那個聲音，但我的超遜人類記憶力根本想不起來。是某種會飛的生物。完全不像長尾鸚鵡或鳳頭鸚鵡那麼可愛。是來自地獄般的某個東西……危險，嗜血，極度暴躁。

我們衝進一個圓形空間，看起來像是巨大水井的底部。凹凸不平的側邊磚牆有一條狹窄的斜坡，以螺旋狀向上延伸。我實在無法判斷頂部會有什麼狀況，卻又看不出有其他出口。

噫噫噫！

那個叫聲摩擦著我的中耳骨頭，振翅聲從背後的走道迴盪傳來……難道我聽見的是很多隻鳥的聲音？那些生物是成群移動？我以前遇過牠們。真該死，我應該知道的啊！

「現在怎麼辦？」梅格問：「往上？」

格羅佛盯著上方的陰暗處，嘴巴張大闔不攏。「這實在沒道理啊。這根本不該在這裡。」

「格羅佛！」梅格說：「上去或不要？」

「要，上去！」他大喊。「上去好！」

「不，」我說，我實在太驚駭了，頸背陣陣刺痛。「這樣行不通。我們得把那條通道堵起來。」

梅格皺起眉頭。「可是……」

「魔法植物之類的東西！」我大叫。「快點！」

有一件事我會幫梅格說話：如果你需要用植物之類的東東施展魔法，她就是你要找的女孩。她伸手到腰包裡，撕開一包種子，灑進地道。

格羅佛連忙拿出他的牧羊排笛，吹出生動的吉格舞曲，鼓舞植物生長；同時，梅格跪在植物種子面前，表情專注地皺成一團。

野地之王和狄蜜特之女，兩人同心協力，演出超強的園藝二重奏。種子迸發出番茄植株，植莖向上生長，在地道口緊密交織。葉子以超快的速度舒展開來，番茄膨大成拳頭般的紅色果實。地道幾乎要閉合起來，就在這時，一個有羽毛的黑暗形影衝破一個開口。

那隻鳥飛過旁邊時，鳥爪劃過我的左臉頰。牠繞行整個空間，發出勝利的尖銳叫聲，接著停棲在我們上方三公尺處的螺旋坡道上，以圓呼呼的金色眼睛低頭盯著看，宛如探照燈。

那是貓頭鷹？不對，牠差不多是雅典娜❹收藏的最大標本的兩倍大。牠的羽色散發出黑曜石般的黑色光澤。牠抬起一隻皮質的紅色爪子，張開金色嘴喙，用粗厚的黑色舌頭舔著爪子上的血跡……那是我的血。

我的視線變得模糊，膝蓋一軟好像橡皮。我隱約意識到地道傳來其他的吵嚷聲響……那是充滿挫折的尖叫聲和振翅聲，有更多的惡魔鳥類猛力衝撞番茄植株，試圖穿越過來。

梅格出現在我旁邊，雙手閃耀著兩把鐮刀，眼睛盯著我們上方的巨大黑鳥。「阿波羅，你好嗎？」

「林鴞，」我說，這個名稱從我衰弱的凡人心智深處浮現出來。「那東西是林鴞。」

「我們要怎麼殺牠？」梅格問。永遠都問很實際的問題。

我觸摸臉上的割傷。我感覺不到自己的臉頰，也感覺不到手指。「嗯，殺了牠會出問題。」

聽著外面的林鴞尖聲厲叫、衝撞植物，格羅佛大喊：「兩位，我們還有另外六、七隻企圖闖進來，這些番茄擋不住牠們。」

「阿波羅，立刻回答我，」梅格命令道：「我需要做什麼？」

我想要聽從命令。真的，我很想。可是我沒辦法組合出字句，感覺好像赫菲斯托斯❺剛在我身上施行著名的拔牙術，他的神飲令人格格發笑，也讓我說不出話。

「殺……殺那種鳥會詛咒你的。」我終於說出口。

「那麼如果我不殺牠呢？」梅格問。

「噢，那麼牠會挖……挖出你的內臟、喝光你的血、吃掉你的肉。」我嬉皮笑臉地說，雖然覺得自己根本沒說什麼好笑的話。「還有，別讓林鴞抓傷你，那會讓你癱瘓麻痺！」

簡直像要示範似的，我往側邊倒下。

在我們上方，林鴞伸展翅膀，飛撲而下。

---

❹ 雅典娜（Athena），智慧與戰技的女神，也是農業與園藝、法律和秩序的保護神，代表了智慧、理性與純潔。她是由宙斯的頭蹦出來的女神，也是最受宙斯寵愛的孩子。

❺ 赫菲斯托斯（Hephaestus），希臘神話中的火神與工藝之神，是天神界的工匠與鐵匠，手藝超群。

2

我乃手提箱 膠帶纏上羊男背 最慘之早晨

「停下來！」格羅佛大喊：「我們是爲了和平而來！」

那隻鳥沒啥反應。牠發動攻擊，不過未擊中羊男的臉，因爲梅格揮舞著她的鐮刀。林鴞改變方向，在她的雙刃之間急轉彎，降落在螺旋坡道更高一點的地方，毫髮未傷。

「噫噫！」林鴞大叫，抖抖全身羽毛。

「你說『你需要殺我們』是什麼意思？」格羅佛問。

梅格皺起眉頭。「你可以跟牠交談？」

「嗯，對，」格羅佛說：「牠是動物。」

「那你之前怎麼不告訴我們，牠到底說了什麼？」梅格問。

「因爲牠只是大叫『噫噫』啊！」格羅佛說：「現在牠說的『噫噫』表示牠需要殺我們。」

我嘗試移動兩條腿。它們似乎變成兩袋水泥，我隱約覺得很好笑。我還能移動手臂，胸口也有一點感覺，但不確定這樣會持續多久。

「也許問問林鴞，牠爲什麼需要殺我們？」我建議說。

「噫噫！」格羅佛說。

我愈來愈聽膩林鴞的語言了。那隻鳥回應了一連串呱呱聲和喀啦聲。

同一時間在走廊外面，其他的林鴞尖聲大叫，猛力衝撞植物網。黑色鳥爪和金色嘴喙戳出來，把番茄咬碎成莎莎醬的樣子。我想，我們最多只剩幾分鐘的時間，然後那些鳥就會衝破障礙，把我們全都殺了；不過牠們的嘴喙像剃刀一樣銳利，實在好可愛！

格羅佛扭著兩隻手。「林鴞說，牠們奉命來喝我們的血、吃我們的肉，並挖出我們的內臟，順序不見得要這樣就是了。牠說牠很抱歉，但這是皇帝直接下達的命令。」

「超蠢的皇帝，」梅格咕噥說：「哪一個啊？」

「我不知道，」格羅佛說：「林鴞只叫他『噫噫』。」

「你可以翻譯『挖出內臟』，」她指出，「卻不能翻譯皇帝的名字？」

就我個人來說，我覺得這樣很OK。畢竟要離開印第安納波利斯的時候，我花了很多時間，反覆思考我們在特洛佛尼烏的洞穴接收到的「闇黑預言」。我們已經與尼祿和康莫德斯交手過，我也對我們還沒遇到的第三位皇帝的身分有了很可怕的猜測。此刻，我一點都不想確認。林鴞的毒液造成的狂喜感受漸漸消退，一隻巨大的吸血貓頭鷹準備把我活生生吃掉。我不需要更多理由讓我絕望哭泣。

林鴞撲向梅格。她向旁邊躲開，然後趁那隻鳥衝過旁邊時，她用刀刃的平面揮擊牠的尾羽，把那隻倒楣的鳥打去撞對面的牆壁，只聽見「轟」的一聲，牠正面撞上磚牆，爆炸成一團朦朧的怪物塵埃和羽毛。

「梅格！」我說：「我叫你不要殺牠啊！你會遭到詛咒的！」

「我沒有殺牠。牠是撞牆自殺的。」

「我覺得命運三女神❻不會這樣解讀。」

「那就不要告訴她們嘛。」

「兩位？」格羅佛指著番茄叢，在鳥爪和嘴喙的猛攻之下，很快變得愈來愈稀疏。「如果不能殺林鴞，也許我們應該強化那道障礙？」

他舉起牧笛開始吹奏。梅格把她的雙刀變回成兩枚戒指，對著番茄植株伸展兩隻手。植莖變粗了，根部也奮力抓緊石板地面，但這是一場必輸無疑的戰鬥。這時，另一側有太多林鴞發動猛攻，扯破的速度與植株新生的速度一樣快。

「沒用。」梅格踉蹌地往後退，臉上滿是斗大的汗珠。「沒有土壤和陽光，我們只能做到這樣。」

「你說得對。」格羅佛望著我們上方，目光沿著螺旋狀坡道望進朦朧之中。「我們快到家了。如果可以趁林鴞衝破番茄之前到達頂部……」

「所以我們要爬上去。」梅格嚷嚷著說。

「哈囉？」我慘兮兮地說：「這裡有全身麻痺的前任天神喔。」

格羅佛對梅格做鬼臉。「強力膠帶？」

「強力膠帶。」她表示同意。

但願天神能夠保護我，不要讓英雄使用強力膠帶。英雄怎麼老是隨身攜帶強力膠帶啊？梅格從園藝腰帶的腰包裡拿出一捲膠帶，把我扶起來呈坐姿，與格羅佛背對背，然後著手在我們的腋下纏繞膠帶，把我綁在羊男背上，彷彿是個健行背包。

透過梅格的協助，格羅佛跌跌撞撞地站起來，粗暴地調整我的位置，於是我一下子看到牆壁、地板、梅格的臉，一下子又看到我自己癱瘓的雙腿開開的，懸垂在自己下方。
「呃，格羅佛？」我問：「你有足夠力氣把我一路揹上去嗎？」
「羊男是攀爬高手耶。」他氣喘吁吁地說。
他踏上狹窄的坡道，我癱瘓的雙腳拖曳在後。梅格亦步亦趨，每隔一陣子就回頭看看快速崩解的番茄叢。
「阿波羅，」她說：「把林鴞的事告訴我。」
我在腦袋裡努力搜尋，從爛泥中篩選出有用的金塊。
「牠們……牠們是代表惡兆的鳥類，」我說：「只要牠們現身，壞事就會發生。」
「廢話！」梅格說：「還有咧？」
「呃，牠們經常捕食幼者和弱者。嬰兒、老人、癱瘓的天神……之類的。牠們的繁殖地點位於塔耳塔洛斯❼的上游處。這只是我的猜測，不過我相當確定，牠們不是很好的寵物。」
「我們要怎麼做才能趕走牠們？」她說：「如果不能殺牠們，那要怎麼阻止？」
「我……我不知道。」
梅格失望得直嘆氣。「找多多納之箭談一談吧，看看它有沒有什麼訊息。我要去努力一下，幫我們爭取一點時間。」

❻命運三女神（Fates），希臘神話中掌管所有生命長短的三位女神。她們手中的每一條線代表每個生命，當線切斷時，就是這個生命的死期到了。
❼塔耳塔洛斯（Tartarus），希臘神話中的冥界最深處，是永無止盡的黑暗之地。

她轉過頭，跑下斜坡。

與那支箭談談，其實是讓我的日子變得更難熬的唯一方法，但我接到命令了，而只要梅格命令我，我就不能抗命。我伸手到肩膀後面摸索箭筒，把那支魔法投射武器拿到前面。

「哈囉，聰明又強大的箭。」我說。（開頭先來個阿諛奉承，這永遠是最好的策略。）

「汝實耗費過久，」那支箭吟詠著說：「吾嘗試與汝談話已有十四日之久。」

「大概只過了四十八小時吧。」我說。

「誠然，待在箭筒裡，時間確實不知不覺流逝。汝應嘗試一番，瞧瞧汝有多麼熱愛此道。」

「好啦。」我努力克制把箭桿折斷的衝動。「你有沒有林鴞的資訊可以告訴我？」

「吾必須對汝說明……別掛斷電話。林鴞？爲何對吾談起那些？」

「因爲牠們要殺吾等……要殺我們啦。」

「呿！」那支箭咕噥說：「汝應避開此等危險！」

「我還眞從來沒想過呢，」我說：「親愛又聰明的拋射武器，你到底有沒有關於林鴞的相關資訊？」

那支箭嗡嗡作響，無疑正在嘗試搜尋維基百科。它否認使用網際網路。所以，每次我們待在有免費 Wi-Fi 的地區，這支箭永遠比較有幫助，也許這只是巧合吧。

格羅佛扛著我這身抱歉的凡人身體，奮勇往上爬。他氣喘吁吁，搖搖晃晃靠近邊緣，感覺好危險。這時，空間的底部位於我們下方十五公尺處……剛好夠遠，可以來個漂亮的致命墜落。我看到梅格在下方奔跑，一邊喃喃自語，一邊甩出更多包園藝種子。

而在上方，螺旋狀的坡道似乎永無止盡。無論有什麼東西在頂端等著我們，說不定就只有頂端而已，我們在黑暗中依然無處可去。我覺得這實在是思慮不周，迷宮竟然沒有提供電梯，或至少裝設適當的欄杆也好。英雄如果需要容易到達某個地方，難道就必須享受這種死亡陷阱？

最後，多多納之箭宣布它的裁決：林鴞乃危險之物。

「再一次證明，」我說：「你的智慧爲黑暗帶來光明。」

「汝閉嘴，」那支箭繼續說：「那些鳥可以殺死，然而這將詛咒屠殺者，亦造成更多林鴞現身。」

「對啦，對啦。還有什麼？」

「它說什麼？」格羅佛在喘氣之餘問道。

這支箭有很多特質令人抓狂，其中之一就是只在我腦中說話，所以我與它談話時，不只害我看起來像瘋子，還得不斷向朋友報告它的胡言亂語。

「它還在Google找資料，」我對格羅佛說：「親愛的箭兒，或許可以嘗試布林搜尋❽，用『林鴞』加上『戰勝』搜尋看看。」

「我才不用那種作弊手段！」那支箭轟隆地說。接著，它沉默良久，那段時間足以鍵入「林鴞」加上「戰勝」。

「那些鳥或許能用豬內臟驅逐，」它報告說：「汝可有此物？」

「格羅佛，」我向肩膀背後叫道：「你該不會剛好有豬的內臟吧？」

---

❽ 布林搜尋（Boolean search），一種運用 and、or 和 not 等字元來搜尋資訊的方式。

「什麼？」他轉過身，這其實不是面對我的有效方法，畢竟強力膠帶把我綁在他的背上。他害我的鼻子差點被磚牆削下來。「我為什麼會帶著豬內臟？我吃素耶！」

梅格爬上斜坡與他們會合。

「那些鳥差點穿越過來，」她報告說：「我試了各種植物，也嘗試召喚『桃子』……」她因為失望而說不下去。

自從進入迷宮以來，梅格就無法召喚她的桃子精靈寵物，他是戰鬥的好幫手，不過到底何時和何處現身，他顯得相當龜毛。我猜想，桃子和番茄植株是一樣的，在地底下沒辦法發揮得很好。

「多多納之箭，還有什麼？」我對著它的箭尖大喊。「除了豬內臟，應該還有其他方法可以讓林鴞滾遠一點吧！」

「且慢，」那支箭說：「瞧啊！似乎可用漿果鵲對付之。」

「『殭—狗—煎』什麼？」我狐疑地問。

太遲了。

在我們下方，伴隨著一陣陣凶殘的尖聲鳴叫，林鴞衝破番茄障礙，飛湧進入這個空間。

3

林鴞惹人嫌
是也，誠如我所說
他們更惹嫌

「牠們來這裡了！」梅格大喊。

坦白說，每次我希望梅格說點重要的事，她都立刻閉嘴。不過，只要面對顯而易見的危險，她就會浪費唇舌，大喊「牠們來這裡了」。

格羅佛加快步伐，展現英雄般的力氣，蹦蹦跳跳衝上斜坡，背後拖著我這身用強力膠帶綁住的癱軟屍骸。

我面向後方，因此有絕佳的視野，可以看到林鴞從暗影中飛旋而出的景象，牠們的黃眼睛閃閃爍爍，宛如昏暗噴泉裡的閃亮錢幣。十幾隻鳥？還是更多？光是一隻林鴞就帶來這麼多麻煩，我一點都不喜歡對付一整群的生存機率，更別提我們目前在狹窄滑溜的岩架上排成一列，很像豐美多汁的標靶。我想，梅格應該很難幫每一隻鳥都去撞牆自殺吧。

「漿果鵰！」我大喊。「那支箭說什麼漿果鵰可以驅逐林鴞。」

「那是一種植物。」格羅佛喘著氣說：「我想，我遇過漿果鵰一次。」

「箭兒，」我說：「漿果鵰是什麼？」

「吾不知！只因吾出生於林中，無法令吾成爲園丁！」

超煩的，我把那支箭塞進背後的箭筒裡。

「阿波羅，掩護我。」梅格將她的一把彎刀塞進我手中，接著匆匆翻找她的園藝腰帶，同時注意那些逐漸飛升的林鴞，神情緊張。

梅格怎麼會期待我掩護她呢？眞是搞不懂。就算沒有用強力膠帶把我綁在羊男的背上，面對這些「殺了牠們就會詛咒你」的攻擊目標，我使起劍來一定宛如廢物。

「格羅佛！」梅格大喊：「有什麼方法可以分辨漿果鵲是哪一類植物？」

她胡亂撕開一包種子，灑入空中。它們像遇熱的玉米粒一樣爆開，形成手榴彈那麼大的山藥，附帶的綠莖長著葉子。它們掉在林鴞鳥群之間，打中幾隻，造成驚嚇的呱叫聲，但那些鳥繼續飛來。

「那些是塊莖，」格羅佛喘氣說：「我想，漿果鵲是會結出果實的植物。」

梅格撕開第二包種子，朝那些林鴞灑下，一陣爆炸後，產生帶有綠色果實的灌木。那些鳥只是轉個方向繞過去。

「葡萄？」格羅佛問。

「醋栗。」梅格說。

「你確定嗎？」格羅佛問。「葉子的形狀……」

「格羅佛！」我厲聲說：「我們要嚴格限制自己討論軍事植物學。什麼是……？壓！」

嗯，仁慈的讀者啊，你們來評評理。難道我問的問題是：「什麼是……『鴨』？」當然不是啊。儘管梅格後來抱怨連連，但是我看到距離最近的林鴞直直攻擊她的臉，已經很努力警告她了。

她聽不懂我的警告又不是我的錯。

我揮舞手上借來的鐮刀，企圖保護我的年輕朋友。只不過，我瞄準目標的能力有夠差，幸好梅格的反應很快，我才不至於砍掉她的腦袋。

「住手！」她大吼，同時用另一把刀刃把林鴞打到旁邊去。

「你不是說『掩護我』嗎？」我抗議說。

「我的意思不是……」她痛得大叫，跌跌撞撞，只見她的右大腿有一條皮開肉綻的傷口流著血。

接著，一陣由爪子、嘴喙和黑色鳥翼組成的憤怒風暴吞沒了我們。梅格瘋狂揮舞她的鐮刀。一隻林鴞對著我的臉飛撲而來，伸出爪子準備挖出我的眼睛。就在這時，格羅佛做了意外之舉：他尖叫。

這有什麼好驚訝的？你可能會這樣問。如果有一群嗜吃內臟的鳥類環繞在你周圍，這是尖叫的超完美時機吧？

沒錯。不過從羊男口中傳出來的聲音，並不是普通的尖叫。

那個聲音迴盪整個空間，活像是炸彈的衝擊波，讓鳥類噴向四方、讓石頭隨之搖撼，也讓我的全身莫名充滿冰冷的恐懼。

要不是有強力膠帶把我纏在羊男的背上，我可能早就逃走了；我會從岩架跳出去，只要能離開那聲音愈遠愈好。在那一刻，我拋下梅格的鐮刀，雙手緊緊壓住耳朵。至於梅格，她面朝下趴在斜坡上，流著血，無疑已遭到林鴞的毒液所害，身體有一部分癱瘓了。她整個人蜷縮成球狀，將自己的頭埋在臂彎裡。

那些林鴞向下飛入黑暗中。

我的心怦怦狂跳，腎上腺素湧遍全身。我需要好幾次深呼吸才能開口說話。

「格羅佛，」我說：「你剛才召喚了『恐慌』嗎？」

我看不到他的臉，但是可以感覺到他全身發抖。他側躺在坡道上，所以我面對牆壁。

「我不是刻意的，」格羅佛的聲音很嘶啞。「好幾年沒這樣做了。」

「恐……恐慌？」梅格問。

「那是失蹤的天神『潘』⑨的叫聲，」我說。光是提起他的名字，我的內心就充滿悲傷。啊，在那些古老的日子裡，我和那位大自然天神度過了美好的時光，我們在野外跳舞和嬉鬧！潘曾經是一流的嬉鬧高手。接著，人類摧毀大多數的野地，潘消失於無形。你們人類啊。正因爲你們，我們天神才無法擁有美好的事物。

「可是除了潘以外，我沒聽過其他人運用那種力量啊，」我說：「怎麼會這樣？」

格羅佛發出一個聲音，既像哭泣又像嘆息。「說來話長。」

梅格嘀咕一聲。「不管怎麼說，趕走那些鳥了。」我聽到她撕扯布料的聲音，可能要幫她的腿製作繃帶。

「你有沒有麻痺？」我問。

「有，」她喃喃說著：「腰部以下。」

格羅佛稍微調整我們的強力膠帶揹負系統。「我還好，不過累死了。那些鳥會回來，而我再也不可能揹你爬上坡道了。」

我對他的說法毫不懷疑。潘的叫喊聲幾乎可以嚇走所有東西，不過施展那種魔法會造成相當大的負擔。每一次潘使用這種魔法，之後就會狂睡三天三夜。

在我們下方，那些林鴞的叫聲迴盪在迷宮裡。牠們的尖叫聲聽起來從充滿恐懼的「快飛走！」，漸漸變成充滿困惑的「我們為何要飛走？」。

我嘗試扭動自己的腳。出乎意料之外，現在我可以感覺到襪子裡面的腳指頭了。

「有誰可以把我割開？」我問。「我想，毒液漸漸失去效力了。」

從她的水平位置，梅格用一把鐮刀割開我的強力膠帶。我們三人排成一排，整個背完全靠在牆上……三個汗流浹背、悲傷憂愁、可憐兮兮的「林鴞餌料」坐著等死。在我們下方，毀滅之鳥的呱叫聲愈來愈響亮了。牠們很快就會飛回來，比剛才更加憤怒。大約在我們上方十五公尺處，在梅格兩把彎刀的微弱光芒下，這時約略看得見了，我們的斜坡是死路一條，最後通到圓頂狀的磚砌天花板。

「這是哪門子的出口啊？」格羅佛說：「我很確定……這條坡道看起來很像……」他搖搖頭，彷彿實在無法把內心的期盼告訴我們。

「我才不要死在這裡。」梅格咕噥說。

她的模樣與這番話根本是兩回事。她的指節流著血，膝蓋也擦破皮。她的綠色衣服是波西．傑克森的母親贈送的珍貴禮物，看起來卻像劍齒虎曾在那裡搔癢過一樣。她已經撕下左

❾ 潘（Pan），希臘神話中的野地之神，是牧羊人的守護神，也是羊男的首領。他是荷米斯（Hermes）的兒子，外表半人半羊，長著羊角和羊蹄。他個性活潑，精力旺盛，以山林原野為家，還擅長用蘆笛吹奏優美的曲子。

腳的緊身褲管，幫腿上流血的傷口止血，但布料已經溼透了。

然而，梅格閃耀著大膽無畏的眼神，貓眼眼鏡頂端的水鑽依然閃亮。我已經學乖了，只要梅格．麥卡弗瑞的水鑽依然閃亮，千萬不要判定她被擊倒出局。

她仔細翻找一包包種子，瞇起眼睛看著上面的標籤。「玫瑰。黃水仙。南瓜。紅蘿蔔。」

「不對……」格羅佛握拳敲打自己的額頭。「漿果鵑是像……會開花的樹。哎喲，我應該知道的才對。」

我對他的記憶問題深表同情。我也應該知道很多事才對啊，包括林鴞的弱點、迷宮裡最近的祕密出口，還有宙斯的私人電話號碼，於是我可以打電話給他，懇求他饒我一命。可是我的腦袋一片空白。我的雙腿開始顫抖，也許這表示我很快就能再度走路，但這並沒有讓我高興起來。我根本無處可去，只能選擇死在這個空間的頂端或底部而已。

梅格繼續翻找一包包種子。「蕪菁甘藍、紫藤、火棘、草莓……」

「草莓！」格羅佛喊得好大聲，我以爲他又嘗試引爆另一波「恐慌」。「就是那個！漿果鵑是草莓樹！」

梅格皺起眉頭。「草莓才不是長在樹上。它們是草莓屬的植物，隸屬於薔薇科。」

「對，對，我知道！」格羅佛猛甩兩隻手，活像恨不得讓字句更快說出來。「而漿果鵑隸屬於石楠科，不過……」

「你們兩個到底在說什麼？」我追問。我不禁想到，他們是否能和多多納之箭共用 Wi-Fi 連線，跑去植物學網站「botany.com」搜尋資訊？「我們都快死了，而你們居然在爭辯植物的分類屬性？」

「草莓屬可能夠接近了！」格羅佛堅持說：「漿果鵲的果實看起來很像草莓，所以才會俗稱草莓樹。我以前遇過一位漿果鵲的木精靈，我們針對這點好好討論了一番。而且，我特別擅長栽種草莓。出身混血營的所有羊男都這樣！」

梅格用疑惑的眼神盯著她那幾包草莓種子。「我不知道耶。」

我們下方又有十幾隻林鴞從地道口衝出來，尖叫著憤怒的合聲準備挖出內臟。

「試試看草莓豬！」我大喊。

「草莓屬。」梅格更正說。

「隨便啦！」

梅格並沒有把她的草莓種子灑向空中，而是撕開包裝，沿著坡道邊緣輕搖倒出，動作慢得令人抓狂。

「快點。」我摸索自己的弓箭。「我們可能只有三十秒的時間。」

「等一下。」梅格把最後一些種子輕輕倒出。

「十五秒！」

「等等。」梅格將包裝袋扔到旁邊。她伸出雙手，放在種子上面，活像準備彈奏鍵盤（說到這個，即使我努力教她，她還是彈不好）。

「好了，」她說：「開始。」

格羅佛舉起自己的牧笛，開始用三倍的速度吹奏瘋狂版的〈永遠的草莓地〉⑩。我忘了本

⑩〈永遠的草莓地〉（Strawberry Fields Forever）是英國搖滾樂團「披頭四」（The Beatles）的歌曲。

來要拿弓箭，反倒抓起烏克麗麗，與他一同演奏歌曲。我不知道有沒有幫助，但如果即將遭到碎屍萬段，我希望至少能好好演奏一下披頭四。

就在林鴞即將發動一波波襲擊之際，種子宛如一整排煙火爆炸開來。綠色條帶在空中劃過弧形，固定在遠端的牆上，形成一排藤蔓，讓我聯想到巨大魯特琴的一根根琴弦。林鴞大可輕易飛越藤蔓間隙，但牠們變得瘋狂，紛紛轉向去避開那些植物，彼此在空中迎頭撞上。

在此同時，藤蔓變粗了，葉子伸展開來，白色花朵熱烈綻放，草莓成熟結實，空氣中充滿甜膩的芳香。

整個空間隆隆作響。無論草莓植株碰觸到石頭的哪個地方，磚塊都應聲迸裂瓦解，讓草莓更容易深入生根。

梅格從她想像中的鍵盤抬起雙手。「是迷宮……伸出援手嗎？」

「我不知道！」我說著，一邊猛力撥奏F小調七和弦。「可是不要停啊！」

草莓以不可思議的速度拓展到整面牆，宛如一波綠色狂潮。

我才剛想著：「哇，想像一下如果有陽光，這植物會長成什麼樣子！」剎那間，圓頂天花板像蛋殼一樣裂開了。燦爛的光線刺破黑暗，一塊塊石頭雨點般落下，砸中那些鳥，也打穿了草莓藤蔓（但它們與林鴞不同，幾乎立刻就長回來）。

陽光一照射到那些鳥，牠們就放聲尖叫，幻化成灰。

格羅佛放下牧笛，我也放下烏克麗麗。我們以驚奇的目光看著植物繼續生長、彼此交織，最後形成草莓的匍匐莖所構成的彈簧墊，延伸跨越我們腳下的整個空間。

天花板已然瓦解，顯露出燦爛的藍天。炎熱的乾燥空氣向下吹送，像是打開烤箱湧出的熱氣。

格羅佛抬起臉，迎向陽光。他嗅聞一番，臉頰的眼淚閃閃發亮。

「你有沒有受傷？」我問。

他盯著我。看到他臉上的心碎表情，感覺比看到陽光更刺眼。

「溫暖的草莓氣息，」他說：「就像混血營一樣。已經是那麼久以前了啊……」

我覺得胸口有種不熟悉的悸動感。我拍拍格羅佛的膝蓋。混血營是位於紐約長島的希臘半神半人訓練基地，我還沒有在那裡待過很長的時間，不過能夠理解他的感受。我好想知道自己的孩子在那裡做什麼，包括凱拉、威爾、奧斯汀。我還記得和他們一起坐在營火邊，唱著〈我的母親是彌諾陶〉，一邊吃著用枝條烤熱的棉花糖。那種美好的同志情誼很罕見，即使永生不死的人生亦是如此。

梅格倚著牆壁。她臉色蒼白，呼吸聲粗大。

我摸索口袋，找到一張紙巾包著零碎的神食。我保留這個不是爲了自己。我的身體處於凡人狀態，吃下天神的食物可能會自燃。不過我早就發現，梅格吃神食的效果並不是每次都很好。

「吃吧。」我把紙巾塞進她手裡。「這會讓痲痺狀態快一點消退。」

她咬緊牙關，簡直像是準備喊出「我才不要！」，接著顯然下定決心，覺得「雙腿又能走路」這個主意很不錯。她開始小口吃著神食。

「上面那裡怎樣？」她問，對著藍天皺起眉頭。

格羅佛擦掉臉上的淚水。「我們辦到了。迷宮帶我們直達基地。」

「我們的基地？」發現這點眞是高興，我們有「基地」耶。希望這表示很安全、有柔軟的床鋪，也許還有一部濃縮咖啡機。

「是啊。」格羅佛緊張地吞嚥口水。「假如還有東西留下來的話。我們去瞧瞧吧。」

4

歡迎來基地
岩石、沙地與廢墟
有無說岩石？

他們說我走到了地面。

我不記得了。

梅格半身痲痺，格羅佛又揹著我走過大半條坡道，結果昏過去的人竟然是我？感覺不大對勁。可是我又能說什麼呢？一定是〈永遠的草莓地〉F小調七和弦的關係，沒想到它耗費了那麼大的精力。

我確實記得一些狂熱的夢境。

我的面前出現一名橄欖膚色的優雅女子，紅褐色的長髮編成辮子盤在腦後，灰色的無袖洋裝宛如蛾翼般輕盈。她貌似二十歲，但一雙眼睛是黑色的珍珠，歷經好幾個世紀形成深邃的光澤，保護殼隱藏了無法言說的失望與悲傷。那是永生不死的眼睛，見識過許多重要文明的覆滅。

我們一起站在一塊石頭平台上，看似位於室內游泳池的邊緣，池內滿是岩漿。高熱讓空氣蒸騰閃爍，灰塵刺痛我的眼睛。

那名女子舉起兩隻手臂，做著祈求的手勢。她的手腕有紅得發亮的鐵手銬，熔融的鐵鍊將她固定在平台上，可是高熱的金屬似乎沒有灼傷她。

「我很抱歉。」她說。

不知爲何，我知道她不是在對我說話。我只是透過別人的眼睛觀察這個情景。她要對另一個人傳遞壞消息，是徹底的噩耗，但我完全不知道是什麼訊息。

「如果可以，我會寬恕你，」她繼續說：「我會寬恕『她』。但我不可以。告訴阿波羅，他一定得來。只有他能救我，雖然這是……」她嗆咳一下，彷彿喉嚨卡了一塊碎玻璃。「四個字母，」她啞著嗓子說：「開頭是『T』。」

Trap，我心想。答案是「陷阱」！

我感到猛然一震，就像你每次看猜謎節目，發現自己知道答案的那種感覺。你會想，如果我是參賽者就好了，我會贏回所有大獎！

接著我才發現，自己並不喜歡這個猜謎節目。尤其答案是「陷阱」的話。尤其等著我去領取的大獎是陷阱的話。

女子的影像漸漸融入火焰中。

我發現自己身在另一個地方，一個有屋頂的露台，俯瞰著月光照亮的海灣。在遠處，籠罩在濃霧裡，維蘇威火山的熟悉黑色輪廓隱隱浮現，不過那是維蘇威以前的模樣，那時候還沒發生西元七十九年的大爆發，將山頂炸成碎片，將龐貝城徹底摧毀，奪走了數千名羅馬人的性命。（你可以怪罪給兀兒肯[11]，他那一週眞的搞砸了。）

夜晚的天空呈現青紫色，海邊的光源只有火光、月光和星光。在我腳下，露台的馬賽克地板貼著閃閃發亮的金色和銀色磁磚，能夠負擔這種工藝品的羅馬人非常稀少。牆上有色彩繽紛的壁畫，周圍掛著絲質簾幕，顯然價值成千上萬的古羅馬貨幣。我很確定自己在什麼樣的地方：這是皇帝的別墅，許許多多享樂專用的宮殿之一，位於帝國初期的拿坡里灣海濱。一般來說，這種地方整夜都會燈火通明，用來展現權力和財富，但這個露台上的火炬光線很暗，旁邊用黑布包圍起來。

有個瘦削的年輕男子站在柱子陰影下，面對大海。他的表情受到遮掩而看不清楚，但姿勢傳達出焦急與不耐；他拉攏身上的白色長袍，雙臂交叉胸前，腳上的涼鞋不斷輕踏地面。

第二名男子出現了，他大步走上露台，伴隨身上盔甲的哐噹聲，以及魁梧戰士的吃力喘息聲。一頂執法官守衛的頭盔遮掩了他的面容。

他在年輕男子面前跪下來。「完成了，第一公民。」

第一公民。這是稱呼羅馬皇帝的委婉好聽說法，輕描淡寫他們所擁有的絕對權力。

「這一次你確定嗎？」年輕男子的尖細聲音說：「我不想要有更多意外。」

執法官低聲說：「非常確定，第一公民。」

守衛伸出壯碩且毛髮濃密的前臂。在月光下，滲血的抓痕熠熠發亮，彷彿是情急的指甲抓破他的血肉。

「你用的是什麼？」年輕男子以著迷的語氣說。

「他自己的枕頭，」大塊頭男子說：「似乎是最容易的方法。」

年輕男子笑了。「那隻老豬玀自己活該。我等他死掉等了好多年，終於我們宣布他掛掉

---

⑪ 兀兒肯（Vulcan），羅馬神話中的火神與工藝之神，等同於希臘神話中的赫菲斯托斯。

了，而他膽敢再醒過來？我想不會。對羅馬來說，明天會是全新的一天，更好的一天。」

他走進月光下，顯露出他的臉……那是我希望永遠不要再見到的一張臉。

他很英俊、瘦削且有稜有角，不過耳朵有點太突出。他的微笑很古怪，眼睛的溫和程度完全就像梭魚的凶狠大眼。

親愛的讀者，就算你不認得他的面貌，我很確定你一定認識他。他是學校的惡霸，因爲太有魅力而沒被逮過；他想出最殘酷的惡作劇，叫其他人執行他的骯髒手段，於是在老師面前仍然保持完美的名聲；他這種男孩會扯斷昆蟲的腳、凌虐流浪動物，而且他笑得那麼開懷，讓你差點相信那是無害的趣事；他這種男孩會背著老太太從神廟的捐獻盤裡偷錢，老太太還讚美他是「這麼好的年輕人」。

他就是這樣的人，這麼邪惡。

而今晚，他有了新名字，對羅馬來說，這絕對不是預言明天會更好。

執法官守衛低下頭。「萬歲，凱撒！」

我從夢中醒來，渾身直發抖。

「時機不錯喔。」格羅佛說。

我坐起來，陣陣頭痛，嘴裡有林鴞塵埃的滋味。

我躺在臨時搭起的棚子底下，一塊藍色塑膠防水布架設在山坡上，俯瞰著沙漠。太陽漸漸落下。在我旁邊，梅格蜷曲著身子睡覺，一隻手放在我的手腕上。感覺好甜蜜，只不過我知道她的手指曾經放過什麼地方。（提示：她的鼻孔。）

格羅佛坐在附近一塊石板上，從他的水壺喝著水。根據他疲倦的神情，我猜我們睡覺時，他一直守護我們。

「我昏過去？」我猜測說。

他把水壺扔給我。「我想，我睡得才凶哩。你昏迷了幾個小時吧。」

我喝了一口水，揉掉眼睛的黏液，心裡希望腦袋裡的夢境也能這麼簡單就抹除殆盡，包括一名女子被拘禁在火熱的房間裡、爲阿波羅設置的陷阱，以及全新的凱撒，帶著一個優秀反社會年輕人的愉悅微笑。

別想了，我對自己說。夢境不見得是眞的。

不，我對自己回答。只有惡夢是眞的。就像以前那些惡夢一樣。

我專心看著梅格，她在我們的防水布陰影下打呼沉睡。她的腿剛綁了繃帶，破爛衣物外面穿了一件乾淨T恤。我嘗試讓自己的手腕掙脫她的抓握，但她握得更緊了。

「她還好，」格羅佛向我保證。「至少身體方面還好。她在我們把你安頓好之後才睡著。」他皺起眉頭。「不過，她來這裡似乎不太高興，說她沒辦法應付這個地方，想要離開。我很怕她會跳回迷宮裡，但我說服她需要先休息。我彈奏一點音樂讓她放鬆。」

我環顧四周，很好奇究竟是什麼原因讓梅格這麼不高興。

我們下方延伸出一片景致，大概只比火星稍微宜人一點。（我指的是行星，而非天神⓬，

⓬ 此指羅馬戰神馬爾斯（Mars），他也是農業守護神，但羅馬人重視軍事，所以他的地位僅次於眾神之王朱比特（Jupiter）。火星的英文也是Mars，命名即源自戰神。

不過我想兩者都不是那麼好的主人。）陽光熾烈，土黃色的山脈環繞著山谷，山谷裡拼湊出一塊塊不自然的綠色高爾夫球場、塵土飛揚的荒蕪平原，以及不規則蔓延的人類社區，包括白色灰泥牆壁、紅瓦屋頂和藍色游泳池。街道兩旁有一排排無精打采的棕櫚樹，很像參差不齊的縫合線。天氣炎熱，鋪設柏油的停車場閃閃發亮。一片棕色的霧霾飄蕩在空中，很像整個山谷充滿溼答答的滷汁。

「棕櫚泉。」我說。

我很熟悉這個城市一九五〇年代的樣貌。我很確定自己曾與法蘭克．辛納屈⑬共同主辦一場派對，就在那邊下面的馬路上，在那個高爾夫球球道旁邊……不過那像是另一個人生發生的事。可能因爲眞的是另一個人生吧。

如今，整個地區似乎比較沒那麼受歡迎了……就早春的傍晚來說，氣溫實在太熾熱，空氣也太沉悶，而且刺鼻。有什麼事情不大對勁，我不太確定究竟是什麼事。

我環顧眼前的環境。我們在一座山丘頂上紮營，聖哈辛托的曠野在我們背後延伸到西邊，棕櫚泉則從腳下往東邊蔓延而去。一條碎石路繞過山腳下，蜿蜒通往下方大約八百公尺外距離最近的社區。但我看得出來，我們這座山頂原本擁有一座巨大的建築物。

有六個磚砌的中空圓柱陷入岩石斜坡裡，每一個圓柱的直徑或許約爲九公尺寬，很像糖廠廢墟的骨架。每個構造的高度各不相同，處於不同的瓦解階段，不過它們的頂部都是相同高度，所以我猜想，它們必定曾是高架房屋的巨大支柱。根據散落在山坡上的玻璃碎片、燒焦木板、漆黑磚塊等殘跡來看，我猜那棟房屋一定在很多年前就已焚毀殆盡。

接著我想到了：我們一定是從其中的一個圓柱體爬出來，逃離了迷宮。

我轉向格羅佛。「林鴞呢？」

他搖搖頭。「如果有哪一隻存活下來，就算眞能衝破草莓，也不會冒著曝曬陽光的危險。那些植物已經塞滿整個豎井。」他指著最遠處的磚造環圈，我們一定是從那裡爬出來。「再也沒有人進出那裡了。」

「可是……」我指著那些廢墟。「確定這裡不是你的『基地』？」

我很希望他會糾正我說：「喔，不是啦，我們的基地是山下那棟很棒的房子，有奧運規格的游泳池，就在高爾夫球場第十五洞的旁邊！」

可是，他竟然一副嬉皮笑臉的樣子。「就是這裡啊。這地方有很強的大自然能量。這是絕佳的庇護所。你沒有感覺到生命力嗎？」

我撿起一塊焦黑的磚頭。「生命力？」

「等著瞧吧。」格羅佛脫掉帽子，在他的兩支山羊角之間抓抓癢。「自古以來，所有的木精靈必須休眠到日落爲止。這是他們唯一的生存方式。不過很快就要醒了。」

自古以來。

我望向西方。太陽剛剛落到山脈後面，低垂的紅色和黑色雲層讓天空帶有大理石般的花紋，感覺比較適合魔多⓮，而非南加州。

「那到底怎麼了？」我問，但不確定自己想知道答案。

⓭ 法蘭克．辛納屈（Frank Sinatra, 1915-1998），美國著名歌手及演員。

⓮ 魔多（Mordor）出自奇幻文學巨著《魔戒》（*The Lord of the Rings*），是黑暗魔君索倫的領地。

格羅佛以悲傷的眼神凝視著遠方。「你還沒看到新聞嗎？加州有史以來規模最大的森林火災，遠比乾旱、熱浪和地震更嚴重。」他渾身發抖。「死了數千個木精靈。還有好幾千個已經進入休眠狀態。如果只是正常的大自然災害就已經夠糟了，不過……」

梅格在睡夢中大喊一聲。她突然坐起來，困惑地直眨眼。從她的驚慌眼神看來，我猜她的夢境一定比我的更糟。

「我……我們真的在這裡？」她問：「我不是作夢？」

「沒事啦，」我說：「你很安全。」

她搖搖頭，嘴唇抖個不停。「不。不。我不安全。」

她以笨拙的動作取下眼鏡，彷彿如果什麼都看不清，她才比較能應付周遭的狀況。「我不能在這裡。別再來一次。」

「再來一次？」我問。

印第安納預言的一行字牽引著我的記憶：狄蜜特之女尋找她的古老根源。「你的意思是，你以前住在這裡？」

梅格環顧周遭的廢墟。她聳聳肩，一副痛苦的樣子，然而那究竟表示「我不知道」或「我不想談」，我實在無從判斷。

沙漠似乎不太像梅格的家園，她是曼哈頓的街頭頑童，在尼祿的皇室家庭長大。

格羅佛若有所思地拉拉他的山羊鬍。「狄蜜特的孩子……那確實讓很多事都說得通。」

我盯著他看。「在這種地方？兀兒肯的孩子還比較有可能吧。或是斐洛尼亞，掌管荒野的女神。或甚至是梅費提斯，掌管有毒氣體的女神。可是狄蜜特？狄蜜特的孩子要在這裡種什麼？岩石嗎？」

格羅佛看起來很受傷。「你不了解。一旦你見到每一個人……」

梅格從防水布底下爬出去，搖搖晃晃地站起來。「我得離開。」

「等一下！」格羅佛懇求說：「我們需要你幫忙。至少跟其他人談一下！」

梅格略顯遲疑。「其他人？」

格羅佛指著北方。我看不出他指的是什麼，直到站起來爲止。然後我發現到一排正方形的白色構造，總共六棟，稍微隱藏在磚造廢墟後面，看起來很像……儲藏庫？不對。是溫室。最靠近廢墟的一棟，很久以前就已融化倒塌，無疑是火災的受害者。第二棟屋子的聚碳酸酯牆壁和屋頂浪板也已經瓦解，像個紙牌屋。不過其他四棟看起來很完整。外面堆疊著陶土花盆，門是打開的。而在屋內，綠色植物好擁擠，緊貼著半透明的牆邊……棕櫚葉宛如巨大的手，推擠著想要去外面。

我實在不懂，怎麼可能有東西活在這種炎熱貧瘠的荒地上？特別是在溫室裡，這種地方會讓氣候保持得更溫暖啊！我一點都不想靠近那些引發幽閉恐懼症的炎熱屋子。

格羅佛面露鼓勵的微笑。「現在，我非常確定每個人都醒了。來吧，我會介紹你們認識那群人！」

5 急救仙人掌 療癒我許多割傷！（請別留黏跡）

格羅佛帶我們前往第一間完整的溫室，那裡散發一種氣味，很像泊瑟芬⑮呼出的口氣。這可不是讚美喔。家族晚餐時，這位「春日小姐」經常坐在我旁邊，她對於分享口臭一點都不害臊。請想像一整箱潮溼的護根物和蚯蚓大便的氣味。對啦，我好愛春天。

進入溫室，植物掌控一切。我發現眼前的景象令人恐懼，畢竟大多數都是仙人掌。門口蹲踞著一株鳳梨狀的仙人掌，大小像餅乾桶，黃色的棘刺很像烤肉串的尖針。後面角落站著一棵巨大的約書亞樹（短葉絲蘭），表面粗糙的樹枝支撐著屋頂。對面牆壁倚著一棵開花的大型仙人掌，數十個槳狀葉滿是尖刺，頂端長了紫色果實，看起來很美味，只不過每一顆的尖刺數量都比阿瑞斯⑯最愛的釘槌尖釘更多。還有其他多肉植物壓得金屬桌子吱嘎作響，有鹽角草、松笠球、圓柱仙人掌，更有其他數十種我叫不出名稱。周遭有這麼多尖刺和花朵，身在如此悶熱的環境，我腦中忽然閃過美國搖滾歌手伊吉・帕普在二〇〇三年科切拉音樂節的演出。

「我回來了！」格羅佛嚷道：「而且我帶了朋友來！」

一片靜默。

即使太陽下山，裡面的溫度依然很高，空氣十分混濁，我覺得自己大概會在四分鐘內心臟病發。而我還是前任太陽神呢。

至少有第一個木精靈出現了。仙人掌葉的側邊有個葉綠素泡泡鼓起來，然後爆開形成綠色霧氣。水滴凝聚成一個小女孩，有著翠綠色的皮膚、尖刺般的黃髮，身上穿著綴有流蘇的洋裝，完全用仙人掌的硬毛製作而成。她的眼神幾乎像洋裝一樣尖銳。幸好那目光望向格羅佛，不是針對我。

「你到底跑去哪兒了？」她質問道。

「啊。」格羅佛清清喉嚨。「有人召喚我離開。魔法的召喚。我晚一點再把整個經過告訴你們。不過你看，我帶來阿波羅！還有梅格，狄蜜特之女！」

他熱烈介紹梅格的樣子，活像她是《價格猜猜猜》那種電視節目的超級大獎。

「唔，」木精靈說：「我想，狄蜜特之女沒問題啦。我是仙人掌，俗稱梨果仙人掌，簡稱小梨。」

「嗨。」梅格小聲打招呼。

木精靈瞇起眼睛看著我。考慮到她渾身是刺的服裝，我希望她不喜歡熱烈擁抱。「你是阿

⓯ 珀瑟芬（Persephone），冥王黑帝斯的妻子，農業之神狄蜜特的女兒。被冥王擄走後，狄蜜特因為太過傷心致使大地成為枯原，後來由宙斯協調，讓珀瑟芬半年住冥界，半年回到母親身邊。於是春天時節，萬物欣欣向榮，代表她從冥界回來的日子。

⓰ 阿瑞斯（Ares），希臘神話中的戰神，統管所有戰爭相關事項，是野蠻、戰爭與屠殺的代表。

波羅，就是那個天神阿波羅？」她問。「我才不相信咧。」

「有時候連我也不相信。」我坦白說。

格羅佛環顧整個房間。「其他人在哪裡？」

好像受到召喚似的，又有一棵多肉植物冒出一個葉綠素泡泡。第二名木精靈現身了，是個高大的年輕女子，穿著寬鬆的花朵圖案長洋裝，很像朝鮮薊的外殼。她的頭髮豎立著許多深綠色三角形，臉和手臂閃閃發亮，彷彿剛塗了油。（至少我希望那是油而不是汗。）

「喔！」她大叫，看著我們憔悴狼狽的外表。「你們有沒有受傷？」

小梨翻了個白眼。「蘆兒，別鬧了。」

「可是他們看起來受傷了啊！」蘆兒急忙跑向前。她拉起我的手，觸感冰冷且黏膩。「至少讓我處理一下這些傷口。格羅佛，你爲什麼沒有治好這些可憐人呢？」

「我試過了啊！」羊男抗議說：「只是他們受到很大的傷害！」

我心想，這可以當作我人生的座右銘：他受到很大的傷害。

蘆兒的手指撫過我的傷口，留下黏黏的痕跡，簡直就像蛞蝓留下的爬行軌跡。感覺有點噁心，不過疼痛確實減輕了。

「你是蘆薈，」我發現了。「我以前用你製作治療藥膏。」

她眉開眼笑。「他記得我！阿波羅記得我耶！」

在房間後面，第三名木精靈從約書亞樹的樹幹冒出來，是一名男性木精靈，這相當罕見。他的皮膚就像他的樹皮一樣是棕色的，橄欖色的長髮很凌亂，穿著飽經風霜的卡其色服裝。他很像剛從荒野回來的探險家。

「我是約書亞，」他說：「歡迎來到艾塞爾斯。」

就在這一刻，梅格．麥卡弗瑞決定昏過去。

我早該告訴她的，在很有魅力的男孩面前昏倒一點都不酷。幾千年來，我用這招連一次都沒有成功過。然而，身爲好友，我搶在梅格頭朝下撞到碎石地面之前抓住她。

「噢，可憐的女孩！」蘆薈又對格羅佛投以批判的一眼。「她累過頭，而且熱壞了。你沒有讓她休息一下嗎？」

「她睡了整個下午耶！」

「嗯，她是脫水。」蘆薈伸手放在梅格的額頭上。「她需要補充水分。」

小梨嗤之以鼻。「我們豈不全都需要？」

「帶她去『水池』，」蘆兒說：「蜜莉現在應該醒了。我馬上就過去。」

格羅佛聽了精神一振。「蜜莉在這裡？他們辦到了？」

「他們今天早上到達。」約書亞說。

「搜索隊呢？」格羅佛進一步詢問：「有消息嗎？」

那些木精靈面面相覷，眼神憂慮。

「得到的消息不太好，」約書亞說：「到目前爲止只有一組人回來，而且……」

「抱歉，」我懇求說：「你們所有人說的事情，我一點概念也沒有，不過梅格很重。我該把她放在哪裡？」

格羅佛猛然回過神。「對喔。抱歉，我帶你去。」他拉起梅格的左手臂，扛到他的肩膀上，分擔她的一半重量。接著他面對那些木精靈。「各位，吃晚餐時，我們全部在水池集合，如何？我們有很多事要談。」

約書亞點點頭。「我會通知其他溫室。還有，格羅佛，你答應我們要吃墨西哥玉米捲餅。三天前說的。」

「我知道。」格羅佛嘆口氣。「我會多弄一點。」

我們兩人合力，使勁地把梅格抬到溫室外面。

我們撐著她走過山坡時，我向格羅佛詢問最急迫的問題：「木精靈吃墨西哥玉米捲餅？」

他一副受到冒犯的樣子。「當然啦！你以為他們只吃肥料嗎？」

「嗯……是啊。」

「成見。」他嘀咕說。

我認為這是在暗示我要改變話題。

「那是我的想像嗎？」我問：「梅格昏倒是因為聽到這個地方的名字嗎？艾塞爾斯。那是古希臘文，意思是『常綠』，如果我沒記錯的話。」

這地方位於沙漠，取這種名字好像有點怪。不過，再怎麼樣也沒有比木精靈吃墨西哥玉米捲餅更怪。

「我們發現這個名字刻在老舊的門檻上，」格羅佛說：「關於這個廢墟，很多事情我們還不了解，不過就像我說的，這個地點擁有很多自然界的能量。無論誰住過這裡、開闢了這些溫室……他們很清楚自己的所作所為。」

我真希望自己也能這樣說。「那些木精靈不是誕生在這些溫室裡？他們不知道自己是誰種的嗎？」

「溫室焚毀時，他們大多數都太年輕，」格羅佛說：「有些較老的植物可能多知道一點訊息，不過他們已經休眠。或者……」他對著已經焚毀的溫室點點頭，「再也見不到他們了。」

我們對往昔的多肉植物默默看了一會兒。

格羅佛帶我們前往最大的磚造圓柱體。根據它的大小和位於廢墟正中央的位置看來，我猜它以前一定是整棟建築物的中央支柱。在地面層，一個個長方形的開口環繞周圍一圈，很像中世紀城堡的窗戶。我們撐著梅格穿過其中一道開口，發現自己身處的空間很像先前與林鴞戰鬥的豎井。

頂端向天空打開，一條螺旋狀的坡道通往下方，但幸好只要走六、七公尺就到達底部。泥土地面的中央有個閃閃發亮的深藍色水池，很像巨大甜甜圈中間的洞；由於有水池，空氣很涼爽，讓這個空間感覺很舒適，令人愉悅。水池周圍放了一整圈的睡袋。設置在牆壁裡面的凹室有仙人掌盛開花朵。

這個「水池」不是很新穎的構造，完全不像混血營的晚餐帳篷，或者印第安納州的「小站」，不過在這裡面，我立刻覺得比較舒適、比較安全。我了解格羅佛剛才說的意思了。這個地方與撫慰人心的能量彼此共振。

我們帶著梅格到達坡道底部，沒有跌倒也沒有摔落，我認爲這是一大成就。我們把她放在其中一個睡袋上，接著格羅佛環顧整個空間。

「蜜莉？」他叫道：「葛利生？你們兩人在這裡嗎？」

我依稀覺得「葛利生」這名字聽起來很熟悉，但是，如同以往，我想不起來。

沒有葉綠素泡泡從植物冒出來。梅格轉身側躺，在睡夢中喃喃說話，好像說著關於「桃子」的事。接著，在水池邊緣，一縷縷白色霧氣開始聚攏，融合成一個嬌小女性的身形。她身穿銀色衣裳，一頭黑髮飄揚在周圍，彷彿身在水底下，也因而顯露出略微尖細的耳朵。她的一邊肩膀掛著一條背帶，裡面有個酣睡的嬰兒，也許七個月大吧，腳上有蹄，頭上有隻小小的山羊角，胖嘟嘟的臉頰緊貼著母親的鎖骨。他的嘴巴稱得上是口水的豐饒角。

這位雲精靈（她的身分肯定是如此）對格羅佛露出微笑。她的棕色眼睛因爲缺乏睡眠而滿是血絲。她舉起一根手指放在嘴唇上，表示寧可不要吵醒嬰兒。我不怪她。那個年紀的羊男嬰兒哭聲嘹亮且吵鬧，而且一天所長的牙齒可以咬穿好幾個金屬罐頭。

格羅佛輕聲說：「蜜莉，你辦到了！」

「格羅佛，親愛的。」她低頭看看沉睡的梅格，接著對我點個頭。「你是……你是他？」

「如果你指的是阿波羅，」我說：「恐怕是喔。」

蜜莉噘著嘴。「我聽過謠言，可是不相信那些人說的話。你這可憐的人。那麼，你過得還好嗎？」

如果是以前，要是有哪個精靈膽敢叫我「可憐人」，我一定會嘲弄一番。當然啦，只有少數的精靈會向我表達這樣的體貼與關心，他們通常忙著逃離我身邊。我好想把頭靠在她的另一邊肩膀上，泣訴我的煩惱。

「我……我很好，」我勉強說：「謝謝你。」

「那麼，你這位睡在這裡的朋友呢？」她問。

「只是累壞了，我想。」但我認爲梅格的狀況絕對不只這樣。「蘆薈說，她過一會兒就來照顧她。」

蜜莉顯得很擔憂。「好吧。我會確保蘆薈沒有做得太過頭。」

「做得太過頭？」

格羅佛咳嗽一聲。「葛利生在哪裡？」

蜜莉環顧房間，彷彿現在才意識到葛利生這個人並不在場。「我不知道。我們一到這裡，那天我就進入休眠。他說要去鎮上找一些紮營的裝備。現在是什麼時間？」

「日落過後。」格羅佛說。

「這時候他應該回來了。」蜜莉的形影隨著心情激動而閃爍，變得好朦朧，我真怕嬰兒會穿透她的身體而掉到地上。

「葛利生是你的丈夫？」我猜測說：「是羊男？」

「對，葛利生．黑傑。」蜜莉說。

那麼我依稀想起他了，那個羊男曾經與阿爾戈二號的半神半人英雄一起出航。「你知道他去哪裡嗎？」

「我們開車來的時候，在山下經過一家軍用品店。他很愛逛軍用品店。」蜜莉轉身看著格羅佛。「他很有可能分心了，不過……我想，你不可能去看看他的狀況吧？」

這一刻，我才意識到格羅佛．安德伍德究竟累成什麼樣子。他的眼睛比蜜莉的眼睛更紅，肩膀垮下，牧笛無精打采地掛在脖子上。不像我和梅格，他從昨天晚上在迷宮直到現在都沒有睡覺，曾用潘的叫聲保護我們的安全，然後花了一整天守護我們，等待木精靈醒來。現在他又接到請求，再度出遠門去找葛利生．黑傑。

然而他振作精神，露出微笑。「當然好，蜜莉。」

她在格羅佛的臉頰輕啄一下。「你眞是有史以來最棒的野地之王了！」

格羅佛臉紅了。「好好照顧梅格．麥卡弗瑞，等我們回來，好嗎？走吧，阿波羅。我們去購物！」

6

隨機的火柱
地松鼠咬我神經
我好愛沙漠

即使活了四千年，我還是能學到重要的人生課題。舉例來說：千萬不要跟著羊男去購物。光是找一間店就花了永無止盡的時間，因爲格羅佛一直分心。他停下來與一株絲蘭聊天，幫一大家子的地松鼠指引方向。他聞到菸味，於是帶頭匆匆穿越沙漠，最後找到某人扔在路上一根點燃的香菸。

「火災就是這樣引起的。」他說，接著處理菸屁股，方法是吃下去。眞是超有責任感的。方圓一千六百公尺內，我沒看到半樣東西可能引發火災啊。我相當確定岩石和泥土是不可燃的，但我絕對不找吃香菸的人辯論這種問題。我們繼續踏上軍用品店的探索之路。

黑夜降臨了。西方的地平線微微發亮……不是平常見到的橘色凡人光害，而是遠方熊熊烈火的不祥紅光。煙霧遮蔽了星光。氣溫不太涼爽，空氣依然聞得到刺鼻的氣味，感覺很不對勁。

我回想起先前在迷宮裡，那波火焰差點把我們燒成灰。熱度似乎有自己的個性，一種充滿怨念的惡意。我可以想像，那樣的一波波火焰在沙漠的表面之下陣陣流動、湧過迷宮，把上方的凡人地域轉變成不宜人居的荒地。

我想起自己的夢境，那名女子銬著熔融的鐵鍊，站在一池位於岩漿上方的平台。儘管夢境十分模糊，我仍確定那名女子是「歐律斯拉俄亞的女先知」，是我們必須從皇帝手中解救出來的下一個神諭。我有預感，監禁她的地方就位於……那種地下火源的正中央，無論那是什麼樣的火源。我實在連一點找到她的欲望都沒有。

「格羅佛，」我說：「在溫室裡，你好像提到什麼搜索隊？」

他瞥來一眼，痛苦地吞嚥口水，彷彿菸屁股依然卡在他的喉嚨裡。「最熱心的羊男和木精靈……他們在這個區域分散開來，已經搜索了好幾個月。」他定睛看著路面。「我們沒有很多人能夠進行搜索。由於火焰和高熱的關係，仙人掌是唯一能夠現身的大自然精靈。到目前為止，只有少數精靈活著回來。其他的……下落不明。」

「他們在搜索什麼？」我問：「火焰的來源？皇帝？神諭？」

格羅佛的羊蹄套著鞋子有點滑，在碎石路肩打滑一下。「每一件事都有關聯。這是一定的。直到你告訴我，我才知道有神諭的事，不過假如皇帝看守著它，迷宮正是他會放置神諭的地方。而且迷宮也是我們碰到火焰問題的來源。」

「你說的迷宮，」我說：「指的是那個大名鼎鼎的『迷宮』嗎？」

「算是吧。」格羅佛的下唇微微顫抖。「南加州地底下的地道網絡……我們猜想那是更大『迷宮』的一部分，不過那裡出了狀況。看來迷宮的那部分已經……受到感染。有點像是發燒。火焰持續聚集、增強，有時候累積噴出……那邊！」

他指著南方。大約四百公尺外，在最靠近的山丘上，一道黃色火柱噴向空中，很像焊槍的火熱噴嘴。接著，火焰消失了，留下一片熔融的岩石。我不禁想著，噴口燃燒起來時，如果我剛好站在那裡，結果不知會怎樣。

「那不正常吧。」我說。

我的腳踝搖搖晃晃，彷彿裝了假腳的人其實是我。

格羅佛點點頭。「我們在加州面臨的問題已經夠多了，包括乾旱、氣候變遷、汙染，所有這些不常的問題。可是那些火焰……」他的表情很僵硬。「那是我們不了解的某種魔法。我曾經離開這裡幾乎一整年，嘗試找出高熱的來源，把它關閉。我已經失去那麼多朋友了。」

他的聲音像是要碎了。我很了解失去朋友的感受。那麼多個世紀以來，我曾失去很多親近的凡人，不過在這一刻，有個朋友特別浮上心頭：名叫埃洛伊茲的葛萊芬⑰，牠在小站失去性命，爲了保護牠的巢，爲了保護我們所有人不受到皇帝康莫德斯的攻擊。我想起牠的虛弱身體，在艾米的屋頂花園裡，牠的羽毛幻化成一整個花圃的貓薄荷……

格羅佛跪下，伸手護著一叢野草。野草的葉子乾枯碎裂。

「太遲了，」他喃喃說著：「以前我是探查者，外出尋找潘，至少懷抱著希望。我認爲自己能找到潘，而他會拯救我們所有人。現在呢……野地之神死了。」

我仔細看著棕櫚泉閃爍的光線，努力想像潘在那樣的地方。人類已經對大自然造成相當多的傷害，難怪潘漸漸消逝、死去。他僅餘的精神留給後輩的追隨著，也就是羊男和木精靈，把保護荒野的使命託付給他們。

我曾對潘說，這樣的主意太糟糕了。我曾經跑去度假，把音樂領域託付給追隨我的尼爾

---

⑰ 葛萊芬（Gryphon），希臘神話中一種鷹頭、獅身、有翅膀的怪物。

森・萊德⑱。幾十年後我跑回來，發現流行音樂竟然遭到愚蠢的小提琴與合聲歌手的汙染，而且勞倫斯・韋爾克⑲居然在黃金時段的電視節目中彈奏手風琴。絕，對，不，要，再，來，一，次。

「看到你的努力，潘會以你為榮。」我對格羅佛說。

連我自己都覺得這番話聽起來虛虛的。

格羅佛站起來。「我的父親和叔伯都因為尋找潘而犧牲性命。我只希望得到更多協助，完成他的使命。人類好像不在乎。就連半神半人也一樣。就連……」

他自己住口，但我猜，他要說的是「就連眾神也一樣」。

我得承認他說得有道理。

失去一隻葛萊芬、幾名木精靈或一整個生態系，眾神通常不會哀悼痛惜。我們會這樣想：「呃，跟我無關！」

我身為凡人的時間愈久，連最微小的一點失去也會讓我受到很大的影響。

我討厭身為凡人。

我們走的道路繞過一個社區的大門圍牆，再通往遠處商店的霓虹招牌。我望著自己的踏腳處，每走一步就不禁想著，會不會有一道火柱把我變成「萊斯特・燒酒點心」？

「你說每一件事都有關聯，」我回想著說：「你認為是第三位皇帝創造這個燃燒的迷宮？」

格羅佛左右張望，彷彿第三位皇帝有可能從某棵棕櫚樹後面跳出來，手上拿著斧頭，臉上戴著駭人的面具。考慮到我所猜測的皇帝身分，這種想像不算太牽強。

「對，」他說：「但我們不知道怎麼創造，或為什麼創造。我們甚至不知道那個皇帝的總部在哪裡。就我們所知，他不斷到處遷移。」

「那麼……」我吞嚥口水，很怕開口提問。「皇帝的身分是？」

「我們只知道他的縮寫是NH，」格羅佛說：「代表『Neos Helios』（新赫利歐斯[20]）。」

感覺好像有一隻幻想的地松鼠，沿著我的脊椎往上啃咬。「希臘文。意思是『新太陽神』。」

「正確，」格羅佛說：「不是羅馬皇帝的名字。」

對，我心想。不過，那是他最喜歡的頭銜之一。

我決定不要分享那項資訊；不要在這樣的黑暗中，不要在身邊只有神經兮兮的羊男作伴的時候。如果我坦白說出目前知道的資訊，我和格羅佛有可能會情緒崩潰，哭倒在彼此的懷抱裡，那樣既尷尬又沒有好處。

我們經過的社區大門寫著「沙漠棕櫚」。（眞的有人花錢請人想出這種名稱？）我們繼續走向最近的熱鬧街道，那裡有速食餐館和加油站的燈火。

「我希望蜜莉和葛利生會有新的資訊，」格羅佛說：「他們之前和一些半神半人待在洛杉磯。我想，也許他們的運氣比較好，追蹤到那個皇帝的下落，或者找到迷宮的核心。」

---

[18] 尼爾森·萊德（Nelson Riddle, 1921-1985），美國作曲家，以管絃樂編曲與許多流行歌手合作。

[19] 勞倫斯·韋爾克（Lawrence Welk, 1903-1992），美國音樂家，他的電視節目《勞倫斯·韋爾克秀》（*The Lawrence Welk Show*）播了三十年，現場音樂演出很受歡迎。

[20] 赫利歐斯（Helios）是阿波羅前一任的太陽神，泰坦巨神的後代。

「黑傑家就是因爲這樣才來到棕櫚泉嗎？」我問：「來分享資訊？」

「部分原因是。」從格羅佛的語氣聽起來，蜜莉和葛利生抵達此地的背後隱藏著更黑暗、更悲傷的理由，但我沒有追問。

我們走到一個大型十字路口停下來。馬路對面坐落著一間倉儲商店，發光的紅色招牌寫著「馬可的瘋狂軍用品店」。停車場空蕩蕩的，只有一輛老舊的黃色福特平托車停在門口附近。

我又看了店招牌一眼。看了第二眼，我才發現名稱不是「MARCO」（馬可），而是「MACRO」（馬克羅）。或許我已經發展出一點半神半人的閱讀障礙了，實在是因爲和他們在一起混太久。

「瘋狂軍用品店」，聽起來完全就是我不想去的地方。而且「MACRO」，意思可以是「宏觀」，或者「電腦的巨集指令」，或者……其他意思。看到那個名字，爲什麼好像又在我的神經系統放出另一群地松鼠？

「看起來沒開，」我含糊地說：「一定不是這間軍用品店。」

「不。」格羅佛指著那輛平托車。「那是葛利生的車。」

當然是啦，我心想。我的運氣超好，那輛車怎麼可能不是他的？

我好想逃走。我不喜歡那個巨大的紅色招牌，用血腥色的燈光閃過那些文字。可是格羅佛．安德伍德帶我們穿越迷宮，他又談起自己失去那麼多朋友，我實在不能讓他又失去另一個朋友。

「那好吧，」我說：「我們去找葛利生．黑傑。」

7 闔家歡樂包應該是冷凍披薩而非手榴彈

在一間軍用品店裡，要找到一名羊男會有多困難呢？

結果是，相當困難。

「馬克羅的瘋狂軍用品店」延伸得無窮無盡……各種裝備擺滿了一條又一條的走道，自尊心很強的軍隊不會想要這樣吧。有個附了一塊紫色霓虹燈招牌的巨大桶子擺在門邊，大力推銷著「探險遮陽帽！買三送一！」。一條走道末端的展示架弄成像是耶誕樹，用許多丙烷桶堆疊而成，再用焊槍的軟管做成花圈狀，有塊小牌子寫著：「永遠適合這季節！」還有兩條走道各有四百公尺長，全部擺設了迷彩服裝，可能需要用到的每一種顏色都有，包括沙漠棕、森林綠、極地灰，還有火熱粉紅，以免你的特種部隊小組需要潛入某個小孩的公主主題生日派對。

每一條走道上方都掛了指示牌，寫著曲棍球天堂、手榴彈插鞘、睡袋、運屍袋、煤油燈、露營帳篷、大型尖棍。而在店裡的遠端，也許要健行半天才會到達的地方，掛著大型的黃色橫幅旗幟，大大的字體彷彿嚷嚷著說：「槍枝!!!」

我瞥了格羅佛一眼，在刺眼的日光燈下，他的臉色看起來更蒼白了。「我們該從露營用品開始找嗎？」我問。

他的視線掃過一整排宛如彩虹般的各色尖樁，嘴角不由得往下垂。「了解黑傑教練的話，他會受到槍枝的吸引。」

於是，我們開始朝向遙遠的「槍枝!!!」應許之地跋涉而去。

我不喜歡店裡太明亮的燈光，不喜歡太歡樂的罐頭音樂，也不喜歡開得太冷的冷氣，讓這個地方感覺好像停屍間。

店員不多，沒人理會我們。一個年輕人拿著打標籤的機器，在一排「可攜屎」™這種可攜式廁所打上五折特價標籤。另一名店員站在快速收銀台後動也不動，面無表情，彷彿達到「無聊」所引發的極樂天堂之境。每一位店員都穿著黃色背心，背後有「馬克羅」的商標圖案，是面帶微笑的羅馬分隊長，比出「ＯＫ」的手勢。

我也不喜歡那個圖案。

商店前方設立一個高高的崗亭，樹脂玻璃隔板後方有一張主管的桌子，很像監獄裡面典獄長的崗位。一名非常壯碩的男子坐在那裡，禿頭閃閃發亮，脖子爆著青筋，碩大的手臂肌肉幾乎要撐爆他的正式襯衫和黃色背心。他的白色眉毛非常濃密，因此表情看起來很嚇人。他看著我們走過，臉上的微笑讓我起雞皮疙瘩。

「我覺得我們不該在這裡。」我對格羅佛低聲說。

他盯著那個主管。「相當確定這裡沒有怪物，否則我會聞到。那傢伙是人類。」

這番話並沒有消除我的疑慮。我最不喜歡的一些人也是人類啊。不過，我還是跟著格羅佛走入店鋪。

如同格羅佛的預測，葛利生．黑傑果然在槍枝區，一邊吹著口哨，一邊拿起步槍瞄準器和槍管刷塞進購物車裡。

我明白格羅佛為什麼叫他「教練」了。黑傑穿著鮮豔的藍色雙重織布聚酯纖維運動短褲，露出毛茸茸的山羊腿，頭頂兩隻小小的羊角之間戴著紅色棒球帽，身穿白色馬球衫，頸間掛著哨子，像是隨時可以奉命去擔任足球比賽的裁判。

從他滿臉風霜的模樣看來，他的年紀比格羅佛大一點，不過羊男的年紀其實很難確定。他們的成熟速度約是人類的一半。舉例來說，我知道格羅佛大約是人類年紀的三十多歲，但以羊男來說只有十六歲。教練則可能介於人類年紀的四十到一百歲之間。

「葛利生！」格羅佛叫道。

教練轉過身，滿臉燦笑。他的推車裡堆滿了箭筒、彈藥箱，還有一排排裝在塑膠盒裡的手榴彈，促銷文案是：「闔家同樂!!!」

「嗨，安德伍德！」他說：「你來得正好！幫我拿一些地雷。」

格羅佛嚇得後退幾步。「地雷？」

「嗯，只是空殼啦，」葛利生說，指著一排金屬製的小罐子，看起來很像水壺。「不過我想我們可以在裡面裝炸藥，讓它們再度起作用！你喜歡二次世界大戰的型號，還是越戰時代用的？」

「呃……」格羅佛抓住我，把我推向前。「葛利生，這位是阿波羅。」

葛利生皺起眉頭。「阿波羅……就像『阿波羅』的那個阿波羅？」他看著我，從頭到腳掃過一遍。「比我們想的還糟耶。小子，你得多做一點核心運動。」

「多謝喔。」我嘆口氣。「我以前從沒聽過這種話。」

「我可以督促你，把身材練得很有型，」黑傑若有所思地說：「不過呢，先幫我一點忙。木墩雷？雙刃大砍刀？你們覺得呢？」

「我想，你是來買露營裝備的吧。」

葛利生挑挑眉毛。「這些確實是露營裝備啊。如果我得和妻兒一起待在戶外，躲在那個水池旁邊，那麼知道自己全副武裝、而且身邊有各種透過壓力引爆的爆裂物，我就會覺得安心許多！我有一個家庭要保護耶！」

「可是……」我瞥了格羅佛一眼，只見他搖搖頭，彷彿要說「連試都別試」。

親愛的讀者，故事講到這裡，你可能覺得很納悶：「阿波羅，你爲什麼會反對呢？葛利生．黑傑有權這麼做啊！你要和怪物戰鬥，如果可以用地雷和機關槍，幹嘛要用刀劍和弓箭浪費時間呢？」

哎呀，如果你要對付的是古代的力量，現代武器最不可靠了。在超自然的情況下，凡人製造的標準槍砲裝置往往會卡彈，爆裂物也有可能無法順利運作，普通的彈藥更是只會惹毛大部分的怪物。有些英雄確實使用槍枝，但是彈藥必須用魔法金屬打造，例如神界青銅、帝國黃金、冥河鐵等。

可惜這些材料都很稀有。以魔法打造子彈非常麻煩，只用一次就炸光了；至於魔法金屬製造的刀劍，則可以存續好幾千年之久。與蛇髮女怪或九頭蛇「許德拉」[21]戰鬥時，如果抱持「亂槍打鳥、祈禱命中」的心態，根本就不切實際。

「我想，你已經有一大堆各式各樣的裝備了，」我說：「更何況，蜜莉很擔心。你離開一整天了。」

「不，我才沒有！」黑傑反駁說：「等一下，現在是什麼時間？」

「天黑了。」格羅佛說。

黑傑教練眨眨眼。「此話當眞？啊，蠢斃了。我大概花了太多時間待在手榴彈那條走道上了。嗯，好。我想……」

「抱歉。」我背後有個聲音說。

接下來高亢的尖叫聲很可能來自格羅佛。也可能是我，誰知道呢？我轉過身，發現原本在主管崗亭裡的壯碩禿頭男子偷溜到我們後面，這種偷溜的把戲還滿厲害的，畢竟他差不多有兩百一十公分高，體重肯定接近一百三十幾公斤。他的左右兩側各有一名店員，兩人都面無表情、眼神茫然，手上拿著標籤槍。

經理嘻嘻笑，濃密白眉向上豎起，牙齒像大理石墓碑有很多顏色。

「很抱歉打擾你們，」他說：「我們沒有碰過很多名人，我只是……我非確認不可。你是阿波羅？我是說……『那個』阿波羅？」

聽起來他想到這種可能性就樂不可支。我看著兩位羊男同伴。葛利生點頭。格羅佛猛烈搖頭。

「那麼，如果我以前是阿波羅呢？」我問經理。

「喔，你買的東西全部免費！」經理大叫。「我們會鋪上紅地毯！」

㉑ 許德拉（hydra），希臘神話中的多頭怪物，頭的數量說法不一，有五頭至九頭的版本。

這種把戲眞是太卑鄙了。只要聽到紅毯，我向來立刻上當。

「嗯，那麼，好吧，」我說：「我是阿波羅。」

經理的尖叫拖得好長；我以前射中厄瑞曼色斯大野豬[22]的屁股時，牠就是發出這種尖叫聲。「我就知道！我是超級大粉絲。我叫『馬克羅』，歡迎來到我的店！」

他對兩名店員瞥了一眼。「拿出紅毯，我們就可以把阿波羅捲起來，對吧？不過首先要讓兩個羊男死得快一點又不痛苦。這眞是至高的榮耀啊！」

兩名店員舉起他們的標籤槍，準備把我們標示成清倉大拍賣的貨品。

「等一下！」我大叫。

兩名店員遲疑了一下。從這麼近的距離，我看出他們兩人多麼相似：同樣油膩蓬亂的黑髮，同樣呆滯的眼神，同樣僵硬的姿勢。他們可能是雙胞胎，或者（一種可怕的想法滲入我的腦袋）同一條生產線的產品。

「我，嗯，呃……」我說著，讓詩意堅持到底。「萬一我不是眞正的阿波羅呢？」

馬克羅的嘻笑表情失去一點瓦數。「嗯，那麼我得因爲太失望而殺了你。」

「好吧，我是阿波羅，」我說：「不過你不能就這樣殺了你的顧客啊，那不是軍用品店的待客之道吧！」

在我背後，格羅佛與黑傑教練扭打成一團，黑傑拚命想扯開一組闔家歡樂包的手榴彈，還一邊咒罵著那種預防破壞的包裝法。

馬克羅緊握他肉肉的雙手。「我知道那樣非常無禮。我眞心道歉，阿波羅陛下。」

「所以……你不會殺我們？」

「嗯，正如我所說，我不會殺你。皇帝對你自有計畫。他需要你活著！」

「計畫啊。」我說。

我痛恨計畫。那害我回想起一些超討厭的事，例如宙斯每個世紀舉辦一次目標設定會議，或者危險又複雜的攻擊行動。或者雅典娜。

「可……可是，我的朋友們，」我結結巴巴地說：「你們不能殺羊男啊。像我這麼尊貴的天神，如果沒有隨扈在旁邊，就不能捲到紅毯裡！」

馬克羅打量兩位羊男，他們依然奮力搶奪塑膠包裝的手榴彈。

「唔，」經理說：「我很抱歉，阿波羅陛下，不過你也看得出來，這是我重新得到皇帝賞識的唯一機會，我相當確定他不會想要羊男。」

「你的意思是……你失去了皇帝的賞識？」

馬克羅用力嘆口氣。他開始捲起袖子，彷彿預見到眼前會有一場艱辛且沉悶的羊男殊死戰。「恐怕是喔。我當然不會自己要求流放到棕櫚泉的！唉，第一公民對他的保安部隊非常挑剔。我的部隊失誤太多次，於是他把我們送來這裡。他竟然用各式各樣可怕的林鴞、傭兵和『大耳朵』來取代我們。你能相信嗎？」

我無法相信也無法理解。「大耳朵」？

我仔細端詳那兩名店員，他們依然呆立不動，標籤槍準備就緒，目光茫然，面無表情。

㉒ 厄瑞曼色斯大野豬（Erymanthian Boar）是英雄海克力士（Hercules）十二項任務中戰勝的怪物之一。這頭野豬住在厄瑞曼色斯山，海克力士四處追蹤，利用計謀趕牠進入雪地才抓到牠。

「你的店員是機器人，」我終於明白了。「這些是皇帝以前的部隊？」

「哎呀，是的。」馬克羅說：「不過他們很能幹。只要我把你送過去，皇帝肯定會了解，也會原諒我。」

他的袖子現在捲到手肘上方了，露出以前的白色疤痕，像是他的前臂在多年前曾被絕望的受害者死命抓扒過……

我回想起先前夢中的皇帝宮殿，執法官跪在他的新任皇帝面前。

太遲了，我想起那位執法官的名字了。「納維烏斯．蘇托里烏斯．馬克羅[23]。」

馬克羅對著他的機器人店員展露笑顏。「我不敢相信，阿波羅記得我耶。這眞是無上的榮耀啊！」

他的機器人店員維持面無表情。

「你殺了提比略皇帝，」我說：「用枕頭使他窒息而死。」

馬克羅看起來很羞愧。「嗯，他百分之九十已經死了，我只是助他一臂之力罷了。」

「而你那樣做是爲了……」一份冷冰冰的墨西哥捲餅沉入我的胃，裡面包裹著恐懼……

「下一任皇帝。新太陽神。那就是他。」

馬克羅熱切地點頭。「正確！就是那一位，獨一無二的蓋烏斯．尤利烏斯．凱撒．奧古斯都．日耳曼尼庫斯！」

他伸展雙臂，彷彿等待掌聲。

兩位羊男停止打架。黑傑繼續嚼著手榴彈的外包裝，不過塑膠又粗又厚，他的羊男牙齒根本咬不斷。

格羅佛向後退開，把手推車放在他自己和店員之間。「蓋……蓋烏斯是誰？」他盯著我。

「阿波羅，那代表什麼意思？」

我吞嚥口水。「那代表我們要逃。快跑！」

㉓ 納維烏斯・蘇托里烏斯・馬克羅（Naevius Sutorius Macro, 21B.C.-38A.D.），古羅馬禁衛軍官員，曾服事於提比略（Tiberius）和卡利古拉（Caligula，即蓋烏斯・尤利烏斯・凱撒・奧古斯都・日耳曼尼庫斯）兩位皇帝之下，最後以自殺終結生命。

8

我們炸東西
你以為全部炸了？
不，還有更多

大多數的羊男都很擅長逃走。

然而，葛利生．黑傑不屬於那大多數的羊男。他從手推車裡抓出一支槍管刷，大喊「去死吧！」，然後衝向那位體重一百三十幾公斤的經理。

就連機器人都因爲太驚訝而無法反應，那可能救了黑傑一命。我抓住羊男的領子，把他往後拖，只見兩名店員開始瘋狂射擊，接二連三的亮橘色折扣標籤飛過我們頭頂。

我拉著黑傑沿著走道跑，這時他猛力一踢，踢翻他的購物推車，倒在我們敵人腳邊。又一張折扣標籤掠過我的手臂，簡直像泰坦女神憤怒時呼巴掌的力道那麼大。

「小心啊！」馬克羅對他的手下大叫。「我需要完整的阿波羅，不要把他切成兩半！」

葛利生攀住層架，抓出一個陳列試用的「馬克羅自動發光燃燒彈」™（買一送二！），一邊扔向兩名店員，同時凶狠地大喊：「吃軍火吧！」

馬克羅尖聲大叫，看著燃燒彈掉在被黑傑踹得散落一地的彈藥箱之間，然後果眞如同廣告文案所宣稱，爆炸成一團火球。

「往上面翻過去！」黑傑擒抱住我的腰，把我像一整袋足球甩到他的肩上，接著爬上貨架，展現出山羊超強大的攀爬功力，然後跳進隔壁走道，只聽見彈藥箱在我們背後轟然爆炸。

我們落在一堆圓筒狀的睡袋上面。

「繼續移動！」黑傑大喊，好像覺得我可能從沒想過這件事。

我跌跌撞撞地跟在他後面，耳朵嗡嗡作響。從我們剛離開的那條走道，我聽到猛力撞擊聲和尖叫聲，馬克羅好像在火燙的平底煎鍋上衝來衝去，旁邊有一堆玉米粒變成爆米花。

我到處都沒看到格羅佛。

等我們到達走道末端，一名店員繞過轉角，手上高舉著標籤槍。

「嘿—啊！」黑傑對他施展旋轉飛踢。

眾所皆知，這一招超難的。就連戰神阿瑞斯在他的道場練習這招，有時候也會摔斷尾椎（參見《阿瑞斯也會掰咖》影片，去年在奧林帕斯山瘋狂轉寄，至於到底是誰上傳的，那就不關我的事了）。

出乎我意料之外，黑傑教練施展得非常完美。他的羊蹄踢中店員的臉，把機器人的整顆頭踢飛出去，身體則是跪倒在地、向前撲摔，頸部的電線爆出火花。

「哇喔。」葛利生檢視自己的羊蹄。「我想，『鐵山羊』護蹄蠟眞的有效耶！」

看到店員的斷頭身體，我猛然回想起印第安納波利斯的「無頭族」，他們的假頭如果掉了，就是像這樣斷得超整齊。不過我沒時間沉浸於那麼可怕的過去，因爲有這麼可怕的現在要應付。

在我們背後，馬克羅叫道：「喔，看你們現在做了什麼好事？」

經理站在走道的遠端，衣服沾染了煤灰，黃色背心上滿是點點小洞，看起來很像煙燻的瑞士乳酪。然而不知怎的，我的運氣也太好了，他似乎毫髮無傷。第二名店員站在他後面，顯然不在乎自己的機器人腦袋正在燃燒。

「阿波羅，」馬克羅大罵：「跟我的機器人打鬥根本沒意義。這裡是軍用品店，我還囤積了五十多個像這樣的東西。」

我瞥了黑傑一眼。「我們快離開這裡。」

「是啊。」黑傑從附近貨架上抓下一支槌球遊戲的木槌。「五十個，連我都覺得有點多。」

我們繞過露營帳篷區，接著曲折穿越「曲棍球天堂」，嘗試漸漸退向店門口。馬克羅正在幾條走道外發號施令：「逮住他們！我可不要再一次被迫自殺！」

「再一次？」黑傑喃喃說著，他蹲在一個曲棍球員模特兒的手臂下面。

「他效命於皇帝。」我氣喘吁吁地說，努力平穩呼吸。「老朋友了。不過……呼，呼……皇帝不信任他。下令逮捕他……呼，呼……將他處決。」

他們在貨架末端的展示架停下來。葛利生伸頭到轉角處，窺探敵人的行蹤。

「所以馬克羅乾脆自殺？」黑傑問。「眞是笨蛋。如果那個皇帝要他死，他幹嘛要再效忠那傢伙？」

我抹掉眼裡的汗水。老實說，凡人的身體爲什麼得流這麼多汗啊？「我想，皇帝讓他死而復生，給他第二次機會。羅馬人對於『忠誠』的想法眞的很詭異。」

黑傑咕噥一聲。「說到這個，格羅佛在哪裡？」

「回去水池的半路上吧，如果他夠聰明的話。」

黑傑皺起眉頭。「不會吧。不相信他會那樣。嗯……」他指著前方，那裡有玻璃自動門通往停車場。教練的黃色平托車好誘人，停得好近……這是有史以來第一次把「黃色」、「平托車」、「誘人」用在同一個句子裡吧。「你準備好了嗎？」

我們衝向門口。

自動門並不合作。我撞向一扇門，結果直直彈回來。葛利生用他的木槌猛敲玻璃，也試了幾次查克．羅禮士㉔飛踢，不過羊蹄即使塗了「鐵山羊」護蠟也沒造成半點刮痕。

在我們背後，馬克羅說：「喔，親愛的。」

我轉過身，拚命壓抑啜泣聲。經理站在六、七公尺外，位於一艘急流橡皮艇的下方，橡皮艇從天花板懸吊下來，船頭有塊牌子寫著：「省下好幾艘船的錢！」我開始體會到皇帝為什麼下令逮捕馬克羅並將他處死了。對這麼一個大塊頭來說，他偷溜到別人背後的功力也太好了吧。

「那些是防彈玻璃門，」馬克羅說：「這一週有促銷喔，在我們的放射性落塵改善區，不過我想那對你們沒什麼用。」

又有更多黃背心店員從各條走道蜂擁而來……十幾個一模一樣的機器人，有些身上仍披著氣泡紙，好像剛從倉庫裡掙脫而出。他們在馬可羅後面約略排成半圓形。

我拔出自己的弓箭，對馬克羅射出一箭，但雙手抖得好厲害，結果箭沒射中，而是射到一名機器人的額頭，包住額頭的氣泡紙發出清脆的「噗」一聲。機器人似乎根本沒注意到。

「唔。」馬克羅做個鬼臉。「你真的很凡人耶，對吧？我想，大家說得沒錯：『千萬別遇

㉔查克．羅禮士（Chuck Norris），美國電影演員及空手道世界冠軍。

見你的天神。他們只會讓你失望。』我只希望你留下來的部分夠多，讓皇帝那位施展魔法的朋友能夠拿去用。」

「我……我夠多？」我結結巴巴地說：「施展魔……魔法的朋友？」

我等待葛利生．黑傑施展一點聰明又英勇的招數。他的運動短褲口袋裡一定帶了可攜式火箭筒吧？也說不定他的教練哨子有魔法。不過，黑傑好像和我一樣被逼到絕境了，看起來滿心絕望。這樣不公平啊，被逼到絕境和滿心絕望是我的專利吧。

馬克羅把指關節扳得劈啪響。「太羞辱人了，眞的。我的忠誠度比『她』高多了，可是我不該抱怨。我只要帶你去見皇帝，就會得到獎賞！我的機器人會得到第二次機會，成爲皇帝的私人侍衛！到了那以後，我有什麼好在乎的呢？那個女巫大可帶你去迷宮裡面，好好施展她的魔法。」

「她……她的魔法？」

黑傑舉起木槌。「我會盡可能摺倒最多的人，」他低聲對我說：「你去找另一個出口。」

我很感激這種情操。可惜的是，我認爲羊男無法爭取到太多有利的情勢。況且，我也不想回去，呃，蜜莉身邊，通知那位缺乏睡眠的雲精靈說，一群渾身包著氣泡紙的機器人殺了她丈夫。噢，我的凡人同情心眞要把我擊垮了！

「那個女巫是誰？」我追問：「她想對我做……做什麼？」

馬克羅的微笑既冷酷又虛假。回首舊日時光，我自己也曾多次運用那樣的微笑，當時有些希臘城邦向我祈禱，要我救救他們，不要染上瘟疫，而我必須透露這樣的消息：「哇塞，我很抱歉，可是我之所以引發那場瘟疫，就是因爲不喜歡你們啊。祝你們有個愉快的一天！」

「你很快就會懂了，」馬可羅保證說：「她說你會直直走進我們設下的圈套，那時我並不相信她說的話，不過你眞的來這裡了。她預測你沒辦法抗拒『烈焰迷宮』。啊，好吧。瘋狂軍用品店的小組成員，殺了羊男，逮捕前任天神！」

那些機器人蜂擁向前。

就在這一刻，天花板附近有一抹綠色、紅色和棕色的模糊形影攫住我的目光，從最靠近的走道頂端，有個類似羊男的形影跳出來，吊在日光燈的固定裝置上，然後甩動身子，降落在馬克羅頭頂的急流橡皮艇上。

我還來不及大喊「格羅佛．安德伍德」，橡皮艇就掉到馬克羅和他那群手下的頭頂上，把他們埋在「省下好幾艘船的錢！」下面。格羅佛往旁邊跳開，手上拿著一支船槳，嘴裡大吼：「走吧！」

這陣混亂讓我們有點時間可以逃走，但出口門鎖住了，我們只能跑進店鋪深處。

「這招很讚！」黑傑拍拍格羅佛的背，這時我們跑過僞裝用品區。「我就知道你不會丟下我們！」

「對啦，不過這裡到處都沒有大自然的東西，」格羅佛抱怨說：「沒有植物。沒有泥土。沒有自然光。在這種狀況下，我們要怎麼對抗啊？」

「有槍啊！」黑傑提議說。

「槍枝區陷入一片火海，」格羅佛說：「多虧有燃燒彈和一些彈藥箱。」

「眞是禍害！」教練說。

我們經過一大排武術兵器，黑傑的眼睛爲之一亮。他很快把手上的木槌換成一副雙節棍。「這才像話嘛！你們兩個要不要拿一些手裡劍或鎖鎌[25]？」

「我比較想逃走，」格羅佛說著，一邊甩動他的船槳。「教練，你不要再想那種毫無遮掩的正面迎擊了！你有家庭要顧耶！」

「你以為我不知道嗎？」教練咆哮說：「在洛杉磯，我們努力要和麥克林一家人一起安頓下來。你看結果變成怎樣。」

我猜背後大有隱情……為什麼他們從洛杉磯跑來這裡？為什麼黑傑提起那件事的語氣很痛苦？不過，我們正在軍用品店裡逃離敵人，此刻也許不是談論那件事的最佳時機。

「我建議去找另一個出口，」我說：「我們可以一邊逃，同時討論忍者使用的武器。」

這個折衷方案似乎讓他們兩人都很滿意。

我們快跑經過一整排的充氣式游泳池（那怎麼會是軍用品啊？），接著轉個彎，看到我們的正前方，房屋遠處後方的角落有一道雙扇門，上面寫著「店員專用」。

格羅佛和黑傑衝向前，留下我氣喘吁吁跟在他們後面。馬克羅的聲音從附近某處傳來：「阿波羅，你逃不掉的！我已經召喚『那匹馬』，牠隨時會來這裡！」

那匹馬？

這個名詞為什麼送出一個B大調的恐怖和弦，與我全身的骨頭產生共鳴？我在一團混亂的記憶裡努力搜尋，想要找到明確的答案，得到的卻是一片空白。

我的第一個念頭是，也許「那匹馬」是個藝名。也許皇帝雇用一名邪惡的摔角手，披著黑色的綢緞斗篷，身穿閃亮的彈性纖維短褲，頭上還戴著馬頭形狀的頭盔。

第二個念頭則是，為什麼馬克羅可以搬來救兵，我卻不行？魔法破壞了半神半人的通訊系統，這已經持續了好幾個月，電話短路、電腦熔毀，伊麗絲訊息和魔法卷軸也都無法運作。然而，我們的敵人彼此傳送簡訊似乎一點困難也沒有，像是：「阿波羅，在我的地盤。你在哪？幫我殺他！」

眞是不公平。

所謂的公平，是讓我取回永生不死的力量，把我們的敵人炸爛成碎片。

我們衝過「店員專用」的雙扇門。裡面是儲藏室兼貨物裝卸區，塞滿了更多機器人，它們渾身裹著氣泡紙，全都默默站著，了無生氣；每次荷絲提雅舉辦搬家派對時，參與的人群就是這副模樣。（她是掌管家庭爐灶的女神，但這位女士完全不懂怎麼炒熱派對的氣氛。）

葛利生和格羅佛跑過那些機器人旁邊，開始把貨物裝卸台的倉庫鐵捲門往上拉。

「鎖住了。」黑傑用他的雙節棍揮打鐵捲門。

我從店員專用門的塑膠小窗窺看外面。馬克羅和他的手下正往我們這個方向衝過來。「逃跑或留下？」我問。「我們又快要被逼上絕路了。」

「阿波羅，你可以幹嘛？」黑傑質問。

「你是什麼意思？」

「你暗藏的大絕招是什麼？我使出燃燒彈，格羅佛把船扔下來。現在換你了。也許來點天神之火？我們用得上天神之火喔。」

㉕手裡劍（shuriken）亦稱飛鏢，是日本忍者使用的投射式武器。鎖鐮（kusarigama）是日本戰國時代忍者常用的武器，一端是鐮刀，另一端是鐵鍊和重錘。

「我根本沒有暗藏的大絕招！」

「我們留下，」格羅佛下定決心說。他把手上的船槳扔給我。「阿波羅，擋住那道門。」

「可是……」

「把馬克羅擋在外面就是了！」格羅佛一定是向梅格學到「魄力」這一課。我跳起來服從指令。

「教練，」格羅佛繼續說：「你可以對貨物裝卸台的鐵捲門吹一首曲子，叫它打開嗎？」

黑傑嘀咕一聲。「好幾年沒吹了，不過我會試試看。你要幹嘛？」

格羅佛仔細研究那些靜止的機器人。「我朋友安娜貝斯教我的招數。快點！」

我讓船槳穿過門上的把手，接著使勁拖來一根繩球遊戲的柱子，用它抵住門。黑傑開始用他的教練哨子吹出一首曲子……是史考特．喬普林的〈演藝人〉㉖。我從沒想過哨子可以當樂器。黑傑教練的表演並沒有改變我的想法。

在此同時，格羅佛把身邊機器人的塑膠包裝紙撕扯開來，用指關節叩叩敲打它的額頭，產生空洞的聲響。

「神界青銅，好吧，」格羅佛判斷說：「這可能行得通！」

「你要幹嘛？」我追問：「把它們熔掉，做成武器？」

「不是，讓它們活動起來，為我們效命。」

「它們才不會幫我們！它們是馬克羅的！」

說到那個執法官：馬克羅猛推門，只見船槳和繩球支柱喀啦作響。「喔，阿波羅，拜託！別搞得那麼困難啦！」

格羅佛扯掉另一個機器人的氣泡紙。「在曼哈頓戰役期間，」他說：「我們與克羅諾斯㉗奮戰時，安娜貝斯告訴我們，有個凌駕一切的指令寫進機器人的韌體裡。」

「那只適用於曼哈頓的公共雕像吧！」我說：「每個天神都知道那件事！你不能期待這些機器人也會回應『行動指令：代達羅斯㉘第二十三號計畫』吧！」

剎那間，就像影集《超時空奇俠》的可怕情節，那些裹著塑膠包裝紙的機器人突然全部立正站好，轉過來面對我。

「好耶！」格羅佛開心大叫。

我可沒有覺得那麼開心。我才剛讓塞滿一整個房間的金屬臨時工活過來，它們比較可能殺了我，而不是聽命於我。我實在搞不懂，安娜貝斯怎麼知道代達羅斯的指令可以用在機器人身上？但話說回來，她曾經重新設計我的奧林帕斯山宮殿，在廁所裡裝設音質完美的立體聲環繞喇叭，所以我不該對她的機智感到太驚訝。

黑傑教練繼續吹奏史考特．喬普林。貨物裝卸區的鐵捲門沒有動靜。馬克羅和他的手下衝撞我的臨時路障，害我差點抓不住繩球柱。

「阿波羅，對機器人講話！」格羅佛說：「它們正在等你的命令啊。告訴它們『展開溫泉

㉖ 史考特．喬普林（Scott Joplin, 1867-1917），非裔美國人作曲家，以散拍作品著稱，這是源自黑人舞蹈音樂的音樂形式，〈演藝人〉（The Entertainer）是他最著名的作品之一。

㉗ 克羅諾斯（Kronos），希臘神話中十二位泰坦巨神之一。他被稱為「邪惡者」，曾用鐮刀將父親烏拉諾斯（Ouranos）切成碎片，並成為泰坦巨神的首領及天界之王。後來王位被自己的孩子宙斯推翻。

㉘ 代達羅斯（Daedalus），希臘神話中的偉大發明家、建築師與工藝師。

關計畫』！」

我不喜歡有人提起「溫泉關」。有那麼多英勇又有魅力的斯巴達人，全都死於那場希臘對抗波斯的戰役㉙。不過我聽從吩咐說出口：「展開溫泉關計畫！」

就在這一刻，馬克羅和他的十二名僕人撞破那道門，折斷船槳，撞開繩球柱，也害我飛進那群金屬新朋友之中。

馬克羅跌跌撞撞地停下來，他的左右兩側各有六名手下一字排開。「這是怎樣？阿波羅，你不能喚醒我的機器人！你還沒結帳呢！瘋狂軍用品店小組成員，逮捕阿波羅！撕碎羊男！別再吹那個吵死人的哨子了！」

兩件事讓我們得救，不至於立刻死掉。第一，馬克羅犯了錯，同一時間下達太多指令。所有著名的指揮家都會這樣告訴你，樂團指揮絕對不該同時指示小提琴拉快一點、定音鼓放軟一點、銅管樂器漸次加強，因爲到最後，你會得到一場交響樂的大災難。馬克羅的可憐士兵們得自己決定到底應該先逮捕我、撕碎羊男，或者阻止哨子聲。（就我個人來說，我會先撲向吹哨的人，因爲偏見太深了。）

還有哪一件事救了我們呢？我們的臨時工新朋友不是聽命於馬克羅，而是開始執行「溫泉關計畫」。它們蜂擁向前，彼此挽著手臂，把馬克羅和他的夥伴團團圍住。他們尷尬地拚命想避開自己的機器人同事，結果全部撞成一團。（這個情景讓我第二次回想起荷絲提雅的搬家派對。）

「停下來！」馬克羅尖叫說：「我命令你們停下來！」

這個命令只是更添混亂。馬克羅的忠誠手下凍結不動，任憑我們的代達羅斯操控機器人把馬克羅一行人團團圍住。

「不，不是你們啦！」馬克羅對他的手下大喊。「你們全都不要停下來！你們繼續奮戰！」這番話對於釐清整個情況毫無助益。

代達羅斯機器人圍住它們的夥伴，把所有人全部擠成一團。馬克羅儘管又高又壯，還是被困在正中間，不管怎麼扭動推擠都沒用。

「不！我不能……」他吐出口中的氣泡紙。「救命！『那匹馬』不能看到我這副模樣啊！」

代達羅斯機器人的胸口深處開始發出嗡嗡聲，很像引擎卡在錯誤的檔次。蒸氣從頸部的縫隙裊裊升起。

我直往後退，就像看到一群機器人開始冒煙時的反應。「格羅佛，『溫泉關計畫』到底是什麼？」

羊男用力吸口氣。「呃，他們應該堅守陣地，於是我們可以撤退。」

「那它們爲什麼冒煙？」我問：「還有，爲什麼開始發出紅光？」

「喔，親愛的。」格羅佛咬住下唇。「它們可能把『溫泉關計畫』和『彼得斯堡計畫』搞混了。」

「那就表示……？」

㉙溫泉關戰役（Battle of Thermopylae）是波希戰爭著名戰役。西元前四八〇年，波斯帝國率軍攻打希臘。斯巴達國王里歐尼達一世（Leonidas.I, 540-480B.C）率領三百名斯巴達戰士與一些希臘城邦聯軍壯烈死守溫泉關，直到全軍覆沒，但成功拖延數萬波斯大軍進攻。

「它們可能會在一場猛烈大爆炸中犧牲自己了。30」

「教練！」我大喊：「哨子吹好一點啦！」

我縱身撲向貨物裝卸台的鐵捲門，拚命把手指塞進門縫底下，用盡可憐的凡人力氣往上抬。我跟著黑傑的狂亂曲調吹口哨，甚至稍微跳起踢踏舞，畢竟大家都知道那樣可以加速音樂咒語的效果。

在我們背後，馬克羅尖聲大叫：「好熱！好熱！」

我覺得衣服好溫暖，感覺很不舒服，好像坐在營火邊緣。由於曾在迷宮裡遇到火焰牆，我可不想再次冒險，在這個小房間裡來個集體擁抱／爆炸。

「抬起來！」我大喊：「吹哨子！」

格羅佛加入我們孤注一擲的喬普林演出。最後，貨物裝卸區的鐵捲門開始移動，我們把它抬離地面幾公分，只見它發出抗議的吱嘎聲。

馬克羅的尖叫聲變得聽不太清楚。周遭的嗡嗡聲和熱度，讓我回想起太陽戰車即將起飛前的片刻，它會以一陣巨大的太陽能猛力衝向天空。

「快走！」我對羊男大喊：「你們兩個，從底下滾出去！」

我覺得自己相當英勇……不過坦白說，我有點希望他們堅持說：「喔，不，拜託！天神優先！」

並沒有這樣的禮數。兩位羊男從門底下扭身擠出，接著從另一邊抬起鐵捲門，讓我奮力擠過縫隙。哎呀，我發現自己行動受阻，都怪肚子上可惡的游泳圈。總之，我卡住了。

「阿波羅，快點！」格羅佛大喊。

「我在試啊！」

「小子，吸氣縮小腹！」教練尖叫說。

我以前從來沒請過私人健身教練。眾神怎麼會需要找人對他們大呼小叫、出言羞辱、叫他們練得認眞一點呢？而且坦白說，如果明知只要第一次開口責罵客戶、叫他多做五下伏地挺身，就會遭到閃電轟個稀巴爛，誰還會想要做那種工作？

然而這一次，我很樂意有人對我大呼小叫。教練的敦促讓我產生一股額外的幹勁。我需要把這身鬆垮的凡人肥肉擠過縫隙。

我才剛站起來，格羅佛就大喊：「趴下！」

我們從卸貨台邊緣跳出去，只見鐵捲門在我們背後轟然炸開，它顯然沒有防彈效果。

㉚ 彼得斯堡（Petersburg）位於美國維吉尼亞州，南北戰爭期間，雙方都在彼得斯堡附近修築大型壕溝陣地，北軍更挖了一條地道通到南軍壕溝底下實施爆破，引發的大爆炸造成兩軍死傷慘重，史稱「彈坑戰役」。

9
馬打來電話
你願意支付費用？
甭——甭——甭——甭——甭

噢，爛死了！

拜託向我解釋一下，我爲什麼老是掉進垃圾箱啊？

不過我得坦白說，這個垃圾箱救了我一命。馬克羅的瘋狂軍用品店發生連環大爆炸，撼動整個沙漠，我們藏身的臭兮兮金屬垃圾箱蓋子也喀啦作響。我和兩位羊男一邊流汗一邊發抖，幾乎無法呼吸，縮在一堆垃圾袋之間，聆聽各種殘骸碎片從空中劈里啪啦掉下來，一堆意想不到的木頭、塑膠、玻璃和運動器材宛如傾盆大雨般落下。

感覺過了好幾年之久，我正打算冒險開口，說些「讓我離開這裡，不然我要吐了」之類的話，而就在這時，格羅佛伸手摀住我的嘴。我在黑暗中幾乎看不見他，但他急著搖搖頭，眼睛睜得好大，滿臉驚恐。黑傑教練看起來也很緊張，鼻子抖來抖去，似乎聞到某種比垃圾更糟的氣味。

接著，我聽到腳蹄踩踏柏油路面的「噠噠噠」聲音，逐漸靠近我們躲藏的地方。

一個低沉的聲音咕噥說：「嗯，這也太棒了。」

垃圾箱的邊緣傳來動物口鼻的嗅聞聲，也許是在嗅聞尋找倖存者。尋找我們。

我拚命不要哭出來或尿溼褲子。我成功忍住其中一項。讓你們自己猜是哪一項好了。垃圾箱的蓋子依舊緊閉。也許垃圾和燃燒倉庫的臭氣掩蓋住我們的氣味。

「喂，大C？」同一個低沉聲音說：「對啊，是我。」

由於沒聽到回應的聲音，我猜這個剛來的人正在講電話。

「沒，這地方完蛋了。我不知道。馬克羅一定已經……」他停下來，電話線另一端的人似乎開始長篇大論。

「我知道，」新來的人說：「很有可能是錯誤的警報，可是……啊，混蛋。人類警察就快要來了。」

他說完這番話之後，過了好一會兒，我才聽到遠處傳來微弱的警笛聲。

「我可以搜查這個區域，」新來的人提議說：「也許查看山坡上那些廢墟。」

黑傑和格羅佛憂心忡忡地互看一眼。廢墟肯定就是指我們的庇護所，目前保護著蜜莉、黑傑寶寶和梅格。

「我知道，你認爲你掌控一切，」新來的人說：「不過你聽好，那個地方還很危險。我要告訴你……」這一次，我可以聽到一個微弱細小的聲音，在電話線的另一端抓狂暴怒。

「好，C，」新來的人說：「是的。朱比特的護脛甲，冷靜點！反正我會……好啦。好啦。我這就回去。」

他氣呼呼地嘆口氣，讓我得知電話一定掛斷了。

「那小子眞是讓我肚子絞痛。」說話者大聲喃喃自語。

有個東西猛撞我們垃圾箱的側邊，就在我的臉旁邊。接著蹄聲噠噠地離開。

過了好幾分鐘後，我才覺得夠安全到可以看看兩位羊男了。我們默默同意必須離開垃圾箱，免得死於窒息、心臟病發或是我褲子的氣味。

到了外面，巷子裡滿地都是扭曲金屬和塑膠的冒煙團塊。倉庫本身變成發黑的空殼，內部依然有火焰亂竄，外加更多煙柱衝向夜空，灰燼讓喉嚨覺得好嗆。

「那……那是誰？」格羅佛問。「他聞起來像是某個傢伙騎在馬上，可是……」

黑傑教練的雙節棍在他手上喀啦作響。「也許是半人馬？」

「不是。」我伸手觸摸金屬垃圾箱側邊的凹陷處，現在看起來絕對不會認錯，那是套著蹄鐵的蹄印。「牠是一匹馬。一匹會說話的馬。」

兩位羊男直直瞅著我。

「所有的馬都會說話，」格羅佛說：「牠們只是說馬語。」

「等一下。」黑傑對我皺起眉頭。「你是說，你聽得懂那匹馬說的話？」

「對，」我說：「那匹馬說的是英語。」

他們等待我解釋清楚，可是我無法多做說明。此刻，我們脫離了迫在眉睫的危險，如今腎上腺素漸漸消退，我發現有一股冰冷、沉重的絕望感緊緊攫住自己。我本來把最後的希望寄託於自己可能搞錯敵人的身分，但那樣的希望已經徹底炸毀。

蓋烏斯．尤利烏斯．凱撒．奧古斯都．日耳曼尼庫斯……真是夠怪的，這個名字可以應用於好幾個赫赫有名的古代羅馬人。不過，納維烏斯．蘇托里烏斯．馬克羅的主人？大C？新太陽神？擁有會說話馬匹的唯一羅馬皇帝？那只可能指向一個人。一個超級可怕的人。

救護車傳來陣陣閃光，照亮附近棕櫚樹的葉子。

「我們得離開這裡。」我說。

葛利生凝視著軍用品店的殘骸。「是啊。我們繞到前面，看看我的車有沒有倖存下來。我只希望這次交易能得到一些露營裝備。」

「我們得到更糟糕的東西。」我一邊發抖一邊吸氣。「我們得到第三位皇帝的身分了。」

爆炸沒有弄壞教練那輛一九七九年份的福特黃色平托車。當然不會啦，那種爆醜的車子根本摧毀不掉，除非發生全球性的世界末日。我坐在後座，穿著一條新的桃紅色迷彩短褲，是從軍用品的殘骸裡搶救出來的。我整個人恍恍惚惚，幾乎不記得車子曾開進「德芮墨西哥玉米捲餅店」的得來速車道，買了夠多的捲餅，準備餵飽好幾十名大自然精靈。

回到山丘頂上的廢墟，我們召集一場仙人掌會議。

水池邊擠滿了沙漠植物木精靈，包括約書亞樹、梨果仙人掌、蘆薈和很多其他植物。他們全都穿著多刺的衣裳，盡可能不要彼此亂刺。

蜜莉很擔心葛利生，前一分鐘的狂吻宛如雨點般落下，告訴他有多勇敢；下一分鐘則是猛力搥打，罵他是不是要讓她變成寡婦，獨自撫養小寶寶黑傑長大。那個嬰兒，我現在知道了，他名叫查克，這時他醒過來，看起來不太高興；葛利生想抱他時，他伸出小小羊蹄猛踢父親的肚子，還用圓胖的小拳頭拉扯黑傑的山羊鬍。

「從好的一面來看，」黑傑對蜜莉說：「我們買了墨西哥玉米捲餅，而且我贏得超棒的雙節棍！」

蜜莉仰天望去，也許希望回到未婚雲精靈的單純生活吧。

至於梅格．麥卡弗瑞，她恢復意識，看起來與平常沒兩樣，只是稍微油膩了點，那要歸功於蘆薈的急救服務。梅格坐在水池邊，光著腳泡在水裡，斜眼偷看約書亞樹，他站在附近，穿著他的卡其服，沉思的模樣十分帥氣。

我問梅格感覺如何，因為如果我不細心體貼，就一無是處了。但她揮手把我趕走，堅持說她很好。我想，梅格只是覺得我在場讓她很尷尬，因為她嘗試對約書亞拋媚眼，又不想引人注意。我忍不住大翻白眼。

「女孩，我看到了喔，」我好想這樣說：「你很不小心。而且關於迷戀木精靈這件事，我們真的得好好談一談。」

然而，由於不希望她命令我自己掌嘴，我只好閉上嘴巴。

格羅佛分發墨西哥玉米捲餅給每一個人。他自己都沒吃……這是很確切的徵兆，顯示他有多麼緊張，但他只在水池周圍踱步，手指砰砰敲打著自己的牧笛。

「各位，」他朗聲說：「我們碰到一些問題。」

我還沒想像過格羅佛．安德伍德身為領袖的樣子，然而他說話的時候，所有的大自然精靈都對他投注全部的注意力。就連小嬰兒查克也安靜下來，對著格羅佛的聲音歪著頭，好像那是很有趣的事，可能值得踹一下。

格羅佛把我們在印第安納波利斯見面後發生的每一件事串連起來。他敘述我們在迷宮裡面那幾天，包括坑洞和有毒的湖泊、突然湧來的火勢、成群的林鴞，還有帶領我們向上爬出廢墟的螺旋狀坡道。

木精靈們環顧四周，神情緊張，彷彿想像著水池周圍擠滿邪惡的貓頭鷹。

「你確定我們安全嗎？」一名矮小豐滿的女孩問，她的口音輕快，頭髮別著紅色花朵（或者說不定是從她的頭髮開出的花朵）。

「我不知道，翁兒。」格羅佛瞥了我和梅格一眼。「兩位，這是翁寶仙人掌，暱稱翁兒。是從阿根廷移居來這裡。」

我很有禮貌地揮手打招呼。以前我從沒遇過阿根廷的仙人掌，但對布宜諾斯艾利斯很有好感。如果你不曾在當地的本塔納餐廳❸❶與某位希臘天神跳探戈，就不算眞正跳過探戈。

格羅佛繼續說：「我認為，以前那裡根本沒有迷宮的出口。它現在封住了。我想，迷宮幫助我們，帶我們回家。」

「幫助我們？」梨果仙人掌從她的乳酪玉米捲餅抬起頭來。「是窩藏著火焰，準備摧毀整個國家的同一個迷宮？是我們搜查了好幾個月，努力想要找出火勢來源卻一無所獲的同一個迷宮？是吞噬掉我們十多個搜查隊伍的同一個迷宮？那麼，迷宮沒有幫助我們的時候，它看起來是什麼樣子？」

其他木精靈咕噥著表示同意。有些氣得寒毛直豎，只不過寒毛其實是尖刺。

格羅佛舉起雙手要大家冷靜。「我知道大家都很擔心又洩氣。可是『烈焰迷宮』不代表整個迷宮，而且對於皇帝為什麼把它設置成那樣，我們現在至少有點概念了，是因為阿波羅的關係。」

---

❸❶ 本塔納餐廳（La Ventana）位於布宜諾斯艾利斯的聖特爾莫區（San Telmo），當地是探戈文化的發源地，餐廳裡有精彩的傳統探戈表演。

數十名仙人掌精靈轉過來瞪著我。

「先澄清一下，」我小小聲地說：「那不是我的錯。格羅佛，告訴他們啦。告訴你那些非常好心……非常多刺又扎手的朋友，那不是我的錯。」

黑傑教練嘀咕一聲。「嗯，其實算是喔。馬克羅說，迷宮是爲了你而設置的陷阱。可能因爲你正在尋找什麼『神諭』東東吧。」

蜜莉的目光在她丈夫和我之間掃來掃去。「馬克羅？神諭東東？」

我解釋宙斯如何派我在整個國家團團轉，救出神諭算是我贖罪的一部分，因爲他就是這麼可怕的父親。

接著，黑傑講述我們在「馬克羅的瘋狂軍用品店」非常好玩的購物探險經歷。等到他講到歪樓，描述自己發現各式各樣不同的地雷時，格羅佛連忙插話。

「於是，我們炸掉馬克羅，」格羅佛總結說：「他是羅馬人，是這名皇帝的追隨者。而他提起某個女巫，她想要……不知道，對阿波羅施展某種邪惡的魔法吧，我猜。而且她正在幫助皇帝。而且我們覺得，他們對待下一個神諭……」

「歐律斯拉俄亞的女先知。」我說。

「對，」格羅佛附和說：「我們覺得，他們把她放在迷宮的正中央，當作引誘阿波羅的誘餌。而且，有一匹會說話的馬。」

蜜莉的表情顯得烏雲密布，那不足爲奇，畢竟她自己就是雲。「所有的馬都會說話啊。」

格羅佛說明我們在垃圾箱裡聽到的情況。接著他又從頭講起，解釋我們爲什麼會在垃圾箱裡。然後他說明我如何弄溼褲子，那就是我穿著桃紅迷彩褲的原因。

「喔喔喔。」所有的木精靈一致點頭，彷彿這才是眞正困擾他們的問題。

「可以回頭討論即將面臨的問題嗎？」我哀求說：「大家有共同的目標啊！你們希望阻止火勢，而我有任務要解救歐律斯拉俄亞的女先知，這兩件事需要找到迷宮的核心，我們會在那裡找到火焰的來源和女先知。這些事……我就是知道。」

梅格凝神看著我，似乎想要決定該給我哪一種難堪的指令：跳進水池？擁抱小梨？找一件搭配短褲的上衣？

「告訴我那匹馬的事。」她說。

接到指令。我沒有選擇的餘地。「牠名叫英西塔土斯。」

「而牠會講話，」梅格說：「也就是說，人類可以理解的講話方式。」

「對，不過正常來說，牠只對皇帝講話。而牠怎麼會講話或者來自何方，這些事不要問我，我眞的不知道。牠是一匹有魔法的馬。皇帝很信任牠，可能對其他人都沒有那麼信任。回顧皇帝以前統治古羅馬的時候，他讓英西塔土斯穿上元老院的紫袍，甚至企圖任命牠當執政官。大家都覺得皇帝瘋了，不過他從來沒有發瘋。」

梅格傾身望著池水，整個人拱著背，感覺好像縮進自己心靈的硬殼裡。對梅格來說，那些皇帝永遠是敏感的議題。她在尼祿家「長大」（不過用「受虐」和「遭受矇騙」來描述還比較精確），也曾爲了尼祿而在混血營背叛我，後來她跑去印第安納波利斯，回到我身邊……我們一直迴避那件事，好一陣子沒有提起了。我不怪這個可憐女孩。眞心不騙。但她逃離繼父尼祿的魔掌之後，想要讓她信任我的友誼、信任其他人，實在很像在訓練一隻凶猛的野生松鼠不要咬我的手。隨便一點稍大的聲響都可能惹得她逃走，或者咬人，或者兩者都來。

（我知道啦，這種比喻不太恰當。梅格咬起人來，絕對比野生松鼠更凶狠。）

終於，她開口說：「預言的那句話：『白色快馬主人』。」

我點頭。「英西塔士斯屬於皇帝所有。或者，『屬於』這個字眼也許並不正確。英西塔士斯是一個人的『得力助馬』，那個人宣稱他目前控制美國西部……他是蓋烏斯．尤利烏斯．凱撒．日耳曼尼庫斯。」

這是給木精靈的提示，要他們全部一起驚駭萬分、倒抽一口氣，也許再配點感覺不祥的背景音樂。然而，迎向我的是一片茫然的表情，只有一個背景聲音聽起來很不祥，那是小嬰兒查克咬著他父親三號特餐的泡沫塑膠盒蓋。

「叫蓋烏斯的這個人，」梅格說：「他很有名嗎？」

我瞪著深黑的池水，幾乎希望梅格眞的會命令我跳進去淹死，或者強迫我穿上搭配桃紅短褲的上衣。不管是哪一種懲罰，都比回答她的問題簡單多了。

「大家比較熟悉的名字是那位皇帝小時候的綽號，」我說：「附帶一提，他痛恨那個綽號。他以『卡利古拉』在歷史上留名。」

10 可愛的小子 你看他穿小小靴 微笑好凶殘

親愛的讀者，你們聽過「卡利古拉」這個名字吧？

如果沒聽過，算你運氣好。

在整個水池邊緣，仙人掌木精靈身上的尖刺全都豎立起來。蜜莉的下半身幻化成霧氣，就連小寶寶查克也咳出一塊泡沫塑膠。

「卡利古拉？」黑傑的眼睛不停抽搐，活像蜜莉威脅要拿走他的忍者武器。「你確定？」

我希望我不確定。我希望我能大聲宣布，第三名皇帝是老好人馬可．奧里略㉜，或者高貴的哈德良㉝，甚至笨手笨腳的克勞狄烏斯㉞都可以。

可是卡利古拉……

㉜ 馬可．奧里略（Marcus Aurelius, 121-180）有「哲學家皇帝」的美譽，名列羅馬帝國五賢君。

㉝ 哈德良（Hadrian, 76-138）也列名五賢君知一，倡導人文主義，發揚希臘文化。

㉞ 克勞狄烏斯（Claudius, 10-54）因為卡利古拉遭到暗殺而即位，致力於修補皇帝與元老院之間的關係，力求各階層的和諧。

就算對他不甚了解，聽到卡利古拉這個名字也會聯想到最黑暗、最邪惡的畫面。他的統治遠比尼祿更加血腥、更加聲名狼藉，尼祿的成長過程一直對蓋烏斯・尤利烏斯・凱撒・日耳曼尼庫斯這位邪惡的叔公心存敬畏。

卡利古拉，這是謀殺、酷刑、瘋狂、暴行的代名詞。卡利古拉，這位暴君凶惡可恥的程度，絕非其他所有的凶惡暴君所能衡量。卡利古拉，他所具有的負面品牌形象問題，遠比福特的艾德索車型、興登堡號飛船和芝加哥黑襪事件㉟全部加起來更加惡劣。

格羅佛渾身發抖。「我一直很痛恨那個名字。『卡利古拉』到底是什麼意思？羊男殺手？嗜血狂徒？」

「小靴子。」我說。

約書亞一頭蓬亂的橄欖色頭髮全部豎直，梅格似乎覺得那樣好迷人。

「小靴子？」約書亞環顧水池周遭，也許是想知道自己是否沒聽懂這個笑話。沒有人笑。

「是的。」我還記得小時候的卡利古拉看起來多可愛，他穿著縮小版的羅馬軍團制服，跟著他父親日耳曼尼庫斯的軍隊出征。這些反社會的人為什麼小時候那麼可愛啊？

「卡利古拉小時候，他父親的士兵幫他取了這個綽號，」我說：「他穿著小小的羅馬軍團靴子，他們覺得看起來很好笑，所以叫他『卡利古拉』，拉丁語的意思是『小靴子』或『嬰兒鞋』，你自己選一種。」

小梨拿叉子戳進她的墨西哥玉米捲餅。「我才不管那傢伙的名字是不是頂呱呱・麥克親親臉。我們要怎麼打敗他，讓生活回到正軌？」

其他的仙人掌咕噥著點頭。我開始懷疑小梨是不是仙人掌界的天生煽動者。只要集合夠多人，他們就會發動革命，打倒動物王國。

「我們必須非常小心，」我警告說：「卡利古拉很擅長讓敵人掉進陷阱。有一句老話是這樣說的：『給他們夠長的繩子，他們就會吊死自己。』[36]這剛好可以形容卡利古拉的策略。他很得意自己的狂人形象，不過那只是表象而已。他的頭腦相當清楚，完全沒有道德感，比那個誰更糟糕……」

我自己住口。我本來想說「比尼祿更糟糕」，但我怎麼能在梅格面前說這種話？她的整個童年都受到尼祿和他的第二自我「野獸」的毒害啊。

「小心啊，梅格，」尼祿老是這樣說：「不要做錯事，不然會喚醒『野獸』。我眞的很愛你，可是那個野獸……嗯，我好討厭看到你做錯事而受到傷害。」

我怎麼能夠衡量這種邪惡行爲的惡劣程度呢？

「不管怎麼說，」我說：「卡利古拉很聰明、有耐心，而且偏執。如果這個『烈焰迷宮』是某種精心打造的陷阱，是他某種更大計畫的一部分，那要關閉就不會很容易。而且要打敗他甚至找到他，都會是一大挑戰。」我很想補上幾句：「也許我們根本不想找到他。也許我們應該逃之夭夭。」

---

[35] 福特汽車於一九五七年推出艾德索（Edsel）車款，外觀與品質飽受批評，是汽車行銷史上著名的災難事件。德國的興登堡號（Hindenburg）飛船是當時最長的飛行器，備受矚目，但一九三七年第二季越洋飛行時在美國爆炸。一九一九年的美國職棒冠軍戰，芝加哥白襪隊有八名球員遭控打假球，史稱黑襪事件。

[36] 這句話的意思是「讓他們自取滅亡」。

然而這種想法不適用於木精靈。他們生了根，這可不是比喻喔，他們眞的根植在自己生長的土地上。像翁寶這樣的外來植物很少見。如果移植到花盆裡，或者轉換到新環境，很少有大自然精靈能夠存活下來。就算這裡的每一位木精靈都想辦法逃過南加州的大火，也還有成千上萬更多的木精靈會留下來且被燒死。

格羅佛瑟瑟地發抖。「如果我聽過的卡利古拉事蹟有一半是眞的……」

他停下來，顯然意識到每個人都看著他，準備根據他的反應來判斷自己該有多恐慌。就說我好了，我可不想待在一個房間，裡面全是尖叫亂跑的帶刺仙人掌。

幸好，格羅佛保持冷靜。

「沒有人是打不倒的，」他朗聲說：「泰坦巨神、巨人或天神都是……絕對也包括某個名叫『小靴子』的羅馬皇帝。這傢伙造成南加州乾枯而死，他要對乾旱、炎熱和野火負起責任。我們必須找到方法阻止他。阿波羅，卡利古拉第一次是怎麼死的？」

我努力回想。如同以往，我的凡人腦袋硬碟千瘡百孔，不過似乎回想起一條黑暗的地道，裡面滿是執法官的守衛，團團圍住皇帝，他們的刀劍閃耀著血光。

「他自己的守衛殺了他，」我說：「我很確信那件事讓他變得更加偏執。馬克羅提過，皇帝不斷更換他的私人守衛。剛開始機器人取代了執法官，接著又把他們換成傭兵和林鴞，以及……『大耳朵』？我不知道那是什麼意思。」

有一名木精靈怒氣沖沖。我猜她是小圓，因爲她看起來很像圓柱仙人掌，生著纖細的白髮、毛茸茸的白鬍子，還有大大的船槳狀耳朵，上面布滿了尖刺。「耳朵很大的正派人士絕對不會效命於那種惡棍！其他的弱點呢？皇帝一定有某種弱點吧！」

「對呀！」黑傑教練插嘴說：「他怕山羊嗎？」
「他仙人掌樹汁過敏嗎？」蘆薈滿懷希望地問。
「據我所知是沒有。」我說。
全體木精靈看來非常失望。
「你說你在印第安納州得到一則預言？」約書亞問：「有沒有什麼線索？」
他的語氣充滿懷疑，這我能理解。「印州佬神諭」聽起來不像「德爾菲神諭」那麼厲害。
「我們必須找到『西方的宮殿』，」我說：「那一定就是卡利古拉的總部。」
「沒人知道宮殿在哪裡。」小梨喃喃說著。
也許只是我的想像吧，不過蜜莉和葛利生似乎互看一眼，眼神很焦慮。我等他們說些話，但他們沒開口。
「也是出自預言……」我繼續說：「我必須『向他取得字謎宣告人之聲息』。這個意思呢，我想我必須救出歐律斯拉俄亞的女先知，脫離他的控制。」
「那位女先知喜歡填字遊戲嗎？」翁寶問。「我喜歡填字遊戲。」
「神諭是用字謎的形式給予預言，」我解釋說：「像是填字遊戲，或者離合詩。預言也提到格羅佛會帶我們來這裡，而且未來幾天內，朱比特營會發生很多可怕的事……」
「新月，」梅格喃喃說著：「很快就到了。」
「是啊。」我拚命壓抑自己的憤怒。梅格似乎希望我同時待在兩個地方，那對天神阿波羅來說不是什麼問題，不過對人類萊斯特來說，我連同時待在一個地方都很勉強。
「還有另一行，」格羅佛想起來了。「『穿上汝自身敵人之靴行走路途』？那與卡利古拉的小靴子有沒有關係？」

我想像自己巨大的十六歲腳丫子，硬是塞進羅馬學步小孩的軍用皮革嬰兒鞋。我的腳指頭開始陣陣抽痛。

「希望無關，」我說：「不過如果我們能把女先知從迷宮救出來，我很確定她會幫我們。親自出發去面對卡利古拉之前，我很樂意得到更多的指引。」

還有其他一些事情我也很樂意，包括恢復我的天神力量、半神半人軍隊取得「馬克羅的瘋狂軍用品店」的所有槍枝蓄勢待發，以及收到我父親宙斯的道歉信，信中承諾再也不會把我變成人類，也可以好好洗個澡。可是正如他們所說，萊斯特不能挑三揀四。

「那就讓我們又回到原點了，」約書亞說：「你需要救出神諭，我們需要撲滅火勢。為了達到那樣的目的，我們需要穿越迷宮，但是沒人知道怎麼穿越。」

葛利生．黑傑清清喉嚨。「也許某人知道喔。」

從來沒有這麼多仙人掌盯著羊男看。

小圓摸摸她纖細的白色鬍鬚。「這個『某人』是誰？」

黑傑轉身看著他的妻子，彷彿要說「甜心，全都交給你了」。

蜜莉又花了幾百萬分之一秒凝視夜空，她的前世可能是未婚的星雲吧。

「你們大多數人都知道，我們曾經和麥克林家的人住在一起，」她說。

「就是派波．麥克林的家，」我解釋說：「阿芙蘿黛蒂[37]的女兒。」

我記得她，她是搭乘阿爾戈二號出航的七名半神半人之一。事實上，此時待在南加州，我很想去拜訪她和她的男朋友，傑生．葛瑞斯，看看他們能否打敗皇帝，幫我救出神諭。

等等。刪掉剛才那段話。我是要說，當然，我很希望他們會「幫助我」完成那些任務。蜜莉點點頭。「我是麥克林先生的個人助理。葛利生是全職在家的奶爸，把事情做得很棒……」

「我很棒，對吧？」葛利生附和說，然後拿他的雙節棍鍊子給小嬰兒查克當固齒器。

「直到每一件事都出了差錯。」蜜莉說著，嘆了口氣。

梅格．麥卡弗瑞歪著頭。「你是指什麼事？」

「說來話長。」雲精靈說，她的語氣聽起來像是「我可以說給你聽，但那樣一來，我得變成一朵暴風雨雲大哭特哭，再用閃電把你炸死」。「重點是，兩個星期前，派波作了一個夢，與烈焰迷宮有關。她認為自己可以找到方法接近中心，於是跑去探查狀況，還有……那個男孩，傑生。」

「那個男孩」。我超敏銳的感覺告訴我，蜜莉對於傑生．葛瑞斯，朱比特之子，並不是很滿意。

「他們回來時……」蜜莉停頓一下，她的下半身雲霧旋轉成螺絲狀。「他們說失敗了。但我認為整件事不只是那樣。派波暗示說，他們在下面那裡曾經遇到某個狀況……讓他們驚慌失措。」

夜晚空氣沁涼，水池的石牆似乎發出吱嘎聲，彷彿很有同情心，與「驚慌失措」這個詞彙有所共鳴。我想到自己夢見的女先知，她受困在火燙的鎖鍊裡，由於傳遞了可怕訊息而向

㊲ 阿芙蘿黛蒂（Aphrodite），希臘神話中的愛與美之神，即羅馬神話中的維納斯（Venus）。

某人致歉：「我很抱歉。如果可以，我會寬恕你。我會寬恕她。」

她說話的對象是傑生嗎？還是派波？或者兩人都是？如果真是如此，如果他們真的找到神諭……

「我們需要找那些半神半人談一談。」我下定決心說。

蜜莉低下頭。「我不能帶你去。回去那裡……我會心碎。」

黑傑換個姿勢抱小嬰兒查克。「也許我可以……」

蜜莉向他射出警告的一眼。

「是啊，我也不能去。」黑傑嘀咕著說。

「我會帶你去，」格羅佛自告奮勇說，但他看起來又比之前更疲倦了。「我知道麥克林家的房子在哪裡。只不過，呃，也許我們可以等到明天早上再去？」

一陣如釋重負的氣氛瀰漫在所有木精靈之間，尖刺鬆懈下來，葉綠素也重現於他們的膚色。格羅佛也許不能解決他們的問題，但是帶來希望……至少為他們帶來努力的方向。

我望著水池上方，圓形的天空泛著橘紅色薄霧。我想著西邊熾烈燃燒的火焰，那有可能往北影響到朱比特營。我身在棕櫚泉，坐在豎井的底部，沒有能力幫助那群羅馬的半神半人，甚至連他們發生什麼事都不曉得，因此很能體會木精靈的感受……他們根植於土地，只能眼睜睜看著野火燒得愈來愈近，滿心絕望。

我不想澆熄木精靈剛剛萌生的希望，卻也不得不對他們說：「不只是那樣而已。你們的庇護所也可能撐不了太久，再也不安全了。」

我把英西塔土斯在電話上對卡利古拉說的話告訴他們。而且，不，我從沒想過自己會竊聽到一匹會說話的馬和一名死去羅馬皇帝之間的對話。

蘆薈渾身發抖，把她頭髮上幾根藥效很強的三角形尖刺抖了下來。「他們怎……怎麼會知道艾塞爾斯？他們從來沒有染指我們這裡啊！」

格羅佛害怕地縮了一下。「各位，我不知道。可是……那匹馬確實這樣暗示，卡利古拉正是幾年前摧毀這裡的人。那匹馬似乎這樣說：『我知道，你認為你掌控一切。不過那個地方還是很危險。』」

約書亞的深褐色臉龐變得更深了。「那沒道理啊。連我們也不知道這是什麼地方。」

「一間房屋，」梅格說：「一間大型高腳屋。這些水池……它們是支撐柱、地熱式冷卻、供水系統。」

所有的木精靈又豎起全身尖刺。他們沒說話，等待梅格繼續說。

她抬起溼答答的雙腳，看起來更像是緊張兮兮的松鼠，隨時準備跳走。我想起我們剛來這裡的時候，她曾經多麼想要立刻離開，又是如何警告這裡並不安全。我回想起一直不曾討論的一行預言：「狄蜜特之女尋找她的古老根源。」

「梅格，」我說，語氣盡可能溫和，「你怎麼知道這個地方？」

她的表情變得緊繃，但是很挑釁，彷彿不確定到底是要放聲大哭或和我打架。

「因為這裡是我的家，」她說：「建造這座艾塞爾斯的人是我爸。」

11

無棘手天神
若你見幻影清晰
且雙手洗淨

你不會做那種事。

你不會只是嚷嚷著說，你爸在木精靈的神聖地點蓋了一棟神祕房屋，然後站起來，沒有多做解釋就離開。

所以當然啦，梅格就做了那種事。

「明天早上見。」她朗聲說，沒有特別對誰說。

她拖著腳步爬上坡道，儘管走過二十幾種不同仙人掌旁邊，依然光著腳，溜進黑暗中。

格羅佛環顧四周的全體夥伴。「呃，嗯，各位，很棒的會議。」

隨後他雙腿一軟，還沒倒在地上就開始打呼。

蘆薈看了我一眼，眼神憂慮。「我該去找梅格嗎？她可能需要多一點蘆薈黏液。」

「我會去看看她。」我保證說。

大自然精靈開始清理晚餐垃圾（木精靈對這類事情很認眞），我則去找梅格．麥卡弗瑞。

我在距離地面一點五公尺高的地方找到她，她窩在最遠的紅磚圓柱邊緣，面向內側，盯著下方的豎井。根據石頭裂縫飄散出來的溫暖草莓香氣，我猜想這就是我們之前離開迷宮的那個豎井。

「你害我好緊張，」我說：「下來好嗎？」

「不要。」她說。

「當然不要。」我喃喃說著。

我爬上去，雖然爬牆其實沒有列在我的技能清單內。（哦，我在開什麼玩笑？以我現在的狀態，根本沒有半點技巧可言吧。）

我和梅格一起坐在邊緣，兩隻腳在我們逃出來的深坑上方晃來晃去……那眞的只是今天早上的事嗎？我看不到下方陰影裡的草莓植物網，不過身處於荒蕪的沙漠環境，它們的氣味顯得強烈且奇特。在陌生環境裡，尋常的事物竟然變得很不尋常，這種感覺眞奇怪。或者以我爲例，不尋常的驚人天神竟然可以變得如此超級尋常。

夜晚吸走了梅格衣物的顏色，看起來很像用灰階呈現的紅綠燈。她流的鼻水微微發亮，黏膩鏡片後面的眼睛溼溼的。她扭轉一枚金戒指，接著轉動另一枚，彷彿調整的是老式收音機的旋鈕。

我們度過漫長的一天。兩人之間的沉默令人很安心，因爲我不確定自己能否承受更多「印州佬神諭」的駭人資訊。而另一方面，我需要得到說明。如果要在這個地方再度入睡，我想知道這裡到底安不安全，以及醒來時會不會發現眼前有一匹會說話的馬。

我覺得神經好衰弱。我考慮要掐住我的年輕主人的脖子，大喊「快點告訴我！」，但最後覺得那樣可能不會讓她有太強烈的感受。

「你會想要談談嗎？」我小心地問。

「不想。」

不是超級大意外。即使處於最棒的情況下，梅格和對話也很不熟。

「如果艾塞爾斯是預言提到的地方，」我說：「是你的古老根源，那麼了解它可能很重要，於是……我們才能活下去？」

梅格看了我一眼。她沒有命令我跳進草莓洞，連要求我閉嘴都沒有。她反而說「這裡」，然後抓住我的手腕。

我漸漸習慣在清醒時看到幻影，好像有人把我用力往後拉，墜入記憶的通道，然後天神的經歷讓我的凡人神經系統超過負荷。但是這不一樣。我並非回到自己的過去，而是陷入梅格．麥卡弗瑞的過去，從她的觀點看到她的記憶。

我站在一間溫室裡，當時植物還沒有長得很茂盛。有一排排新生的仙人掌小苗整齊地擺放在金屬架子上，每一個陶盆都設置了數位溫度計和溼度計。頭頂上懸掛著噴霧器和生長燈。空氣很溫暖，但是感覺舒適，可以聞到剛翻土的新鮮氣息。

潮溼的砂礫在我腳下吱嘎作響，我跟著我父親到處巡視……我是說，梅格的父親。從我身爲小女孩的有利位置，我看到他低頭對我微笑。身爲阿波羅，我曾在其他的幻影中見過他，一個中年男子，黑色鬈髮，寬闊的鼻子長了雀斑。我在紐約見過他，他拿一朵紅玫瑰交給梅格，花朵來自她母親，狄蜜特。我也見過他的遺體，四肢張開躺在大中央車站的階梯上，胸口的刀痕或爪痕看起來很淒慘；也就在那天，尼祿成爲梅格的繼父。

而在這段溫室的記憶裡，麥卡弗瑞先生看起來沒有比其他的幻影年輕很多。我從梅格的情緒感受到她大約五歲，後來她與父親在紐約安頓下來也是這個年紀。不過在這個場景裡，麥卡弗瑞先生看起來非常快樂，安心又自在。梅格凝視她父親的臉龐，我徹底感受到她的單純喜悅和滿足。她和爹地在一起。生活非常美好。

麥卡弗瑞先生的綠眼睛閃閃發亮。他端起一盆仙人掌小苗，蹲下去拿給梅格看。「我把這一棵稱爲『海克力士』，」他說：「因爲他可以力抗群雄！」

他縮起自己的手臂，大喊「哇嗚嗚嗚！」，惹得小梅格一陣格格發笑。

「嗨克—力斯！」她說：「給我看更多植物！」

麥卡弗瑞先生把海克力士放回架子上，接著像個魔術師一樣舉起一根手指說：「注意看喔！」他伸手到丹寧襯衫的口袋裡，然後握著拳頭伸向梅格。

「想辦法把它打開。」他說。

梅格拉動他的手指。「我打不開！」

「可以啦，你很強壯的。很用力地試試看！」

「嗚啊啊啊！」小梅格說。這一次她努力掰開他的手，露出七顆六角形的種子，每一顆約莫兩公分大小。在厚厚的綠色外殼裡面，種子微微發亮，看起來很像小小的幽浮艦隊。

「喔喔，」梅格說：「我可以吃嗎？」

她父親笑起來。「不行，甜心。這些是非常特殊的種子，我們家族一直嘗試製造這樣的種子……」他輕吹口哨。「已經試了很長一段時間。等到我們種下去……」

「會怎樣？」梅格屏住呼吸問。

「它們會非常特別，」她爸爸保證說：「甚至比海克力士更強壯！」

「現在就種下去！」

父親撥亂她的頭髮。「還不行喔，梅格，它們還沒有準備好。不過等到時機成熟，我會需要你的幫忙。我們會一起把它們種下去。你答應幫我的忙嗎？」

「我答應。」她說，以她五歲的小小眞心鄭重地說。

場景改變了。梅格赤著腳走進艾塞爾斯的漂亮客廳，她父親站著，面對一片彎曲的玻璃牆，俯瞰棕櫚泉的城市夜間燈火。他正在講電話，背對著梅格。她應該要睡覺了，但有某種因素吵醒她……也許是惡夢，也許是爹地的煩惱心情。

「不，我眞的不懂，」他對著電話那頭說：「你沒有權利這樣做。這片房地產不是……對，可是我的研究不能……那不可能啊！」

梅格躡手躡腳地往前走。她很喜歡待在客廳，不只因爲景色漂亮，也因爲赤腳踩著晶亮硬木地板的感受……平滑、涼爽且細緻，很像滑過一塊活動的冰層。她很愛爹地擺在架子上的植物，以及房間各處種在巨大陶盆裡的植物；仙人掌開出十幾種顏色的花朵，約書亞樹形成活生生的柱子支撐屋頂，而且沿著天花板生長，拓展成綿密的枝葉網絡和綠色的尖刺叢。梅格年紀太小，還不懂約書亞樹不應該生長成這副模樣。對她來說，植物能夠交織在一起、協助架構出整棟房屋，似乎是完全合情合理的事。

梅格也很愛房間中央的圓形大井……「水池」，爹地這樣稱呼它；周圍設置欄杆以策安全，但它實在太棒了，讓整棟房屋好涼爽，也讓這個地方感覺既安全又穩固。梅格很喜歡沿著水池的坡道走下去，兩隻腳浸在沁涼的水裡，不過爹地總是說：「不要浸太久！你可能會變成一棵植物喔！」

最重要的是，她好愛爹地工作的大書桌，那是一棵牧豆樹的樹幹，穿越地板直直朝上生長，然後回頭往下彎，很像海蛇的彎曲身子破浪而出，剛好留下一段弧度，足以構成家具。樹幹的頂部很平滑，是完美的工作桌面，而樹木的凹洞提供了儲物的小空間。桌面長出彎彎的細嫩枝葉，剛好框住爹地的電腦螢幕。梅格曾經詢問，若把樹木切割成書桌的樣子，會不會傷害到那棵樹？但爹地笑了起來。

「不會，甜心，我絕對不會傷害樹木。牧豆樹是她自己彎曲成書桌的樣子讓我使用。」用「她」來稱呼一棵樹，對樹木講話就像對人講話一樣，這對五歲的梅格來說似乎同樣不足爲奇。

然而這天晚上，梅格在客廳裡沒有覺得很安心。她不喜歡爹地的聲音像那樣顫抖。她走到書桌旁邊，發現桌上不像平常那樣擺了一包包種子、素描圖和花朵，而是擺了一疊郵件，有打字而成的信件、以釘書針裝訂的厚厚文件，還有信封，全都是蒲公英花朵的那種黃色。

梅格不認識字，但她不喜歡那些信件。它們看起來很重要、跋扈、憤怒。那種顏色刺痛她的眼睛，不像眞正的蒲公英那麼順眼。

「你不懂，」爹地對電話那頭說：「這不只是我畢生的研究。這累積了好幾個世紀啊。好幾千年的研究……我才不管聽起來是不是很瘋狂。你不能就這樣……」

他轉過身，呆立不動，看著梅格在他書桌旁邊。他臉上一陣抽搐，表情從憤怒轉變成害怕，再變成關切，接著停留在勉強擠出來的愉悅表情。他讓電話滑進口袋裡。

「嗨，甜心，」他說，聲音緊繃而微弱。「睡不著，唔？是啊，我也睡不著。」

他走向書桌，把那些黃色紙張掃進一個樹洞，然後向梅格伸出手。「想去看看溫室嗎？」

場景又改變了。

這是一段混亂且破碎的記憶：梅格穿著她最愛的服裝，綠色洋裝搭配黃色緊身褲。她喜歡這樣穿，因爲爹地說，這樣看起來很像他們溫室的一個朋友，一種長得很漂亮的東西。她在黑暗中沿著車道蹣跚而行，跟在爹地後面，她最愛的毯子塞在背包裡，因爲爹地說，他們的動作得快一點，只有搬得動的東西才能帶。

他們走向車子，到了半路，梅格停下來，發現溫室的燈光亮著。

「梅格，」她父親說，聲音就和他們腳下的砂礫一樣，像是要碎了。「快點，甜心。」

「可是，嗨克—力斯，」她說：「還有其他的。」

「我們不能帶它們。」爹地說，努力忍住不哭出來。

梅格以前從沒聽父親哭過。這讓她覺得腳下的大地好像要崩裂了。

「那些魔法種子呢？」她問：「我們可以種下它們……我們要去哪裡？」

想到要去其他地方似乎是不可能的事，令人好害怕。艾塞爾斯是她所知的唯一家園。

「梅格，不行。」爹地聽起來像是幾乎說不出話。「它們必須在這裡生長。而現在……」

他回頭看，房子飄浮在巨大的石柱上，窗戶閃耀著金色燈火。但是感覺很不對勁。黑暗的形影在山坡上移動，那是男人的身形，或者像男人的某種東西，身穿黑衣，環繞在這片土地四周。而且有更多黑影盤旋於頭頂上方，翅膀遮蔽了星光。

爹地抓住她的手。「沒時間了，甜心。我們必須離開。馬上離開。」

梅格對艾塞爾斯的最後記憶是：她坐在父親旅行車的後座，臉和雙手都緊貼著後車窗，努力盯著房屋的燦爛燈火，盡可能讓那幅景象留存得愈久愈好。他們只往山下開了一半的路程，那棟房屋就轟然爆炸，竄出熊熊烈火。

我拚命喘氣，感官突然猛力扯回到現代。梅格從我的手腕移開手。

我驚訝地盯著她，覺得現實搖擺得好厲害，很害怕自己會跌進草莓洞。「梅格，你怎麼……？」

她摳著手掌的一個厚繭。「不知。只是需要。」

非常有梅格作風的答案。然而，那些記憶如此痛苦又清晰，讓我胸口好痛，彷彿遭到電擊器的痛擊。

梅格與我分享她的過去，這是怎麼辦到的？我知道羊男可以和最親近的朋友建立「共感連結」。格羅佛．安德伍德就與波西．傑克森建立過這種關係，他說，這可以解釋他爲什麼有時莫名其妙超想吃藍莓鬆餅。梅格也有類似的天賦嗎？也許因爲我們產生主僕之間的連結？

我不知道。

我確實感受到梅格的心痛，遠超過她所能表達的程度。她短短人生的災難是從父親之死開始的。那些災難也從此地開始。一段曾經存在的人生，如今僅存這些廢墟。

我好想擁抱她。相信我，我不是經常有這種感覺。想也知道，結果會是她的手肘狠頂我的肋骨，或用劍柄敲打我的鼻梁。

「你……？」我結結巴巴說：「你一直有這些記憶？你知道你父親打算在這裡做什麼？」

一陣無精打采的聳肩。她抓起一把塵土，讓它慢慢落入坑洞，宛如播撒種子。

「菲利普，」梅格說，彷彿突然想起這個名字。「我爸的名字是菲利普．麥卡弗瑞。」

這名字讓我想起馬其頓國王腓力二世，亞歷山大大帝的父親。那人是優秀的戰士，但超級無趣，對音樂、詩歌或甚至箭術始終沒半點興趣。腓力二世永遠都用方陣戰術。好無聊。

「菲利普．麥卡弗瑞是非常棒的父親。」我說，努力不要透露出苦澀的語氣。我自己對於「很棒的父親」沒有太多經驗。

「他聞起來有護根物的氣味，」梅格回憶說：「還滿好聞的。」

我不知道好聞的護根物和不好聞的護根物有什麼差別，不過我恭敬地點頭。

我凝視那一排溫室，背後映襯著暗紅色的夜空，幾乎看不清楚它們的輪廓。菲利普．麥卡弗瑞顯然是天賦異稟的人，也許是植物學家？肯定是女神狄蜜特偏愛的那一型凡人。在大自然力量如此強大的地方，還有誰能夠建造像艾塞爾斯這樣的房屋？他以前到底在研究什麼？而他說，他的家族進行同樣的研究已有數千年，他指的是什麼？人類很少想到「數千年」這樣的尺度，他們只要知道自己曾祖父母的名字就很幸運了。

最重要的是，艾塞爾斯到底發生什麼事？原因是什麼？誰把麥卡弗瑞趕出他們的家園，迫使他們前往東岸的紐約？最後一個問題，說來不幸，那是我覺得自己唯一能回答的問題。

「是卡利古拉，」我說，指著山坡上廢棄的圓柱體。「英西塔土斯指的就是那件事，牠說皇帝把這個地方處理好了。」

梅格轉頭看著我，表情像石頭。「明天我們會搞清楚。你，我，格羅佛。我們會找到那些人，派波和傑生。」

飛箭在我的箭筒裡喀啦作響，但我不確定那是多多納之箭嗡嗡作響吸引注意，還是我自己的身子在發抖。「如果派波和傑生無法提供有用的資訊呢？」

梅格拍掉手上的灰塵。「他們包括在那七個人之內，對吧？波西．傑克森的朋友？」

「嗯……對。」

「那麼他們會知道。他們幫得上忙。我們會找到卡利古拉。我們會探索那個迷宮、救出女先知、撲滅火勢等等之類的。」

我好佩服她，用這麼鏗鏘有力的幾句話，就把我們的任務總結完畢。

另一方面，就算有另外兩位神通廣大的半神半人提供協助，我對於探索迷宮也沒有覺得很興奮。古羅馬也有神通廣大的半神半人啊，他們很多人企圖推翻卡利古拉。他們全死了。

我一直想起先前看到的女先知幻影，她對於自己提供噩耗而道歉。從什麼時候開始，神諭居然會道歉？

「如果可以，我會寬恕你。我會寬恕她。」

女先知很堅持我會去救她。只有我能救她，雖然那是個陷阱。

我向來不喜歡陷阱，那令我想起以前愛上布里托瑪爾提斯[38]的往事。呃，爲了那位女神，我不知道掉進了多少個緬甸虎穴。

梅格把兩條腿甩上來。「我要去睡了。你也該去睡了。」

她跳到牆下，謹慎地繞過山坡，回頭朝向水池走去。由於她沒有眞正命令我去睡，於是我在牆頭待了很長一段時間，低頭凝視底下塞滿草莓的深淵，聆聽惡兆之鳥的噗噗振翅聲。

---

[38] 布里托瑪爾提斯（Britomartis），希臘神話中掌管漁獵的女神，有著高超的捕獵技術，也是克里特島的守護神之一。

12

喔，平托，平托！
汝為何嘔吐黃色？
我會躲在後

奧林帕斯眾神哪，我受的苦還不夠多嗎？

與梅格和格羅佛一起從棕櫚泉開車到馬里布已經夠糟了，還要繞過野火疏散區和洛杉磯早晨的尖峰時間又更糟。可是我們要完成這趟旅程，一定得開著葛利生．黑傑的芥末黃色一九七九年份福特平托雙門轎車嗎？

「你們是開玩笑的吧？」我問，因為發現朋友們與葛利生一起等在車子旁邊。「其他的仙人掌都沒有比較好的……我是說，另一輛車子嗎？」

黑傑教練面露凶光。「嘿，兄弟，你應該要很感激了。這是經典車款耶！原本是我山羊祖父的車，我一直保養得很好，所以諒你們也不敢把它撞爛。」

我想起自己最近與車子有關的經驗：太陽戰車迎頭撞毀在混血營的湖泊裡；波西．傑克森的普銳斯轎車卡在長島果園的兩棵桃樹之間；一輛偷來的賓士轎車蛇行穿越印第安納波利斯的街道，由惡魔水果精靈三人組負責駕駛。

「我們會好好照顧它。」我保證說。

黑傑教練與格羅佛商討一番，確定他知道要怎麼找到麥克林位於馬里布的家。

「麥克林家應該還在那裡，」黑傑若有所思地說：「至少，我希望還在。」

「你是指什麼意思？」格羅佛問：「他們為什麼可能不在那裡？」

黑傑咳嗽一聲。「總之，祝好運囉！如果見到派波，幫我向她問好。可憐的孩子……」

他轉過身，小跑步爬上山丘。

平托車的內部聞起來像熱塑膠和廣藿香的氣味，這喚起了我以前與約翰．屈伏塔一起跳迪斯可舞的悲慘回憶。（趣事一則：「屈伏塔」這個義大利姓氏的意思是「難以忍受」，完全能描述他的古龍水氣味。）

格羅佛負責握方向盤，畢竟葛利生只信任他拿鑰匙。（沒禮貌。）

梅格坐在前座，紅色運動鞋翹在儀表板上，同時把正在生長的九重葛藤蔓纏繞在腳踝上，一副樂不可支的模樣。考慮到昨晚分享的童年時期悲劇，此刻的她似乎心情很好。只有她會這樣吧。一想到她承受的那些失落，我幾乎無法強忍眼淚。

幸好我有很大的空間能夠暗自垂淚，畢竟我窩在汽車後座。

我們開始沿著十號州際公路向西前進。經過莫雷諾谷時，我過了一段時間才發現有什麼不對勁：景致並沒有慢慢變得充滿綠意，而是一直維持褐色，天氣悶熱，空氣乾燥又刺鼻，彷彿莫哈未沙漠已經忘了自己的界線，一路延伸到河濱市這裡。往北方看去，天空有濃密的霧靄，好像整個聖伯納迪諾森林都著火了。

抵達波摩納時，我們遇上連綿不絕的車陣，平托車不時抖動一下、噗噗作響，很像心臟病發的疣豬。

格羅佛瞥了後照鏡一眼，看著我們後面那輛寶馬轎車。

「如果有人從後面撞過來，平托車不會爆炸吧？」他問。

「有時候會吧。」我說。

我想起自己與太陽戰車相處的時光，當時駕駛一輛爆炸成火焰的交通工具，對我來說完全沒什麼困擾；但是一聽到格羅佛提起，我忍不住一直看著後面，很希望寶馬轎車後退一點。

我極度需要早餐，只吃昨晚剩下的冷冰冰墨西哥玉米捲餅實在不行啊。我超想殺去某個希臘城邦，就為了一杯好咖啡，甚至還想從對向車道痛快地逆向長途開車，遠離我們要去的地方。

我的心思開始飄忽不定，搞不清自己究竟是醒著作夢，被前一天看到的幻影搞得心神渙散？還是我的意識拚命想要逃離平托車的後座？不過我發現自己再次體驗到歐律斯拉俄亞女先知的記憶。

我現在想起她的名字了：希蘿菲爾，字面意思是「英雄之友」。

我看到她的家園，歐律斯拉俄亞灣，那段海岸後來有一天變成土耳其。一座新月形的金色山丘狂風呼嘯，密生著許多針葉樹，山丘起伏下降到愛琴海的冰冷藍色水域。在一座小山谷裡，靠近一個洞口的地方，身穿手織毛衣的牧羊人跪在他的妻子身旁，她是附近一道水泉的水精靈，生下了他們的孩子。細節我就不贅述了，除了這件事之外：隨著母親放聲尖叫、最後一次用力推送，孩子從子宮冒出來，但她沒有哭，而是唱歌……空中充滿著她美麗的歌聲，唱出來的是預言。

你也想像得到，那樣的歌聲吸引了我的注意。從那一刻開始，女孩奉獻給阿波羅。我賜福於她，成為我的神諭之一。

我記得希蘿菲爾蛻變成年輕女子，漂泊於地中海地區，分享她的智慧。只要有人願意聆聽，無論是國王、英雄或是我神廟的祭司，她都衷心吟唱。所有人奮力解讀她的預言歌詞。想像一下，你只去聽《漢彌爾頓》[39]音樂劇一次，無法倒帶播放，卻必須記住全部的歌詞，你就能體會他們碰到的難題了。

希蘿菲爾實在有太多明智的建言要分享。她的聲音如此迷人，聆聽的人根本不可能記住每一個細節。她無法控制自己要唱什麼或何時歌唱。她從來不曾重複吟唱，你就是必須在場聆聽。

她預測到特洛伊的敗亡，預見了亞歷山大大帝的崛起。她為埃尼亞斯[40]提出建言，告訴他該在哪裡建立殖民地，日後會成為羅馬城。然而，羅馬人是否有聆聽她的所有建言，像是「小心提防那些皇帝」、「不要對角鬥士之類的事情那麼痴迷」，或者「寬外袍根本不是良好的時尚宣言」之類？沒有。沒有，他們沒有聽進去。

希蘿菲爾在大地浪遊了九百年。她盡力提供協助，但儘管有我的賜福，以及偶爾安排送花給她提振精神，她仍然變得很喪氣。她年輕時代認識的每一個人都過世了。她見證了無數文明的興起與敗亡，聽過太多祭司和英雄這樣說：「等一下，什麼？你可以再說一次嗎？讓我筆記一下。」

---

[39]《漢彌爾頓》（*Hamilton*）是描述美國開國元勛亞歷山大．漢彌爾頓（Alexander Hamilton）的音樂劇，二〇一五年在百老匯上演，叫好叫座。

[40] 埃尼亞斯（Aeneas），愛神阿芙蘿黛蒂與特洛伊國王所生的兒子，也是特洛伊戰爭戰功彪炳的英雄。

她回到自己母親的家園，位於歐律斯拉俄亞的山麓。泉水早在數個世紀之前就已乾涸，她母親的魂魄也隨之而去，但希蘿菲爾仍在附近的洞穴安頓下來。只要有人前來懇求、尋求她的智慧，她便提供協助，但她的聲音再也不一樣了。

她的美麗歌聲一去不復返。她究竟是喪失自信，抑或預言的天賦轉變成不同的詛咒形式，我無法確定。希蘿菲爾說起話來猶豫不決，吐出的重要字句只能由聆聽者自行猜測。有時候她完全失聲。滿心挫折之餘，她在乾燥的葉子上書寫一行行字句，留給前來懇求的人，由他們自行排列成正確的順序，找出其中的意義。

我最後一次見到希蘿菲爾……是的，那年是一五〇九年。我好說歹說讓她離開洞穴，最後一次造訪羅馬城，米開朗基羅在西斯汀教堂的天花板爲她畫下肖像。她顯然因爲許久以前提出的模糊預言而聲名大噪，當時她已預測了拿撒勒人耶穌的誕生。

「我不知道耶，米開，」希蘿菲爾說，她坐在他旁邊的鷹架上，看著他作畫。「畫得很美，但是我的手臂沒有那麼……」她的聲音停頓一下。「八個字母，第一個字母是M。」

米開朗基羅拿著畫筆輕點嘴唇。「Muscular（肌肉發達）？」

希蘿菲爾用力點頭。

「我可以修改。」米開朗基羅答應她。

在那之後，希蘿菲爾永遠回到她的洞穴。我承認後來與她失去聯繫。我以爲她已經死了，如同其他那麼多的古代神諭一樣。然而如今她在此地，在南加州，遭到卡利古拉的嚴密控制。

我眞該繼續安排送花給她的。

如今，我只能盡力彌補自己的疏忽。希蘿菲爾依然是我的神諭，如同混血營的瑞秋·戴爾，或者印第安納波利斯那個特洛佛尼烏的可憐鬼魂。無論是不是陷阱，我都無法放任她待在那個岩漿房間裡，手腳銬著熔融的金屬鎖鍊。我不免開始懷疑，也許啦，只是也許喔，宙斯把我貶入凡間，要我把自己默許發生的錯事修正回來，這樣做也許是對的。

我很快把那種想法翻面蓋住。不對。這種懲罰完完全全不公平。可是呢，唉。你發現自己與父親竟然意見相同，有什麼事比這個更慘呢？

格羅佛開車繞過洛杉磯北邊，車流速度幾乎與雅典娜的腦力激盪過程一樣慢。

我不希望對南加州不公平。南加州只要沒有起火燃燒、籠罩棕色霧霾、地震隆隆作響、沉陷到海洋裡、交通打結令人抓狂，我還是很喜歡這裡的一些事：音樂演出現場、棕櫚樹、海灘、美好的日子、漂亮的人們。然而，我也了解黑帝斯㊶爲什麼把冥界的門戶設在這裡。洛杉磯是一塊磁鐵，吸引著人類的渴望，這裡太適合凡人聚集，天眞夢想著成名在望，接著失敗、死去，從排水管旋轉流下，沖向遺忘之境。

看見沒？我可以當個心平氣和的旁觀者呢！

每隔一陣子，我抬頭看著天空，希望能看到里歐·華德茲駕著他的青銅巨龍「非斯都」從頭頂上飛馳而過。我希望他拖著大幅的長條旗幟，上面寫著：「一切都很酷！」沒錯，還要兩天才是新月，不過里歐很有可能提早完成他的救援任務！他可以降落在公路上，告訴我們，無論朱比特營面臨什麼樣的威脅，都已經得救了。然後當著我們的面，他會請非斯都對

㊶黑帝斯（Hades），冥界之王，掌管整個地底世界，是宙斯與海神波塞頓的哥哥。

這輛車噴火，加快我們的移動速度。

唉，沒有青銅巨龍在上方盤旋。不過真的要看到它也很困難，整個天空呈現青銅的顏色。

「那麼，格羅佛，」我說，感覺車子在太平洋高速公路上開了幾十年。「你有沒有見過派波或傑生？」

格羅佛搖搖頭。「看起來好像很奇怪，我知道。我們都在南加州待了那麼久。不過我一直忙著解決火勢的問題，傑生和派波則去出任務、上學之類。只是一直沒機會認識。教練說，他們……人很好。」

我有種感覺，他本來要說的不是「人很好」。

「有什麼問題是我們應該知道的嗎？」我問。

格羅佛的手指在方向盤上喀喀敲打。「嗯……他們一直面臨很大的壓力。首先，他們努力尋找里歐．華德茲，接著又去執行其他任務，然後麥克林先生的狀況開始變得很慘。」

梅格原本把九重葛編成辮子狀，這時抬起頭來。「派波的爸爸嗎？」

格羅佛點頭。「他是知名演員，你們也知道。是不是叫崔斯坦．麥克林？」

一陣興奮的顫慄爬上我的背脊。我很愛崔斯坦．麥克林在電影《斯巴達國王》的演出。還有《鋼鐵擂台2：鋼鐵的回歸》。就一個凡人來說，那個男子有無窮無盡的腹肌。

「情況變得多慘？」我問。

「你沒看名人新聞喔？」格羅佛猜測說。

很糟糕，不過是真的。我身為凡人到處奔走，一下子救出古代神諭，一下子又跟羅馬的自大狂大打出手，完全沒時間追那些好萊塢的生猛八卦。

「分手分得很難看？」我猜測說：「打親子確認官司？他在推特說了什麼很糟糕的話？」

「不是啦，」格羅佛說：「那麼就……等我們到了那裡之後再看看情況的發展。有可能沒那麼慘。」

他說這番話的語氣，完全就是一般人預期情況確實很慘的口吻。

我們到達馬里布時，差不多是午餐時間。我因為飢餓和暈車而反胃。我啊，以前很習慣花一整天駕駛太陽瑪莎拉蒂，但現在居然會暈車！這都要怪格羅佛啦，他的羊蹄踩油門超遲鈍的。

往好的一面想，我們的平托車沒有爆炸，而且沒發生什麼意外就找到麥克林家的房子。黃金海十二號的豪宅遠離蜿蜒的道路，屹立在岩石峭壁上，俯瞰著太平洋。從街道平面看去，只能看到白色的灰泥防護牆、鑄鐵大門，以及延伸很廣的紅陶屋瓦。

要不是有搬家卡車停在屋外，這棟房屋本來散發出一種私密感以及禪意的寧靜。大門完全敞開，一大群壯碩男子用推車把沙發、桌子和大件藝術品運送出來。有個人在車道末端來回踱步，看起來全身溼透而且震驚，彷彿剛從車禍殘骸裡爬出來，那人正是崔斯坦·麥克林。

他的頭髮比我在電影裡看到的更長，柔軟有光澤的黑髮披在肩膀上。他變胖了，因此不再像《斯巴達國王》裡那種壯碩的殺人機器模樣。他的白色牛仔褲沾著煤灰，黑色T恤的領口扯破了，腳上的樂福鞋看起來很像烤太久的馬鈴薯。

感覺不太對勁，這種程度的名人就這樣站在他的馬里布豪宅前方，沒有保鏢、私人助理或仰慕的粉絲，甚至沒有一群狗仔隊猛拍令人尷尬的照片。

「他出了什麼事？」我好奇地問。

梅格瞇起眼睛，望著擋風玻璃外面。「他看起來很好啊。」

「不，」我堅持說：「他看起來……很普通。」

格羅佛熄掉引擎。「去打聲招呼吧。」

麥克林先生看到我們，停下來不再踱步，他的深棕色眼睛似乎眼神渙散。「你們是派波的朋友嗎？」

我找不到恰當的話，只發出咯咯聲；自從第一次見到葛麗絲．凱莉[42]之後，我就沒發出這樣的聲音了。

「是的，先生，」格羅佛說：「她在家嗎？」

「家……」崔斯坦．麥克林咀嚼著這個字。他似乎覺得很苦澀，而且找不到意義。「繼續往裡面走。」他朝向車道含糊揮手。「我想，她在……」他的聲音消失了，怔怔看著兩名搬家工人把一座巨大的鯰魚大理石雕像推出來。「去吧。沒關係。」

我不確定這番話是對我們說還是對搬家工人說，不過他的語氣很挫折，比他的外表更讓我擔心。

我們繼續走過雕刻花園庭院和噴水池，然後穿越晶亮的雙扇橡木大門，進入屋內。貼著紅色薩爾蒂約磁磚[43]的地板閃閃發亮。奶油白的牆壁留下一些較淡的印記，不久前還有畫作掛在那裡。我們右手邊有一間延伸很長的美食廚房，就連掌管盛宴的羅馬女神艾蒂西亞都會覺得羨慕。我們面前開展出很大的房間，天花板有九公尺高，裝設著杉木橫梁；另外有巨大的火爐，還有一面可滑動的玻璃門通往露台，可以遠眺太平洋的景緻。

可惜這房間是個空蕩蕩的空殼，沒有家具，沒有地毯，沒有藝術品，只有幾條纜線蜷曲在牆邊，還有掃帚和畚箕倚在一個角落裡。

令人驚嘆的房間不該這樣空蕩蕩啊，感覺好像一間神廟欠缺了雕像、音樂和黃金貢品。（噢，我幹嘛用這樣的類比來折磨自己啊？）

有個年輕女子坐在火爐邊，正在翻閱一疊文件，她有古銅色肌膚和削薄的黑髮。她穿著橘色的混血營T恤，因此我猜眼前的女子是派波，阿芙蘿黛蒂和崔斯坦·麥克林的女兒。

腳步聲在廣闊的空間裡迴盪，但我們靠近時，派波並沒有抬起頭。也許她太全神貫注於手上的文件，或者以為我們是搬家工人。

「你要我再站起來嗎？」她喃喃地說：「確定火爐要留在這裡喔。」

「嗯哼。」我說。

派波抬起頭。她那色彩繽紛的虹膜映照著光線，很像朦朧的稜鏡。她仔細端詳我，似乎不確定自己看到的是什麼（哎喲，我好了解這種感覺），接著又對梅格露出同樣的困惑神情。

她定睛看著格羅佛，然後張大嘴巴。「我……我知道你，」她說：「在安娜貝斯的照片裡看過。你是格羅佛！」

她猛然站起，忘了那些文件，只見紙張灑落在薩爾蒂約磁磚地板上。「怎麼了？安娜貝斯和波西還好嗎？」

格羅佛微微後退；那可以理解，因為派波的表情那麼緊繃。

---

42 葛麗絲·凱莉（Grace Kelly, 1929-1982），美國演員、摩納哥王妃。

43 源自墨西哥北部薩爾蒂約市（Saltillo）的磁磚。

「他們很好！」他說：「至少，我猜他們很好。我沒有眞的，呃，見到他們，有好一陣子了，不……不過，我和波西有共感連結，所以如果他眞的很不好，我想我會知道……」

「阿波羅。」梅格跪下，拿起掉在地上的一張紙，眉頭皺得比派波更深。

我現在徹底反胃了。我爲什麼沒有早點注意到那些文件的顏色？所有的紙張，包括信封、裝訂成冊的報告、商用信件……全都是蒲公英花朵的黃色。

「N. H. 金融公司，」梅格唸出信紙的抬頭。「三巨頭的部門……」

「喂！」派波從她手中抽走紙張。「那是私人信件！」接著她面對我，彷彿頭腦往回倒帶。「等一下。她剛才叫你『阿波羅』？」

「好像是。」我笨拙地向她鞠躬。「阿波羅，掌管詩歌、音樂、箭術和其他很多重要事物的天神，悉聽吩咐，不過我的學習駕照上的名字是萊斯特．巴帕多普洛斯。」

她眨眨眼。「什麼？」

「還有，這位是梅格．麥卡弗瑞，」我說：「狄蜜特之女。她不是故意愛管閒事，只是因爲我們以前看過那樣的文件。」

派波的目光在梅格和格羅佛之間不停地掃來掃去。羊男聳聳肩，活像是說：「歡迎來到我的惡夢。」

「你們一定要好好從頭說起。」派波終於說。

我盡力爲她做了超級精簡的總結報告：我墜入凡間，成爲梅格的奴隸，我們先前的兩次任務解救了多多納和特洛佛尼烏神諭，我與卡呂普索[44]和里歐．華德茲的遠征……

「里歐？」派波用力抓住我的手臂，我好怕她會在我的手臂留下瘀青。「他活著？」

「痛啊。」我小聲說。

「抱歉。」她放開手。「我需要知道里歐的每一件事，馬上。」

我盡力順從要求，很怕可能會用什麼方法，真的從我的腦袋裡拉出資訊。

「那個玩火的小子，」她咕噥說：「我們找了好幾個月，而他居然出現在那個營區？」

「對啊，」我贊同說：「想揍他的人可以列出一長串排隊名單吧。我們可以安排你插隊，在明年秋天揍他。但現在我們需要你的幫忙。我們得從卡利古拉皇帝手中救出女先知。」

派波的表情讓我回想起雜耍演員，同一時間試圖追蹤空中十五件不同的物品。

「我就知道，」她喃喃說：「我就知道傑生沒有告訴我……」

六名搬家工人突然從大門蜂擁而入，嘴裡說著俄語。

派波沉下臉。「我們去露台上談，」她說：「我們可以交換一些壞消息。」

❹❹ 卡呂普索（Calypso），擎天神阿特拉斯的女兒，住在海洋邊緣的奧吉吉亞島（Ogygia）。

13
別動烤肉架 梅格還在玩那個 我們好轟隆

哇，好壯麗的海洋景色！哇，海浪沖刷下方峭壁，海鷗盤旋於頭頂！哇，流著汗的壯碩搬家工人坐在休閒椅上看簡訊！

我們走上露台時，那個男子抬起頭。他沉下臉，不情願地站起來，拖著腳步進入室內，只在椅墊布料上留下搬家工人形狀的汗水印子。

「如果我還有以前那支豐饒角，」派波說：「我會對那些傢伙射擊蜜汁火腿。」

我的腹肌抽搐起來。以前發生過一整隻烤豬從豐饒角射向我的腹部，當時狄蜜特對我大抓狂……不過那個故事要另外講起。

派波爬到露台欄杆上，坐在那裡面向我們，雙腳勾住欄杆。我想她窩在那裡好幾百次了，已不認爲有可能從高處墜落。下方極遠處有一道之字形的木頭階梯，底部有長條狀的狹窄海灘，攀附在峭壁基部。海浪沖刷著崎嶇的岩石。我決定不和派波一起坐在欄杆上。我不怕高，但我眞正怕的是自己超爛的平衡感。

格羅佛盯著被汗水溼透的休閒椅，那是露台上僅剩的一件家具，而他選擇繼續站著。梅格走向一個嵌入式的不鏽鋼瓦斯烤肉架，開始玩起旋鈕。我估計大約還有五分鐘的時間，她就會把我們全部炸個粉碎。

「所以，」我倚著派波旁邊的欄杆。「你知道卡利古拉的事。」

她的眼睛從綠色變成棕色，很像樹皮老化。「我知道有個藏鏡人躲在我們碰到的問題背後……霧霾，野火，等等之類。」她指著玻璃門另一邊的空蕩豪宅。「我們關閉『死亡之門』時，對付了很多惡棍，他們從冥界返回凡間。如果有個邪惡的羅馬皇帝躲在『三巨頭控股公司』背後，確實說得通。」

我猜派波大約十六歲，與……不，我不能說「與我同年」。如果我想著那種說法，就會比較她的完美膚質和我自己滿是青春痘疤的臉，還有她那宛如雕像的細緻鼻子和我圓鼓鼓的酒槽鼻，她曲線畢露的柔軟身形和我……也有柔軟的曲線啦，只是全部彎向錯誤的方向。接著我就必須尖聲大叫：「我討厭你！」

她那麼年輕，卻已見識過那麼多的戰役。她說著「我們關閉死亡之門時」，語氣好像她的高中同學說「我們在凱爾家游泳的時候」。

「我們知道有個燃燒的迷宮，」她繼續說：「葛利生和蜜莉對我們說過。他們說羊男和木精靈……」她作勢指著格羅佛。「嗯，那不是祕密吧，你們一直深受乾旱和野火之苦。接著我作了一些夢。你們懂吧。」

我和格羅佛點點頭。連梅格也從危險的戶外烹飪裝置實驗抬頭看，嘀咕一聲表示深有同感。我們全都知道半神半人只要打瞌睡，就會受到預告和凶兆的干擾。

「總之，」派波繼續說：「我想我們可以找到那個迷宮的核心。我認爲，無論是誰要對我們的悲慘生活負起責任，那個人就在那裡，我們可以把他或她送回冥界。」

「你說『我們』，」格羅佛問：「是指你和……？」

「傑生。是的。」

講到他的名字，她的聲音略低一些，就像我每次被迫說出「雅辛托斯」或「達芙妮」的名字一樣。

「你們之間出了狀況。」我推測說。

她撥掉牛仔褲上某種看不見的髒汙。「這一年很難熬。」

你說得沒錯，我心想。

梅格點燃一個烤肉爐嘴，熊熊燃燒的藍色火焰很像火箭推進器的引擎。「你們兩個分手了還是怎樣？」

放任麥卡弗瑞與阿芙蘿黛蒂的孩子談論愛情，同一時間她又在羊男面前點燃火焰，這個策略實在有欠考慮。

「拜託不要玩那個，」派波語氣溫和地說：「還有，對，我們分手了。」

格羅佛咩咩叫。「真的？可是我聽說……我以為……」

「你以爲什麼？」派波的聲音保持冷靜和平穩。「以爲我們會像波西和安娜貝斯那樣永遠在一起？」她凝視著空蕩蕩的房子，看起來不像懷念舊家具，而是想像空間再次全部塡滿的樣子。「事情會改變。人也會變。我和傑生……我們開始交往的時機很奇怪，有點像是希拉把我們湊成對，讓我們以爲彼此有一段共同的經歷，其實並沒有。」

「啊，」我說：「聽起來很像希拉的作風。」

「我們向蓋婭宣戰。接著花了好幾個月尋找里歐。然後努力適應學校，到了那時，我才眞的有時間喘口氣……」她停頓一下，探詢我們每個人的表情，似乎意識到自己準備與幾乎不認識的人分享眞正的原因、比較深層的原因。我回想起蜜莉曾說派波是「可憐的女孩」，那個雲精靈說到傑生的名字時也帶有厭惡的語氣。

「總之，」派波說：「事情改變了。不過我們很好。他很好，我也很好。至少……我本來很好，直到發生了這件事。」她指著大房間，搬家工人使勁抬著床墊，正朝門口走去。

我決定了，該是迎戰「房間裡的大象」㊺的時候。更準確地說，露台上的大象。或者，有可能在露台上的大象，如果搬家工人沒有把牠抬走的話。

「到底發生什麼事？」我問：「那所有的黃色文件到底是什麼？」

「像這個，」梅格說著，從她的園藝腰帶拿出一張摺疊的信紙，這一定是從大房間裡偷來的。以狄蜜特的孩子來說，她有順手牽羊的毛病。

「梅格！」我說：「那不是你的東西！」

我對於偷拿別人的郵件有點敏感。有一次，阿蒂蜜絲亂翻我的信件，找到盧克雷齊亞・波吉亞㊻寄來的香豔火辣信件，結果她取笑了我有好幾十年之久。

「N. H. 金融公司，」梅格堅持說：「新赫利歐斯。卡利古拉，對吧？」

派波的指甲掐進木頭欄杆。「拜託，扔了它。」

㊺ 英文的「elephant in the room」（房間裡的大象）用來比喻沒人敢碰的龐大棘手問題。

㊻ 盧克雷齊亞・波吉亞（Lucrezia Borgia, 1480-1519），義大利貴族，因家族政治結盟之所需而有三次婚姻，也有許多無法證實的誹聞。

梅格把那封信扔進火焰裡。

格羅佛嘆口氣。「我本來可以幫你吃掉的，那樣對環境比較好，信紙很好吃的說。」

這番話惹得派波露出淺淺的微笑。

「其他的全部留給你。」她保證說：「至於他們說什麼呢，全部是合法的，合法，吧啦吧啦，財務，乏味，合法。總結一句，我爸破產了。」她對我挑挑眉毛。「你眞的沒看過半個八卦專欄？連個雜誌封面也沒有？」

「我也是這樣問啊。」格羅佛說。

我在內心做了筆記，要去最近的雜貨店結帳櫃檯，把待讀的資料囤積起來。「眞慘，我落伍了，」我坦承說：「這所有事情是從什麼時候開始的？」

「連我都不知道，」派波說：「珍恩，我爸的前任私人助理，她牽涉在裡面。還有他的財務經理。他的會計師。他的電影經紀人。『三巨頭控股公司』這家公司呢……」派波雙手一攤，簡直像描述一場無從預見的大自然災難。「他們惹出一大堆問題。他們一定花了好幾年時間、好幾千萬的金錢，把我爸建立的每一件事都摧毀了，包括他的信用、他的資產、他在電影界的名聲。全部毀了。他雇用蜜莉時……嗯，她很棒。她是第一個發現問題的人，很努力想幫忙，可是已經太遲了。現在，我爸比破產更慘。他欠下巨額債務。他欠了好幾百萬的稅金，連他自己都不知道。我們能夠寄望的最好結果就是逃過牢獄之災。」

「好慘。」我說。

我是眞心這麼想。一想到可能再也無法看到崔斯坦．麥克林的腹肌出現在大螢幕上，眞是既痛苦又失望，不過我禮數周到，在他女兒面前說不出口。

「我沒有期待得到很多同情啦，」派波說：「你們該看看我學校的同學，在背後取笑我、說我閒話。我的意思是比平常更嚴重。『哎喲，哭哭，你們家的三棟房子都沒了。』」

「三棟房子？」梅格問。

我不懂這有什麼好驚訝的。我認識的大多數小神和名人都至少有六棟吧，但派波的表情變得很難爲情。

「我知道那很荒謬，」她說：「他們收走了十輛車。還有直升機。他們要在週末取消這個地方的贖回權，再拿走飛機。」

「你有一架飛機。」梅格點點頭，彷彿這樣至少完全合情合理。「酷喔。」

派波嘆口氣。「我才不在乎那種東西，不過我們的飛行員以前是保育巡邏員，那個好人就要失業了。還有蜜莉和葛利生必須離開。管家也是。最重要的是……我很擔心我爸。」

我隨著她的目光看去。崔斯坦．麥克林這時遊蕩穿越大房間，盯著空白的牆壁。我比較喜歡他飾演動作片的英雄。心碎男子的角色並不適合他。

「他本來漸漸康復了，」派波說：「去年有個巨人綁架他。」

我嚇得發抖。被巨人抓走，眞的會留下心理創傷。好幾千年前，曾經有兩名巨人綁架阿瑞斯，他從此變了個人。在那之前，他一直很自大、很討人厭；事發之後，他很自大、很討人厭，再加上易怒。

「我很驚訝你父親居然還沒有精神崩潰。」我說。

派波的眼角變得緊繃。「我們把他從巨人手中救回來的時候，用一種藥劑抹除他的記憶。阿芙蘿黛蒂說，我們只能爲他做到這樣。可是現在……我是說，一個人能夠承受多大的心理創痛呢？」

格羅佛脫下帽子，以悲傷的眼神看著它。也許是思考一些虔敬的想法，也說不定只是肚子餓。「你們現在打算怎麼辦？」

「我們家族還有財產，」派波說：「在奧克拉荷馬州塔立奎鎮外……是原住民切羅基人的分配地。這個週末，我們會搭自己的飛機，最後一趟飛回家鄉。我想，你們的邪惡皇帝贏了這最後一場戰役。」

我不喜歡把那些皇帝說成「我們的」。我不喜歡派波說「家鄉」的語氣，彷彿她已經接受自己的後半輩子都會住在奧克拉荷馬州。不是要說奧克拉荷馬州的壞話啦，提醒你一下。我的好夥伴伍迪．蓋瑟瑞[47]就是來自奧克拉荷馬州。不過呢，來自馬里布的凡人通常不會認爲那是一種提升。

況且，一想到崔斯坦和派波被迫遷往東邊，我不免想起梅格昨天晚上讓我看的幻影：她和她父親之所以離開家園，同樣是受到無聊的黃色合法吧啦吧啦文件的逼迫，從而逃離他們燃燒的房屋，輾轉在紐約落腳。逃離卡利古拉的煎鍋，落入尼祿的火焰裡。

「我們不能讓卡利古拉得逞，」我對派波說：「你不是他唯一鎖定的半神半人目標。」

她似乎咀嚼著這些字句。接著她面對梅格，彷彿這時才第一次正眼看她。「你也是？」

梅格關掉瓦斯爐嘴。「是啊。我爸。」

「發生什麼事？」

梅格聳聳肩。「很久以前的事了。」

我們等著，但梅格決定維持梅格的作風。

「我的年輕朋友是省話一姊，」我說：「不過如果她允許……」

梅格沒有命令我閉嘴或跳出露台，所以我把自己在麥卡弗瑞記憶裡見到的情景告訴派波。

我說完之後，派波從欄杆跳下來。她走向梅格，而我還來不及說「小心啊，她咬人的力道比野生松鼠更猛！」，派波已經伸出兩隻手臂，擁抱那個年輕女孩。

「我很遺憾。」派波親吻她的頭頂。

我緊張地等待梅格的黃金鐮刀在她手中一閃而現。然而，經過瞠目結舌的一陣子之後，梅格在派波的懷抱裡軟化了。她們維持同樣的姿勢很長一段時間，梅格發抖著，派波抱緊她，化身爲半神半人界的「首席慰問高手」，她自己的難題到了梅格身邊都變得不重要了。

最後，伴著吸鼻涕和打嗝聲，梅格離開擁抱，抹抹鼻子。「謝謝。」

派波看著我。「卡利古拉搞亂半神半人的人生有多久了？」

「好幾千年了吧，」我說：「他和另外兩位皇帝不是透過『死亡之門』回到人間。他們從來沒有離開活人的世界，基本上算是小神。他們有幾千年的時間建立自己的祕密帝國，三巨頭控股公司。」

「那爲什麼選擇我們？」派波說：「爲什麼選擇現在？」

「以你的例子來說，」我說：「我只能猜測卡利古拉不希望你礙事。如果你因爲父親碰到的問題而分心，就不會對他造成威脅，特別是如果你去了奧克拉荷馬州，遠離卡利古拉的地盤。至於梅格和她爸爸……我不知道。可能是卡利古拉覺得深受某件事的威脅，而她爸爸與

㊼ 伍迪・蓋瑟瑞（Woody Guthrie, 1912-1967），美國創作歌手。

那件事有關。」

「那件事可能對木精靈有幫助，」格羅佛補充說：「一定是這樣，根據他做研究的地方來判斷，那些溫室。卡利古拉摧毀了深愛大自然的男子。」

我以前也聽過格羅佛講話這麼氣憤。我心想，羊男稱呼一個人類是「深愛大自然的男子」，可能是最高的禮讚了吧。

派波認眞看著地平線上的海浪。「你認爲這一切都有關連。卡利古拉正致力於某件事……只要有人對他造成威脅，他就把那些人全部除掉，再啓動這個烈焰迷宮，摧毀所有的大自然精靈。」

「而且把歐律斯拉俄亞的女先知監禁起來，」我說：「當作陷阱。爲了逮到我。」

「可是，他到底要什麼呢？」格羅佛追問說：「他的最終目標是什麼？」

這是非常重要的問題。但對象是卡利古拉，你幾乎永遠不想知道答案。答案會讓你大哭。

「我想要問女先知，」我說：「如果這裡有人知道我們該怎麼找到她的話。」

派波緊抿雙唇。「啊。那就是你來這裡的原因。」

她看著梅格，然後再看著瓦斯烤肉架，也許想要判斷哪一邊比較危險……是跟著我們一起去執行任務，還是和百無聊賴的狄蜜特之女留在這裡？

「我去拿我的武器，」派波說：「我們出去兜兜風。」

14 貝德羅辛男

貝德羅辛男，跑如瑜伽褲同快

「不准批評。」派波警告說，又從她的房間走出來。

我沒想像過這種事。

派波穿了一身時髦的戰鬥裝束，包括閃亮的白色匡威球鞋、緊身的牛仔破褲、皮帶，以及橘色的營區T恤。她的頭髮編成髮辮垂在一側，裝飾了一根亮藍色羽毛……那是鳥身女妖的羽毛，如果我沒認錯的話。

她的腰帶綁著一把三角形刀刃的匕首，很像古希臘女子經常佩帶的那種。赫卡柏，後來的特洛伊王后，她和我約會就帶著這種刀。根據我的記憶，這種匕首主要作爲儀式之用，但是非常銳利。（赫卡柏的脾氣有點火爆。）

派波腰帶的另一邊掛著……啊。我猜想，這就是她覺得難爲情的原因。有個小型箭筒垂在她的大腿上，裡面塞著大約三十公分長的投射式武器，箭上的羽毛來自蓬鬆的薊草。她的肩膀除了背包，還斜揹著一點多公尺長的蘆荻莖管。

「吹箭！」我大叫。「我超愛吹箭！」

提醒你喔，我其實不是專家，但吹箭眞的是一種投射式武器……很精巧，不容易精通，而且非常鬼祟。我怎能不愛它呢？

梅格抓抓脖子。「吹箭是希臘的東東嗎？」

派波笑起來。「不是，這不是希臘的東東。這是切羅基人的東東。很久以前，我的祖父湯姆做了這個給我。他一直希望我好好練習。」

格羅佛的山羊鬍扭來扭去，似乎努力想掙脫他的下巴，很像魔術師胡迪尼那樣。「吹箭眞的很難操作。我叔叔斐迪南有一支。你的技術有多厲害？」

「不是最厲害，」派波坦白說：「和塔立奎鎭的堂姊比起來差多了；她是部落的冠軍。不過我一直在練習。上次我和傑生在迷宮裡……」她拍拍自己的箭筒，「這些派得上用場喔。你們等著瞧。」

格羅佛努力壓抑自己的興奮之情。我了解他的顧慮。在初學者手中，吹箭對同伴的危險性比對敵人大得多。

「那把匕首呢？」格羅佛問：「那眞的是……？」

「卡塔波翠絲，」派波驕傲地說：「原本屬於特洛伊的海倫所有。」

我大喊一聲。「你有特洛伊的海倫那把匕首？在哪裡找到的？」

派波聳聳肩。「在營區的一間庫房裡。」

我好想把自己的頭髮全部拔光。我回想起海倫收到這把匕首作爲結婚禮物的那一天。那麼華麗的匕首啊，由地球上有史以來最美麗的女子握在手上。（我對地球上同樣迷人的其他數十億名女子沒有惡意喔；我愛你們所有人。）而這把在歷史上超級重要、工藝精湛、威力強大的武器，派波竟然是在一間庫房裡找到？

唉，每一種東西無論原本有多重要，時間都把它們變成不起眼的古董。我不禁想知道，這樣的命運是否也等著我。再過一千年，也許有某個人在工具小屋裡找到我，嚷嚷著說：「喔，你看，阿波羅耶，掌管詩歌的天神。也許我可以把他擦亮一點，拿來用一用。」

「那把匕首還能顯示幻影嗎？」我問。

「你知道這點，唔？」派波搖搖頭。「去年夏天，幻影就不再出現了。預言天神先生，這件事和你被踢出奧林帕斯山沒有關係，對吧？」

梅格嗤之以鼻。「大多數的事情都是他的錯。」

「喂！」我說：「呃，趕快走了啦，派波，你到底要帶我們去哪裡？如果那些人把你們所有的車子都收回去，我怕大家都要擠進黑傑教練的平托車裡了。」

派波得意地嘻嘻笑。「我想我們有更好的選擇。跟我來。」

她帶我們走向車道，只見麥克林先生繼續他的職責，努力當個恍惚的漫遊者。他緩緩繞過車道，低著頭，活像正在尋找掉落的錢幣。他的頭髮翹起來，手指抓過的地方留下一條條凹痕。

搬家工人坐在附近一輛卡車的後擋板上，正是午休時間，隨意吃著瓷盤上的東西，那些瓷盤無疑不久前還放在麥克林家的廚房裡。

麥克林先生抬頭看著派波，似乎對她身上的刀子和吹箭漠不關心。「要出門嗎？」

「只出去一下子。」派波親吻她父親的臉頰。「我今天晚上會回來。別讓他們拿走睡袋，好嗎？我們可以在露台上露營。一定很好玩。」

「好吧。」他拍拍她的手臂，顯得心不在焉。「祝好運……去念書？」

「是啊，」派波說：「念書。」

你不得不愛上「迷霧」。你大可全副武裝走出你家，身邊陪著羊男、半神半人、肌肉鬆弛的前任奧林帕斯天神；多虧有「迷霧」這種扭曲認知的魔法，你的凡人父親會以爲你要去參加讀書會。「沒錯，爸，我們得去討論一些數學題，包括吹箭與移動目標之間的相對軌跡。」

派波帶我們穿越馬路，走向最近的鄰居家，那是一棟「科學怪人」風格的大宅，有托斯卡尼磁磚、現代式樣的窗戶和維多利亞時代的山牆，彷彿大叫著：「我錢太多，沒地方花！救命！」

在圓環狀的車道上，一名體格魁梧的男子身穿運動服，剛好從他的白色凱迪拉克「凱雷德」豪華休旅車走下來。

「貝德羅辛先生！」派波叫道。

男子跳起來，看著派波，面露恐懼的神色。儘管他穿著運動上衣、很蠢的瑜伽褲和鮮豔的運動鞋，看起來還是比較休閒而非運動風格。他既沒有流汗也沒有喘氣，打薄的頭髮用黑色髮膠梳成完美的線條。他皺起眉頭時，五官全部擠到臉孔的正中央，彷彿環繞在兩個黑色鼻孔周圍。

「派……派波，」他結結巴巴地說：「你要……？」

「我超想借那輛凱雷德休旅車，謝謝你！」派波眉開眼笑地說。

「呃，其實呢，這不是……」

「這不是問題？」派波幫他說：「而你很樂意把車子借給我一天？太棒了！」

貝德羅辛的臉陣陣抽搐。他勉強擠出幾個字：「好，當然。」

「請給我鑰匙？」

貝德羅辛先生把鑰匙鍊扔給她，然後以緊身瑜伽褲所允許的最快速度衝進他的房子。

梅格低聲吹個口哨。「那很酷喔。」

「那到底是怎樣？」格羅佛問。

「那個啊，」我說，「是講『魅語』。」我對派波・麥克林另眼相看，不確定應該覺得印象深刻，還是應該跟著貝德羅辛先生驚慌逃走。「阿芙蘿黛蒂的孩子所擁有的罕見天賦。你經常來借貝德羅辛先生的車嗎？」

派波聳聳肩。「他一直是很爛的鄰居。他還有另外十二輛車。相信我，我們絕對沒有讓他吃到半點苦頭。更何況我通常有借有還。通常啦。我們能走了嗎？阿波羅，你可以開車。」

「可是……」

她的微笑既甜蜜又駭人，像是要說：「我，可，以，逼，你，就，範。」

「我來開。」我說。

我們開著貝德羅辛車，取道海岸景觀公路往南走。由於凱雷德休旅車只比赫菲斯托斯的「噴火九頭蛇坦克」稍微小一點，因此我必須小心開，免得擦撞到摩托車、郵筒、騎三輪車的小孩，以及其他討厭的障礙物。

「我們要去接傑生嗎？」我問。

派波坐在我旁邊的乘客座，拿出一根飛鏢放進吹箭裡。「不需要。況且，他去學校。」

「你沒去啊。」

「我在搬家，記得吧？到了下星期一，我會在塔立奎高中註冊入學。」她舉起吹箭，很像拿著一杯香檳。「老虎隊[48]，加油。」

這番話聽來頗有諷刺意味，感覺很怪。我再一次覺得納悶，她對自己的命運怎能如此認命？怎能如此輕易放手，任憑卡利古拉把她和父親逐出原本建立在這裡的生活？不過既然她手上有個裝好彈藥的武器，我就沒有向她提出質疑了。

梅格的頭從我們的座位之間冒出來。「我們不會需要你的前男友嗎？」

我的方向盤突然失控，差點撞倒某人的祖母。

「梅格！」我斥責說：「坐回去，綁上安全帶，拜託。格羅佛……」我瞥了後照鏡一眼，發現羊男正在嚼一條灰色布帶。「格羅佛，別再吃安全帶了，你在樹立壞榜樣。」

他吐掉那條布帶。「抱歉。」

派波撥亂梅格的頭髮，然後嘻嘻哈哈地把她推回後座。「來回答你的問題：不需要。我們沒有傑生不會有問題的。我可以幫你們指路進入迷宮，畢竟那是我作的夢。那裡是皇帝使用的入口，所以應該是前往迷宮中心最短的捷徑，他就是把你的女先知關在那裡。」

「那麼你們之前進去的時候，」我說：「發生了什麼事？」

派波聳聳肩。「就是迷宮平常的那些東西啊……很多陷阱，不斷變化的走道。還有一些奇怪的生物。守衛。很難描述啦。還有烈火。烈火超多的。」

我回想起自己看到的希蘿菲爾，她在岩漿房間裡，舉起兩隻綁著鎖鍊的手臂，向某個人道歉，那人不是我。

「你沒有真的找到神諭吧？」我問。

車子行過半個街口之際，派波保持沉默，凝視著房屋之間一閃而過的海洋美景。「我沒有。不過有一段很短的時間我們走散了，我和傑生。嗯……我開始懷疑，他沒有把發生在他身上的每一件事都告訴我。我很確定他沒說。」

格羅佛重新扣住他咬爛的安全帶。「他為什麼要說謊？」

「那個啊，」派波說：「是個非常好的問題，也是不找他一起回去的好理由。我想要親眼瞧瞧。」

我有種感覺，派波自己也隱瞞了相當多的部分，有很多的懷疑、猜測、個人感受等，或許也包括她自己在迷宮裡發生的事。

好耶，我心想。英雄前男女朋友之間私底下的戲劇化事件，包括誰有沒有對彼此（以及我）說出完整的實情等，這種事最能為危險任務增添趣味了。

派波指引我開進洛杉磯市中心。

我覺得這不是個好預兆。對我來說，「洛杉磯市中心」永遠是矛盾的修辭，就像「熱的冰淇淋」或「軍人的智慧」。（對，阿瑞斯，這是罵人的話。）

洛杉磯整個向外蔓延，全是郊區，這本來就不必要有市中心，就像披薩不必要有芒果塊。喔，當然啦，在單調灰色的政府機關大樓和停止營業的店面之間，市中心有些部分已經恢復生機。我們曲折穿越地表的街道時，我看到很多新的公寓樓房、時髦的商店和豪華的旅館。不過在我看來，那所有的努力簡直就像是幫羅馬軍團塗脂抹粉一樣。（相信我，我試過。）

㊽塔立奎高中美式足球隊以老虎為隊徽，暱稱老虎隊（Tigers）。

我們停靠在格蘭德公園㊾附近，其實這地方不大，也不太像公園。馬路對面聳立一棟八層樓的混凝土與玻璃蜂巢狀建築。我似乎回想起自己去過那裡一次，好幾十年前，要和葛麗泰·嘉寶㊿辦理離婚手續。還是伊麗莎白·泰勒51？我不記得了。

「檔案大樓？」我問。

「對，」派波說：「不過我們沒有要進去裡面。只要停在那邊的十五分鐘卸貨區就好了。」

格羅佛傾身向前。「萬一我們沒有在十五分鐘內回來呢？」

派波面露微笑。「那麼，我很確定拖吊公司會好好照顧貝德羅辛先生的凱雷德休旅車。」

我們跟在派波後面，走向政府大樓的側邊；到了那裡，她把手指放在嘴唇上要求安靜，然後招手叫我們繞過轉角窺探狀況。

沿著街區有一道六公尺高的混凝土牆面，每隔一段距離設置了不顯眼的金屬門，我猜那是工作維修出入口。大約沿著街口到了一半的地方，有個守衛站在其中一道門的正前方，看起來很怪異。

儘管天氣溫暖，他卻穿黑西裝打領帶。他矮矮壯壯，有一雙不尋常的大手，頭上包著某種東西，我看不太出來那是什麼，有點像超大號的阿拉伯頭巾，用毛絨絨的白色毛圈織物製成，蓋住他的肩膀，而且垂到背部一半的地方。光是這樣可能還不算太怪異，他有可能是某位沙烏地石油大亨的私人保鑣。但他爲什麼站在一條巷子裡，靠近一道毫不起眼的金屬門？而且爲什麼他的臉滿是白毛，剛好搭配他的頭巾？

格羅佛嗅聞空氣，接著把我們拉回轉角後面。

「那傢伙不是人類。」他輕聲說。

「頒獎給羊男吧。」派波輕聲回應，雖然我不確定爲何要這麼小聲講話。我們距離半個街口，而且街上滿吵的。

「他是什麼？」梅格問。

派波查看吹箭裡面的飛鏢。「這是個好問題。不過如果你沒有出其不意撂倒他們，就會是嚴重的問題。」

『他們』？」我問。

「是啊。」派波皺起眉頭。「上次有兩個人，而且是黑色毛皮。不確定這一個有什麼不一樣。不過那道門就是通往迷宮的入口，所以我們必須撂倒他。」

「我該用我的雙刀嗎？」梅格問。

「只有我失手才需要。」派波深呼吸幾次。「準備好了嗎？」

我認爲她不會接受「沒有」作爲答案，於是跟著格羅佛和梅格點點頭。

派波踏出一步，舉起她的吹箭，然後射出。

這一射有十五公尺的距離，我認爲那是吹箭實際射程範圍的極限，但是派波命中目標。飛鏢刺入男子的左邊褲管。

㊾ 格蘭德公園（Grand Park）位於洛杉磯市中心，Grand 的意思是「大」。附近有市政廳、迪士尼音樂廳等著名地標。

㊿ 葛麗泰・嘉寶（Greta Garbo, 1905-1990），瑞典知名女演員，以默片時代冰山美人的形象深植人心。她終生未婚。

51 伊麗莎白・泰勒（Elizabeth Taylor, 1932-2011），美國知名女演員，一生有八段婚姻。

那名保鑣低下頭，看著大腿凸出來的全新裝飾品。箭尾的羽毛與他的白色毛皮超配的。

「喔，這下可好，」我心想。「我們只是惹他生氣了。」

梅格召喚出她的黃金雙刀。

格羅佛忙著摸索他的牧笛。

我則準備一邊尖叫一邊逃走。

「等一下。」派波說。

保鑣往側邊傾斜，彷彿整個城市斜向右舷，接著昏倒在人行道上。

我挑挑眉毛。「下毒？」

「湯姆爺爺的特殊配方，」派波說：「好了，走吧。我帶你們去看『毛毛臉』到底是怪在哪裡。」

15

格羅佛早退
格羅佛聰明羊男
萊斯特，超笨

「他是什麼？」梅格又問一次。「他眞好玩。」

我可不會選擇「好玩」這種形容詞。

保鑣四腳朝天地躺在地上，嘴唇吐出白沫，半閉的眼睛不斷抽搐，處於半清醒狀態。他的兩隻手都有八根手指，就是因爲這樣，他的手從遠處看起來很巨大。從他那雙黑皮鞋的寬度看來，我猜他的兩隻腳也各有八根腳趾。他似乎很年輕，差不多像人類的青少年，但只有額頭和臉頰除外，他的整張臉覆蓋著細細的白色軟毛，很像㹴犬胸口的白毛。

眞正引發話題的部分是他的雙耳。我原本錯認爲頭巾的東西已經整個展開，露出兩塊癱軟的橢圓形軟骨，形狀很像人類的耳朵，但每一隻耳朵都有海灘浴巾那麼大，於是我立刻聯想到，這個可憐的男孩讀中學時的綽號八成是「蠢蛋」。他的耳道很寬，足以夾住棒球，而且塞滿了毛，派波可以用那些毛幫整個箭筒的飛鏢裝上箭尾羽毛。

「大耳朵。」我說。

「這還用說嗎？」梅格說。

「不，我是要說，這一定是馬克羅提過的『大耳朵』。」

格羅佛後退一步。「卡利古拉用這種生物當他的私人保鑣？一定要看起來這麼嚇人嗎？」

我在那個年輕人形的周圍繞一圈。「想想看，他的聽力一定很敏銳！而且有那樣的雙手，想像一下他可以彈多少個吉他和弦。我以前怎麼從沒看過這個物種？他們會成爲全世界最優秀的音樂家！」

「唔，」派波說：「我不懂音樂，不過你們不會相信他們打架有多厲害。他們兩個人差點殺了我和傑生，我們可是對付過各式各樣不同怪物的人耶。」

我看到保鏢身上沒有武器，但我相信他是很難纏的打手。那些八根手指的拳頭肯定會造成某種程度的傷害。然而訓練這種生物去打仗，感覺實在很浪費……

「眞不敢相信，」我喃喃說：「我活了四千年，還是可以發現新鮮事。」

「就像你有多蠢。」梅格自告奮勇說。

「不。」

「意思是你早就知道了？」

「兩位，」格羅佛插嘴說：「我們該拿『大耳朵』怎麼辦？」

「殺了他。」梅格說。

我對她皺起眉頭。「那麼『他眞好玩』是怎麼回事？『每一種活的東西都應該有機會好好生長』又是怎麼回事？」

「他效命於那些皇帝耶。」她說：「他是怪物，只會變成塵埃回到塔耳塔洛斯，對吧？」

梅格看著派波，希望能得到證實，但派波忙著觀察街上的動靜。

「只有一名保鑣，感覺還是很奇怪，」派波沉吟說：「而且他爲什麼這麼年輕？我們已經破門而入一次，在那之後，你會覺得他們應該派更多保鑣來執勤才對。除非……」

她沒有說完，但我聽出她的想法，既大聲又清晰：除非他們就是要我們進去。

我仔細端詳保鑣的臉，此刻依然受到毒液的影響而抽搐。不知為何，我一直覺得他的臉很像狗兒的毛茸茸肚子，這樣要下手殺他就變得很困難。

「派波，你的毒液到底有什麼作用？」

她跪下，拔出飛鏢。「根據其他『大耳朵』的反應看來，它會造成很長一段時間的麻痺，但不會殺了他。這是用好幾種特殊的花草成分去稀釋珊瑚蛇的蛇毒。」

「要提醒我千萬不要喝你泡的花草茶。」格羅佛嘀咕說。

派波傻笑一下。「我們可以把大耳朵留在這裡。把他化成灰送入塔耳塔洛斯似乎不太好。」

「唔。」梅格面露懷疑的神色，但她閃動雙刀，立刻把它們變回兩枚金戒指。

派波走向金屬門，把門拉開，露出生鏽的貨物電梯，裡面只有一根控制桿，而且沒有門。

「好吧，我們眞的排除障礙了，」派波說：「我會帶你們到我和傑生進入迷宮的地方，可是我才不做老掉牙的『美國原住民嚮導』那種事。我不擅長追蹤。我不是你們的嚮導。」

面對這種擁有強烈意見和劇毒飛鏢的朋友，她一發出最後通牒，我們全部立刻表示同意。

「還有，」她繼續說：「你們出這趟任務時，如果有人需要心靈方面的輔導，我不會提供那種服務。我一點都不打算施展古老切羅基人的智慧。」

「好的，」我說：「不過身為前任預言天神，我很喜歡一點心靈方面的智慧。」

「那麼你得去問羊男。」派波說。

格羅佛清清喉嚨。「呃，資源回收是很好的因果循環嗎？」

「交給你了，」派波說：「大家都可以吧？請進來。」

電梯內部很暗，而且有硫的氣味。我想起黑帝斯，他在洛杉磯有一部電梯可以通往冥界。希望派波沒有把她的任務搞混了。

「你確定這部電梯是通往烈焰迷宮嗎？」我問。「因爲我可沒有帶牛皮骨頭給色柏洛斯[52]咬著玩。」

格羅佛輕聲說：「你一定要提起色柏洛斯嗎？那是不好的因果循環。」

派波扳動開關。電梯隆隆作響，開始往下降，與我的勇氣下降的速度一樣快。

「最前面的部分全是凡人的設施，」派波向我們保證。「洛杉磯市中心都是廢棄的地下鐵隧道、防空洞、下水道……」

「全都是我的最愛。」格羅佛喃喃說著。

「我不太知道過去的歷史，」派波說：「但傑生說，以前在禁酒時期，走私和狂歡的人會利用其中一些通道。現在你會遇到塗鴉客、逃亡犯、無家可歸的人、怪物、公務員等。」

梅格聽了撇嘴。「公務員？」

「是眞的，」派波說：「有些政府雇員從某棟樓房走到另一棟，就是用這些地道。」

格羅佛渾身發抖。「即使他們可以在大自然的陽光下走路？眞是討厭死了。」

我們的生鏽金屬箱子發出喀啦聲和吱嘎聲。無論下面有什麼東西，肯定都聽見我們來了，特別是他們的耳朵如果像海灘浴巾那麼大的話。

也許在下降了十五公尺之後，電梯抖動一下，停了。我們面前延伸出一條水泥走廊，方方正正而且單調乏味，只有微弱的藍色日光燈作爲照明。

「似乎沒有很可怕。」梅格說。

「等著瞧吧，」派波說：「好玩的東西在前頭等著呢。」

格羅佛不是很眞心地揮舞雙手。「耶耶。」

方正的走廊通往一條更大的圓形地道，天花板設置各種輸送管線。牆壁噴滿了塗鴉，感覺很像尚未發現的傑克遜．波洛克[53]傑作。空罐頭、髒衣服和發霉的睡袋棄置在地，空氣中充滿了絕不會認錯的無家可歸露宿氣息：汗味、尿味，以及徹底的絕望。

我們沒有人說話。我幾乎不敢呼吸，直到走進一條更大的地道，這一條鋪著生鏽的鐵軌。沿著牆壁掛了坑坑疤疤的金屬牌子，上面寫著「高壓電」、「請勿進入」和「出口」。鐵道的礫石在我們腳下吱嘎作響。老鼠沿著鐵軌匆匆跑過，順便對格羅佛吱吱大叫。

「老鼠啊，」他輕聲說：「總是那麼粗魯。」

走了一百公尺後，派波帶我們進入一條岔路，這一條鋪著油布地氈。頭頂上的日光燈閃閃爍爍，有一半的燈管燒壞了。在昏暗的光線中，在幾乎看不清楚的遠處，有兩個人形一起倒在地板上。我以爲他們是無家可歸的人，直到梅格突然怔住不動。「那些是木精靈嗎？」

格羅佛嚇得大叫。「龍舌蘭？發財樹？」他衝向前，我們其他人跟在他後面。

龍舌蘭是巨大的大自然精靈，很搭配她的植株。她站起來可能至少有兩百一十公分高，皮膚是灰藍色，四肢修長，鋸齒邊的頭髮一定很消耗洗髮精。她的頭部、手腕和腳踝都戴了

---

[52] 色柏洛斯（Cerberus），負責看守冥界的三頭狗。

[53] 傑克遜．波洛克（Jackson Pollock, 1912-1956），美國畫家，以獨創的滴彩畫聞名於世。

有刺的環圈，以免有人企圖侵犯她的個人空間。龍舌蘭跪在她朋友旁邊，看起來沒有太糟，直到她轉過身，顯露出身上的燒傷。她的左臉有一大片組織燒焦了，植物汁液閃閃發亮，左手臂也不見了，只剩下乾燥脫水的棕色蜷曲物。

「格羅佛！」她以粗啞的聲音說：「救救發財樹！拜託！」

他跪在受傷的木精靈旁邊。

我以前從沒聽過「發財樹」這種植物，但是看得出來她如何得到這樣的名字。她的頭髮是厚厚一疊圓盤堆疊而成，很像許多翡翠綠色的錢幣。她的衣服用同樣的材料做成，因此整個人好像裹在大量的葉綠素錢幣裡。她的臉龐可能曾經很漂亮，但現在枯萎乾癟，像是過了一星期扁掉的派對氣球。她膝蓋以下的雙腿不見了……是燒掉的。她企圖定睛看著我們，但雙眼呈現黯淡的綠色。她移動時，翡翠色的錢幣從頭髮和衣服上掉落。

「格羅佛在這裡？」她的呼吸聲聽起來像是吸入氰化物氣體和金屬銼屑的混合物。「格羅佛……我們很接近了。」

羊男的下唇不斷顫抖，雙眼盈滿淚水。「到底怎麼了？怎麼會……？」

「下面那裡，」龍舌蘭說：「火焰。她不知道從哪裡冒出來。魔法……」她開始咳出樹木汁液。

派波憂心忡忡地望著走廊遠端。「我去前面查看一下，馬上就回來。我可不想碰到什麼意外狀況。」

她沿著走廊衝過去。

龍舌蘭想要再說話，卻倒向側邊。只見梅格抓住她扶好，沒有遭到刺傷，不知怎麼辦到的。她碰觸木精靈的肩膀，低聲喃喃說著「生長，生長，生長」。龍舌蘭燒焦的臉龐開始癒合，呼吸也緩和了。接著梅格轉向發財樹，一隻手放在木精靈的胸口，然後旋即縮手，這時有更多翡翠色的葉瓣搖晃鬆脫。

「我在下面這裡沒辦法幫她更多忙，」梅格說：「她們都需要水和陽光。立刻就要。」

「我會帶她們去地面。」格羅佛說。

「我會幫忙。」梅格說。

「不行。」

「格羅佛……」

「不行！」他喊得聲音都啞了。「只要到了外面，我可以像你一樣治療她們。這是我的搜查隊，接受我的命令來到這裡。我有責任要救她們。況且，你的任務是在下面這裡陪著阿波羅，你真的希望他在沒有你的狀況下繼續挺進？」

我想，這真是超級大重點。我很需要梅格的協助。

接著我注意到他們兩人看我的眼神，簡直像是懷疑我的能力、我的勇氣，也覺得如果沒有十二歲的女孩牽著我的手，我就無法完成任務。

當然啦，他們是對的，但這樣也太糗了吧。

我清清喉嚨。「嗯，我很確定，如果我真的必須……」

梅格和格羅佛已對我失去興趣，彷彿我的感受並不是他們主要關切的事情。（我知道啊，我也不敢相信。）他們一起扶著龍舌蘭站起來。

「我很好，」龍舌蘭堅持說，但她搖搖晃晃，顯得很危險。「我可以走路。只要照顧發財樹就好。」

格羅佛輕輕把她抱起來。

「小心，」梅格警告說：「不要搖晃她，否則她的葉瓣會全部掉下去。」

格羅佛帶著兩位木精靈匆匆走入黑暗中，這時派波也回來了。

「他們要去哪裡？」她問。

梅格向她解釋。

派波的眉頭皺得更深了。「希望他們順利出去。如果那名保鑣醒來……」她停止這個想法。「不管怎樣，我們最好繼續前進。提高警覺，觀察四周動靜。」

由於沒有補上一劑咖啡因，也沒幫我的內衣充電，我不確定自己怎麼可能更加提高警覺或觀察四周動靜，不過我和梅格仍然跟著派波，沿著日光燈昏暗的走廊繼續前進。

又走了三十公尺，走廊進入一個廣闊的空間，看起來很像……

「等一下，」我說：「這是地下停車場嗎？」

似乎真的是，只不過完全沒有車輛的蹤跡。晶亮的水泥地面延伸到黑暗中，地上漆著黃色的指示箭頭，以及一排排空蕩無物的格狀空間。好幾排方形柱子支撐著六公尺高的天花板，有些柱子貼著告示牌，寫著「請按喇叭」、「出口」或「左側先行」。

像洛杉磯這麼熱愛汽車的城市，一個可用的停車場竟會遭到棄置，感覺實在很奇怪。然而轉念一想，如果你的另一個選項是令人發毛的迷宮，經常有塗鴉客、木精靈搜索隊和政府雇員在此出沒，那麼路邊的停車收費機聽起來是很不錯的選項。

「就是這個地方，」派波說：「我和傑生就是在這裡走散。」

在這裡，硫的氣味更強了，混合一種比較甜膩的香氣……很像丁香和蜂蜜。那個氣味讓我緊張起來，而且聯想到某種無可名狀的事物……危險的事物。我努力抗拒著逃跑的衝動。

梅格皺起鼻子。「好噁。」

「是啊，」派波贊同說：「上次在這裡也聞到那個氣味。我想那表示……」她搖搖頭。「總之就是在這裡，一道火焰牆不知從哪裡冒出來，咻咻作響。傑生往右邊跑，我跑向左邊。告訴你們喔，那股高熱似乎懷有惡意。那是我所遇過最猛烈的火勢，虧我還曾和恩塞勒達斯[54]大戰一場。」

我渾身發抖，想起那個巨人的火熱呼吸。以前過農神節時，我們都會送好幾箱制酸劑嚼片給他，惹得他生氣抓狂。

「而你和傑生走散之後呢？」我問。

派波走向最近的柱子，伸手摸著「讓路」標誌上的字樣。「我當然努力找他，但他就這樣不見了。我找了好長一段時間，急得都快發瘋了。我不能再失去另一個……」

她遲疑一下，但我能夠理解。她經歷過失去里歐‧華德茲的悲痛，直到不久前曾以爲里歐死了。她不想再失去另一個朋友。

「總之，」她說：「我開始聞到那個香氣。那是丁香的氣味？」

[54] 恩塞勒達斯（Enceladus），大地之母蓋婭與天空之父烏拉諾斯的鮮血所生出來巨人族。他與奥林帕斯眾神大戰時，雅典娜用大地壓垮他，那塊土地是現在的西西里島，希臘人認為島上埃特納火山的噴發是他在呼吸，地震則是他轉動身體。

「很獨特。」我贊同說。

「很噁心。」梅格糾正說。

「它變得愈來愈強烈，」派波說：「我得坦白說，我嚇壞了。獨自一人，身在黑暗中，我驚慌失措。我離開了。」她的神情顯得很痛苦。「不是非常有英雄氣概，我知道。」

我不打算批評她，畢竟我現在雙腳發抖、膝蓋彼此碰撞，簡直像打著這樣的摩斯電碼：「快逃啊！」

「傑生後來出現了，」派波說：「就從出口走出去。他不肯說裡面發生的事，只說回去迷宮就什麼事都解決不了。答案在其他地方。他說要好好研究一些構想，然後回來找我。」她聳聳肩。「那是兩星期前的事。我還在等。」

「他找到神諭了。」我猜測說。

「我也是那樣想。也許如果我們往那邊走……」派波指向右邊，「就會找到。」

我們沒有人移動。沒有人大喊「好耶！」，然後開心地蹦蹦跳跳，進入瀰漫著硫味的黑暗之中。

我的心思轉得好快，我都懷疑自己的頭根本旋轉起來了。

惡意的高熱，彷彿擁有自己的性格。皇帝的綽號：新赫利歐斯、新太陽神，卡利古拉努力讓自己擁有永生不死天神的稱號。納維烏斯．馬克羅曾說：「我只希望你留下來的部分夠多，讓皇帝那位有魔法的朋友能夠運用。」

然後那種香氣，丁香和蜂蜜……很像一種古代香水，與硫結合在一起。

「龍舌蘭剛才說『她不知道從哪裡冒出來』。」我回想起來。

派波緊握著匕首的刀把。「我眞希望自己聽錯了。那個『她』，也許指的是發財樹。」

「喂，」梅格說：「你們聽。」

我的心思轟隆旋轉，而且內衣又有電流劈啪作響，實在很難聽得清楚，但最後聽到了：木頭和金屬的撞擊聲，在黑暗中反覆迴盪，然後有大型動物快速移動的嘶嘶聲和刮擦聲。

「派波，」我說：「那種香味讓你聯想到什麼？你爲什麼嚇壞了？」

這時，她的眼睛看起來像身上的鳥身女妖羽毛一樣呈現鐵青色。「以……以前的敵人，我媽曾警告我，總有一天會再見到那人。但是她不可能……」

「一名女巫。」我猜。

「兩位。」梅格插嘴說。

「是啊。」派波的聲音變得冰冷又沉重，似乎這時才明白我們究竟陷入多大的麻煩。

「來自科爾奇斯[55]的女巫，」我說：「赫利歐斯的孫女，駕駛一輛戰車。」

「由巨龍拉車。」派波說。

「兩位，」梅格說，語氣更急切了。「我們需要躲起來。」

當然啦，太遲了。

戰車轆轆繞過轉角，由兩隻金色巨龍拉車，牠們的鼻孔噴出黃色煙柱，很像用硫當作燃料的火車頭。至於駕駛，自從我上次見過她以後都沒有變，那是幾千年前的事了。她依然一

---

[55] 科爾奇斯（Colchis）在古代指黑海東端、高加索南部呈三角狀的地區，現屬喬治亞西部。它在希臘神話中是個富庶豐饒的國家，盛行巫術。

頭黑髮，儀態莊嚴，黑色的絲綢衣裳在周圍陣陣飄動。

派波拔出匕首，走進看得見的地方。梅格跟在她後面，召喚出自己的雙刀，與阿芙蘿黛蒂的女兒並肩而立。而我呢，蠢蠢的，也站在她們身旁。

「梅蒂亞[56]。」派波吐出這個名字，感覺它所包含的毒性和力量，等同於她自己從吹箭噴出的飛鏢。

女巫拉動轡繩，讓她的戰車停下來。換成不同的情況，我可能很樂於看到她的驚訝神色，但也不會持續太久吧。

梅蒂亞發出由衷的開心笑聲。「派波．麥克林，親愛的女孩。」她又將黑暗貪婪的目光轉向我。「我猜這位是阿波羅囉？噢，你省了我好多時間和麻煩啊。那麼派波，等我們完成之後，你會成爲我這兩隻龍的美味點心！」

[56] 梅蒂亞（Medea），魔法高強的女巫，科爾奇斯國的公主。

16

魅語大火拼
你既醜陋又噁心
完。我贏了嗎？

太陽龍……我討厭牠們。而我是太陽神。

以龍來說，牠們其實沒有特別巨大。用上一點潤滑油和力氣，你大可把一條龍塞進凡人的露營車裡。（我真的試過喔。以前我請赫菲斯托斯進入沃倫貝格露營車檢查煞車踏板時，你眞該看看他臉上的表情。）

可是，太陽龍在尺寸上欠缺的部分，全部在惡意殘暴方面彌補回來。

梅蒂亞的雙胞胎寵物咆哮狂咬，嘴裡的尖牙很像火熱窯爐裡的陶瓷。高熱讓牠們的黃金鱗片宛如波浪起伏，翅膀折疊在背上就像太陽能板那麼閃亮。最糟的是，那雙熒熒發亮的橘色眼睛……

派波推推我，打斷我的凝視。「不要盯著看，」她警告說：「那會讓你全身麻痺，動彈不得。」

「我知道啦。」我嘀咕說，但是雙腿已經進入石化的過程。我忘了自己再也不是天神了，我再也不能抵抗一些芝麻小事，例如太陽龍的眼睛，以及，你也知道，遭人殺害。

派波用手肘頂頂梅格。「喂，你也一樣。」

梅格眨眨眼，從恍惚中回過神來。「什麼？牠們很漂亮啊。」

「親愛的，謝謝你！」梅蒂亞的聲音變得溫和又撫慰人心。「我們以前沒見過面。我是梅蒂亞，而你顯然是梅格．麥卡弗瑞。我聽過很多你的事。」她拍拍自己身旁的戰車扶手。「親愛的，上來啊。你不需要怕我。我是你繼父的朋友。我會帶你去找他。」

梅格皺起眉頭，一臉困惑，手上的雙刀垂下。「什麼？」

「她在說魅語。」派波的聲音擊中我，宛如一杯冰水潑到臉上。「梅格，別聽她說的話。阿波羅，你也別聽。」

梅蒂亞嘆口氣。「派波．麥克林，眞的嗎？我們還要再來一場魅語大戰嗎？」

「沒必要，」派波說：「我剛才又贏了一次。」

梅蒂亞噘著嘴唇，很像模仿那兩條太陽龍的咆哮表情。「梅格應該回到她繼父身邊。」她伸手朝我一揮，活像推開某種垃圾。「而不是跟著這個超抱歉的天神。」

「喂！」我出聲抗議。「如果我擁有自己的力量……」

「可是你沒有，」梅蒂亞說：「阿波羅，瞧瞧你自己。瞧瞧你父親對你做了什麼！但是別擔心，你的悲慘已經走到盡頭。我會榨出你僅存的隨便什麼力量，拿來好好運用！」

梅格的雙手緊緊握住雙刀，指關節都泛白了。「她那是什麼意思？」她嘀咕說：「喂，魔法女士，你那是什麼意思？」

女巫面露微笑。她再也沒有戴著科爾奇斯公主與生俱來的皇冠，但頸間的黃金墜子依然閃亮，那是黑卡蒂57的交叉火炬。「阿波羅，我可以告訴她嗎？還是該由你來講？你一定知道我為什麼帶你來這裡。」

她爲什麼帶我來這裡。

我從曼哈頓的垃圾箱裡踏出來的每一步，感覺都是注定好的，都是由她精心安排……問題在於：我發現這一切只是貌似合理。這名女巫曾經摧毀好幾個王國。她曾協助原本的傑生偷走金羊毛，毀掉她自己的父親。她曾殺了自己的兄弟，把他碎屍萬段。她曾殺了自己的孩子。在黑卡蒂的追隨者之中，她最爲殘暴、對力量最爲飢渴，而且最難對付。不只如此，她也是擁有古代血統的半神半人，是赫利歐斯本尊的孫女，而赫利歐斯是原本掌管太陽的泰坦巨神。

那就表示……

所有事情在同一時間湧現出來，這份體悟實在太可怕，害我膝蓋一軟。

「阿波羅！」派波厲聲大叫：「站起來！」

我試了。我眞的試過。我的四肢不肯合作，手腳並用在地上爬行，嘴裡發出毫無尊嚴的痛苦與恐懼哀鳴。我聽見「啪啦─啪啦─啪啦」的聲響，不禁心想，我的理智是否終於斷線，再也沒有連接到凡人的頭骨上？

接著我才意識到，那是梅蒂亞給我的禮貌性掌聲。

「想到了啊。」她笑著說：「你花了一點時間，不過就算你的腦袋超遲鈍，最後還是想出來了。」

梅格抓住我的手臂。「阿波羅，你不能放棄，」她命令道：「告訴我到底是怎麼回事。」

---

57 黑卡蒂（Hecate），掌管魔法和幽靈的女神，創造了地獄，代表世界的黑暗面。

她猛力拉我站起來。

我努力組合字句，順從她的要求提出解釋。我看著梅蒂亞的眼睛眞是犯了大錯，她的眼睛與兩隻龍一樣有穿透力。在她的臉上，我看出她祖父赫利歐斯那種充滿邪惡的歡欣之情，以及生氣勃勃的凶狠暴力，當時是他的全盛期，他尚未消失而爲人所遺忘，也尚未由我取代他的地位，成爲太陽戰車的主人。

我想起卡利古拉皇帝是怎麼死的了。當時是他即將離開羅馬之際，打算航向埃及，並在那裡建立一座新首都，那塊土地的人們很熟悉永生不死的天神。他打算把自己創造成永生的天神：新赫利歐斯、新太陽神……不只是名字而已，而是貨眞價實。正因如此，他即將離開羅馬城的前一夜，他的執法官才會那麼急著殺掉他。

他的結局是怎樣？格羅佛曾經這樣問。

我的羊男心靈導師的思路一直是對的。

「卡利古拉永遠抱持相同的目標，」我啞著嗓子說：「他想要成爲造物的中心、全新的太陽神。他想要把我攆走，就像我攆走赫利歐斯一樣。」

梅蒂亞面帶微笑。「不能碰巧是比較好的天神嗎？」

派波移動身子。「你那是什麼意思……攆走？」

「取代啊！」梅蒂亞說，接著開始數自己的手指頭，活像要在晨間的電視節目傳授烹飪訣竅。「首先，我把阿波羅的永生不死本質抽取出來，一滴不漏……但此刻所剩不多，所以不會花太久時間。接著，我會把他的本質加到原本烹煮的東西裡面，那是我親愛已故祖父的殘餘力量。」

「赫利歐斯，」我說：「迷宮裡的火焰。我……我認得他的憤怒。」

「嗯，爺爺有一點暴躁。」梅蒂亞聳聳肩。「如果你的生命力消失到幾乎不見，然後你的孫女把它一點一滴召喚回來，直到成爲一團可愛又憤怒的烈焰風暴，你也會有點暴躁吧。我希望你體驗到赫利歐斯所體驗的痛苦……處於意識不清的狀態，嚎叫怒吼了數千年，僅存的意識只知道自己失去了什麼，因此感受到痛苦和怨恨。不過呢，哎呀，我們沒有那麼多時間。卡利古拉很焦慮。我會帶著你和赫利歐斯僅剩的部分，將那樣的力量傾注到我的皇帝朋友身上，哇喔，你瞧，誕生出全新的太陽神！」

梅格咕噥一聲。「那很蠢耶。」她說，彷彿梅蒂亞剛才是針對「捉迷藏」遊戲提議一種新規則。「你不能那樣做。你不能就這樣毀滅一個天神，再創造另一個新的！」

梅蒂亞根本懶得回應。

我知道，她描述的情節完全有可能辦到。那些羅馬皇帝只不過接受民眾的膜拜，就讓自己成爲「半神」。這麼多個世紀以來，好幾名凡人讓自己成爲天神，或者受到奧林帕斯眾神的提拔而得到神格。我父親，宙斯，就曾讓甘尼梅德[58]變得永生不死，只因爲他很可愛，又懂得如何侍酒！

至於毀滅天神……大多數的泰坦巨神都曾在數千年前遭到殺害或放逐。而我如今站在這裡，僅是一名凡人，所有的神性已經第三次遭到剝奪，只因爲我爸要給我一個教訓。

---

[58] 甘尼梅德（Ganymede），原是特洛伊國王特洛斯（Tros）的兒子，長相俊美非凡。宙斯派老鷹將他擄至奧林帕斯山，接替青春女神希碧（Hebe）擔任為眾神斟酒的工作。

對於梅蒂亞這種等級的女巫來說，上述魔法在她的能力範圍內，只要找到力量虛弱、容易解決的受害者即可，例如消失已久的泰坦巨神殘餘部分，或者直直闖入她的陷阱、名為萊斯特的十六歲笨蛋。

「你會摧毀自己的祖父嗎？」我問。

梅蒂亞聳聳肩。「為什麼不會？你們眾神都是一家人，可是也一天到晚企圖互殺啊。」

聽到邪惡的女巫講到重點，眞是討厭死了。

梅蒂亞伸長一隻手，指著梅格。「好啦，親愛的，跳上來這裡陪我。你的職責是與尼祿同在。所有的一切都可以原諒，我保證。」

魅語在她的話語之間流動，很像蘆薈的膠質，黏滑且冰冷，但莫名撫慰人心。我想不出梅格怎麼可能抗拒。她的過去，她的繼父，特別是「野獸」，他們從來沒有遠離她的內心。

「梅格，」派波反駁說：「不要讓我們任何人指揮你該怎麼做。你要自己下定決心。」

願神保佑派波的直覺，她向梅格的固執天性喊話。也要保佑梅格那顆固執且長滿野草的小小心靈。她挺身站到我和梅蒂亞之間。「阿波羅是我的蠢僕人。你不能擁有他。」

女巫嘆口氣。「親愛的，我很欣賞你的勇氣。尼祿告訴我，你很特別。不過我的耐性有限。要不要我讓你見識一下以後要應付的局面？」

梅蒂亞猛力揮打韁繩，只見兩隻巨龍向前衝出。

17

菲爾和唐恩死
再會啦，愛與幸福
哈囉，無頭人

我很樂於駕駛戰車輾過人類，緊接著輾過天神也不錯，但我實在不喜歡想到自己成爲戰車輾過的對象。

看著兩條龍高速衝向我們，梅格屹立不動，眞是令人欽佩，但那也是自殺啊。我努力想做個決定：到底是要躲在她背後，還是跳到旁邊？兩個選擇都比較不令人欽佩，卻也比較不具自殺性……雖然不管怎麼選都無濟於事。派波擲出她的匕首，刺中左邊那條龍的左眼。

左龍痛得尖叫，推擠到右龍，於是戰車偏離原本的路徑。梅蒂亞衝過我們旁邊，剛好避開梅格的雙刀，然後消失在黑暗中，只聽見她用古代的科爾奇斯語尖聲辱罵兩隻寵物；再也沒有人會說那種語言了，它的特點是有二十七個不同字的意思是「殺」，而且沒有一個字眼能描述「阿波羅超棒」。我討厭科爾奇斯人。

「你們兩個還好嗎？」派波問。她的鼻尖都曬紅了，插在她髮際的鳥身女妖羽毛也燒得焦黑。這些事全都發生在近距離遭遇那兩隻超熱蜥蜴之際。

「很好，」梅格嘀咕說：「我根本沒刺到半點東西。」

我作勢指著派波空無一物的刀鞘。「射得好。」

「是啊，要是我有更多匕首就好了。看來我得退一步用吹箭飛鏢。」

梅格搖搖頭。「對付那些龍？你有沒有看到牠們的外皮像裝甲？我會用雙刀撂倒牠們的。」

梅蒂亞在遠處繼續叫囂，努力想要控制她的野獸。根據刺耳的輪子吱嘎聲聽來，戰車已經轉回來，準備發動另一次進攻。

「梅格，」我說：「梅蒂亞只要說一句魅語就能打敗你。如果她在正確的時機說出『絆倒』……」

梅格怒目瞪著我，好像女巫會說魅語都是我的錯。「我們可以用什麼方法讓『魔法女士』閉嘴嗎？」

「摀住你的耳朵還比較簡單。」我提議說。

梅格收回手上的雙刀，翻找自己的裝備。這時，戰車輪子的轆轆聲變得更快也更近了。

「快點。」我說。

梅格撕開一包種子。她在自己的兩邊耳道各灑一點，然後捏住鼻子用力呼氣，幾叢羽扇豆從她耳朵冒出來。

「很有趣。」派波說。

「什麼？」梅格大喊。

派波搖搖頭。「沒什麼。」

梅格要提供我們羽扇豆的種子，我們都婉拒了。派波呢，我想，她天生就能抵抗其他說魅語的人。至於我，我可不想那麼靠近梅蒂亞，成為她的主要目標。此外，我也沒有梅格的弱點：一種自相矛盾、方向錯誤但力量強大的渴望，想要懇求繼父恢復家園和家庭的某種假象……這是梅蒂亞可以利用也會利用的弱點。更何況，一想到耳朵冒出羽扇豆走來走去，我都快吐了。

「準備好。」我警告說。

「什麼？」梅格問。

我指著梅蒂亞的戰車，這時從陰暗處朝我們衝來。我伸出手指，橫向劃過喉嚨，這是放諸四海皆通用的手語，意思是「殺了那個女巫和她的雙龍」。

梅格召喚出她的雙刀。

她衝向那兩條太陽龍，彷彿牠們的體型沒有她的十倍大。

梅蒂亞大喊，聽起來好像眞心關懷：「梅格，走開！」

梅格繼續衝刺，歡樂的耳朵保護裝置上下彈跳，很像藍色蜻蜓的巨大翅膀。即將迎頭撞上時，派波大喊：「雙龍，停止！」

梅蒂亞反擊：「雙龍，前進！」

結果：自從「溫泉關計畫」之後就沒見過的大混亂。

兩隻野獸在牠們的挽具裡跌跌撞撞，右龍向前衝，左龍完全停止。右龍失足跌倒，也把左龍扯向前去，於是兩條龍撞成一團。套在龍身上的軛用力扭轉，戰車往側邊倒下，將梅蒂亞拋向遠處，很像用投石器拋出一頭母牛。

兩條巨龍還沒回過神，梅格就用雙刀刺殺牠們。她砍下左龍和右龍的頭，牠們的身軀釋出一陣強烈的高熱，害我的鼻子跟著滋滋作響。

派波跑向前去，從死龍的眼中拔出她的匕首。

「做得好。」她對梅格說。

「什麼？」梅格問。

我從一根水泥柱後面走出來。我很勇敢地在那裡尋求掩蔽，以免我的兩位朋友需要援救。巨龍的血泊在梅格腳邊冒著蒸氣。她的羽扇豆耳飾也冒著煙，臉頰發燙，但除此之外看來毫髮無傷。太陽龍身軀散發的高熱已經開始冷卻。

而在十公尺外，位於「小型車」區域內，梅蒂亞掙扎著站起來。她的黑色髮辮已散開，垂下來遮住半邊臉，很像黑油從刺破的油箱流下來。她跌跌撞撞走向前，氣得咬牙切齒。

我取了肩上的弓，射出一箭。我瞄準得還不錯，但即使以凡人的標準來看，我的力氣也很虛弱。梅蒂亞搖搖手指，一陣風把我的箭吹走，只見它旋轉射向黑暗而去。

「你殺了菲爾和唐恩！」女巫咆哮著說：「牠們陪伴我好幾千年了啊！」

「什麼？」梅格問。

梅蒂亞一揮手，召喚出更強的氣流。梅格飛越整個停車場，撞上柱子，癱倒在地，她的雙刀掉到柏油路面噹啷作響。

「梅格！」我想要跑向她，但又有更多風勢席捲了我，將我困在一個渦旋裡面。

梅蒂亞笑起來。「阿波羅，待在那裡別動。我馬上來找你。別擔心梅格，普列納烏斯的後代都很勇敢堅強。除非必要，否則我不會殺她。尼祿要她活著。」

普列納烏斯的後代？我不確定那是什麼意思，也不知道那要怎麼適用在梅格身上，不過一想到她要回到尼祿身邊，我就更加拚命掙扎。

我奮力抵抗周圍的迷你龍捲風。風勢把我往後推。太陽瑪莎拉蒂高速飛過空中時，如果你曾經把手伸到窗外，感受到時速一千六百公里的風速幾乎要把你的永生不死指尖削下來，我敢說你一定可以體會眼前的情況。

「至於你呢，派波……」梅蒂亞的眼睛像黑色冰晶一樣閃亮。「你記不記得我的空中僕人，文圖斯[59]？只要我叫來一個，就能把你吹去撞牆，讓你全身的每根骨頭都骨折，可是那樣有什麼好玩呢？」她停頓一下，似乎考慮著該怎麼說。「其實，那樣會非常好玩！」

「太害怕了嗎？」派波衝口而出。「你自己面對我，一對一單挑？」

梅蒂亞冷笑一聲。「英雄怎麼老這樣？他們為什麼想做這種蠢事來嘲笑我？」

「因為通常都有用。」派波甜滋滋地說。她蹲低身子，一手拿著吹箭，另一手拿刀，需要時準備撲過去或躲開。「你一直說要殺我。你一直說自己的力量多麼強大，但我一直打敗你。我沒看到哪個女巫的力量很強大，只看到一位女士，她有兩條死龍和塌掉的髮型。」

我當然明白派波的用意，她要幫我們爭取時間，讓梅格恢復意識，也讓我找出方法脫離個人的龍捲風監牢。這兩件事似乎都不太可能辦到。梅格動也不動，躺在她落下的地方。而我儘管奮力嘗試，卻無法掙脫這道不斷旋轉的風勢。

梅蒂亞摸摸她扁塌的髮型，接著把手移開。

「派波．麥克林，你從來不曾打敗我，」她怒吼說：「事實上，去年你幫了我一個忙，摧毀我在芝加哥的家。要不是那樣，我就不會在洛杉磯這裡找到新朋友。我們的目標其實非常一致啊。」

---

[59] 文圖斯（ventus），羅馬神話中風暴怪物的統稱，相當於希臘神話的阿尼蘇萊（Anemoi Thuellai）。

「喔，我相信，」派波說：「你和卡利古拉，史上最變態的羅馬皇帝？你們在塔耳塔洛斯還滿相配的。其實我正打算送你去那裡。」

在戰車殘骸的另一側，梅格．麥卡弗瑞的手指抽動一下。她深呼吸時，羽扇豆耳塞也跟著抖動。看到某人耳朵裡的野花抖起來，我從來沒有這麼高興過！

我用肩膀猛撞風牆。還是沒辦法撞開，不過障礙似乎變軟了，感覺梅蒂亞對她的僕人漸漸失去專注力。文圖斯是變幻無常的精靈，如果梅蒂亞沒有一直盯著它，空氣僕人很有可能失去興趣，飄去找某隻漂亮的鴿子，或者騷擾飛機駕駛員。

「派波，你說這種話，膽子很大喔，」女巫說：「卡利古拉想要殺了你和傑生．葛瑞斯，你也知道。那樣會讓情況比較簡單。可是我說服他，讓你承受放逐的痛苦會更好。你和你以前很有名的父親困在奧克拉荷馬州的骯髒農場裡，兩人都因爲無聊和絕望而漸漸發瘋，我很喜歡這個點子。」

派波繃緊下巴。突然間，她讓我回想起她母親，阿芙蘿黛蒂，每當有凡人拿自己的美貌與她相比時。「你會後悔讓我活著。」

「可能吧，」梅蒂亞聳聳肩。「不過呢，看著你的世界分崩離析實在很好玩。至於傑生，那個可愛的男孩有我前夫的名字……」

「他怎樣？」派波追問。「如果你傷害他……」

「傷害他？完全沒有！我想他目前在學校吧，聽著某堂無聊的課，或者寫寫文章，或者凡人青少年會做的隨便什麼無聊事。你們兩人最後一次待在迷宮……」她面露微笑。「對了，我當然知道那件事。我們同意他去找女先知。你也知道，那是能夠找到她的唯一方法：必須有我的允許，你才能到達迷宮中央……當然啦，除非你穿上皇帝的鞋子。」梅蒂亞笑起來，想到這點似乎讓她覺得很高興。「而且說眞的，那雙鞋和你這身裝備實在很不搭。」

梅格努力想坐起來。她的眼鏡滑落一旁，掛在鼻尖上。

我用手肘推撞我的龍捲風牢籠。這時風勢肯定旋轉得更慢了。

派波握住她的刀子。「你到底對傑生做了什麼事？女先知又說了什麼話？」

「她只對他說實話，」梅蒂亞心滿意足地說：「他想知道如何找到皇帝。女先知把方法告訴他。但她又對傑生多透露了其他一點事情，神諭經常這樣。那個事實足以讓傑生．葛瑞斯崩潰。他現在對任何人都不會構成威脅了。對你也不會。」

「你會付出代價的。」派波說。

「好棒啊！」梅蒂亞搓搓雙手。「我現在覺得自己很寬宏大量，所以我批准你的請求。只有我們兩人單挑，開誠布公一對一。選擇你的武器吧，我也選我自己的。」

派波遲疑一下，無疑想起風勢把我的箭撞到旁邊。她把吹箭揹到肩上，只以匕首護身。

「很美的武器，」梅蒂亞說：「就像特洛伊的海倫一樣美。也像你一樣美。不過，開誠布公一對一嘛，讓我給你一點忠告。『美』可以很有用。『力量』更有用。要我選擇武器，我選擇赫利歐斯，掌管太陽的泰坦巨神！」

她舉起雙臂，全身噴發出熊熊烈火。

18

哇，噢，梅蒂亞別只注意我的臉和火熱祖父

決鬥的禮儀守則：你參加單挑的戰鬥時，絕對不該選擇祖父當作武器來對付敵人。

我對烈火一點都不陌生。

我曾經徒手拿熔融的金塊餵食太陽馬；我曾去活火山的火山口游泳（赫菲斯托斯真的舉辦一場盛大的火池派對）；我也曾經抵擋巨人和巨龍的火熱噴氣，甚至是我姊姊早上還沒刷牙的口氣。但那些事的恐怖程度完全比不上赫利歐斯的純粹本質，他以前可是掌管太陽的泰坦巨神啊。

他並不是一直充滿敵意。噢，昔日那段燦爛歲月，他真是非常美好啊！我記得他那張沒有鬍鬚的臉龐，永遠年輕又英俊，黑色鬈髮戴著烈火的金色冠冕，讓他顯得好燦亮，連一時半刻都無法凝視。他身穿平滑的黃金長袍，手握燃燒的權杖，大步穿越奧林帕斯大廳談天說笑，甚至厚顏無恥地撩妹調情。

是的，他是泰坦巨神，但眾神與克羅諾斯第一次爆發大戰時，赫利歐斯支持我們。他一直站在我們這邊對抗巨人。他擁有和善與慷慨的特質，性格溫暖，正如同眾人對太陽的期待。

不過隨著奧林帕斯眾神從人類的膜拜得到力量和名聲，泰坦巨神在人類心中的記憶漸漸

消退。赫利歐斯愈來愈少出現在奧林帕斯山的大廳。他變得冷淡、憤怒、好鬥、畏縮……全都不是眾人比較嚮往的太陽特質。

人類開始注意我，明亮、金黃、閃亮，把我和太陽聯想在一起。你能怪他們嗎？

我從未要求這份殊榮。只不過有天早晨醒來，我發現自己掌控著太陽戰車，更伴隨其他所有職責。赫利歐斯消退成模糊的殘響，成爲塔耳塔洛斯深處傳來的輕聲低語。

如今，多虧他的邪惡女巫孫女，他回來了。算是吧。

只見一團白熱的漩渦在梅蒂亞周圍怒吼呼嘯，我感受到赫利歐斯的憤怒，他的激烈脾氣經常嚇得我渾身發光。（呃，渾身冒汗啦。抱歉借用一下。）

赫利歐斯一直都不是萬事通天神，他不像我有那麼多才華和興趣。他只獻身於一件事：駕駛太陽，極度專注。此刻，我可以感受到他有多痛苦，他知道自己的角色被我奪取，但我對太陽方面的事務只是淺嚐而已，只有週末才駕駛太陽戰車。對梅蒂亞來說，從塔耳塔洛斯收集赫利歐斯的力量並不難，只需要召喚他的怨恨和復仇欲望即可。赫利歐斯熱切盼望摧毀我，我是使他黯然無光的天神。（呃，黯然失色啦，再借用一下。）

派波．麥克林拔腿就跑。這不是討論勇敢或懦弱的時候。半神半人的身體完全不是設計用來忍受這類高熱。要是繼續待在梅蒂亞旁邊，派波絕對會爆炸成一團火焰。

只有一件事往好的方向發展：我的文圖斯監牢消失了，可能因爲梅蒂亞無法同時專注想著他和赫利歐斯。我跌跌撞撞走向梅格，拉著她站起來，再把她拖離逐漸旺盛的烈火風暴。

「喔，不，阿波羅，」梅蒂亞大喊：「不要跑掉啊！」

我把梅格拉到最近的水泥柱後面，趴在她身上，這時一道火幕劃破整個停車場，既強烈、快速又致命，把我肺裡的空氣全部吸出去，身上的衣服也跟著起火。情急之下，我直覺翻滾身子，然後爬到下一根柱子後面，全身冒煙，暈頭轉向。

梅格蹣跚走到我旁邊。她全身冒煙發紅，但還活著，烤焦的羽扇豆依然頑強地根植在她耳裡。我幫她擋住最嚴酷的高熱。

從停車場的遠端某處，派波的聲音迴盪傳來：「嘿，梅蒂亞，你的準頭遜斃了！」

我從柱子後面探出頭，看到梅蒂亞轉身面對聲音來源。女巫站在原地不動，身邊環繞著火焰，朝向四面八方射出一道道白熱烈焰，很像從輪子中心延伸而出的輪輻。一波烈焰轟向派波的聲音來向。

一陣子之後，派波叫道：「不行喔！冷卻了！」

梅格搖晃我的手臂。「我們要採取什麼行動？」

我覺得自己的皮膚好像煮過的香腸外皮，血液在血管裡吟唱，歌詞像是：「熱啊，熱啊，好熱！」

如果那團火焰再讓我承受一次間接的熱浪，我知道自己會死掉。不過梅格說得對，我們必須採取行動，不能讓派波承擔所有的高熱（承擔所有的責任啦）。

「阿波羅，出來！」梅蒂亞以嘲弄的語氣說：「對你的老朋友說聲哈囉！你們會一起激發出『新太陽神』！」

又一道高熱從旁邊掠過，只有幾根柱子的距離。赫利歐斯的本質並沒有大聲轟鳴，也沒有許多色彩令人眩目。它是鬼魅般的白色，近乎透明，但殺死我們的速度會像暴露在核子反應爐裡一樣快。（公共安全宣導：各位讀者，千萬不要前往你們居住所在地的核能電廠，並且站在反應爐裡面。）

我沒有半點策略能夠打敗梅蒂亞。我沒有天神的力量，沒有天神的智慧，我什麼都沒有，只有滿心驚駭，覺得如果真能活下來，我會需要另一條粉紅色迷彩褲。

梅格一定看出我臉上的絕望神情。

「問那支箭！」她大喊：「我會一直讓魔法女士分心！」

我討厭這個點子，好想大喊回應：「什麼？」

我還來不及喊，梅格就一個箭步衝出去。

我摸著箭筒，把多多納之箭拿到前面。「親愛又聰明的投射式武器，我們需要協助！」

「左近是否火熱？」那支箭問：「抑或吾本火辣？」

「我們有個女巫，她到處亂丟泰坦巨神的熱火啦！」我大喊：「你看！」

我不確定這支箭是否有魔法之眼，或者雷達，或者某種其他方法可以偵測周遭環境，但我把它的箭尖從柱子的轉角伸出去，這時派波和梅格正玩起致命的「小雞遊戲」❻❿（還烤雞咧），對手是梅蒂亞炸出的祖父烈焰。

「該處之村姑用過吹箭否？」那支箭追問。

「有。」

「咄！弓箭實遠勝之！」

---

❻❿ 原文是「game of chicken」，中文名稱是「懦夫賽局」（chicken 有懦夫之意），是賽局理論的一個模型，指兩名車手高速迎面對撞，對撞前先轉彎的一方就輸了，亦即「不要命的最大」。

「她有一半的切羅基人血統，」我說：「那是切羅基人的傳統武器。好啦，可不可以拜託你告訴我，怎麼樣才能打敗梅蒂亞？」

「唔，」那支箭沉吟道：「汝必用吹箭。」

「可是你剛才說……」

「別提醒我！說出口極痛苦！汝自有答案！」

那支箭陷入沉默。這一次我好希望它詳細闡述，它卻閉嘴了。這很正常啦。

我把它塞回箭筒，跑向下一根柱子尋求掩蔽，上方有塊牌子寫著：「按喇叭！」

「派波！」我大喊。

她從距離五根柱子的地方瞥過來一眼。她的臉緊繃成古怪的表情，兩隻手臂看起來好像煮熟的龍蝦殼。我的醫療直覺告訴我，她最多只能再撐幾個小時，然後就會中暑……噁心想吐、暈眩、意識不清，也可能死亡。不過我專心想著「幾個小時」這部分。我必須相信我們能活很久，不會死於那些症狀。

我用默劇手法表演吹箭動作，然後指著梅蒂亞的方向。

派波盯著我，活像我這人瘋了。我不怪她。就算梅蒂亞未召來一陣風把飛鏢掃到旁邊，飛鏢也絕不可能穿越旋轉的火牆。我只能聳聳肩，用唇語說：「相信我。我問過那支箭。」

派波心裡到底怎麼想，我實在無法判斷，但她取下肩膀的吹箭。

在此同時，停車場的另一端，梅格以典型的梅格作風辱罵梅蒂亞。

「傻瓜！」她大喊。

梅蒂亞送出一道垂直的火刀，不過從瞄準方式看來，她只是想嚇唬梅格而已，並沒有要殺了她。

「親愛的，出來吧，別這麼蠢了！」她叫道，語氣充滿關切之情。「我不想傷害你，但是泰坦巨神很難控制！」

我咬緊牙關。她的這番話有點太像尼祿的心理戰術，尼祿用他的第二自我「野獸」威脅梅格，逼她就範。我只希望梅格沒有透過燒焦的野花耳塞聽見隻字片語。

趁著梅蒂亞轉過身尋找梅格的蹤跡時，派波走進開闊的空間。

她吹出一箭。

飛鏢直直穿越火牆，刺入梅蒂亞的兩邊肩胛骨之間。怎麼會這樣？我只能猜測原因。也許吹箭是切羅基人的武器，不會遵照希臘魔法的規則。也許就像神界青銅會直直穿透普通凡人的身體，不會把他們認定為正當的目標，赫利歐斯的烈火可能覺得吹箭的飛鏢微不足道，懶得把它摧毀。

無論原因為何，女巫拱著背，放聲尖叫。她轉過身，怒目而視，接著伸手到背後拔出飛鏢。她以懷疑的眼神看著飛鏢。「吹箭的飛鏢？你在開我玩笑嗎？」

火焰在她周圍繼續猛烈旋轉，但不再射向派波。梅蒂亞腳步蹣跚，眼睛變成鬥雞眼。

「而且居然有毒？」女巫笑起來，聲音帶有歇斯底里的意味。「你竟然想對我下毒，針對全世界第一流的毒藥專家？沒有一種毒是我治不好的！你不能……」

她雙膝跪地，口吐綠沫。「這……這是什麼混合物？」

「這要稱讚我爺爺湯姆了，」派波說：「古老的祖傳配方。」

梅蒂亞的膚色變得像火焰一樣蒼白。她努力擠出幾個字，中間夾雜著窒息聲。「你以為……改變什麼？我的力量……不是召喚赫利歐斯……我抑制住他！」

她倒向側邊。然而她周圍的火牆並沒有消失，反而旋轉得更激烈。

「快逃。」我啞著嗓子說。接著我用盡全力大吼：「快逃！」

我們連忙跑回走廊，才跑到半路，背後的停車場就爆炸成超新星。

19

在我內衣裡塗著厚油脂。絕非聽來之有趣

我不太確定我們是怎麼離開迷宮的。由於缺乏反駁的證據，我會歸功於自己的堅忍與勇氣。沒錯，一定是這樣。爲了逃離最可怕的泰坦巨神高熱，我勇敢地扶持派波和梅格，激勵她們繼續前進。我們全身冒煙、神智不清，但還活著，跌跌撞撞地穿越一條條走廊，一步步往回走，終於到達貨用電梯。我擠出最後一絲英雄般的力氣，扳動控制桿，開始往上升。

我們跌進陽光裡，是普通的陽光，而非來自半死不活泰坦巨神的邪惡殭屍陽光，然後癱倒在人行道上。格羅佛用震驚的表情低頭看著我。

「熱啊。」我輕聲說。

格羅佛取下他的牧笛，開始吹奏，於是我失去意識。

我作了夢，發現自己身在古羅馬的派對上。卡利古拉的最新宮殿位於巴拉丁諾山的山腳下，剛剛開幕啓用；他採用大膽的建築手法，把卡斯托爾和波呂克斯神廟[61]的後牆敲下來，用

[61] 卡斯托爾與波呂克斯神廟（Temple of Castor and Pollux）位於古羅馬廣場，約建於西元前四九五年，最初是因為贏得里吉勒斯湖戰役（Battle of Lake Regillus）而建，目前僅剩三根柱子和上端的一點殘壁。

來建造他自己宮殿的大門。既然卡利古拉認爲自己是天神，他覺得這樣做一點問題也沒有，但羅馬的菁英階級嚇壞了。這可是逆天瀆神之舉，等同於在教堂的祭壇上設置電視大螢幕，再用聖餐酒來舉辦美式足球超級盃派對。

這並沒有阻止群眾前來參加慶典，甚至有些天神也現身（當然有僞裝）。由於提供免費的開胃小點，我們怎能抗拒這種膽大妄爲、褻瀆神明的派對呢？在火炬通明的廣闊大廳裡，奇裝異服的狂歡人士成群移動。每個角落都有音樂家現場演奏，曲子來自帝國各地：高盧、西班牙、希臘、埃及。

我自己打扮成角鬥士。（回顧當時，我有著天神的體格，完全可以駕馭那樣的角色。）我混進扮裝成奴隸女孩的元老院議員之間，奴隸女孩則扮裝成元老院議員；少數人很無趣，披著寬外袍扮成鬼，還有兩名很有魄力的貴族，製作出全世界最早的雙人驢子裝。

就我個人來說，我不介意有這種褻瀆神明的神廟或宮殿，畢竟不是敬拜我的神廟。而且在羅馬帝國的早期歲月，我發現那些羅馬君主的粗俗令人耳目一新。更何況，我們天神爲何要懲罰那些最重要的施主呢？

那些皇帝擴展他們的力量，也等於擴展我們的力量。羅馬將我們的影響力拓展到全世界的廣大地域。如今，我們奧林帕斯眾神是整個帝國的天神！荷魯斯[62]，閃一邊去。馬爾杜克[63]，忘了他吧。奧林帕斯眾神最高！

我們之所以沒有打算毀掉這樣的成功局面，正因爲那些皇帝很自大，特別是當他們根據我們的形象來形塑自己的傲慢時。

我隱姓埋名，在派對上隨處晃蕩，享受自己身處於所有美麗人們之間。最後他終於現身了：年輕皇帝本人，搭乘一輛黃金戰車，拉車的馬兒是他最愛的白色駿馬，英西塔土斯。一群執法官守衛隨侍在側，只有他們沒扮裝。蓋烏斯．尤利烏斯．凱撒．日耳曼尼庫斯有雄性禿，從頭到腳塗成金色，眉毛上方戴的尖釘狀皇冠代表陽光四射。他顯然假扮成我的模樣。可是我看著他，第一個感覺不是憤怒而是羨慕，這個漂亮又無恥的凡人竟能把角色駕馭得如此完美。

「我是新太陽神！」他朗聲說，對著群眾眉開眼笑，彷彿他的笑容要爲全世界所有的溫暖負起責任。「我是赫利歐斯。我是阿波羅，我是凱撒。你們現在沐浴在我的陽光下！」

群眾傳來緊張的鼓掌聲。他們該屈膝嗎？他們該笑嗎？你總是很難判斷卡利古拉的反應，如果搞錯了，你通常會沒命。

皇帝步下他的戰車。有人牽著他的馬走向開胃小點桌，卡利古拉和他的侍衛群則是走向人群。

卡利古拉停下腳步，向一名身穿奴隸服裝的元老院議員握手致意。「卡西烏斯．阿格里帕，你看起來好可愛！那麼，你會當我的奴隸嗎？」

元老院議員彎身鞠躬。「凱撒，我是您忠實的僕人。」

「太好了！」卡利古拉轉身看著他的侍衛群。「你們聽到這男人說的話。他現在是我的奴隸了，帶他去找我的奴隸總管，把他的財產和金錢全部充公。但是放過他的家人，我這人非

---

❻❷ 荷魯斯（Horus），古埃及法老的守護神，其形象為隼頭人身的神祇。
❻❸ 馬爾杜克（Marduk），巴比倫的神祇、萬物的創造者、眾神之王。

常寬宏大量的。」

元老院議員氣急敗壞，但他說不出話來抗議。兩名侍衛把他拖走，只聽見卡利古拉對著他的背影大喊：「謝謝你如此忠誠！」

群眾開始移動，活像一群遭遇暴風雨的牛隻。有些人原本湧上前來，急著想吸引皇帝的目光，也許贏得他的青睞，但這時大家盡可能融入人群之中。

「這個晚上很不妙，」某人以警告的語氣對他們的同伴輕聲說：「他今天晚上心情不好。」

「馬可士．菲洛！」皇帝大叫，讓一個年輕人陷入絕境，他原本企圖躲到雙人驢後面。

「你這個壞蛋，過來這裡！」

「第……第一公民。」男子吞吞吐吐地說。

「你的諷刺作品寫到我，我好愛啊，」卡利古拉說：「我的侍衛在廣場找到一份，拿來給我看。」

「陛……陛下，」菲洛說：「那只是弱弱的俏皮話。我的意思不是……」

「胡說！」卡利古拉對群眾面帶微笑。「各位，菲洛不是很棒嗎？你們不喜歡他的作品嗎？不喜歡他把我描述成一隻得了狂犬病的狗？」

群眾陷入徹底恐慌的邊緣。空氣中充滿電荷，我懷疑我父親也變裝待在現場。

「我曾經承諾，詩人可以自由表達內心的想法！」卡利古拉朗聲說：「不要再像提比略統治的舊時代那麼偏執。菲洛，我很欣賞你的『舌燦銀花』。我想，每個人都應該有機會欣賞一下。我會給你獎賞！」

菲洛吞嚥口水。「謝謝您，陛下。」

「侍衛，」卡利古拉說：「把他帶走。拉出他的舌頭，浸到熔融的銀子裡，然後展示在廣場上，讓每個人好好欣賞他的『舌燦銀花』。眞的喔，菲洛，好棒的作品！」

兩名執法官把尖叫的詩人拖走。

「還有你！」卡利古拉叫道。

直到這時，我才發現身旁的群眾早就全部退開，留下我孤零零站著。突然間，卡利古拉與我面對面。他瞇起一雙漂亮的眼睛，仔細端詳我的裝扮、我的天神體格。

「我不認識你。」他說。

我想要說話。我知道自己對凱撒無所畏懼。如果糟糕的情況變得更糟，我大可說聲「掰！」，幻化成一團閃光消失蹤影。然而我得承認，有卡利古拉在場，我的內心大感震驚。這個年輕人好狂野、好有力量、好難捉摸。他的膽大妄爲讓我無法平穩呼吸。

最後，我勉強鞠個躬。「凱撒，我只是個演員。」

「喔，眞的啊！」卡利古拉眼睛一亮。「而你扮演的是角鬥士。爲了榮耀我，你會奮戰到死嗎？」

我默默提醒自己，我具有永生不死之身，這樣有點說服力吧。我拔出角鬥士的劍，其實只是扮裝用的軟趴趴錫刀。

「凱撒，指定對手給我吧！」我環顧周遭觀眾，大吼一聲。「只要有人威脅陛下的性命，我必殺無疑！」

爲了證明，我衝向最靠近的執法官守衛，刺殺他的胸膛。我的劍碰到他的護胸甲就彎了。我高舉自己可笑的武器，這時看起來很像字母「Z」。

接下來是一陣危險的沉默。所有人的眼睛都盯著凱撒看。

最後，卡利古拉笑起來。「做得好！」他拍拍我的肩膀，接著彈一下手指，一名僕人笨手笨腳地走向前，拿一袋沉重的金幣遞給我。

卡利古拉對我附耳輕聲說：「我已經覺得安全多了。」

皇帝走開，留下旁觀者鬆了口氣，紛紛笑了起來，有些人對我投以羨慕的眼光，似乎想問：「你的祕訣是什麼？」

那件事之後，我有好幾十年與羅馬保持距離。很少有人能讓天神覺得緊張，但卡利古拉讓我心神不寧。他差點成爲比我更厲害的阿波羅。

我的夢境改變了。我再次看到希蘿菲爾，歐律斯拉俄亞的女先知，她伸出戴著鐐銬的兩隻手臂，下方的滾燙岩漿把她的臉曬得通紅。

「阿波羅，」她說：「這對你來說似乎很不值得。我不確定這真的是我自己。不過你一定要來。他們很悲痛，你一定要讓他們振作起來。」

我沉入岩漿裡，希蘿菲爾依然叫喚我的名字，只見我的身體裂開，最後粉碎成灰。

我尖叫醒來，躺在水池邊的睡袋上面。

蘆薈俯身看著我，她那些多刺的三角形頭髮大半都折斷了，在頭頂留下閃亮的電剪平頭髮型。

「你還好，」她向我保證，把涼涼的手放在我發燒的額頭上。「不過你經歷了好多事。」

這時我才發現自己只穿內衣。我的全身呈現甜菜根的紫紅褐色，塗了厚厚一層蘆薈。我無法透過鼻子呼吸。我摸摸鼻孔，發現塞了小小的綠色蘆薈鼻孔塞子。

我打了噴嚏，將它們噴出去。

「我的朋友呢？」我問。

蘆兒移動到旁邊。在她背後，格羅佛．安德伍德盤腿坐在派波和梅格的睡袋之間，兩個女孩都睡得很熟。她們像我一樣，全身塗了厚厚的黏糊東西。這是幫梅格拍照的大好機會，她的鼻孔突出兩個綠色塞子，拍下的照片可以拿來勒索她。不過她活著，我眞是大大鬆了口氣。反正我也沒有手機。

「她們都會沒事吧？」我問。

「她們比你更不成人形，」格羅佛說：「有一陣子狀況很不穩定，不過她們都會度過危機的。我一直餵她們吃神食和神飲。」

蘆兒面帶微笑。「而且我的療效可是赫赫有名喔，只是需要等待。到了晚餐時間，她們會醒過來，到處走來走去。」

晚餐……我看著上方的暗橘色圓形天空。現在要不是傍晚，就是野火燒得更近了，或者兩者皆然。

「梅蒂亞？」我問。

格羅佛皺起眉頭。「梅格昏過去之前，把那場大戰的情形告訴我們，但我不曉得女巫後來怎樣了，我一直沒有看到她。」

我在蘆薈膠裡瑟瑟發抖。我想要認定梅蒂亞死在猛烈的大爆炸裡，但總覺得我們不可能如此幸運。赫利歐斯的烈火似乎沒有對她造成威脅。也許她天生對火免疫，也說不定她施了魔法保護自己。

「你的木精靈朋友呢？」我問：「龍舌蘭和發財樹？」

蘆兒和格羅佛互看一眼，眼神顯得很悲傷。

「龍舌蘭可能撐得過去，」格羅佛說：「我們一把她變回植物型態，她就陷入休眠。可是發財樹……」他搖搖頭。

我幾乎不認識那位木精靈，但她的死訊仍對我造成很大的衝擊。我覺得好像有很多葉狀錢幣從身上掉落，流失了自己很重要的部分。

我想起希蘿菲爾在夢中說的那些話：「這對你來說似乎很不值得。我不確定這眞的是我自己。不過你一定要來。他們很悲痛，你一定要讓他們振作起來。」

我好怕眼前等著我們的悲痛不只如此，發財樹的死只是一小部分而已。

「我很抱歉。」我說。

蘆兒拍拍我黏膩的肩膀。「阿波羅，這不是你的錯。你們找到她的時候，她已經救不回來了。除非你有……」

她自己住口，但我知道她本來想說：「除非你有原本的天神治療力量。」如果我仍是天神，而不是假扮成可悲的萊斯特·巴帕多普洛斯的冒牌貨，很多事都會不一樣。

格羅佛摸摸派波身邊的吹箭。蘆荻莖管已經嚴重燒焦，上面滿是燒灼的孔洞，可能無法使用了。

「有件事你應該知道，」他說：「我和龍舌蘭帶著發財樹離開迷宮時，那個大耳朵守衛，就是全身有白毛的那個，他不見了。」

我思考這件事。「你是說他死了，而且瓦解掉？還是他醒過來，然後走開？」

「我不知道，」格羅佛說：「哪一種情況比較有可能？」

也可能都不是，但我覺得還有更嚴重的問題要思考。

「今天晚上，」我說：「等到派波和梅格清醒過來，我們需要找你們的木精靈朋友再開一次會。我們要讓這個烈焰迷宮結束營業，一勞永逸。」

20

喔繆思，我們
要歌頌植物學家！
他們很會。耶。

我們的戰鬥會議比較像退縮會議。

多虧有格羅佛的魔法，以及蘆薈即時塗抹黏液（我是說即時照料啦），派波和梅格恢復了意識。到了晚餐時間，我們三人可以梳洗、穿衣，甚至可以走來走去不會尖叫得太大聲，不過還是很痛啦。每一次我如果太快站起來，都會眼冒小小的卡利古拉金星。

派波的吹箭和箭筒都是她祖父遺留下來的傳家寶，但現在毀了。她的頭髮微微燒焦，手臂燒傷，塗著蘆薈而閃閃發亮，看起來很像剛塗上釉彩的磚塊。她打電話告知父親，說她整個晚上都會待在讀書會；接著，她與蜜莉和黑傑一起窩在水池磚牆的凹室裡，他們兩人一直督促她多喝水。小嬰兒查克坐在派波的腿上，以著迷的眼神凝視她，彷彿那是全世界最迷人的事物。

至於梅格，她悶悶不樂地坐在池邊，兩隻腳泡在水裡，腿上放了一盤墨西哥乳酪玉米捲餅。她穿著從「馬克羅的瘋狂軍用品店」拿來的淡藍色T恤，描繪了一把微笑的AK-47突擊步槍圖案，搭配一行字：「少年神射手俱樂部！」她旁邊坐著龍舌蘭，看起來很沮喪，不過她的枯萎手臂掉落的地方開始長出新的綠色尖刺。她的木精靈朋友不斷地跑來串門子，拿來肥料、水和墨西哥玉米捲餅，但是龍舌蘭悶悶不樂地搖頭，凝視著手中所捧的發財樹掉落的葉瓣。

我聽說發財樹已經埋在山坡上，所有的木精靈都去致意。大家滿懷希望，覺得她會化身為新的漂亮多肉植物，也說不定會變成白尾巴的羚松鼠。發財樹向來很愛羚松鼠。

格羅佛看起來累壞了。他吹奏那麼多療癒音樂，消耗掉大量精力，更別提還要開著半借半搶而來的貝德羅辛車，載著五名嚴重燒傷的受害者，以危險的速度飆車回到棕櫚泉，壓力一定很大。

等到大家都集合完畢，彼此交換慰問之意、吃過玉米捲餅、塗過蘆薈黏液之後，我召開會議。

「這所有的一切，」我朗聲說：「都是我的錯。」

你可以想像，要我說出這番話有多麼困難，阿波羅的字典裡根本沒有這種話。我有點希望所有的木精靈、羊男和半神半人都會蜂擁向前，對我保證我一點過失也沒有。但他們沒有這樣做。

我繼續說：「卡利古拉的目標永遠一樣：讓他自己成為天神。他看著自己的祖先過世之後變得永垂不朽，包括尤利烏斯、奧古斯都，甚至是討厭的老提比略。但是卡利古拉不想等死，他是頭一位想要成為活生生天神的羅馬皇帝。」

派波不再與小嬰兒羊男玩耍，她抬起頭來。「現在卡利古拉確實算是小神，對吧？你說他和另外兩位皇帝已經活了好幾千年。所以，他想要的已經得到了啊。」

「得到了一部分，」我表示同意。「可是身為隨便什麼『小神』，對卡利古拉來說還不夠。他永遠都夢想著要取代奧林帕斯天神。他曾經考慮成爲新的朱比特或馬爾斯。到最後，他把眼光放在成爲……」我吞嚥口中酸澀的滋味。「成爲新的我。」

黑傑教練抓抓他的山羊鬍。（嗯。如果山羊長出山羊鬍，那男人是要叫男人鬍嗎？）「所以那會怎樣？卡利古拉殺了你，佩帶一塊『嗨，我是阿波羅！』的名牌，然後走進奧林帕斯山，希望沒有人發現？」

「這會比殺了我更糟，」我說：「他會吸走我的本質，外加赫利歐斯的本質，讓他自己成爲新的太陽神。」

梨果仙人掌豎起全身的尖刺。「其他的奧林帕斯天神眞的會允許這種事？」

「那些奧林帕斯天神啊，」我忿忿地說：「任憑宙斯剝奪我的力量，把我貶入凡間。他們已經幫卡利古拉完成一半的麻煩事。他們才不會插手呢。如同以往，他們會期待一些英雄出手糾正錯誤。如果卡利古拉眞的變成新任太陽神，我就會消失。永遠消失。那正是梅蒂亞準備用『烈焰迷宮』達成的目的。那是個巨大的湯鍋，準備烹煮『太陽神湯』。」

梅格皺起眉頭。「好噁。」

只有這一次，我完全同意她的觀點。

站在陰影裡的約書亞樹交叉雙臂。「所以，就是赫利歐斯的烈火……殘害我們的土地？」

我雙手一攤。「嗯，人類沒有助長啦。不過除了平常的汙染和氣候變遷以外，沒錯，『燃燒的迷宮』是關鍵的重要轉折。泰坦巨神赫利歐斯剩餘的每一個部分，如今透過南加州地底下這個區域的『迷宮』造成禍害，慢慢地將地表上方轉變成熾熱的荒地。」

龍舌蘭摸摸她側臉的疤痕。她抬頭看我時，眼神如同她的頸圈一般尖銳。「如果梅蒂亞成功了，所有的力量都會灌注到卡利古拉身上嗎？迷宮會不會停止燃燒，不再殺害我們？」

我從沒想過仙人掌是一種特別凶惡的生命形式，但隨著其他的木精靈認真盯住我，我不禁想像他們用絲帶把我綁起來，附上一大張卡片寫著「送給卡利古拉，大自然敬贈」，然後把我扔到皇帝的門口台階上。

「各位，那樣想沒有幫助，」格羅佛說：「現在發生在我們身上的事，卡利古拉都要負起責任。他根本不在乎大自然精靈。你們真的想要把太陽神的力量全部交給他嗎？」

那些木精靈咕噥幾聲，勉強表示同意。我在心裡默默記住，要在「山羊感謝日」送一張很棒的卡片給格羅佛。

「那麼，我們要採取什麼行動？」蜜莉問。「我不希望我兒子在燃燒的荒地上長大。」

梅格取下眼鏡。「我們殺掉卡利古拉。」

聽到一個十二歲女孩用這麼就事論事的語氣談論暗殺，感覺好震撼。除了感到震撼，我也想贊同她的意見。

「梅格，」我說：「那也許不可能辦到。你記得康莫德斯吧，他是三個皇帝裡最弱的，而我們能做的最佳處置，也只是強迫他離開印第安納波利斯市。卡利古拉的力量將更加強大、更加根深柢固。」

「不在乎，」她嘀咕說：「他傷害我爸。他造成……這所有的一切。」她作勢指著整個舊水池。

「你說『這所有的一切』是指什麼？」約書亞問。

梅格對我射來一眼，似乎要說「輪到你了」。

我再一次說明自己所見的梅格記憶：艾塞爾斯以前的模樣、卡利古拉一定是用法律和財務壓力迫使菲利普．麥卡弗瑞結束研究工作，以及梅格和她父親被迫逃離、房子隨即燃燒爆炸的情形。

約書亞皺起眉頭。「我記得最早的溫室有一種巨人柱仙人掌，命名為『海克力士』，那是少數經歷房子著火而存活下來的其中一種。又老又頑固的木精靈，總是因為當年的燒傷而喊痛，不過他一直努力活著。他經常講起以前住在房子裡的小女孩，說他正在等她回來。」約書亞轉身看著梅格，滿臉驚訝。「那就是你？」

梅格抹掉臉頰的一滴淚水。「他沒有活下來？」

約書亞搖搖頭。「他幾年前過世了。很抱歉。」

龍舌蘭牽起梅格的手。「你父親是偉大的英雄，」她說：「他顯然盡全力要幫助植物。」

「他是……植物學家。」梅格說，她說這個名詞的語氣彷彿剛剛才想起來。

木精靈紛紛低下頭。黑傑和格羅佛脫下帽子。

「我好想知道你爸的重大計畫是什麼，」派波說：「包括那些發光的種子。梅蒂亞是怎麼叫你……普列納烏斯的後代？」

所有的木精靈一起倒抽一口氣。

「普列納烏斯？」翁兒問？「那個普列納烏斯？我們連在阿根廷都知道他！」

我瞪著她。「你知道？」

梨果仙人掌冷笑一聲。「喔，阿波羅，拜託！你是天神耶，你一定知道偉大的英雄普列納烏斯啊！」

「呃……」我好想怪罪給我的凡人記憶缺陷，但是很確定自己從來沒聽過這個名字，連以前仍是天神的時候也沒聽過。「他殺了什麼怪物嗎？」

蘆兒悄悄離開我旁邊，似乎不想身在火線上，免得其他木精靈把他們身上的尖刺射向我。

「阿波羅，」翁兒斥責說：「掌管醫療的天神應該更了解這種事吧。」

「呃，當然啦，」我贊同說：「可是，唔，到底是誰……？」

「老是這樣，」小梨嘀咕說：「大家記得的英雄都是殺手，把栽培高手忘光了。只有我們大自然精靈不那樣想。」

「普列納烏斯是一位希臘國王，」龍舌蘭解釋說：「高貴的男士，但他的孩子一出生就遭到詛咒。他們在襁褓時期只要哭叫一聲，就會立刻死掉。」

我不確定那怎麼會讓普列納烏斯顯得高貴，不過爲了禮貌起見，我還是點點頭。「到底怎麼了？」

「他求助於狄蜜特，」約書亞說：「女神親自撫養他的下一個兒子歐索波利斯，他才會活著。爲了表達感激，普列納烏斯爲狄蜜特建造一座神廟。從那之後，他的後代都奉獻自己的一生服侍狄蜜特。他們永遠都是優秀的農業專家和植物學家。」

龍舌蘭捏捏梅格的手。「我現在了解你父親爲什麼能夠建造出艾塞爾斯了。他的研究一定眞的很特殊。不只因爲他的出身是狄蜜特手下英雄的古老家族，他本人也吸引了女神的青睞，就是你母親。你終於回家了，我們感到很榮幸。」

「回家。」梨果仙人掌贊同說。

「回家。」約書亞跟著附和。

梅格眨眼忍住淚水。

這似乎是圍成一圈溫馨唱歌的絕佳時機。我想像木精靈伸出長滿尖刺的手臂摟著其他人的肩膀，一邊搖擺一邊唱著〈在花園裡〉[64]。我甚至希望用烏克麗麗幫大家伴奏。

黑傑教練把我們拉回嚴酷的現實。

「那很棒。」他對梅格點頭表示敬意。「孩子，你爸爸一定非常厲害。不過，除非他種出某種祕密武器，否則我不知道那對我們有什麼用。我們還有個皇帝要殺掉，還有個迷宮要摧毀呢。」

「葛利生……」蜜莉斥責道。

「嘿，我說錯了嗎？」

沒有人糾正他。

格羅佛盯著自己的羊蹄，神情憂愁。「那麼，我們要採取什麼行動？」

「我們要堅持那項計畫。」我說。我的堅定語氣似乎嚇到每一個人。絕對也嚇到我自己。「我們要找到歐律斯拉俄亞的女先知。她不只是誘餌而已，她是所有事情的重要關鍵。我很確定這點。」

派波抱著小嬰兒查克，查克則抓著她的鳥身女妖羽毛。「阿波羅，我們也試過穿越迷宮。你很清楚發生什麼狀況。」

「傑生．葛瑞斯成功穿越了，」我說：「他找到神諭。」

派波的神情變得黯淡。「也許吧。不過就算你相信梅蒂亞說的話，傑生之所以找到神諭，只因爲梅蒂亞要他去。」

「她提到另一種方法可以順利穿越迷宮，」我說：「皇帝的鞋子，顯然讓卡利古拉能夠安全步行穿越。我們需要那雙鞋。那也正是預言的意思：『穿上汝自身敵人之靴行走路途。』」

梅格抹抹鼻子。「所以你是說，我們需要找到卡利古拉的地盤，偷走他的鞋子。我們如果到了他的地盤，不能乾脆殺了他嗎？」

她問得好隨意，就像是問：「我們回家途中可不可以在大賣場停一下？」

黑傑對麥卡弗瑞搖搖手指。「瞧，這才叫計畫嘛。我喜歡這女孩。」

「各位朋友，」我說著，好希望我學到派波說魅語的一點技巧，「卡利古拉已經活了好幾千年。他是小神，我們不知道該怎麼殺死他，才能讓他維持死亡狀態。我們也不知道該怎麼摧毀迷宮，而且很確定不想讓情況變得更糟，把所有的天神烈焰釋放到上面的世界。我們的優先事項是必須找到女先知。」

「因爲那是你的優先事項吧？」小桃咕噥說。

我好想大喊「不然咧！」，但忍住那樣的衝動。

「不管哪一種方法，」我說：「要得知皇帝的藏身處，都需要徵詢傑生．葛瑞斯的意見。梅蒂亞告訴我們，神諭提供資訊給他，告訴他要怎麼找到卡利古拉。派波，你會帶我們去找傑生嗎？」

派波皺起眉頭。小嬰兒查克用小拳頭握住她的手指，拉向他的嘴巴，看起來好危險。

64〈在花園裡〉（In the Garden）是美國歌曲作家奧斯汀．邁爾斯（Charles Austin Miles, 1868-1946）於一九一二年寫的福音歌曲。

「傑生住在帕沙第納的寄宿學校，」她終於開口說：「我不知道他會不會聽我說話，也不曉得他會不會幫忙。不過我們可以試試看。我朋友安娜貝斯總是說，資訊是最強大的武器。」

格羅佛點頭。「我從來不會質疑安娜貝斯。」

「那就說定了，」我說：「明天我們繼續執行任務，把傑生．葛瑞斯從學校拖出來。」

21

生命傳種子 種入乾燥岩石土 我是樂觀人

我睡得很不好。

你很震驚嗎？我就很震驚。

我夢見自己最有名的神諭，德爾菲，不過哎呀，我夢到的不是昔日的美好時光，不是我去「神諭之家」的貴賓桌通常會收到花束、親吻和糖果的那段時期。

我夢到的反而是現代的德爾菲……沒有祭司和參拜者，反倒充滿了匹松的可怕臭氣，牠是我的宿敵，宣稱這裡是牠的古代巢穴。牠的氣味像臭蛋和腐肉，絕對不可能忘記。

我站在洞穴深處，那裡是凡人不曾涉足之處。遠處有兩個聲音彼此交談，他們的身體隱沒在不斷旋轉的火山蒸氣裡。

「一切都掌控得很好。」第一個聲音說，那是尼祿皇帝的高亢鼻音。

第二個說話的人咆哮一聲，很像用鏈條把古代的雲霄飛車拉上山坡的聲音。

「自從阿波羅墜入凡間後，掌控很好的事情非常少吧。」匹松說。

牠的冷酷聲音送出一波波的憎惡感，穿透我的全身。我看不見牠，但可以想像牠那雙帶有金色斑點的邪惡琥珀色眼睛、牠的巨大龍形身軀、他的惡毒爪子。

「你有很好的機會，」匹松繼續說：「阿波羅很弱。他是凡人，身邊有你自己的繼女陪同。他怎麼可能還沒死？」

尼祿的聲音很緊繃。「我的同伴和我，我們意見不合。康莫德斯……」

「是笨蛋，」匹松發出不滿的嘶嘶聲，「他只在乎場面是否盛大。這點我們都知道。還有你的叔公，卡利古拉？」

尼祿遲疑一下。「他很堅持……他需要阿波羅的力量。他想要透過一種非常，呃，特殊的方式，讓那個前任天神喪失性命。」

匹松在黑暗中移動巨大的身軀，我聽到牠的鱗片摩擦石頭的聲音。「我知道卡利古拉的計畫。我真想知道到底是誰控制誰？你向我保證……」

「是的，」尼祿厲聲說：「梅格．麥卡弗瑞一定會回到我身邊。她總有一天會服侍我。阿波羅會死，如同我的承諾。」

「如果卡利古拉眞的成功了，」匹松沉吟說：「那麼力量的平衡狀態就會改變。我當然傾向於支持你，不過如果有個新的太陽神在西方崛起……」

「你和我早就談好條件，」尼祿咆哮著說：「你會支持我，等到三巨頭控制了……」

「……各式各樣的預言，」匹松附和說：「但是還沒達成。你把多多納拱手讓給希臘的半神半人。特洛佛尼烏的洞穴也已經毀掉。而說到卡利古拉對朱比特營的盤算，我知道羅馬人已經有所警覺。我一點都不希望獨自統治世界。不過如果你讓我失望，如果我得親自殺了阿波羅……」

「我會遵守我這邊提出的條件，」尼祿說：「你就遵守你的條件。」

匹松發出刺耳的聲音，聽起來很像是邪惡的笑聲。「我們看著辦。接下來幾天應該會非常有啓發性。」

我醒過來，喘得上氣不接下氣。

我發現自己獨自在水池邊瑟瑟發抖。派波和梅格的睡袋都沒有人。頭頂上方的天空閃耀著燦爛的藍色。我好希望這表示野火已經獲得控制，不過比較可能只是風向改變而已。

經過一夜，我的皮膚痊癒了，但仍然覺得好像浸在液態鋁裡面。稍微擠眉弄眼和哎叫幾聲，我設法穿上衣服，拿起我的弓箭、箭筒和烏克麗麗，爬上坡道走向山麓。

我看到派波在山腳下，在貝德羅辛車子旁邊與格羅佛談話。我環顧廢墟，看見梅格蹲在第一棟倒塌的溫室旁邊。

想到夢中所見，我氣得怒火中燒。如果我仍是天神，我會吼出自己的不滿，在沙漠裡劈出一道新的大峽谷。事實上，我卻只能用力握緊拳頭，直到指甲掐進掌心。

邪惡皇帝三人組想要我的神諭、我的性命和我的本質，這點夠糟了。我的古老宿敵匹松已經強占德爾菲，正在等待我的死，這也夠糟了。但一想到尼祿要在這場遊戲利用梅格……不行。我告訴自己，絕對不會讓梅格再度落入尼祿的魔爪。我的年輕朋友很堅強，她正努力掙脫繼父的邪惡影響力。爲了不讓她回去，我們已經一起經歷了許多的苦難。

然而，尼祿說的話讓我很不安：「梅格．麥卡弗瑞一定會回到我身邊。她總有一天會服侍我。」

我不禁心想……如果我自己的父親，宙斯，此刻出現在我面前，提供我回到奧林帕斯山的方法，我會願意付出什麼樣的代價？我會任憑梅格去面對她的命運嗎？我會拋棄那些已成爲夥伴的半神半人、羊男和木精靈嗎？我會忘掉幾千年來宙斯對我做的所有爛事、壓抑我的自尊，只因這樣才能取回我在奧林帕斯山的地位，明知自己依然身處於宙斯的控制之下？

我把那些問題壓扁，不確定自己眞的想知道答案。

我去倒塌的溫室找梅格。「早安。」

她沒有抬頭，一直挖著廢墟。半熔毀的聚碳酸酯牆壁已經傾倒，棄置一旁。她的雙手因爲扒抓泥土而變髒。她的旁邊放了一只髒汙的花生醬玻璃瓶，生鏽的蓋子移開放在一旁。她的掌心捧了幾顆綠色小石頭。

我用力吸口氣。

不，它們不是小石頭。梅格手中放了七個硬幣大小的六角形，是綠色的種子，完全就像她分享的記憶裡的模樣。

「怎麼會？」我問。

她抬起頭。今天她穿著藍綠色的迷彩裝，看起來判若兩人，像是危險又可怕的小女孩。有人把她的眼鏡清潔乾淨（梅格從來沒有清潔過），所以我看得到她的眼睛，與鏡框上的水鑽一樣，閃耀著冷酷又清透的光芒。

「這些種子被埋起來，」她說：「我……我夢到它們。是巨人柱仙人掌『海克力士』埋的，他過世前把它們放在那個瓶子裡。他保存這些種子……爲了我，爲了時機成熟的時候。」

我不確定該說什麼才好。恭喜？好棒的種子？坦白說，我對於植物如何生長所知不多，然而我確實發現，那些種子並不像梅格的記憶那樣閃閃發亮。

「你認為它們還是，呃，好好的嗎？」我問。
「正準備弄清楚，」她說：「準備把它們種下去。」
我環顧周遭的貧瘠山麓。「你是指這裡？現在？」
「是，時機成熟了。」
她怎麼知道？還有，我也不懂當卡利古拉的迷宮正讓大半個加州燒起來時，光是種下幾顆種子，怎麼可能造成什麼改變？
換個角度想，我們今天要去執行另一項任務，希望找到卡利古拉的宮殿，而且不保證能活著回來。我想除了現在，沒有其他機會了。而若這樣能讓梅格感覺好一點，有何不可呢？
「我可以怎麼幫忙？」我問。
「戳洞。」接著，她好像覺得我需要更多指引般又補上一句：「在土裡。」
我用一支箭尖完成任務，在岩石表面的貧瘠土壤戳出七個小小的凹痕。我不禁想著，這些放進種子的洞看起來不像是很舒適的生長環境。
梅格把她的綠色六角形放入它們的新家，同時指示我去水池拿水過來。
「一定要從那裡拿水，」她警告說：「一大杯。」
幾分鐘後，我拿著德芮墨西哥玉米捲餅店的「大男人」尺寸塑膠杯回來。梅格把水灑到剛種下的朋友身上。
我等待著戲劇性的變化。有梅格在場，我還滿習慣看到奇亞籽大爆炸、惡魔桃子寶寶，以及即刻出現的草莓牆。
泥土沒有動靜。

「看來我們要等等。」梅格說。

她抱住膝蓋，掃視著地平線。

早晨的太陽在東方熾烈燃燒。它今天已經升起，如同以往，但不是我的功勞。它不在乎是不是我駕駛太陽戰車，也不在乎赫利歐斯是否在洛杉磯的地道裡大發脾氣。無論人類怎麼想，宇宙都繼續運轉著，太陽也保持在軌道上。換成不同的情況，我可能覺得這樣很令人心安。但現在，太陽的無關緊要既殘酷又讓我覺得備受羞辱。再過短短兩天，卡利古拉就有可能成為太陽神。在那麼邪惡的領導下，你可能覺得太陽會拒絕升起或落下。但令人震驚且噁心的是，日與夜會繼續運行，如同以往。

「她在哪裡？」梅格問。

我眨眨眼。「誰？」

「如果我的家族對她來說這麼重要，賜福還是怎樣的，長達幾千年之久，她為什麼從來不曾……？」

她朝廣闊的沙漠揮揮手，彷彿要說：「這麼多土地，這麼少狄蜜特。」

她在問的是，自己的母親為什麼從來不曾對她現身？為什麼狄蜜特允許卡利古拉摧毀她父親的研究？又為什麼讓尼祿在充滿惡意的紐約皇室家庭撫養她長大？

我無法回答梅格的問題。或者該說，身為前任天神，我可以想到幾個可能的答案，但沒有一個能讓梅格的心情比較好：狄蜜特太忙著照顧非洲坦尚尼亞的農作物狀況；狄蜜特分心去研發新型的早餐麥片；狄蜜特忘了你的存在。

「梅格，我不知道，」我坦白說：「可是這個……」我指著泥土裡七個溼溼的小圓圈。「這種事，你母親會感到很驕傲。在不可能成功的地方讓植物生長。很頑固，堅持創造生命。這是不可思議的樂觀態度。狄蜜特會很稱讚這種事。」

梅格仔細端詳我，似乎想決定到底是要感謝我還是打我。我很習慣這種眼神了。

「走吧，」她終於說：「也許我們一離開，種子就發芽了。」

我們三人魚貫坐進貝德羅辛車：梅格、派波，還有我。

格羅佛決定留下來；他是說要召集那些士氣低落的木精靈，但我想他只是累壞了，因爲他和我及梅格之前歷經一連串差點死掉的行程。黑傑教練自願陪伴我們，但蜜莉很快出手阻止。至於那些木精靈，自從發生龍舌蘭和發財樹的事情後，似乎沒人急著想當我們的植物盾牌了。我不怪他們。

至少派波答應開車。如果我們必須把贓車停在路邊，她可以講魅語而不至於遭到逮捕。假如要賭上我的運氣，我可能會花一整天待在牢房，而萊斯特的臉拍成嫌犯照片絕對不會很好看。

我們又開上昨天走過的路，同樣炎熱乾枯的土地，同樣煙霧蔽天，同樣交通阻塞。加州的夢幻生活啊。

我們三人都沒有覺得很想講話。派波緊盯路況，可能想著自己百般不情願的重逢戲碼，對象是分手時關係尷尬的前男友。（喔，天哪，我好能認同。）

梅格的手指沿著藍綠色迷彩褲的圖案畫圈圈，我想她可能在努力思考父親最後的植物學計畫，以及卡利古拉爲什麼覺得那項計畫讓他飽受威脅。實在很難相信，梅格的整個人生因爲七顆綠色種子而走上不同的道路。然而，她又是狄蜜特的孩子。由於掌管植物的女神牽涉其中，看似不重要的事物其實有可能非常重要。

「最細小的幼苗，」狄蜜特經常這樣對我說：「也會長成百年橡木。」

至於我，我多的是問題可以思考。

匹松蟄伏等待，我直覺知道自己總有一天必須面對牠。假如出現某種奇蹟，我挺過那些皇帝各式各樣的陰謀計畫而活下來，如果我打敗三巨頭、救出另外四個神諭，並且隻手將凡人世界的每一件事都導正過來，我還是得找到某種方法，從我最古老的宿敵手中奪回德爾菲的控制權。唯有到了那個時候，宙斯才會讓我再度成爲天神。因爲宙斯就是那麼令人嘖嘖稱奇。謝啦，老爸。

在此同時，我必須對付卡利古拉。我必須破壞他的計畫，不讓自己成爲他烹調「太陽神湯」的祕密成分，而且我必須在手邊沒有半點天神力量可用的狀況下完成任務。我的射箭技巧退化了，歌唱和彈奏的價值連橄欖核都比不上。天神的力氣？魅力？光芒？火力？所有的讀數都是「零」。

我覺得最丟臉的想法是，梅蒂亞會抓到我，嘗試剝奪我的天神力量，然後發現我連半點力量都不剩。

「這是怎樣？」她會這樣尖聲說：「這裡什麼都沒有，只有萊斯特！」

然後，她無論如何都會殺了我。

正當我仔細思考著這些令人高興的可能性時，我們蜿蜒穿越帕沙第納山谷。

「我從來沒喜歡過這個城市，」我喃喃地說：「總是讓我想起電玩展、花俏俗氣的遊行，還有全身塗成古銅色肌膚的醉醺醺過氣小演員。」

派波咳嗽一聲。「提供你參考，傑生的媽媽是這裡的人。她在這裡過世，出車禍。」

「眞遺憾。她是做什麼的？」

「她是全身塗成古銅色肌膚的醉醺醺過氣小演員。」

「啊。」我等待尷尬的刺痛感漸漸消退，結果花了好幾公里的路程。「那麼，傑生爲什麼會想來這裡上學？」

派波抓緊方向盤。「我們分手後，他轉學到山上一間只收男生的寄宿學校。你馬上就會看到了。我猜他想要不一樣的環境，很安靜，遠離塵囂。沒有戲劇化的事件。」

「那他看到我們會很高興。」梅格嘀咕說，眼睛盯著車窗外。

我們開進小鎮上方的山麓地帶，隨著海拔漸增，路邊的房屋愈來愈引人注目。不過即使是豪宅區，樹木也逐漸枯死。修剪整齊的草皮邊緣開始轉爲褐色。一旦缺水和高於平均值的氣溫影響到高級住宅區，你就知道事態嚴重了。有錢人和天神總是要到最後才會受苦。

傑生的學校坐落在山頂上，校園不規則地向外延伸，金黃色的磚造建築穿插著花園中庭和走道，合歡樹綠蔭蔽天。正前方有塊招牌，細緻的青銅字樣掛在低矮的磚牆上，上面寫著「埃德加頓日間與寄宿學校」。

我們把凱雷德車停在附近的住宅街道上，採用派波．麥克林的「如果遭到拖吊就再借另一輛車」的策略。

一名保全人員站在學校大門前，但派波對他說，我們獲准進入學校，於是保全帶著極度困惑的神情，同意我們獲准入內。

教室全部面向中庭。學生的置物櫃排列在有屋頂的走道上。這樣的學校設計如果碰到，呃，密爾瓦基的暴風雪季節，肯定行不通，不過這裡是南加州，這種設計突顯出本地人認爲四季如春的溫和天氣有多麼理所當然。我懷疑校舍裡甚至沒有空調設備。假如卡利古拉繼續在他的燃燒迷宮裡烹煮眾神，埃德加頓學校的董事會可能就得重新思考這件事。

儘管派波再三強調她與傑生的生活保持距離，卻仍記得他的課表。她帶我們直接走向他第四節課的教室。從窗戶望進去，我看到十幾名學生，全是年輕男生，穿著藍色西裝外套、正式襯衫、紅色領帶、灰色褲子和晶亮皮鞋，很像資淺的企業管理人員。班級前方有張導演椅，一名身穿花呢西裝、留著鬍子的老師坐在椅子上，正在閱讀平裝本的《凱撒大帝》。

呃。莎士比亞。我是說，對，他很棒。不過呢，如果他看到凡人叫無聊的青少年花這麼多時間鑽研他的戲劇作品，還有大量的菸斗、花呢外套、大理石胸像，連他最不喜歡的戲劇也激發出很爛的論文，他自己也會感到很驚嚇吧。而同樣在伊莉莎白時代的克里斯多福．馬洛[65]則得到不公平的待遇，他所有作品的華麗程度有過之而無不及。

不過我扯遠了。

派波敲敲門，探頭進去。突然間，那些年輕人不再顯得無聊。派波對老師說了些話，他的眼睛眨了幾下，接著對中間座位的一個年輕人揮揮手，示意「去吧」。

一會兒之後，傑生．葛瑞斯在有屋頂的走道上與我們會合。

我以前只見過他幾次，一次是他在朱比特營擔任執法官，另一次是他造訪提洛斯島，接著在那之後不久，我們一起並肩作戰，在帕德嫩神殿對抗巨人。

他的戰力滿點，但我不會說自己特別注意他。那段時期我還是天神，傑生只是阿爾戈二號半神半人組員的其中一名英雄。

而現在，他穿著學校制服，令人刮目相看。他的金髮剪短了，藍眼睛在黑框眼鏡後面閃耀著神采。傑生關上背後的教室門，將課本塞在手臂底下，勉強擠出微笑，拉扯著嘴角的小小白色疤痕。「嗨，派波。」

我不禁納悶，派波看起來怎麼能如此冷靜。我歷經過很多複雜的分手狀況，永遠不會變得比較簡單，而派波又沒有什麼優勢能把前男友變成一棵樹，也不能乾脆等到他結束短暫的凡人生命、歸於塵土。

「嗨，你也是，」她說，聲音只有一點點緊繃。「這位是……」

「梅格．麥卡弗瑞，」傑生說：「還有阿波羅。我一直在等你們來。」

他聽起來沒有超級興奮，語氣只像某人要說：「我一直等待我的緊急腦部掃描結果。」

梅格打量著傑生，彷彿發現他的眼鏡遠比自己的更遜。「是喔？」

「是啊。」傑生朝向四面八方窺探走道。「我們回去我的宿舍房間。外面這裡不安全。」

---

65 克里斯多福．馬洛（Christopher Marlowe, 1564-1593），英國劇作家和詩人，與莎士比亞是同時代人物，在世時比莎士比亞更出名。

22

為學校作業
我建這異教神廟
獨占董事會

我們得經過一名老師和兩台走廊監視器，但多虧派波會說魅語，他們全都認定我們四人（包括兩名女性）在上課時間大步走進宿舍再正常不過了。

等我們到達傑生的房間，派波在門口停步。「解釋一下什麼叫『不安全』。」

傑生窺伺她肩膀後方的動靜。「怪物已經滲透到教職員裡面。我一直盯著人文科老師，相當確定她是恩普莎[66]。我已經非得殺掉大學先修微積分課的老師不可，因爲他是無頭族。」

這番話如果出自凡人口中，可能會被貼上偏執殺人狂的標籤吧。而來自半神半人口中，這只是一週日常生活的普通描述。

「無頭族，哦？」梅格對傑生另眼相看，彷彿在判斷他的眼鏡可能沒那麼爛。「我討厭無頭族。」

傑生傻笑一下。「進來吧。」

我會說他的房間像斯巴達人一樣簡樸，但我看過眞正斯巴達人的房間。他們會覺得傑生的宿舍舒適到可笑的地步。

四點五公尺的正方形空間有書架、床鋪、書桌和衣櫥各一。唯一奢侈之處是開闊的窗戶，可以俯瞰整個峽谷，讓房間充滿風信子的溫暖香氣。（一定得是風信子[67]嗎？即使過了數千年，每次聞到這種香氣，我都要心碎一次。）

傑生的牆上掛了一張裝框的照片，他姊姊泰麗雅對著相機微笑，背上揹著一把弓，微風將她的黑色短髮吹得飛揚一側。除了一雙燦爛的藍眼睛，她的模樣與弟弟毫無相似之處。

然而，他們兩人看起來也與我毫無相似之處；身爲宙斯之子，嚴格來說我是他們的哥哥。我還曾經對泰麗雅調情，那實在是……哎喲。父親，你眞該死，生了那麼多孩子！過了幾千年之後，那樣害得約會變成超級地雷區了。

「對了，你姊姊要跟你說哈囉。」我說。

傑生眼睛一亮。「你見到她？」

我努力解釋之前在印第安納波利斯的經歷：「小站」、康莫德斯皇帝、阿蒂蜜絲獵女隊在美式足球場從天而降救了我們。接著我補充說明三巨頭，以及我從曼哈頓的垃圾箱冒出來之後，發生在我身上的所有悲慘事件。

在此同時，派波盤腿坐在地上，背靠著牆壁，盡可能遠離「坐在床鋪上」這個比較舒適的選項。梅格坐在傑生的書桌旁，檢視某種學校作業……風扣板上裝置著許多小塑膠盒，也

---

[66] 恩普莎（empousai），希臘神話知名的女吸血鬼，是黑卡蒂的侍女，可以隨時化身為漂亮的少女誘惑男人，然後吸食他們的血。

[67] 阿波羅與雅辛托斯（Hyacinthus）曾有一段刻骨銘心的感情。雅辛托斯死後，阿波羅將他幻化為風信子（hyacinth），以他為名。

許代表一棟棟建築物。

等到我隨意提起里歐活得好好的，此刻正前往朱比特營出任務，這時房間裡的插座全都冒出火花。傑生看著派波，驚駭莫名。

「我知道，」她說：「我們經歷了那麼多事以後。」

「我甚至不能……」傑生重重坐在床上。「我不知道該大笑還是大吼。」

「不用壓抑，」派波咕噥說：「兩個都來吧。」

梅格從桌子那邊叫道：「嘿，這是什麼？」

傑生臉紅了。「個人作業。」

「那是神殿山，」派波表示，語氣小心翼翼，不帶情感。「在朱比特營。」

我仔細看了一下。派波說得對。我認得神廟和祭壇的配置，朱比特營的半神半人在那裡榮耀古代的神祇。黏在板子上的每一個小塑膠盒都代表一棟建築物，祭壇的名稱用手寫的標籤貼在風扣板上。傑生甚至畫了一條條等高線，顯示那座山的地形層次。

我找到我的神廟：阿波羅，用一棟紅色塑膠建築作爲象徵。與眞實建築物的金色屋頂和白金細部裝飾比起來差得很遠，但我不想隨便批評。

「這些是大富翁遊戲的房子嗎？」

傑生聳聳肩。「反正就是用手邊的東西……綠色的房屋和紅色的旅館。」

我瞇起眼睛看著板子。我有好一陣子不曾榮耀降臨神殿山，不過這番配置似乎比眞實的神殿山更擁擠一點。至少有二十個小標記是我不認得的。

我傾身向前，閱讀一些手寫的標籤紙。「庫墨珀勒亞[68]？我的老天爺，我已經有好幾個世紀沒有想起她了！羅馬人爲什麼要幫她蓋祭壇？」

「還沒蓋，」傑生說：「不過我已經答應她了。她……在航向雅典的路上，她幫我們脫離困境。」

從他的語氣聽來，我判斷他的意思是說「她答應不殺我們」，那樣比較符合庫墨珀勒亞的個性。

「我對她說，我會確保所有的天神和女神都不會遭到遺忘，」傑生繼續說：「在朱比特營或混血營都一樣。我會很注意，讓所有神祇在兩個營區都有某種形式的祭壇。」

派波瞥了我一眼。「他做過超多種設計。你眞該看看他的素描簿。」

傑生皺起眉頭，顯然不確定派波是讚美他還是挖苦他。空氣中電流發熱的氣味愈來愈濃烈了。

「嗯，」他終於開口說：「這些設計不會得什麼獎啦。我需要安娜貝斯幫忙畫眞正的藍圖。」

「榮耀眾神是很高尚的舉動，」我說：「你應該感到自豪。」

傑生看起來並不自豪，他看起來憂心忡忡。我記得梅蒂亞曾經描述神諭傳達的訊息：「那個事實足以讓傑生．葛瑞斯崩潰。」他沒有顯露出崩潰的樣子。然而，我也沒有顯露出阿波羅的樣子就是了。

---

68 庫墨珀勒亞（Kymopoleia），希臘神話中掌管海洋與地震的女神，是海神波塞頓（Poseidon）和海精靈安菲屈蒂（Amphitrite）的女兒。

梅格靠近那個模型。「爲什麼波提娜[69]得到一棟房屋，但是奎里努斯[70]得到一棟旅館？」

「其實沒什麼道理，」傑生坦承說：「我只是用模型屋來標注位置。」

我皺起眉頭。我本來相當確定自己分配到一棟旅館，與阿瑞斯分配的房屋不一樣，因爲我比較重要。

梅格敲敲她母親的模型屋。「狄蜜特很酷。你應該把很酷的神祇放在她旁邊。」

「梅格，」我斥責說：「我們不能用酷不酷來安排神祇，那會導致太多打架事件。」

況且我想，每個人都想待在我旁邊吧。接著我覺得好心痛，如果眞能回到奧林帕斯山，大家還會想待在我旁邊嗎？身爲萊斯特的時光，會不會把我永遠標注成永生不死的白痴？

「無論如何，」派波插嘴說：「我們來的理由是：烈焰迷宮。」

她沒有譴責傑生隱瞞資訊，沒有說出梅蒂亞曾說的話，只是仔細端詳他的臉，等著看他會如何回應。

傑生十指交握。他凝視著插在刀鞘裡的古羅馬短劍，那把劍掛在牆上，旁邊還掛了長曲棍球球棍和網球拍。（這些住宿學校眞時髦，提供了全方位的課外活動選項。）

「我沒有告訴你每一件事情。」他坦承說。

派波沉默的力量比她的魅語更強大。

「我……我找到女先知，」傑生繼續說：「我甚至無法解釋那是怎麼辦到的。反正就是跌跌撞撞進入一個大空間，裡面有一池火焰。女先知……就站在我對面，站在那塊石頭平台上，有某種火燙的鐐銬拴住她的兩隻手臂。」

「希蘿菲爾，」我說：「她的名字叫希蘿菲爾。」

傑生瞇起眼睛，彷彿還能感受那個空間的高熱和餘燼。

「我想要解救她，」他說：「那還用說嗎？可是她對我說，那是不可能的。那必須要……」他作勢指著我。「她對我說，那是個陷阱。整個迷宮都是。為了阿波羅而設置的。她對我說，你最終會來找我。你和她……梅格。希蘿菲爾說，我什麼事都不能做，除非你來請我幫忙。阿波羅，她說要告訴你……你必須拯救她。」

當然，這一切我都知道，我曾在夢中看過和聽過太多次了。但從傑生口中聽到這件事，在清醒的世界裡聽到，感覺又更糟。

派波把頭靠著牆壁。她凝視天花板的一個水漬。「希蘿菲爾還說了其他什麼事？」傑生的臉變得緊繃。「派波……派波，你聽好，我很抱歉沒有告訴你。那實在是……」

「她還說了其他什麼事？」派波重複一次。

傑生看著梅格，接著看看我，也許想尋求精神上的支持。

「女先知告訴我可以在哪裡找到皇帝，」他說：「嗯，多多少少算是吧。她說阿波羅會需要這項資訊。他會需要……一雙鞋。我知道那實在沒什麼意義。」

「恐怕有意義喔。」我說。

梅格的手指沿著地圖上的塑膠屋頂一直摸過去。「我們去偷皇帝的鞋子，可以順便殺了他嗎？女先知有沒有提到這點？」

㊾ 波提娜（Potina），古羅馬神話中掌管小孩子飲料的女神。

㊿ 奎里努斯（Quirinus），古羅馬小神，相傳是古羅馬第一代國王被神格化後的天神。

傑生搖搖頭。「她只說我和派波……我們自己什麼也不能做。一定要有阿波羅。如果我們想要嘗試……那會太危險。」

派波冷笑一聲。她舉起雙手，彷彿要捧著什麼貢品獻給水漬。

「傑生，我們幾乎什麼事都一起經歷過了，甚至數不清面對過多少次的危險，又有多少次差點死掉。而現在你告訴我，你對我說謊，只是爲了，怎樣，要保護我？要我別去追殺卡利古拉？」

「我就知道你會去試，」他喃喃地說：「無論女先知怎麼說。」

「那麼，那會是我的選擇，」派波說：「不是你的選擇。」

他痛苦地點頭。「那麼我會堅持跟你一起去，無論是什麼樣的危險。但我們之間已經變成這樣……」他聳聳肩。「組成搭檔變得很困難。我想……我決定等阿波羅來找我。我搞砸了，沒有告訴你。我很抱歉。」

他凝視自己的神殿山模型，似乎想要找個地方設置祭壇，獻給掌管「覺得感情失敗超悲慘」的天神。（咦，且慢，已經有那樣的天神了。就是阿芙蘿黛蒂，派波的媽。）

派波深呼吸一口氣。「傑生，不只是和你我有關。羊男和木精靈處於垂死狀態。卡利古拉正計畫把自己變成新的太陽神。今天晚上是新月，朱比特營即將面對某種巨大的威脅。同時，梅蒂亞在那個迷宮裡，到處亂丟泰坦巨神的火焰……」

「梅蒂亞？」傑生坐直身子。他桌燈裡的燈泡爆掉了，玻璃宛如雨點般灑在他的仿眞模型上。「倒帶一下。梅蒂亞和這件事有什麼關係？你提到新月和朱比特營是什麼意思？」

我以爲派波爲了刁難，可能會拒絕分享資訊，但她沒有。她對傑生述說內幕，關於印第安納的預言，預測屍體會塞滿台伯河。接著解釋梅蒂亞與她祖父的烹調計畫。

傑生一副我們父親剛用閃電轟炸他的樣子。「我完全不知道。」

梅格交叉雙臂。「那麼，你到底要不要幫我們？」

傑生仔細端詳這個身穿藍綠色迷彩裝的可怕小女孩，顯然不確定該拿她怎麼辦。

「當……當然，」他說：「我們會需要一輛車。而且我需要找個藉口離開校園。」他滿懷希望看著派波。

她站起來。「好吧，我會去跟辦公室講。梅格，陪我一起去，以免碰到那個恩普莎。我們會在大門和你們男生會合。而且，傑生……？」

「怎樣？」

「如果你還保留其他事沒講……」

「好啦，我……我懂了。」

派波轉過身，大步走出房間。梅格看了我一眼，像是要說：「你確定要這樣？」

「去吧，」我對她說：「我會幫傑生準備好。」

等到兩位女生離開，我轉身面對傑生．葛瑞斯，宙斯／朱比特的兩個兒子面對面。

「好吧，」我說：「女先知到底對你說了什麼？」

23

這是美好的一天，在街坊等待其實並不是

傑生的回應還真是不疾不徐。

他脫掉外套，掛進衣櫥。他取下領帶，摺好掛在外套的掛鉤上。我猛然回想起自己的老友佛瑞德．羅傑斯[71]，兒童電視節目主持人，他掛起自己的工作服裝時，同樣散發這種冷靜自持的味道。每當我掌管詩詞的天神工作累了一天後，佛瑞德經常任由我倒在他的沙發上。他會給我一盤餅乾和一杯牛奶，然後對我唱起他寫的情歌，直到我心情變好爲止。我特別愛〈我喜歡的是你〉那首歌。喔，我好想念那個凡人啊！

最後，傑生繫上他的古羅馬短劍。看著他的眼鏡、正式襯衫、寬鬆長褲、樂福鞋和佩劍，感覺比較不像「羅傑斯先生」，而像全副武裝的律師助理。

「什麼事情讓你覺得我有所隱瞞？」他問。

「拜託，」我說：「我是掌管含糊預言的天神耶，不要對我說這種含糊的預言。」

傑生嘆口氣。他捲起襯衫袖子，顯露出前臂內側的羅馬刺青。那是個閃電圖案，象徵我們的父親。「首先，那其實不是預言。比較像猜謎節目的一連串問題。」

「對。希蘿菲爾以那種方式傳遞資訊。」

「你也知道預言是什麼樣子。就算神諭很友善，預言也很難解讀。」

「傑生……」

「好吧，」他態度軟化。「女先知說……她對我說，如果我和派波去追蹤皇帝的下落，我們其中一人會死。」

死。這個字落在我們兩人之間，發出「咚」的一聲，很像一尾除去內臟的大魚。我等待解釋。傑生盯著他的風扣板神殿山，彷彿想透過強大的意志力讓它甦醒。

「死。」我複述一次。

「是啊。」

「不是『消失』，不是『不會回來』，不是『遭受挫敗』。」

「不是。死。或者說得更精確一點，三個字母，開頭是D。」

「那麼，不是『dad』（爸）囉，」我提議說：「或是『dog』（狗）。」

一根細細的金色眉毛卡在他的鏡框上方。「『如果你們找出皇帝，你們其中一人會狗？』不，阿波羅，那個字是『die』（死）。」

「不過，那可能意謂著很多事啊。可能表示去一趟冥界；可能表示像里歐經歷的那種死，你『碰』的一聲撿回一命；那可能表示……」

「現在含糊其詞的人是你喔，」傑生說：「女先知的意思是死亡。決定性的。真實的。沒

---

71 佛瑞德．羅傑斯（Fred Rogers, 1928-2003），美國電視節目主持人、音樂家、製作人，其所主持的《羅傑斯先生》（*Mister Rogers*）是家喻戶曉的兒童教育節目。

有重播。你必須在那裡。她是這樣說的。除非你的口袋裡剛好多了一瓶『醫生的解藥』……」

他明知道我沒有。醫生的解藥，那讓里歐．華德茲撿回一命，只能從我兒子阿思克勒庇俄斯⑫手中取得，他是掌管醫藥的天神。而由於阿思克勒庇俄斯希望避免與黑帝斯全面開戰，他很少提供免費樣品。可能再也不會提供了。里歐是四千年來第一個幸運兒，他很可能是最後一個。

「可是……」我胡亂思考能夠替代的理論和漏洞。我討厭想到永久的死亡。身為永生不死的天神，我是誠實的反對者。就像你的來世經驗可能有多好（而大多數都不好），活著一定更好。真實太陽的暖意，上面世界的鮮明色彩，各式各樣的美食……說真的，就連冥界的埃利西翁⑬也完全沒得比。

傑生的眼神很堅定。我猜想，自從與希蘿菲爾談話後，這幾個星期他已經演練過每一種方案。面對這個預言，他早已過了「討價還價」的階段。他已經接受死亡的意思就是死亡，就像派波．麥克林已經接受奧克拉荷馬的意思就是奧克拉荷馬。

我不喜歡那樣。傑生的冷靜態度讓我再次回想起佛瑞德．羅傑斯，不過是令人氣憤的一面。怎麼可能有人永遠都這麼認命又冷靜？有時候我很希望他抓狂、尖叫，把腳上的樂福鞋踢向房間的另一頭去。

「那就假設你是對的，」我說：「你沒有告訴派波事實，是因為……」

「你也知道她爸發生的事。」傑生端詳著自己雙手的厚繭，那是他沒有荒廢劍術的證據。「去年在大波羅山，我們從火巨人手中救出麥克林先生……那時他的精神狀況沒有很好。而現在，他承受破產和其他每一件事的所有壓力，如果又失去女兒，你能想像他會變成怎樣嗎？」

我回想起衣冠不整的電影明星在車道上失魂遊蕩，尋找著想像中的錢幣。「沒錯，但你不可能知道預言會怎麼呈現啊。」

「我不可能讓預言呈現派波死掉。她和她爸計畫在這個週末離開鎮上。她其實……我不知道『興奮』是不是正確的字眼，不過能夠離開洛杉磯，她覺得鬆了一口氣。自從我認識她到現在，她最大的盼望就是多陪她爸。現在他們有機會重新開始。她可以幫她爸找到一點平靜，或許也幫她自己找到一點平靜。」

他的聲音哽住……也許帶著內疚，或者懊悔，或者恐懼。

「你希望她安全離開鎮上，」我推測說：「然後你打算自己去找皇帝。」

傑生聳聳肩。「嗯，跟你和梅格一起。我知道你們會來找我。這是希蘿菲爾說的。如果你們再等一個星期……」

「然後會怎樣？」我追問：「你會開開心心讓我們帶你去送死？等到派波得知消息，那又會對她平靜的內心造成什麼影響？」

傑生的耳朵變紅了。這時我才猛然發現他有多麼年輕……不超過十七歲。沒錯，比我的凡人年紀大一點，但也沒大多少。這個年輕人已經失去他的母親。他歷經了母狼神魯芭的嚴苛試煉而活下來。他在朱比特營第十二軍團的紀律下長大。他曾與泰坦巨神和巨人激烈奮

---

72 阿思克勒庇俄斯（Asklepios），阿波羅的兒子，希臘神話中的醫藥之神，相傳有讓人起死回生的醫術。羅馬名字是艾斯庫累普（Aesculapius）。

73 埃利西翁（Elysium），希臘神話中永遠的樂土，是行善、有德及正直之人與英雄死後的歸所。

戰。他曾幫忙拯救世界，至少救了兩次。可是以凡人的標準來看，他幾乎可說未成年。他的年紀還沒有大到可以投票或喝酒。

儘管他有那麼多的經歷，當他考慮自己的死亡時，我期待他能夠理性思考，以非常透徹的思慮來看待每一個人的感受，這樣公平嗎？

我努力讓語氣顯得柔和。「你不希望派波死掉，我能理解，她也不希望你死掉。可是迴避預言永遠行不通。而且對朋友隱瞞祕密，特別是關於死亡的祕密……那眞的永遠行不通。我們的任務就是一起面對卡利古拉，偷走那個殺人狂的鞋子，然後趕快溜走，不要碰上任何狀況是『D』開頭的五個字母。」

傑生嘴角的疤痕抽動一下。「『Donut』（甜甜圈）？」

「你好糟糕喔。」我說，但是我肩胛骨之間的緊繃感稍微減輕了。「你準備好了嗎？」

他瞥了姊姊泰麗雅的照片一眼，接著看看神殿山的模型。「假如我出了什麼事……」

「住口。」

「假如眞的出事，如果我不能對庫墨珀勒亞遵守諾言，你可以把我的模型設計拿去朱比特營嗎？素描簿有兩個營區的新神廟……在那邊的書架上。」

「你會自己拿去啦，」我堅持說：「你的新祭壇會榮耀眾神。那個計畫太值得做，一定會成功。」

他從宙斯的旅館模型屋頂撿起一片燈泡碎片。「『值得』並不是永遠都很重要。就像你的狀況。你有沒有和老爸談過，自從……」

他很識大體，沒有詳細描述：自從你掉進垃圾裡，變成肌肉鬆垮、沒有什麼特質可以彌補的十六歲青少年。

我嚥下嘴裡的苦澀滋味。在我小小的凡人內心深處，我父親的話語轟隆作響：都是你的錯。這是你的懲罰。

「自從我變成凡人之後，宙斯沒有跟我講過話，」我說：「在那之前，我的記憶很模糊。我記得去年夏天的帕德嫩戰役，記得宙斯用閃電劈我。那次之後直到一月，我從空中筆直落下、清醒過來的那一刻為止，整個一片空白。」

「我了解那種感覺，你的人生有六個月的時間遭到剝奪。」他看了我一眼，眼神很痛苦。「我很抱歉不能幫更多忙。」

「你幫過什麼忙？」

「我是說在帕德嫩神殿的時候。我試著跟宙斯講道理。我對他說，他懲罰你是錯的。他不肯聽。」

我盯著他，眼神茫然，無論我天生的流利口才還剩下多少，這時全部卡在喉嚨裡。傑生．葛瑞斯幫了什麼忙啊？

宙斯有很多孩子，表示我有很多同父異母的兄弟姊妹。除了雙胞胎姊姊阿蒂蜜絲以外，我從來沒有覺得哪些兄弟姊妹和我很親近。不用懷疑，從來沒有半個兄弟在父親面前幫我說話。我的奧林帕斯夥伴為了轉移宙斯的怒氣，還比較可能大喊：「那要怪阿波羅啦！」

這位年輕的半神半人竟然為我挺身而出。他根本沒有理由這樣做。他幾乎不認識我。然而他甘冒生命危險，挺身面對宙斯的神譴。

我的第一個念頭是尖聲大叫：「你瘋了嗎？」

不過，我口中吐出比較恰當的話：「謝謝你。」

傑生抓著我的兩邊肩膀，不是出於憤怒，也不是緊纏不放，而是身爲兄弟。「答應我一件事。無論未來如何，等你回到奧林帕斯山，等你再度成爲天神，一定要記住。記住身爲一個人類是什麼樣子。」

如果是幾個星期前，我可能會大肆嘲笑：「我爲什麼會想要記得這種事啊？」

在最好的情況下，如果我夠幸運取回自己的天神寶座，那麼回想起這番悲慘的遭遇，我會覺得像是一部超級嚇人的恐怖片終於演完了。我會走出電影院，走進陽光裡，內心想著：「呼！眞高興演完了。」

然而，眼前此刻，我對於傑生的意思心有所感。對於人類的脆弱和人類的力量，我眞的學到很多。我對……凡人有很不一樣的看法，因爲曾經身爲他們的一份子。別的不說，以後寫新歌詞時，這些經歷爲我提供一些超棒的靈感！

不過我實在很不情願做出承諾。我已經打破一項誓言，此刻就活在詛咒之下。在混血營，我曾經匆匆忙忙對冥河發誓：直到再度成爲天神之前，我絕對不用自己的箭術或音樂技巧。然後我很快就食言了。自從那以後，我的那些技巧每況愈下。

我很確定冥河的復仇精靈絕對不會放過我，幾乎能感受到她在冥界惡狠狠瞪著我：「你這食言而肥的傢伙，你有什麼權利對任何人承諾任何事？」

但我怎麼能不試試看呢？我至少要爲這位勇敢的凡人做出承諾，因爲沒有人爲我挺身而出的時候，他爲了我站出來。

「我答應你，」我對傑生說：「我會盡我最大的努力，好好記住身爲人類的體驗，只要你答應把預言的實情告訴派波。」

傑生拍拍我的肩膀。「就這樣說定了。說到這個，兩個女孩可能在等我們。」

「還有一件事，」我衝口說出：「關於派波。只是覺得……你們似乎是很有能力的一對伴侶。你眞的……你和她分手是爲了讓她比較容易離開洛杉磯嗎？」

傑生用那雙天藍色的眼睛盯著我。「她對你那樣說嗎？」

「沒有，」我坦白說：「不過蜜莉似乎，呃，對你很不諒解。」

傑生想了一會兒。「我不介意蜜莉怪罪我。那樣可能比較好。」

「你的意思是根本不是那樣？」

在傑生眼中，我看到一絲絲的哀愁，很像野火的煙霧短暫遮蔽了湛藍的天空。我想起梅蒂亞說的話：「那個事實足以讓傑生．葛瑞斯崩潰。」

「提出分手的人是派波，」他平靜地說：「那是好幾個月前的事了，早在烈焰迷宮這件事之前。好，走吧。咱們去找卡利古拉。」

24

啊，聖巴巴拉！超讚衝浪！魚塔可！瘋狂羅馬人！

爲我們和貝德羅辛先生大喊一聲「哎喲」吧。我們停車的街上竟然沒有凱迪拉克凱雷德車的半點蹤跡。

「我們被拖吊了。」派波若無其事地說，彷彿發生這種事對她來說再普通不過了。

她回去找學校的門房。幾分鐘後，她從大門冒出來，開著綠色和金色相間的埃德加頓學校廂型車。

她打開車窗。「嗨，各位同學。想來一趟校外教學嗎？」

我們要開走時，傑生緊張兮兮地看著乘客座旁邊的後視鏡，也許很擔心保全人員會追出來，要求我們取得簽名的許可書，才能離開校園去殺羅馬皇帝。但是沒有人跟在我們後面。

「去哪裡？」我們快到公路時，派波問。

「聖巴巴拉。」傑生說。

派波皺起眉頭，活像這答案只比「烏茲別克」稍微驚訝一點點而已。「好吧。」

她跟著指標，向西開往一〇一號公路。

就這麼一次，我好希望路上大塞車。我一點都不急著看到卡利古拉。然而，路上幾乎空蕩無車，感覺好像南加州的高速公路系統聽見我的抱怨，這時來報復了。

「喔，阿波羅，直直往前走啊！」一〇一號公路似乎這樣說：「我們評估了一條輕鬆的通勤路線，讓你奔赴羞恥之死！」

在我旁邊的後座座位上，梅格的手指砰砰敲打著膝蓋。「還有多遠？」

我對聖巴巴拉不太熟。希望傑生能向我們說明還有多遠……也許剛過北極就到了吧。我也不想和梅格擠在廂型車後座那麼久啊，但那樣至少可以在朱比特營停一下，接一群全副武裝的半神半人上車。

「大約兩個小時，」傑生說，害我希望破滅。「西北方，沿著海岸走。我們要去斯特恩碼頭。」

派波轉頭看他。「你去過那裡？」

「我……對呀。只是找『暴風雨』一起去勘察狀況。」

「暴風雨？」我問。

「他的馬，」派波說，然後對傑生說：「你自己跑去那裡勘察狀況？」

「嗯，暴風雨是文圖斯。」傑生說，沒有理會派波的問題。

梅格不再敲打膝蓋。「就像梅蒂亞控制的那些風？」

「只不過『暴風雨』很友善，」傑生說：「老實說，我算是……沒有完全馴服牠，不過我們是朋友。我呼喚牠，牠就會現身，通常會啦，然後讓我騎著牠。」

「一匹風馬。」梅格細想一下，無疑權衡著那匹馬的價值，拿來與她自己那隻穿尿布的惡魔桃子寶寶比較一番。「我想那很酷吧。」

「回到剛才的問題，」派波說：「爲什麼你決定去勘察斯特恩碼頭？」

傑生看起來很不自在，我眞怕他會讓廂型車的電路系統炸掉。

「女先知，」他終於說：「她告訴我，我會在那裡找到卡利古拉。那是他會停留的幾個地方之一。」

派波歪著頭。「他會停留的地方？」

「事實上，他的宮殿並不是一座宮殿，」傑生說：「我們要找的是一艘船。」

我的胃從底下掉出去，要從最近的出口回到棕櫚泉。「啊。」我說。

「啊？」梅格問：「啊，怎樣？」

「啊，那樣說得通，」我說：「在古代的時候，卡利古拉因爲他的享樂遊艇而惡名昭彰，那是一座巨大的漂浮宮殿，裡面有浴室、劇院、旋轉雕像、戰車賽道、數千名奴隸……」

我記得波塞頓看著卡利古拉繞著巴亞灣[74]閒晃有多麼厭惡，不過我覺得波塞頓只是嫉妒，因爲他自己的宮殿沒有旋轉雕像。

「總之，」我說：「那就能解釋爲什麼你們很難確定他的位置。他可以隨意在各個港口間移動。」

「是啊，」傑生表示同意。「我勘察時，他不在那裡。我猜，女先知的意思是我『應該』找到他時，就會在斯特恩碼頭找到他。我想就是今天。」他在座位裡傾斜身子，盡可能遠離派波。「說到女先知……關於預言，還有一個細節我沒有告訴你。」

他對派波說了實話，關於以D開頭的英文字，有三個字母，不是dog（狗）。

她對這個消息的接受度令人驚訝。她沒有揍傑生，沒有提高音調，只是聆聽，接下來的

一、兩公里路程保持沉默。

最後，她搖搖頭。「這細節滿重要的。」

「我應該告訴你的。」傑生說。

「嗯，是啊。」她轉動方向盤的樣子，完全就像扭斷雞脖子的動作。「不過……要我說真心話嗎？站在你的立場，我可能也會做同樣的事。我也不想告訴你。」

傑生瞇起眼睛。「那表示你沒有生氣囉？」

「我超氣的。」

「喔。」

「超氣的，不過也能感同身受。」

「好。」

看到他們這麼容易一起討論，即使是很艱難的事情，他們對彼此似乎非常了解，我受到很大的衝擊。我還記得派波說，她和傑生在烈焰迷宮裡走散了，當時她簡直要瘋了，她無法忍受又失去另一個朋友。

我再度感到很納悶，他們分手的原因究竟是什麼？

人都會變，派波這樣說過。

女孩啊，這樣打馬虎眼是滿分，不過我想聽點羶色腥的內容啦。

「所以，」她說：「還有其他意外的消息嗎？還有更多小細節是你忘記說的嗎？」

---

74 巴亞灣（Bay of Baiae）是義大利那不勒斯西方的海灣。

傑生搖搖頭。「我想就是這樣了。」

「好吧，」派波說：「那麼我們就去碼頭。找到那艘船，找到卡利古拉的魔法小靴子，然後殺了他，如果有機會的話。可是，我們絕對不會讓彼此死掉。」

「也不讓我死掉，」梅格補充說：「連阿波羅也不會。」

「梅格，謝謝你喔，」我說：「我的心就像半解凍的墨西哥捲餅一樣溫暖。」

「不客氣。」她挖一挖鼻孔，以免她死掉後就再也沒有機會挖了。「我們怎麼知道要找哪一艘船？」

「我有預感我們會知道，」我說：「卡利古拉絕對不會很隱密。」

「猜想這一次船就在那裡。」傑生說。

「最好是，」派波說：「否則我偷出這輛廂型車、又讓你翹掉下午的物理課，豈不是全都沒意義了。」

「眞該死。」傑生說。

他們對彼此謹慎一笑，神情像是在說：「對啊，我們之間還是有點怪怪的，不過我今天不想讓你死掉。」

希望我們的遠征之行會像派波的描述那麼順利。我總覺得成功率比起贏得「奧林帕斯山大天神樂透彩」，不會高多少。（我最多只刮中一次刮刮樂彩券，贏了五個德拉克馬金幣。）

我們沿著海岸公路默默前行。

在我們左邊，太平洋閃閃發亮。衝浪手鑽行於海浪間，棕櫚樹隨風搖曳。在我們右邊，山丘呈現乾燥的褐色，點綴其間的紅色杜鵑花朵飽受熱浪之苦。我很努力壓抑自己，但還是忍不住想著，緋紅色的一道道花叢宛如木精靈噴濺的鮮血，歷經激烈奮戰而倒下。我想起那些仙人掌朋友回到水池邊，勇敢又頑強地堅持活著。我想起發財樹，她在洛杉磯地底下的迷宮裡焚燒破碎。爲了他們，我非阻止卡利古拉不可。否則……不。沒有「否則」這回事。

終於，我們到達聖巴巴拉了，我終於明白爲什麼卡利古拉會喜歡這個地方。

只要瞇起眼睛，我就能想像自己回到巴亞這個古羅馬時代的度假小鎮。海岸線的弧度幾乎一模一樣，相似的地方還有金黃色沙灘、山丘上點綴著灰泥與紅色屋瓦的高級房屋，以及港口停泊的休閒船隻。本地人甚至有同樣曬得黝黑的膚色和茫茫然的愉悅神情，彷彿他們的時間只分配給上午的衝浪活動和下午的高爾夫球。

最大的差異在於：遠處未聳立著維蘇威火山。不過我有種感覺，這裡存在另一種事物，隱約對這個可愛的小鎮造成威脅……同樣危險，同樣與火山有關。

「他一定會在這裡。」我說，看著我們的廂型車停在卡布里奧大道旁。

派波挑挑眉毛。「你感受到引發騷動的力量嗎？」

「拜託，」我嘀咕說：「我只感受到一天到晚出現的厄運。在這種看似無害的地方，我們一定會碰上麻煩事。」

我們花了整個下午搜查聖巴巴拉的海濱，從東沙灘一直找到防波堤碼頭。我們打擾了鹹水沼澤的一群鵜鶘，也在釣魚碼頭上吵醒幾隻正在午睡的海獅，更在斯特恩碼頭上推擠穿越一群群左顧右盼的遊客。到了港口裡，我們還眞的找到一大艘單桅帆船，外加一些奢華的遊艇，但看起來全都不夠巨大或俗豔，配不上古代的羅馬皇帝。

傑生甚至飛越水面進行空中偵察。回來之後，他報告說地平線上沒有可疑的船隻。

「你剛才是騎你的馬『暴風雨』嗎？」梅格問。「我看不出來。」

傑生面露微笑。「不是，除非是緊急狀態，否則我不會召喚『暴風雨』。我只是操控風勢，靠自己飛來飛去。」

梅格噘起嘴，想著自己園藝腰帶上的口袋。「我可以召喚山藥喔。」

最後我們放棄搜尋，在一間海濱小餐館裡霸占一張桌子。烤魚塔可餅很值得由謬思女神歐特碧[75]親自來歌頌。

「我不介意放棄喔。」我坦白說，並用湯匙舀起一些檸檬漬魚片放進嘴裡。「如果和晚餐有衝突的話。」

「這只是休息一下，」梅格警告說：「不准鬆懈。」

眞希望她不是用命令的語氣表達這番話，這讓我接下來很難好好坐著吃頓飯。

我們坐在餐館裡，享受著徐徐微風、食物和冰茶，直到太陽沒入地平線，將天空轉變成混血營的橘色。我任性地希望自己搞錯了，以爲卡利古拉會出現在這裡，希望我們來這裡根本是白忙一場。好耶！我正準備建議大家回去廂型車，也許找間旅館，那就不必再一次倒在廢棄牆邊的睡袋裡；就在這時，傑生從我們的野餐桌長椅上站起來。

「那裡。」他指向外海。

船隻似乎是從太陽的強光凝聚成形；以前每次結束漫長一天的行程，我把太陽戰車停進「日落馬廄」時也是這樣。那艘遊艇是閃閃發亮的白色龐然巨物，水面上方有五層甲板，一扇扇黑色窗戶宛如拉長的昆蟲眼睛。如同所有的大型船隻，你很難從遠處評估它的大小，但事實上，它的甲板上停了「兩架」直升機，一架在船尾，另一架在船頭，外加一艘小型潛水艇固定在右舷側邊吊架上，讓我得知它絕非一般的休閒船隻。或許凡人世界還有更大的遊艇吧，但我猜不會很多。

「那一定就是了，」派波說：「現在怎麼辦？你們認為它會停靠到碼頭嗎？」

「等一下，」梅格說：「你們看。」

又有另一艘遊艇，與第一艘相同，從陽光中漸漸浮現，位於南方一、兩公里的地方。

「那一定是海市蜃樓，對吧？」傑生憂心忡忡地問：「還是詐騙的誘餌？」

梅格咕噥一聲，滿臉驚慌，再次指向外海。

第三艘遊艇幽幽閃現，位於前兩艘之間。

「這真是瘋狂，」派波說：「那裡的每一艘船都價值幾百萬美元吧。」

「五億吧，」我更正說：「或者更多。卡利古拉花起錢來絕不手軟。他是三巨頭之一，他們累積財富已經有好幾世紀之久了。」

又一艘遊艇從地平線冒出來，彷彿由陽光幻化而成，然後再一艘。過沒多久出現了數十艘，在港外的出海口處，略顯鬆散的艦隊排成一列，很像長弓上的一條弓弦。

「不可能。」派波揉揉眼睛。「這一定是幻覺。」

「並不是。」我的心直往下沉。我以前見過這種浩大的陣仗。

在我們的注視下，那一整排超級遊艇艦隊緊靠在一起，彼此船首接著船尾固定下錨，形成燦爛耀眼的漂浮路障，從懸鈴木溪一路延伸到碼頭，至少有兩公里長。

---

75 歐特碧（Euterpe），希臘神話中專司抒情詩和音樂的謬思女神，古代詩人稱她是「喜樂給予者」。

「浮橋，」我說：「他又創造一次。」

「又一次？」梅格問。

「卡利古拉啊，像古時候一樣。」我努力控制聲音的顫抖。「他小時候接到一個預言。一名羅馬占星師對他說，他成爲羅馬皇帝的機會就像騎著一匹馬越過巴亞灣的機會一樣高。換句話說，那不可能達成。不過卡利古拉眞的成爲皇帝了。於是他下令打造一支超級遊艇艦隊……」我虛弱地指著面前的艦隊。「就像那樣。他將船隻排列好，跨越巴亞灣，形成一座巨大的橋。接著他騎馬跨越那座橋。那是有史以來最巨大的漂浮構造建設計畫。卡利古拉連游泳都不會，但他才不擔心那種事。他決心挺身改變命運。」

派波雙手合十抵著嘴。「凡人一定看得到這番景象，對吧？他不可能就這樣切斷港口所有船隻的進出。」

「喔，凡人注意到了，」我說：「你看。」

遊艇附近開始聚集較小的船隻，很像蒼蠅飛向豪華大餐。我看到兩艘海岸防衛隊的船隻、好幾艘本地警察的船隻，另外還有數十艘裝有船外馬達的充氣小艇，全都擠滿了持槍的黑衣男子……我猜想，那是皇帝的私人衛隊。

「他們在幫忙，」梅格喃喃地說，聲音顯得尖銳。「就連尼祿也從來沒有……他買通警察，雇了大量傭兵，但是從來沒有這麼引人注目。」

傑生抓住他的古羅馬短劍劍柄。「我們到底要從哪裡下手？要怎麼從那整個艦隊找到卡利古拉？」

我根本不想找到卡利古拉。我想逃走。死亡的概念，永久的死亡，字首是D的五個英文字母，突然間似乎迫在眉睫。不過我能感受到朋友們的信心開始動搖，他們需要一份計畫，而非驚恐尖叫的萊斯特。

我指向浮橋的正中央。「我們從中間下手，那裡是鎖鍊的最弱之處。」

25

全員同一船
且慢。有兩人失蹤
半員同一船

傑生．葛瑞斯毀了那句完美的結語。

我們拖著沉重的步伐走向海浪時，他走在我旁邊，喃喃說著：「那不正確，你也知道。鎖鍊中間與其他地方的張力強度完全相同，假設力量平均施加在整條鎖鍊上。」

我嘆口氣。「你是想彌補自己翹掉的物理課嗎？你明知道我的意思！」

「其實我不知道，」他說：「為什麼要攻擊中間？」

「因為……我不知道啦！」我說：「他們不會料到？」

梅格走到水邊停下腳步。「看來他們料到某件事。」

她說得對。隨著日落蛻變成紫色，那些遊艇點亮燈火，宛如巨大的法貝熱彩蛋[76]。聚光燈掃過夜空和海面，簡直像是對有史以來最盛大的水床床墊特賣活動打廣告。數十艘小型巡邏艇在港口內交叉行駛，以免有聖巴巴拉的本地人（聖巴巴拉人？）膽敢使用自己的海岸。

我想知道卡利古拉是否一直都有這麼大規模的防禦措施，還是他早就料到我們會來。事到如今，他肯定知道我們炸掉了馬克羅的瘋狂軍用品店，可能也聽說我們在迷宮與梅蒂亞大戰一場，假設那個女巫還活著的話。

卡利古拉也握有歐律斯拉俄亞的女先知，表示他能得知希蘿菲爾給予傑生的相同資訊。女先知可能不想幫助這種邪惡皇帝，畢竟他用熔融的鐐銬限制了她的自由，但只要有人誠心提出直接的問題，她就無法拒絕回答。這正是神諭魔法的特質。我想她能做的，就是盡全力把答案的形式變成超級困難的字謎線索。

傑生仔細研究探照燈的掃動模式。「我可以帶你們飛過去，一次帶一個人。也許他們不會看見我們。」

「我想，如果可能的話，我們應該避免飛行，」我說：「而且應該趁天色變得太暗之前到達那裡。」

派波撥開被風吹到臉上的頭髮。「為什麼？昏暗的掩護效果比較好啊。」

「林鴞，」我說：「牠們在日落後一個小時變得活躍起來。」

「林鴞？」派波問。

我重新講述之前在「迷宮」碰到那些厄運之鳥的遭遇，梅格也幫忙提供有用的注解，像是「呸」、「嗯哼」，還有「都是阿波羅的錯」。

派波抖了一下。「在切羅基人的傳說裡，貓頭鷹等於噩耗。牠們經常成為惡靈或鬼祟的巫醫。如果那些林鴞很像巨大的吸血貓頭鷹……是啊，不要遇到牠們比較好。」

「同意，」傑生說：「可是那我們要怎麼到達船邊？」

派波踏進浪裡。「也許我們請求搭便船。」

---

76 法貝熱彩蛋（Fabergé egg）是俄國首飾工匠法貝熱（Peter Carl Fabergé, 1846-1920）製作的精緻工藝品。

她舉起兩隻手臂，向最近的小艇猛揮手，大約距離五十公尺處，它的光束正掃過海灘。

「呃，派波？」傑生問。

梅格召喚出她的雙刀。「沒關係。如果他們靠近，我會撂倒他們。」

我盯著我的年輕主人。「梅格，那些是凡人耶。首先，你的雙刀對他們沒用。第二，他們不了解自己效命的是什麼人。我們不能……」

「他們效命的是『野』……野蠻人，」她說：「卡利古拉。」

我注意到她的嘴唇滑了一下，感覺她本來要說：「效命的是『野獸』。」

她收起雙刀，但說話的語氣依然冷酷又堅定。我突然浮現一個可怕的畫面，「復仇者麥卡弗瑞」赤手空拳攻擊船隻，外加很多包園藝種子。

傑生看著我，像是要問：「你需要把她綁起來嗎？還是由我來？」

那艘小艇朝我們駛來。船上坐著三個黑暗模糊的人影，穿著克維拉防彈背心，戴著鎮暴頭盔。其中一人在後面操控船外馬達，一人在前面掌控探照燈，至於中間那個人，毫無疑問，他看起來最友善了，膝蓋上放了一把突擊步槍。

派波對他們揮揮手，面露微笑。「梅格，不要發動攻擊。我來處理。你們所有人，拜託，給我一點努力的空間。只要你們不在我背後面露凶光，我可以用魅語唬住這些傢伙。」

這種任務一點都不困難。我們三人往後退，不過我和傑生必須把梅格拖走。

「哈囉！」派波大叫，看著小艇逐漸靠近。「不要開槍！我們很友善的！」

小艇用那種速度衝上岸邊，我都以爲它可能直接衝上卡布里奧大道。探照燈先生率先跳下船，以全副武裝的傢伙來說，他的行動意外敏捷。突擊步槍先生隨後跳下，幫引擎先生提供掩護，讓他關掉船外馬達。

探照燈男打量我們，一隻手放在側邊。「你們是什麼人？」

「我是派波！」派波說：「你們不需要下達命令，也絕對不需要拿那把步槍瞄準我們！」

探照燈男的臉孔扭曲一下。他開始迎合派波的微笑，接著似乎想起工作的需要而面露凶光。突擊步槍男沒有放下手中的槍。引擎男則是伸手去拿他的對講機。

「報出身分，」探照燈男高聲叫說：「你們所有人。」

梅格在我旁邊全身緊繃，準備要化身爲「復仇者麥卡弗瑞」。傑生努力裝得很不起眼，但他的正式襯衫因爲靜電而劈啪作響。

「當然！」派波同意說：「但我有更好的主意。我要伸手進口袋，可以嗎？不要激動。」

她拿出一疊現金，可能總共有一百美元。就我所知，那代表麥克林家最後的財產。

「我和朋友剛才在說，」派波繼續說：「你們工作得好辛苦，巡邏整個港口一定很困難！我們坐在那邊的餐館，吃著超好吃的魚塔可餅，心裡想說：『嘿，那些傢伙應該休息一下。我們應該買晚餐給他們吃！』」

探照燈男的眼睛似乎與腦袋脫鉤了。「晚餐休息……？」

「絕對要！」派波說：「你們可以放下沉重的槍枝，扔開對講機。嘿，乾脆把所有東西都託付給我們，你們吃飯時，我們會幫忙看著。燒烤鯛魚，手工製炸玉米片，檸檬漬魚片莎莎。」她回頭看我們一眼。「超棒的食物，對吧，各位？」

我們含糊地表示同意。

「好吃。」梅格說。她很擅長兩個字的答案。

突擊步槍男放低手中的槍。「我可以吃點魚塔可餅。」

「我們一直工作得很辛苦，」引擎男同意說：「我們應該吃晚餐休息一下。」

「完全正確！」派波把錢塞進探照燈男手中。「我們請客。謝謝你們認眞服務！」

探照燈男盯著那疊現金。「可是我們眞的不應該……」

「吃飯時帶著所有裝備？」派波提議：「你說的完全正確。全部丟在船上吧……防彈背心、槍枝、你們的手機。這樣才對。讓自己舒服一點！」

接著又花了幾分鐘說些誘騙和漫不經心的玩笑話，最後那三名傭兵終於卸除所有裝備，只穿著突擊隊員的寬鬆長褲。他們謝過派波，以標準姿勢擁抱她一下，接著小跑步離開，突擊那間海濱餐館。

他們一離開，派波便踉蹌地倒在傑生懷中。

「哇，你還好吧？」他問。

「還……還好。」她尷尬地推開傑生。「只是對著一整群人施展魅語會比較辛苦。我不會有事的。」

「很厲害喔，」我說：「阿芙蘿黛蒂本人都不可能施展得更好。」

聽到我的比較，派波看起來沒有很高興。「我們應該快一點。魅語不會持續很久。」

梅格咕噥一聲。「還是沒有比較簡單啊，比起殺……」

「梅格。」我斥責道。

「……比起把他們揍到不省人事。」她修正說。

「好。」傑生清清喉嚨。「所有人上船！」

我們離岸三十公尺後，聽到那些傭兵大喊大叫：「喂！停下來！」他們跑進海浪裡，手上拿著吃到一半的魚塔可餅，看起來一臉困惑。

幸好，派波把他們所有的武器和通訊裝備都拿來了。

她對那三人友善地揮揮手，傑生再把船外馬達的油門開得更大。

傑生、梅格和我匆忙穿戴那些護衛的防彈背心和頭盔，於是派波只能穿著普通衣物，但畢竟只有她能靠著三寸不爛之舌挺過各種衝突，因此讓我們盡情享受扮裝遊戲的樂趣。

傑生完美扮演傭兵角色。梅格看起來很滑稽，像一個小女孩穿著父親的防彈背心去游泳。我的模樣也沒有好到哪裡去，背心摩擦著我的腰部。（可惡，肥肚游泳圈對戰鬥毫無幫助！）鎮暴頭盔戴起來就像玩具烤箱一樣熱，眼罩也一直垂落，或許是急著想擋住我臉上滿滿的青春痘吧。

我們把槍丟到船外。聽起來可能很蠢，但如同我先前提過的，槍砲在半神半人手中是不可靠的武器。它們對付凡人很有用，但無論梅格怎麼說，我都不想到處亂射普通人類。

我必須相信，如果那些傭兵真的了解自己效命的對象，他們也會扔掉手上的槍砲。當然人類如果有自由意志，絕對不會盲目地追隨這麼邪惡的人，我的意思是說，除了人類歷史上我想得到的少數幾百個例子以外啦……但是絕對不會效命於卡利古拉！

我們逐漸靠近遊艇，傑生放慢速度，讓我們的船速配合其他巡邏小艇。

他轉而駛向最近的遊艇。由近距離看來，它聳立在我們上方，宛如一座白色鋼鐵城堡。紫色和金色的航行燈緊貼著水線之下綻放亮光，因此船隻看似漂浮在浩大縹緲的羅馬帝國力量之上。船頭漆了一排比我還高的黑色字母，名字是「IVLIA DRVSILLA XXVI」。

「朱利婭．德魯西拉二十六號，」派波說：「她是女皇嗎？」

「不是，」我說：「她是皇帝最鍾愛的妹妹。」

我想起那個可憐的女孩，不禁胸口一緊……她那麼漂亮、那麼親切、那麼徹底無知。她哥哥卡利古拉非常溺愛她、仰慕她。他登基成爲皇帝時，堅持與她共進每一餐，要她見證每一個邪惡墮落的盛大場面，參與他所有的暴力狂歡盛宴。她二十二歲就過世了，反社會人格令人窒息的愛把她壓垮了。

「她可能是卡利古拉唯一在乎的人，」我說：「但爲什麼這艘船標示數字『二十六』，我實在不懂。」

「因爲那一艘是二十五。」梅格指著一整排的下一艘船，它的船尾距離我們的船頭只有幾十公分。果然沒錯，那上面漆的黑色字樣是「IVLIA DRVSILLA XXV」。

「我敢打賭，我們後面那一艘是二十七號。」

「五十艘超級遊艇，」我沉吟說：「全部命名爲朱利婭．德魯西拉。沒錯，聽起來很像卡利古拉的作風。」

傑生檢視船身側邊。沒有梯子，沒有艙口，沒有標示清楚的紅色按鈕：「按這裡獲得卡利古拉的鞋子！」

沒有太多時間了。我們順利進入巡邏小艇和探照燈的搜查範圍內，但每一艘遊艇絕對都有監視攝影機。過不了多久，就會有人納悶這艘小艇爲什麼飄蕩在二十六號旁邊。而且，剛才被留在海灘上的傭兵也會盡全力吸引他們夥伴的注意。我想接下來隨時會有人喚醒成群的林鴞，牠們既飢餓又敏捷，目標對準有內臟能挖的所有入侵者。

「我會帶你們飛上去，」傑生終於說：「一次一個人。」

「我先上去，」派波說：「以免碰到人需要施展魅語。」

傑生轉過身，讓派波的兩隻手臂扣緊他的脖子，看來以前實行過無數次。小艇周圍揚起風勢，吹亂了我的頭髮，只見傑生和派波沿著遊艇側邊往上飄升。

喔，我好羨慕傑生．葛瑞斯，這麼簡單就能御風而行。以前身爲天神，我做這種事根本易如反掌，現在卻困在擠滿游泳圈的可悲身體裡，那樣的自由自在只能存在於夢境中。

「喂。」梅格用手肘頂我。「專心。」

我對她憤憤地哼了一聲。「我很專心的。不過我倒要問問你的腦袋在哪裡。」

她沉下臉。「你是什麼意思？」

「你的怒氣啊，」我說：「你談到要殺卡利古拉的次數。你很樂意……把他的傭兵揍到不省人事。」

「他們是敵人耶。」

她的語氣像鐮刀一樣銳利，給予我清楚的警告：如果繼續這個話題，她可能會把我的名字加入「揍到不省人事」名單裡。

我決定從傑生身上學到一課：從比較低、比較不直接的角度前進目標。

「梅格，我有沒有對你說過，我第一次變成凡人的事？」

她從那頂巨大可笑的頭盔底下瞥我一眼。「你搞砸了還是怎樣？」

「我……對啦，我搞砸了。我父親，宙斯，殺了我最喜歡的兒子之一，阿思克勒庇俄斯，因爲我兒子沒有得到允許就讓人死而復生。說來話長。重點是……我對宙斯氣炸了，但是他太強大也太可怕，我無法反抗。他有可能把我蒸發掉。於是，我用其他方法展開復仇。」

我望向船身頂端，沒看到傑生或派波的半點蹤跡。希望這表示他們已經找到卡利古拉的鞋子，只是等待店員去找來正確的尺寸。

「總之，」我繼續說：「我不能殺宙斯。所以我跑去找製作閃電的傢伙，就是獨眼巨人。我殺了他們，替阿思克勒庇俄斯報仇。宙斯爲了懲罰我，把我貶成凡人。」

梅格伸腳踢我的脛骨。

「哎喲！」我大叫。「這樣是幹嘛？」

「因爲很蠢，」她說：「殺獨眼巨人很蠢。」

我想要出言抗議，那已經是好幾千年前的事了，但我很怕她又踢我一下。

「對啦，」我表示同意。「那很蠢。不過我的重點是……我把自己的怒氣發洩在別人身上，比較安全的人身上。梅格，我想你現在可能也在做同樣的事。你生卡利古拉的氣，因爲比起對你繼父生氣，那樣比較安全。」

我趕緊抱著小腿，免得更痛。

梅格低頭看著她的防彈背心。「我才沒有想要那樣。」

「我不是怪你，」我趕緊補充說：「生氣是好事，表示你有進步。不過要知道，你現在生氣的對象可能是錯的。我不希望你盲目衝進戰場，對抗這位皇帝。同樣很難相信的是，他甚至比尼……『野獸』更加狡猾和要命。」

她握緊雙手拳頭。「我告訴你，我不會做那種事。你又不知道。你不懂。」

「你說得對，」我說：「你在尼祿家裡必須忍受的事……我無法想像。沒有人應該承受那樣的痛苦，可是……」
「閉嘴。」她厲聲說。
所以，當然啦，我閉嘴了。我本來打算說的話，全部像雪崩一樣滾回喉嚨裡。
「你又不知道，」她再說一次。「卡利古拉這傢伙對我和我爸做了多少事。只要我想，當然可以對他抓狂。只要可以，我一定會殺了他。我會……」她猶豫了一下，彷彿突然想到什麼事情而卡住。「傑生在哪裡？這時應該回來了。」
我抬頭看。如果我的聲音還能運作，這時一定會尖叫。兩個巨大黑暗的形影朝我們掉落下來，下降之勢受到控制且靜默無聲，似乎是掛在拖曳傘上。接著我才發現那不是拖曳傘，而是「巨大的耳朵」。一瞬間，那些形體就到達我們上方。他們以優雅的動作降落在我們小艇的兩端，耳朵裹住身體，手上的劍抵住我們的喉嚨。
這兩個生物看起來非常像「大耳朵」，就是派波在烈焰迷宮入口處用吹箭射中的那名守衛，只不過眼前這兩位年紀較大，而且擁有黑色毛皮。他們的劍尖是鈍的，兩側則是鋸齒劍刃，適合揮擊也適合砍劈。我靈光一閃，頓悟到那種武器是「坎達劍」，來自印度次大陸。能夠想起這麼冷僻的知識，我本來該為自己感到高興，只不過在這一刻，有一把坎達劍的鋸齒劍刃架在我的頸靜脈上。
接著，我又猛然湧現另一段回憶。我想起戴歐尼修斯[77]眾多酒醉故事的其中一段，關於他

[77] 戴歐尼修斯（Dionysus），希臘神話中的酒神，發明釀酒法。常因喝醉而喪失理性，惹出禍端。等同於羅馬神話中的巴克斯（Bacchus）。

在印度的軍事遠征……他曾遭遇一個半人半獸的凶猛部族，他們有八隻手指、巨大耳朵，還有毛茸茸的臉。我爲什麼沒有更早想起呢？戴歐尼修斯是怎麼對我描述他們……？啊，對了，他是這樣說的：千萬、絕對不要嘗試跟他們打鬥。

「你們是潘達族，」我啞著嗓子盡力說：「那是你們族群的名稱。」

站在我旁邊的人露出一口漂亮白牙。「沒錯！好了，當個乖乖的小犯人跟我們走。否則你們的朋友就死定了。」

26

翡冷翠醉客
裝模作樣，哎呀呀
我回來找你

說不定呢，那位物理專家，傑生，可以向我解釋潘達族到底怎麼飛行。我實在搞不懂。連押解我們的時候，這些捕獲我們的人也不知用什麼方法憑空向上飛起，只有超巨大的耳垂劈啪拍動。我眞希望荷米斯能見識他們一下，他絕對不會再吹噓自己的耳朵可以扭來扭去。

潘達族把我們隨便扔在右舷甲板上，那裡有他們的另外兩名同夥，用箭尖抵住傑生和派波。其中一名守衛顯然比其他人矮小且年輕，身上是白毛而非黑毛。從他充滿敵意的表情看來，我猜他就是洛杉磯市中心的那名守衛，派波曾用湯姆爺爺的特調毒液把他射倒在地。

我們的朋友跪在地上，雙手遭到束線帶捆綁在背後，武器也遭沒收。傑生有一邊黑眼圈，派波的頭側邊也沾黏著血跡。

我衝過去救她（我眞的是好人吧），摸摸她的頭骨，想要確定她的傷勢有多嚴重。

「哎喲，」她嘀咕說，把頭移開。「我很好。」

「你可能有腦震盪。」我說。

傑生痛苦地嘆了一口氣。「那應該由我來承受才對。撞到頭的人永遠都是我啊。各位，抱歉。情況完全不如預期。」

最高大的守衛，就是押解我上船那位，這時高興地格格發笑。「女孩想要對我們說魅語！潘達族耶，我們聽得出每一句話的細微差異！男孩想要跟我們打鬥！潘達族耶，我們自從出生就接受訓練，精通每一種武器！現在你們全都會死！」

「死！死！」其他的潘達族高聲大叫，不過我注意到白毛年輕人沒有加入。他的動作很僵硬，毒針刺過的腿似乎仍讓他不方便移動。

梅格審視著每一個敵人，可能正在判斷她可以多快就把他們全部撂倒。但是有箭尖抵住傑生和派波的胸口，讓這番評估變得很棘手。

「梅格，不要，」傑生警告說：「這些傢伙……他們厲害到不可思議。而且動作超快。」

「超快！超快！」潘達族大叫表示同意。

我的視線掃過甲板。沒有更多的守衛朝我們跑來，沒有探照燈對準我們的位置，沒有號角聲響起。船身內部某處流瀉出輕柔的樂音……你在入侵過程中不會預期聽到這樣的聲音。

潘達族沒有發出一般的警報。儘管語帶威脅，他們也還沒殺掉我們，甚至不嫌麻煩地用束線帶把派波和傑生的雙手綁起來。爲什麼會這樣？

我轉向最高大的守衛。「先生您好，您是負責的胖達人嗎？」

他發出不滿的噓聲。「我一個人請叫『潘達人』。我超討厭人家叫『胖達人』。我看起來很胖嗎？」

我決定不回答這問題。「嗯，潘達人先生……」

「我的名字是阿瑪斯。」他凶巴巴地說。

「當然好。阿瑪斯。」我仔細端詳他的壯觀耳朵，接著根據經驗做出大膽的猜測。「我想，你超討厭別人竊聽你吧。」

阿瑪斯的毛茸茸黑鼻子抖動一下。「你為什麼說這個？你偷聽到什麼事？」

「沒事！」我向他保證。「不過我敢說，你得小心一點。永遠有其他人，其他的潘達族，他們會窺探你的事。那是……那是你還沒有發出警報的原因。你明知我們是重要的犯人。你想要掌控整個情況，不讓別人搶走你的功勞。」

其他潘達族咕噥幾聲。

「維克多，他在二十五號船上，老是暗中監視。」黑毛弓箭手嘀咕說。

「明明是我們的點子，他卻搶走功勞，」第二名弓箭手說：「就像克維拉護耳罩。」

「完全正確！」我說，盡量不理會派波，她正以唇語說「克維拉護耳罩？」，一臉不可置信的樣子。「就是因為那樣，呃，趁你還沒有草率行事，我有一些非說不可的事，你一定會想聽。要私下說喔。」

阿瑪斯哼了一聲。「哈！」

他的夥伴也附和說：「哈！哈！」

「你根本是說謊，」阿瑪斯說：「我從你的語氣聽得出來。你很害怕。你在吹牛。你根本沒有事情要說。」

「我有，」梅格反駁說：「我是尼祿的繼女。」

血液湧進阿瑪斯耳朵的速度真是超快的，我好驚訝他居然沒昏倒。

幾名震驚的弓箭手放下他們的武器。

「提姆伯瑞！克雷斯特！」阿瑪斯厲聲說：「把那些箭穩穩拿好！」他惡狠狠地瞪著梅

格。「你說的似乎是實話。尼祿的繼女在這裡幹嘛？」

「來找卡利古拉，」梅格說：「那麼我就可以殺了他。」

潘達族的耳朵驚慌地搖來搖去。傑生和派波互看一眼，似乎想著：「哎呀，這下我們死定了。」

阿瑪斯瞇起眼睛。「你說你是從尼祿那裡來的，可是你想殺我們的主人。這樣說不通啊。」

「內情很不單純，」我保證說：「包括一大堆祕密、糾結和轉折。不過如果殺了我們，你就永遠聽不到內情。而如果帶我們去見皇帝，又會由其他人逼我們招供。我們很樂意把每一件事都告訴你，畢竟你抓到我們。但有沒有比較隱密的地方可以談話，免得遭人竊聽？」

阿瑪斯向船頭瞥了一眼，彷彿覺得維克多已經在偷聽了。「你說的似乎也是實話，不過語氣帶有好多軟弱和恐懼，實在很難確定。」

「阿瑪斯叔叔，」白毛的潘達人第一次開口說話。「那個滿臉青春痘的男孩也許說到重點。如果那是很有價值的資訊……」

「克雷斯特，安靜！」阿瑪斯厲聲說：「你這星期已經丟臉過一次了。」

帶頭的潘達人從他的腰帶抽出更多的束線帶。「提姆伯瑞、皮克，把青春痘男孩和尼祿的繼女綁起來。把他們全部帶去下面，由我們親自審問，然後再帶去交給皇帝！」

「好！好！」提姆伯瑞和皮克高聲叫道。

於是，三位力量強大的半神半人和一位前任奧林帕斯重要天神成為囚犯，由耳朵像碟型天線那麼大的四個毛茸茸生物帶入一艘超級遊艇。這不是我最美好的時光。

既然我早已到達丟臉的頂峰，我以為宙斯會選在這一刻把我召回天上，其他天神會在未來的幾百年間用力嘲笑我。

但是沒有，我仍是完整且可悲的萊斯特。

那群守衛把我們趕到船尾甲板，那裡主要有六個熱水浴缸、一座色彩繽紛的噴泉，還有閃耀著金色和紫色燈光的舞池，等待參加派對的人蒞臨此地。

從船尾延伸出去，一條鋪著紅毯的坡道跨越水面，讓我們的船尾與下一艘遊艇的船頭連接在一起。我猜想，所有的船隻都以這種方法彼此相連，構成一條道路跨越聖巴巴拉港，萬一卡利古拉突然決定來趟高爾夫球車穿越之旅，就可以派上用場。

船身中段聳立著上層甲板，暗色窗戶和白色牆壁微微發亮。而在遠處上方，指揮塔伸出碟型雷達、衛星天線，還有兩面三角形的旗幟在空中翻飛，一面旗子有羅馬的帝國神鷹，另一面則以紫色為底，上面有金色三角形，我想那是三巨頭控股公司的標誌。

這時又出現兩名護衛，看守著通往船內的沉重橡木門。左邊的傢伙看起來像凡人傭兵，穿著黑色寬鬆長褲和盔甲，如同我們送去瘋狂追逐魚塔可餅的那些紳士。右邊的傢伙則是獨眼巨人（巨大的單一眼睛洩露了他的身分）。他身上的氣味聞起來像獨眼巨人（溼毛襪的氣味），穿著也像獨眼巨人（牛仔短褲、扯破的黑色T恤，再拎著一根巨大木棍）。

看到我們這群興高采烈的逮捕者和囚犯，人類傭兵皺起眉頭。

「這到底是怎樣？」他問。

「不關你的事，翡冷翠，」阿瑪斯咆哮說：「讓我們過去！」

翡冷翠？我可能偷笑了一下，只不過翡冷翠的體重有一百三十幾公斤，臉上橫過好幾道刀疤，而且名字比萊斯特·巴帕多普洛斯更酷。

「照規矩來，」翡冷翠說：「你抓到囚犯，我必須通報。」

「還不行，你不會通報。」阿瑪斯把耳朵展開，很像眼鏡蛇的皮摺。「這是我負責的船，該通報的時候我會告訴你，等我們審問完這些入侵者再說。」

翡冷翠對他的獨眼巨人夥伴皺起眉頭。「醉客，你覺得怎樣？」

哇，醉客，那真是獨眼巨人的好名字。我不曉得翡冷翠知不知道自己的工作夥伴是獨眼巨人。「迷霧」可能很難捉摸。不過我立刻著手規畫，設定一齣動作冒險風格的拍檔式喜劇影集《翡冷翠與醉客》。假如我挺過這次俘虜而活下來，我得向派波的父親提這個案子。也許他可以幫我規畫幾次午餐邀約，推銷這個點子。喔，眾神哪……我在南加州待太久了。

醉客聳聳肩。「如果老闆生氣了，遭殃的也是阿瑪斯的耳朵。」

「好吧。」翡冷翠揮手要我們通過。「祝你們全都玩得高興。」

我沒什麼時間讚嘆內部的富麗堂皇，有純金打造的各種設備、奢華的波斯地毯、耗資數百萬美元的藝術品，還有豪華的紫色家具，我相當確定那是來自某國王子的居家拍賣會。

我們沒看到其他守衛或船員，感覺很奇怪。然而我猜想，即使有卡利古拉的豐沛資源，要找到夠多的人員同時配置在五十艘超級遊艇上，可能也有困難吧。

我們走過胡桃木壁板的圖書室，牆上掛了很多大師級的畫作，這時派波突然倒抽一口氣。她用下巴指著一幅西班牙畫家米羅的抽象畫。

「那來自我爸的房子。」她說。

「等到我們要離開這裡，」傑生咕噥說：「我們帶它一起走。」

「我聽到了。」皮克用劍柄戳戳傑生的胸口。

傑生踉蹌倒向派波，派波則踉蹌撞向一幅畢卡索的畫。見到有機可乘，梅格衝向前，顯然有意要以她四十五公斤的體重擒抱阿瑪斯。她跨出還不到兩步，就有一支箭從她腳邊的地毯冒出來。

「不要。」提姆伯瑞說。他那震動的弓弦是唯一的證據，顯示剛才曾經射箭。他拉弓射箭的速度好快，連我都不敢置信。

梅格向後退。「好吧。哇塞。」

潘達族把我們趕進船頭的交誼廳。前方圍繞著一百八十度的玻璃牆，可以俯瞰船頭。往右舷望出去，聖巴巴拉的燈火閃閃爍爍。而在我們前方，二十五號遊艇的連接橋是以紫晶、黃金和白金打造而成，宛如跨越黑暗水面的晶亮項鍊。

這一切極度的奢侈讓我覺得頭好痛，平常我可是全然擁抱奢侈的人啊。

潘達族拿了四張豪華絨布椅排成一排，把我們推過去坐下。以審問室來說，這樣不至於太糟。皮克在我們背後踱步，一劍在手，以免萬一需要砍掉某人的頭。提姆伯瑞和克雷斯特埋伏在兩側，長弓放低，但上面搭著箭。阿瑪斯拉來一張椅子，坐在我們對面，耳朵在他旁邊伸展開來，活像國王的外袍。

「這個地方很隱密，」他朗聲說：「說吧。」

「首先，」我說：「我必須知道爲什麼你們不是阿波羅的追隨者。這麼優秀的弓箭手？全世界最好的聽力？每隻手有八根手指頭？你們會是天生的音樂家啊！我們彼此似乎很速配！」

阿瑪斯仔細端詳我。「你以前是天神，嗯？他們對我提過你。」

「我是阿波羅，」我證實說：「現在向我輸誠還不算太遲。」

阿瑪斯的嘴巴抖了一下。我希望他快哭了，也許撲過來抱住我的腳，懇求我的原諒。

然而，他卻縱聲狂笑。「我們需要奧林帕斯眾神幹嘛？尤其眾神是長滿青春痘又沒有力量的男孩？」

「不過我可以教你們好多事！」我堅持說：「音樂！詩歌！我可以教你們寫日本俳句！」

傑生看著我猛搖頭，可是我完全不懂他爲何要那樣。

「音樂和詩歌很傷我們的耳朵，」阿瑪斯抱怨說：「我們不需要那些東西！」

「我喜歡音樂，」克雷斯特喃喃說著，同時彎彎手指。「我可以彈一點……」

「安靜！」阿瑪斯喊道：「你可以彈〈安靜〉那首歌一次啦，沒用的侄兒！」

啊哈，我心想。即使是潘達族也有充滿挫折的音樂家。阿瑪斯突然讓我聯想到我父親，宙斯，他有時沿著奧林帕斯山的走廊暴怒走來（他的暴怒夾帶了雷聲、閃電和傾盆大雨），命令我不要彈奏吵死人的齊特琴[78]音樂。那種要求完全不公平，每個人都知道凌晨兩點是練習齊特琴的最佳時機啊。

我也許能把克雷斯特拉攏到我們這一邊……只要有更多時間就行。而且如果他身邊沒有三個比較老、比較高大的潘達族。而且如果我們的相識不是從派波用毒箭吹射他的腿開始。

阿瑪斯斜倚著他的舒適紫色寶座。「我們潘達族是傭兵。我們自己選擇主人。我們幹嘛要挑選像你這樣完蛋的天神？以前我們服侍印度的國王，現在我們服侍卡利古拉！」

「卡利古拉！卡利古拉！」提姆伯瑞和皮克大叫。又來了，克雷斯特顯然沒出聲，皺眉看著自己的弓。

「皇帝只信任我們！」提姆伯瑞吹噓說。

「對，」皮克附和說：「不像那些日耳曼人，我們絕對不會刺死他！」

我想要指出，這種表達忠誠度的方式實在滿低階的，但梅格突然插嘴。

「夜晚才剛開始，」她說：「我們可以全部一起刺殺他。」

阿瑪斯輕蔑一笑。「我還在等呢，尼祿的女兒，等著聽你那些不單純的內情，看你為什麼想要殺我們的主人。你最好有很棒的資訊，而且有一大堆糾結和轉折！你要說服我，讓我覺得值得帶你活著去見凱撒，而不是帶死屍去，那麼我今晚也許會升官！我絕對不會再讓某個白痴比我先升官，像三號船的『超載』，或者四十三號船的『娃娃』。」

「娃娃？」派波發出一種聲音，介於打嗝和傻笑之間，可能因為剛才撞到頭的關係吧。「你們這些人全都用吉他的效果器來取名字嗎？我爸有一大堆那種東西。嗯，他『以前』有一大堆。」

阿瑪斯露出滿臉怒容。「吉他的效果器？我不知道那是什麼意思！如果你再取笑我們的文化……」

「喂，」梅格說：「你們到底想不想聽我要說的內情？」

我們全都轉向她。

「呃，梅格……？」我問：「你確定嗎？」

潘達族顯然注意到我的語氣很緊張，但我實在忍不住。首先，我不知道梅格能說什麼才會增加我們的存活機會；第二，以我對梅格的了解，她說的話大概十個字。然後我們全都要

---

78 齊特琴（zither）是一種撥弦樂器，這個德文字的拉丁文字源「cithara」，也是英文guitar（吉他）的字源。

死了。

「我有很多糾結和轉折。」她瞇起眼睛。「不過阿瑪斯先生，你確定只有我們在這裡嗎？沒有別人偷聽？」

「當然沒有！」阿瑪斯說：「這艘船是我的基地。那片玻璃完全隔音。」他以輕蔑的態度指著我們前方的船隻。「維克多連一個字都聽不見！」

「那麼『娃娃』呢？」梅格問。「我知道他和皇帝一起在四十三號船上，但如果他有間諜在附近……」

「太荒謬了！」阿瑪斯說：「皇帝才不在四十三號船上！」

提姆伯瑞和皮克跟著竊笑。

「四十三號船是皇帝的『鞋之船』，笨女孩，」皮克說：「沒錯，那是很重要的配置，但不是覲見室之船。」

「對呀，」提姆伯瑞說：「那是『混響』的船，十二號……」

「安靜！」阿瑪斯厲聲說：「女孩，拖得夠久了。把你知道的事情告訴我，否則受死吧。」

「好吧，」梅格傾身向前，一副要透露祕密的樣子。「糾結和轉折。」

她的雙手猛力往前推，突然不知用什麼方式掙脫了束線帶。她同時把戒指拋出去，只見它們金光一閃，變成兩把鐮刀，朝向阿瑪斯和皮克激射而去。

27

我可殺全體
否則可唱沃爾許
真的，由你選

狄蜜特之女對花朵瞭若指掌。還有金色麥浪。還有餵飽全世界和培育生命。他們也超擅長把鐮刀插進敵人的胸口。

梅格的帝國黃金刀刃找到它們的目標。其中一刀擊中阿瑪斯，力道之大讓他炸成一團黃色塵埃；另一把刀砍斷皮克的弓，然後沒入他的胸骨，造成他向內塌縮，很像沙漏裡的沙子往下流。

克雷斯特搭弓射箭。我眞幸運，他射偏了。那支箭嗡嗡飛過我的臉旁邊，箭尾的羽毛刮過下巴，刺入我的椅子裡。

派波將她的椅子往後踢，砸中提姆伯瑞，於是他瘋狂揮舞手上的劍。眼看他即將回過神來、砍掉派波的頭，傑生整個人大爆發。

我會那樣說是因爲閃電的關係。外面的天空出現閃光，彎曲的玻璃牆四散碎裂，電流的捲鬚包圍著提姆伯瑞，把他炸成一堆灰燼。

沒錯，很有效，但不是我們所期望的神不知鬼不覺。

「喔哦。」傑生說。

伴隨著害怕的嗚咽聲，克雷斯特放下手中的弓。他跌跌撞撞向後退，掙扎著拔出自己的劍。梅格從覆蓋著阿瑪斯灰燼的椅子上拔出她的第一把鐮刀，大步走向克雷斯特。

「等等，梅格！」我說。

她瞪著我。「幹嘛？」

我試圖舉起雙手，想做出息怒的手勢，接著才想起我的雙手綁在背後。

「克雷斯特，」我說：「投降並不可恥。你並不是戰士。」

他吞嚥口水。「你……你又不認識我。」

「你的劍握反了，」我指出。「所以，除非你打算刺死自己……」

他慌張地更正握劍的方向。

「快逃！」我懇求說：「你不必參與這種戰鬥。離開這裡！變成你在這世界上希望看到的音樂家！」

他一定聽出我的誠懇語氣。他放下手中的劍，從玻璃的破洞跳出去，耳朵在黑暗中御風而行。

「你爲什麼讓他離開？」梅格質問說：「他會警告所有人的。」

「我想不會，」我說：「而且，那也沒差。我們剛剛用貨眞價實的閃電宣告自己的存在。」

「是啊，抱歉，」傑生說：「有時候就是會這樣。」

炸裂閃電這種力量，他眞的很需要好好控制，但我們沒時間爭辯這種問題。梅格幫我們砍斷束線帶時，翡冷翠和醉客衝進房間。

派波大喊：「停步！」

翡冷翠聞言絆倒，面朝下地倒在地毯上，他的步槍往旁邊掃射一整輪，把附近沙發椅腳都打掉了。

醉客高舉手上的木棍往前衝。我直覺拔出長弓，搭上一支箭，任憑它飛出去，結果直直射進獨眼巨人的眼睛。

我嚇得目瞪口呆。我眞的正中目標！

醉客跪倒在地，倒向側邊，開始分解，讓我的跨物種拍檔式喜劇提案就此灰飛煙滅。

派波走向翡冷翠，他因爲鼻子斷掉而哀號不已。

「感謝停步囉。」她說，接著塞住他的嘴，再用他自己的束線帶捆住他的手腕和腳踝。

「嗯，那眞有趣，」傑生轉向梅格。「而你的表現呢？棒透了。那些潘達族……我嘗試跟他們打鬥時，他們讓我繳械的速度簡直像小孩子玩遊戲，可是你呢，靠著那些話……」

梅格滿臉通紅。「沒什麼大不了啦。」

「非常大不了吧。」傑生面對我。「所以現在呢？」

有個細微的聲音在我腦中嗡嗡作響。「現在，卑鄙狡猾之阿波羅須盡快將吾由此怪物眼中徹底移除！」

「哎喲，親愛的。」我做了自己一直很擔心的事，有時候眞的會作這種惡夢。我誤把多多納之箭拿來戰鬥！它的神聖箭尖在醉客的眼窩裡瑟瑟顫抖，而醉客分解到只剩頭骨……算是戰利品吧，我想。

「非常抱歉。」我說著，把那支箭拔出來。

梅格哼了一聲。「那是……？」

「多多納之箭。」我說。

「而吾之憤怒無邊無界！」那支箭吟詠著說：「汝將吾射出，屠殺該敵人，彷若吾僅是普通之箭！」

「對啦，對啦，我道歉。好，拜託安靜。」我轉向夥伴們。「我們得快速行動，護衛部隊很快就要來了。」

「蠢皇帝在十二號船上，」梅格說：「那是我們要去的地方。」

「可是鞋之船，」我說：「是四十三號船，那在反方向。」

「萬一蠢皇帝正穿著那雙鞋呢？」她問。

「嘿。」傑生指著多多納之箭。「那是你對我們說過的活動預言來源，對吧？也許你該問問它。」

我發現這是很合理的建議，真是超煩的。我舉起那支箭。「親愛又聰明的箭，你聽到他們說的話。我們要往哪個方向走？」

「汝令吾安靜，然汝又問吾尋求智慧？噢，呸！噢，惡行！若汝欲見諸成功，兩方向都必追尋。但小心。吾預見巨大痛苦、巨大受難。最血腥之犧牲！」

「他說什麼？」派波追問。

喔，各位讀者，我好想說謊！我好想對我的朋友說，這支箭傾向於返回洛杉磯，找一間五星級旅館訂房入住。

我迎上傑生的目光，想起我曾經規勸他把女先知的預言實情告訴派波。我決定自己也該照辦。

我誠實陳述那支箭說的話。

「所以我們要分頭進行？」派波搖搖頭。「我痛恨這種計畫。」

「我也是，」傑生說：「表示這可能是正確的對策。」

他跪到地上，從提姆伯瑞的遺骸塵埃堆中取回他的古羅馬短劍。接著，他把匕首卡塔波翠絲拋給派波。

「我去找卡利古拉，」他說：「就算鞋子不在那裡，也許我可以幫你們爭取一點時間，引開護衛部隊。」

梅格撿起她的另一把鐮刀。「我會跟你一起去。」

我還來不及反對，她就從破裂的窗戶飛躍出去，這正是她平常生活方式的最佳隱喻。

傑生對我和派波看了最後一眼，眼神滿是憂慮。「你們兩個要小心。」

他跟著梅格跳出去。說時遲那時快，下方的前甲板爆發砲火。

我對派波擠眉弄眼。「那兩人才是我們眞正的戰士。眞不該讓他們一起走。」

「不要低估我的戰鬥力，」派波說：「那我們去買鞋吧。」

在附近的廁所裡，派波只讓我有時間清理她頭上的傷口並略為包紮，然後她就戴上翡翠的戰鬥頭盔，我們急忙離開。

我很快就發現，派波不需要仰賴魅語便能說服別人。她帶著自信，從一艘船大步走向另一艘船，彷彿理所當然出現在那裡。各艘遊艇的監視並不嚴密，也許因為大多數的潘達族和林鴞都已經飛出去，查看擊在二十六號船上的閃電。我們經過少數凡人傭兵旁邊，他們對派波連稍微多看一眼都沒有。由於我跟在她後面，他們也沒理會我。我想，如果他們很習慣與獨眼巨人和大耳朵並肩工作，看到兩名身穿鎮暴裝備的青少年可能也會忽略。

二十八號船是漂浮的水上樂園，有很多層游泳池，彼此之間以瀑布、滑水道和透明管子串連。我們經過時，只有一名救生員遞給我一條毛巾。我們沒有拿，他看起來好像很傷心。

二十九號船：全方位的水療服務。每一個舷窗都冒出蒸氣。在船尾甲板上，一大群看似無聊的按摩師和美容師站著待命，以免萬一卡利古拉決定臨時停留，帶了五十位朋友要來個指壓和美甲派對。我很想停下來，只要很快按摩一下肩膀就好，但因為派波，阿芙蘿黛蒂之女，邁開大步直直前行，對那些設施連瞥一眼都沒有，我決定不要讓自己顯得太糗比較好。

三十號船是貨眞價實的「流水席」。整艘船似乎設計用來提供隨你吃到飽、二十四小時供應的自助餐，但是沒人享用。主廚隨時準備，服務生在旁等待，一盤盤新菜端出來，舊菜隨即撤走。那些沒人吃的食物足以餵飽整個大洛杉磯地區，但我猜很可能全部倒到船外。典型的卡利古拉鋪張浪費行徑。如果知道主廚等著你餓肚子的背後，有幾百個火腿三明治已經扔掉，你會覺得手上同樣的三明治好吃很多吧。

我們的好運氣在三十一號船上終於破功。我們一越過紅毯坡道、踏上船頭，我就知道有麻煩了。到處都有一群群下班的傭兵慵懶閒晃，聊天、吃東西、滑手機。我們引來了更多皺眉的表情，更多質疑的眼神。

從派波緊繃的姿勢看來，我知道她也察覺到問題了。但我還來不及說「糟了，派波，我想我們闖入卡利古拉的水上營房，可能要死了」，只見她突然加快腳步，顯然覺得原路折返一樣危險，沒有比與虛張聲勢繼續挺進好到哪裡去。

她錯了。

到了船尾甲板上，我們發現自己身處於一場獨眼巨人對凡人的排球比賽。場地塡滿沙子，六名長髮獨眼巨人身穿游泳短褲，對手是六名同樣留長髮、穿著作戰長褲的凡人。比賽場地四周有更多下班的傭兵，吃著烤肉架上的烤牛排、高聲嬉笑、磨利刀子，以及比較各自的刺青。

烤肉架旁有一名老兄，身材是別人的兩倍寬，理著平頭髮型，胸口的刺青寫著「母親」。他看到我們突然愣住。「嘿！」

排球比賽停下來。甲板上的每個人都轉過身，怒目瞪著我們。

派波脫下頭盔。「阿波羅，在背後支援我！」

我很怕她會化身爲梅格，衝入戰局。假如是那樣的話，「在背後支援她」的意思就會是汗流浹背的退伍軍人把我的四肢一根根扯斷，那可沒有列在我的「人生成就清單」上面啊。

然而，派波開始唱歌。

我不確定哪一件事讓我比較驚訝：派波的美麗歌聲，還是她選擇的曲子。

我立刻聽出來了：喬．沃爾許的〈人生是一種幻覺〉[79]。一九八〇年代對我而言面貌模糊，不過我記得那首歌……一九八一年，音樂錄影帶剛開始發展的時候。噢，我幫「金髮美

[79] 喬．沃爾許（Joe Walsh），美國搖滾吉他手、「老鷹合唱團」團員。〈人生是一種幻覺〉（Life of Illusion）是他最著名的作品之一。

女」和「加油合唱團」⑧製作的影片多棒啊！我們用過多麼大量的髮膠和豹紋彈性纖維！

那群傭兵陷入安靜，聽得一愣一愣。他們這時該殺了我們嗎？他們該等到我們唱完嗎？並不是每天都有人在排球比賽中場演唱喬．沃爾許的歌給你聽啊。我很確定，那些傭兵有點搞不太清楚適當的禮儀。

唱了幾句之後，派波對我射來銳利的一眼，像是說：「幫點忙吧？」啊，她要我在背後支援的是「音樂」！

我鬆了好大一口氣，連忙抓出我的烏克麗麗跟著彈奏。說老實話，派波的聲音不需要幫忙。她熱情又清晰地放聲高唱歌詞，產生一陣陣情緒的衝擊波，不只是真誠的演出，不只是魅語。

她移動穿越群眾之間，唱著她自己對人生的幻覺。她與歌曲合而為一。她對歌詞的字句投注了痛苦與悲傷，將沃爾許的俏皮曲調轉變成憂鬱的告白。她述說自己打破困惑之牆，忍受大自然加諸在她身上的小小意外，匆匆對她自己是什麼樣的人做出最終結論。

她沒有更動歌詞。然而，我在每一句歌詞間感受到她的故事：她身為著名電影明星忽略的女兒所面臨的掙扎；她發現自己是阿芙蘿黛蒂的女兒所產生的複雜感受；而最傷心的是，她發現自己人生應該認定的摯愛，傑生．葛瑞斯，並不是她想要情意綿綿的對象。這一切我無法理解，但她的歌聲有著無可否認的強大力量。我的烏克麗麗回應著她，和弦變得更有共鳴，即興樂段也更加深情。我所彈奏的每一個音符都對派波．麥克林發出同情的呼喊，我自己的音樂技巧更增強了她的渲染力。

那些守衛變得目光茫然。有些人坐下，雙手抱頭搖來搖去；有些人盯著空中，任憑他們的牛排在烤肉架上滋滋燒炙。

我們穿越船尾甲板時，沒有人出手攔阻。沒有人跟著我們跨越連接的橋梁前往三十二號船。我們在遊艇上走到半路，派波的歌唱完了，頹然倚靠在最近的牆上，兩眼通紅，受到情緒的影響而表情空洞。

「派波？」我驚訝地盯著她。「你怎麼……？」

「先找鞋，」她啞著嗓子說：「等一下再談。」

她跌跌撞撞地向前走去。

---

⑳「金髮美女」（Blondie）是一九七〇年代後期走紅的美國龐克搖滾樂團，「加油合唱團」（The Go-Gos!）是活躍於一九八〇年代的美國新浪潮搖滾樂團。

28

阿波羅，假扮成阿波羅，假扮成……
不。這太沮喪。

我們沒看到半點跡象顯示傭兵前來追捕。他們怎麼可能來？聽過那樣的表演後，就連最堅強的戰士也無法起身追捕吧。我想他們正哭倒在彼此的臂彎裡，或者搜遍整艘遊艇，尋找更多盒面紙。

我們沿著卡利古拉的超級遊艇鏈，繼續挺進到三十幾號船，需要的時候鬼祟前進，多數時候則仰賴我們所遇到船員的漠不關心。卡利古拉永遠激發出奴僕內心的恐懼，但並沒有獲得同等的忠誠之心。沒有人問我們任何問題。

在四十號船上，派波癱倒在地。我衝過去扶她，但她把我推開。

「我還好。」她嘀咕說。

「你才不好呢，」我說：「你可能有腦震盪，剛才又施展有點強大的音樂魅語。你需要休息一下。」

「我們沒時間了。」

我完全知道。從我們前來的方向，零星的槍砲聲依然在港口上方劈啪作響。林鴞粗啞的「噫噫」叫聲也撕裂著夜空。我們的朋友正在幫忙爭取時間，沒有時間可以浪費。

今晚也是新月之夜。在遙遠的北方，無論卡利古拉對朱比特營擬定了什麼樣的計畫，此刻都正在進行。我只能期盼里歐已經到達羅馬半神半人的身邊，無論遭遇什麼樣的邪惡勢力，希望他們都能奮力抵擋。無力幫助他們的感覺眞是太可怕了。這讓我感到好焦慮，覺得連一秒都不能浪費。

「可是，」我對派波說：「我眞的沒有時間能讓你死在我身邊，陷入昏迷也不行，所以你得坐著休息一下。我們離開空曠的地方。」

派波很虛弱，不太能抗議。以她現在的情況，我覺得她沒辦法依靠魅語逃過違規停車的罰單了。我扶著她進入四十號船艙內，原來這艘船是卡利古拉的衣櫥。

我們經過一個又一個塞滿衣物的房間，有西裝、寬外袍、盔甲、洋裝（爲什麼不行？），還有各式各樣的扮裝道具，從海盜、阿波羅到大貓熊都行。（還是一樣，爲什麼不行？）

我好想打扮成阿波羅，只是爲了同情自己，但我可不想花時間塗上金漆。爲什麼凡人總以爲我是金色的呢？我是要說，我確實可以呈現金色，但太閃亮就沒辦法注意到我天生的驚人容貌了。更正一下：我「以前」天生的驚人容貌。

最後，我們找到一間更衣室，裡面有張沙發。我移開一堆晚禮服，接著命令派波坐下。我拿出一塊壓碎的神食，命令她吃下。（我的天啊，非不得已的時候，我可以很跋扈。至少這是我沒喪失的天神力量。）

派波小口吃著她的天神能量棒，我則悶悶不樂地看著架上無數的訂製華服。「鞋子爲什麼不能放這裡？畢竟這是他的衣櫥船啊。」

「拜託，阿波羅，」派波在椅墊上移動，忍不住皺眉。「每個人都知道，你需要一艘單獨的超級遊艇來放鞋子。」

「我沒辦法分辨你是不是在開玩笑。」

她拿起一件史黛拉．麥卡尼[81]的禮服，一件漂亮的鮮紅色低胸絲質禮服。「很棒。」接著她拔出自己的刀子，咬緊牙關，把禮服的正面往下割裂。

「感覺眞好。」她堅定地說。

我覺得這樣做根本沒意義，你毀掉卡利古拉的東西也傷不了他，他什麼東西都有。派波這樣做，似乎也沒有比較高興。多虧有神食，她的臉色好多了，眼神不再因爲疼痛而黯淡。可是她的神情依然激動，就像每次有人稱讚史嘉蕾．喬韓森[82]很漂亮時，她母親的神情就是這樣。（提示：千萬別在阿芙蘿黛蒂面前提起史嘉蕾．喬韓森。）

「你對傭兵唱的歌，」我鼓起勇氣說：「〈人生是一種幻覺〉。」

派波的眼角變得緊繃，彷彿早就知道這番對話遲早會來，但因爲太累而無法轉移話題。「那是很早的一段回憶，那時我爸剛取得第一次演技上的大突破，他在車上突然大唱那首歌。我們正要開車去新家，就是馬里布那裡。他對著我唱歌，我們兩人都好快樂。我一定是……不知道，念幼稚園嗎？」

「但你唱那首歌的樣子，好像是在講你自己的事，講你爲什麼和傑生分手？」

她仔細端詳自己的刀子。刀刃依舊一片空白，沒有顯現影像。

「我試過，」她喃喃地說：「與蓋婭大戰結束後，我說服自己，每一件事都會很完美。有一陣子，也許幾個月吧，我以爲眞的是這樣。傑生很棒。他是我最要好的朋友，甚至比安娜貝斯更好。可是……」她雙手一攤，「無論我怎麼想，想說我從此以後過著幸福快樂的日子……事實上就不是那樣。」

我點點頭。「你們的關係是在危機中建立的，一旦危機結束，那樣的浪漫氛圍就很難維持。」

「不只是那樣而已。」

「一個世紀前，我和塔提亞娜女大公[83]約會，」我回憶說：「俄國革命期間，我們之間關係很好。她好緊張、好害怕，眞的很需要我。接著危機過去了，魔法不復存在。等一下，其實那也可能因爲她和其他家人全部遭到槍殺而死，不過還是……」

「原因在我。」

我的思緒已經飄到冬宮[84]，飄過一九一七年的刺鼻槍彈煙霧和刺骨嚴寒。這時我猛然回到眼前的現代。「原因在你，那是什麼意思？你是說你發現自己不愛傑生？那不是誰的錯。」

她做個鬼臉，彷彿我還是沒搞懂她的意思……說不定她也不確定自己的想法。

「我知道那不是誰的錯，」她說：「我確實愛他。可是……就像我對你說過的，希拉把我們湊成對，她是掌管婚姻的女神，促成一對佳偶。我開始和傑生約會的記憶，我們剛在一起的前幾個月，全是一場幻覺。接著，等我發現這個狀況，還來不及搞清楚這代表什麼意義，

---

[81] 史黛拉．麥卡尼（Stella McCartney），英國時裝設計師，是「披頭四」樂團成員保羅．麥卡尼的女兒。

[82] 史嘉蕾．喬韓森（Scarlett Johansson），美國女演員與歌手。

[83] 塔提亞娜女大公（Grand Duchess Tatiana Romanov, 1897-1918），俄國末代沙皇尼古拉二世的二女兒。

[84] 冬宮（Winter Palace），位於俄羅斯的聖彼得堡，從一七二〇年代建設之初到一九一七年羅曼諾夫王朝結束，作為俄國沙皇的皇宮。

阿芙蘿黛蒂又認領我。她是我媽，掌管愛情的女神。」

她沮喪地搖頭。「阿芙蘿黛蒂催促我好好思考自己是……我必須要……」她嘆口氣。「你看，我是厲害的魅語師，卻連話都說不清楚。阿芙蘿黛蒂期待她女兒把男人玩弄於指掌間、傷透他們的心，等等之類。」

我回想起自己和阿芙蘿黛蒂吵架過很多次。我很容易陷入愛情。阿芙蘿黛蒂老是捉弄我，把悲劇性的愛人丟到我面前。「是的。對於愛情的樣貌，你母親有非常明確的見解。」

「所以，如果你把那些因素抽離開來，」派波說：「婚姻女神催我和好男孩安定下來，愛情女神則要我成爲完美的浪漫女子什麼的……」

「你不禁會想，如果沒有這一切壓力，你是什麼樣的人。」

她凝視著鮮紅色晚禮服的殘骸。「對切羅基人來說，就像傳統上的諺語吧？你的傳承從母親這邊而來。她所來自的家族就是你所來自的家族。爸爸那邊沒有眞的算數。」她冷笑一聲。「那就表示，嚴格來說，我不是切羅基人。我不屬於七大家族之一，因爲我媽是希臘女神。」

「喔。」

「所以，我是要說，我眞的可以用那種角度來認定自己嗎？過去幾個月來，我努力多了解自己的傳承。重拾我爺爺的吹箭，與我爸聊起家族史，讓他不要胡思亂想。但萬一我根本不是別人告訴我的那樣呢？我必須弄清楚自己是誰。」

「你得到結論了嗎？」

她把頭髮撥到耳後。「我還在努力。」

我很能體會。我也還在努力，過程很痛苦。

沃爾許的一句歌詞在我腦中迴盪。「大自然熱愛她的小驚奇。」我說。

派波哼了一聲。「她還眞的是。」

我凝視卡利古拉的一排排衣飾，從結婚禮服、亞曼尼西裝到角鬥士的盔甲，應有盡有。

「這是我的觀察啦，」我說：「你們人類超越自己歷史的總和。你們可以選擇自己要擁抱祖先的多少部分。你們可以超越家族和社會的期待。派波．麥克林，你不可以做的，以及永遠不該做的，就是企圖變成另一個人，而不是做你自己。」

她對我歪嘴笑一下。「那很好。我喜歡。你確定自己不是掌管智慧的天神嗎？」

「我應徵過那份工作，」我說：「不過他們把工作交給別人。關於發明橄欖之類的[85]。」

我翻了個白眼。

派波爆笑起來，讓我覺得好像終於吹來一道很棒的強勁風勢，把加州所有的野火濃煙全部吹跑。我嘻笑回應。上一次我和一個彼此平等的人、朋友、志同道合的人有這樣正向的交流，到底是什麼時候的事呢？我想不起來了。

「好吧，親愛又聰明的傢伙。」派波掙扎著站起來。「我們最好快走。還有一大堆船要跨越呢。」

四十一號船：女用內睡衣部門。我就不說這些花邊細節了。

四十二號船：普通的超級遊艇，少數幾位船員沒有理我們，兩名傭兵聽從派波的魅語跳

[85] 希臘神話中，智慧女神雅典娜用長矛敲擊岩石，創造出一棵橄欖樹。

到船外，一個雙頭人被我射中鼠蹊部（純粹是運氣好啦）而碎裂瓦解。

「你為什麼會在衣服船和鞋子船之間安插一艘普通船呢？」派波納悶地問。「這種編制實在很爛。」

她聽起來異常冷靜。我則是快要神經崩潰，覺得自己快要分裂成好幾塊，很像以前有好幾十個希臘城邦全都在同一時間、不同地點祈求我光榮顯靈。那些城邦沒有把他們的神聖節日協調好，真是超煩的。

我們穿越左舷，我突然瞥見上方的空中有動靜，一個蒼白的形影滑翔而過，身形太巨大了，不會是海鷗。我再仔細看，但是不見了。

「我想有人跟蹤我們，」我說：「我們的朋友克雷斯特。」

派波仔細盯著夜空。「那該怎麼辦？」

「我沒有什麼建議，」我說：「如果他想攻擊我們或發布警報，可能早就已經做了吧。」

派波聽說我們有大耳朵跟蹤狂，並沒有很高興的樣子，不過我們繼續前進。

最後，我們終於到達「朱利婭．德魯西拉四十三號」，傳說中的鞋之船。

這一次，多虧有阿瑪斯和他的手下透露的消息，我們預料會有潘達族守衛，由令人敬畏的「娃娃」負責帶領。我們最好準備妥當，好好對付他們。

一踏上前甲板，我就把烏克麗麗準備好。派波非常小聲地說：「哇，我希望沒有人偷聽到我們的祕密！」

剎那間，四名潘達族跑出來，兩名從左舷來，另兩名來自右舷；為了搶先衝到我們面前，他們彼此絆倒摔成一團。

一看到他們的白色耳毛，我用最大的音量彈撥出C小調六和弦三全音。對聽力這麼靈敏的生物來說，聽到的感覺一定像是用通電的電線掏耳朵。

那些潘達族痛苦尖叫、跪倒在地，於是派波趁機卸除他們的武裝，並用束線帶捆綁固定。等到把他們的雙手雙腳都綁好，我停止這番折磨人的烏克麗麗攻擊。

「你們哪一個是『娃娃』？」我質問道。

最左邊的潘達人怒吼說：「誰想要知道？」

「哈囉，娃娃，」我說：「我們正在找皇帝的魔法鞋，你也知道，就是能讓他穿越『烈焰迷宮』的鞋子。只要告訴我們鞋子放在船上的哪裡，你可以幫我們省下大把的時間。」

他用力掙扎，嘴裡大罵：「想都別想！」

「不然呢，」我說：「我會叫我朋友派波去找，我則待在這裡，用我這把走音的烏克麗麗彈奏曲子給你們聽。你們對小提姆唱的〈踮腳跑過鬱金香花園〉(86)這首歌熟不熟啊？」

娃娃嚇得全身抽搐。「二號甲板，左舷，第三道門！」他講得語無倫次。「求求你，不要唱小提姆！不要唱小提姆啊！」

「好好享受你的夜晚囉。」我說。

我們就不打擾那些潘達族，跑去找某雙鞋子了。

---

(86) 美國歌手小提姆（Tiny Tim, 1932-1996）於一九六八年翻唱〈踮腳跑過鬱金香花園〉（Tiptoe through the Tulips），用烏克麗麗伴奏，獨特的尖聲唱腔讓這首歌變成他的代表作之一。曾經作為恐怖片《陰兒房》（*Incidious*）配樂，令人毛骨悚然。

29

馬就是馬啊
當然，當然，沒人可……
逃！他要殺你！

一座滿是鞋子的水上豪宅耶。

荷米斯一定覺得身在天堂。

提醒你喔，荷米斯不只是掌管鞋子的「官方」天神，也是旅人的守護神，而他是我們奧林帕斯眾神中與鞋子最相關的。

荷米斯收藏的喬丹鞋打遍天下無敵手。他有很多鞋櫃塞滿了有翅膀的綁帶涼鞋，有好幾排漆皮皮鞋、好幾個架子的藍色麂皮鞋，我還不想說那些滑輪溜冰鞋呢。只要想起他穿著滑輪鞋溜過奧林帕斯山，頭頂著長髮、穿著運動短褲和高筒條紋襪，用他的隨身聽播放唐娜·桑默[87]的歌，我到現在還會作惡夢。

我和派波進入左舷的二號甲板時，經過一些燈光照亮的臺座，展示著設計款的高跟鞋；一條走廊從地板到天花板都是層架，放滿了紅色皮靴；還有一個房間全都是足球鞋的防滑釘，我完全無法參透收藏這種東西的原因。

娃娃向我們指出的房間，似乎比較重質而不重量。

房間尺寸像是一間豪華公寓，窗戶可以俯瞰大海，所以皇帝的寶貝鞋子有很好的視野。

房間正中央有一對舒適的躺椅，面對一張咖啡桌，上面放了一堆進口瓶裝水，以防你穿上左右腳鞋子的過程中覺得口渴，需要補充水分。

至於鞋子本身，沿著船頭到船尾的牆壁是一排排的……

「哇。」派波說。

我覺得那樣說還滿能涵蓋一切：一排排的「哇」。

有個臺座放了一雙赫菲斯托斯的戰鬥靴，那是巨大的新奇玩意兒，腳踝和腳尖都有尖釘，內建了鎖鍊盔甲襪，鞋帶則是纖細的青銅自動蛇，避免讓未經授權的人穿走。

另一個臺座上，透明壓克力盒子裡是一雙有翅膀的綁帶涼鞋，它不停振翅，想要逃走。

「這是我們需要的鞋嗎？」派波問。「我們可以直接飛過迷宮。」

這個想法很吸引人，但我搖搖頭。「有翅膀的鞋子很難搞喔。如果穿上那種鞋，而它們施過魔法，把我們帶去錯誤的地方……」

「喔，對，」派波說：「波西對我說過那樣的一雙鞋，差點就……呃，當我沒說。」

我們檢視其他臺座。有些臺座放的鞋子只是因爲獨一無二，例如厚底靴點綴著鑽石、紳士鞋用的皮革是已經滅絕的度度鳥（好野蠻！），或者有雙愛迪達球鞋上面有一九八七年洛杉磯湖人隊所有球員的簽名。

其他鞋子則有魔法，附上的標籤包括：一雙拖鞋是由睡眠之神希普諾斯編製而成，提供愉悅夢境和深沉睡眠；一雙舞鞋的設計者是我的老友特普希柯爾，她是掌管舞蹈的謬思女

87 唐娜・桑默（Donna Summer, 1948-2012），美國流行樂歌手，有「迪斯可女王」的稱號。

神；這麼多年來我只看過其中幾雙，亞斯坦和羅傑斯[88]各有一雙，巴瑞許尼可夫[89]也有。然後有一雙波塞頓以前穿的樂福鞋，穿上去保證有絕佳的海灘天氣、豐碩的漁獲、難以駕馭的海浪，而且曬成完美的膚色。這雙樂福鞋聽起來相當適合我。

「那邊。」派波指著一雙很舊的皮革涼鞋，隨意扔在房間角落。「我們可不可以這樣假設：最不可能的鞋子其實是最有可能的一雙？」

我不喜歡這種假設。我比較喜歡這樣：最有可能受歡迎、非比尋常、才華洋溢的鞋子，結果真的變成最受歡迎、非比尋常、最有才華的鞋，因爲正常的阿波羅就是這樣。然而以眼前的例子來說，我認爲派波可能是對的。

我跪在涼鞋旁邊。「這是行軍靴[90]，羅馬軍團穿的鞋。」

我勾起一根手指，從綁帶的地方提起鞋子。鞋子不是很有份量，只是皮革鞋底和綁帶因年代久遠而磨得柔軟且顏色很深。這雙鞋看起來似乎見識過很多次行軍，但一直維持上油的習慣，歷經數個世紀深情地保存下來。

「行軍靴，」派波說：「就像『小靴子』卡利古拉。」

「完全正確，」我贊同說：「這是小靴子的大人樣式，蓋烏斯．尤利烏斯．凱撒．日耳曼尼庫斯就是由此得到他小時候的綽號。」

派波皺起鼻頭。「你可以感受到魔法嗎？」

「嗯，這雙鞋並沒有充滿能量嗡嗡響，」我說：「或者讓我猛然浮現臭腳丫的畫面，或者逼迫我穿上。不過我認爲就是這雙鞋。這是他名字的由來。這雙鞋帶有他的力量。」

「唔。我想如果你可以和一支箭說話，就能理解一雙鞋。」

「那是一種天賦。」我贊同說。

她跪在我旁邊，拿起一隻涼鞋。「這不適合我。有點太大。看起來約是你的尺寸。」

「你在暗示我有一雙大腳？」

她的笑容一閃即逝。「這看起來簡直像『羞恥鞋』一樣不舒服；羞恥鞋是可怕的白色護士鞋，我們以前在阿芙蘿黛蒂小屋有那種鞋。如果你做錯事，就得穿那種鞋當作懲罰。」

「聽起來很像阿芙蘿黛蒂的作風。」

「我把那雙鞋扔了，」她說：「不過這雙……我想，只要你不介意把自己的腳放在卡利古拉的腳曾經……」

「危險！」有個聲音在我們背後大叫。

偷溜到某人背後而且大喊「危險」，這是讓某人同一時間跳起來、轉身、摔個屁股著地的絕佳方法，我和派波就是這樣。

克雷斯特站在門口，他的白色毛皮糾結成團而且滴著水，活像剛才飛過卡利古拉的游泳池。他那八根指頭的雙手緊抓住門框兩側，挺起胸膛，身上的黑西裝扯破得稀巴爛。

「林鴞。」他喘著氣說。

---

88 此指美國舞蹈家和演員佛雷・亞斯坦（Fred Astaire,1899-1987）和琴吉・羅傑斯（Ginger Rogers, 1911-1995），他們合作拍了十部歌舞片。

89 巴瑞許尼可夫（Mikhail Baryshnikov），俄裔美籍芭蕾舞巨星與編舞家。

90 行軍靴的拉丁語是caligae，卡利古拉（Caligula）的名字就是此而來。

我的心臟往上跳進鼻腔。「牠們跟蹤你嗎？」

他搖頭，耳朵像受到驚嚇的烏賊一樣起伏湧動。「我以為躲過牠們了，可是……」

「你為什麼在這裡？」派波追問著，她的手準備拔出匕首。

克雷斯特的眼神混合著恐慌和渴望。他指著我的烏克麗麗。「你可以教我怎麼彈嗎？」

「我……好啊，」我說：「不過吉他可能比較適合，因為你的手那麼大。」

「那個和弦，」他說：「讓『娃娃』尖叫的那個和弦。我想彈那個。」

我慢慢站起來，以免進一步驚嚇到他。「了解C小調六和弦三全音是非常重大的責任。不過，好，我可以彈給你看。」

「還有你。」他看著派波。「你唱歌的方式。你可以教我嗎？」

派波的手從刀柄處放下。「我……我想可以試試，不過……」

「那麼我們現在必須離開！」克雷斯特說：「他們已經抓到你們的朋友！」

「什麼？」派波站起來。「你確定？」

「可怕女孩。閃電男孩。對。」

我把自己的絕望吞下肚。克雷斯特對梅格和傑生做了完美無瑕的描述。「在哪裡？」我問：「誰抓到他們？」

「就是他，」克雷斯特說：「皇帝。他的手下很快就會來這裡。我們得飛走！在世界上成為音樂家！」

換成不同的情況，我會認為這是絕佳的建議，但我們的朋友被抓走就不好了。我拿好皇帝的涼鞋，塞進我的箭筒底部。「你可以帶我們去找朋友嗎？」

「不行！」克雷斯特哭喊說：「你們會死！那個女巫……」

克雷斯特為什麼沒聽到敵人偷偷摸摸來到他背後呢？我實在不懂。也許傑生的閃電害他耳鳴吧。也許他太苦惱、太專心在我們身上，沒有顧及自己背後的狀況。

無論什麼原因，克雷斯特突然撲向前，整張臉撞上有翅膀涼鞋的盒子。他倒在地毯上，重獲自由的飛行鞋不斷踢他的頭。他的背上閃耀著兩個很深的印子，呈現馬蹄的形狀。

一匹雄壯白馬站在門口，牠的頭剛好不會碰到門框頂部。瞬間，我領悟到皇帝的遊艇為何都有這麼高聳的天花板、寬闊的走廊和門口了，這全都是設計用來容納這匹馬。

「英西塔土斯。」我說。

牠定睛看著我，應該沒有一匹馬能夠這樣看。牠的巨大棕色瞳孔閃耀著惡意的領悟。「阿波羅。」

派波看得目瞪口呆，任何人在鞋之遊艇上遇到一匹會說話的馬，應該都是這種反應吧。她才剛開口說：「這是什……？」

英西塔土斯衝過來。牠直直踩過咖啡桌，用頭把派波頂到牆壁上，發出令人作嘔的吱嘎聲。派波頹然倒在地毯上。

我衝向她，但那匹馬把我撞開。我掉在最近的沙發上。

「嗯，好了。」英西塔土斯審視損壞狀況……翻倒的臺座和毀壞的咖啡桌；進口礦泉水破了，水滲入地毯內；克雷斯特倒在地毯上呻吟，飛行鞋繼續踢他；派波沒有動，鮮血從她的鼻子汩汩滴落；還有我倒在沙發上，捧著挫傷的胸口。

「抱歉打擾你的入侵行動，」牠說：「我得快點撞開女孩，你懂吧。我不喜歡魅語。」

在馬克羅的瘋狂軍用品店後面，我躲在垃圾箱裡聽到的就是牠的聲音，低沉，厭世，帶著惱怒，彷彿看盡了兩足動物可能做出的每一件蠢事。

我以驚駭的目光看著派波．麥克林。她似乎沒有呼吸。我想起女先知說過的話，特別是D開頭的那個可怕字眼。

「你……你殺了她。」我結結巴巴地說。

「有嗎？」英西塔士斯用鼻頭碰碰派波的胸口。「沒啦。還沒，不過很快就會。好了，來吧，皇帝想要見你。」

30

我不離開你
愛會讓我們凝聚
或膠。膠也會

我有一些最要好的朋友是魔法馬。

阿里昂，全世界最迅捷的駿馬，是我的表親，不過牠很少參加家庭晚餐就是了。名氣響亮、有翅膀的沛加索斯也是我的表親……關係很遠啦，我想，畢竟牠母親是一名蛇髮女怪。我不確定那是怎麼辦到的。此外，當然啦，我最喜歡的駿馬是太陽馬，不過謝天謝地，牠們全都不會說話。

可是，英西塔土斯呢？

我實在不太喜歡牠。

牠是非常漂亮的動物，高大又健壯，毛皮閃閃發亮，像是太陽照亮的雲朵。絲質般的白色馬尾在背後嗖嗖揮動，感覺所有的蒼蠅、半神半人或其他害蟲都不敢靠近牠的後臀。牠沒有佩帶馬具和馬鞍，但金黃色的馬蹄鐵熠熠發亮。

牠極度莊嚴的神態害我好痛苦，厭世的語氣讓我自覺渺小又無足輕重。不過我真正討厭的是牠的眼睛，馬的眼神應該不會那麼冷酷又聰明。

「爬上來，」他說：「我的男孩正在等待。」

「你的『男孩』？」

牠露出大理石般的森森白牙。「你知道我指的是什麼。大卡。卡利古拉。要把你當早餐吃掉的新太陽神。」

我深深陷入沙發椅墊裡，心臟狂跳。我見識過英西塔土斯的動作有多快，想到要與牠單挑，我的心就涼了半截。我絕對來不及射出一支箭或彈撥半個音，牠就會踢中我的臉。這絕對是湧現一波天神力氣的好機會，我就可以把那匹馬扔到窗外去。唉，我感覺不到體內有那樣的能量。

我也不會期待有人來救援。派波發出呻吟，手指不斷痙攣。她看起來八成處於半昏迷狀態。克雷斯特輕聲嗚咽，努力將全身蜷縮成球狀，躲避有翅膀鞋子的痛擊。

我從沙發站起來，兩手握緊拳頭，強迫自己迎上英西塔土斯的目光。

「我還是天神阿波羅，」我警告說：「我已經勇敢迎戰兩名皇帝，他們兩人都被我打敗了。馬兒啊，不要挑戰我。」

英西塔土斯哼了一聲。「萊斯特，隨你怎麼說。你愈來愈弱了。我們一直在監視你。你幾乎沒留下什麼力量。好了，不要再推拖了。」

「那你要怎麼強迫我跟你走？」我追問：「你不能把我抓起來，扔到你背上吧。你又沒有雙手！沒有可以對握的拇指！那是你的致命錯誤！」

「是啊，嗯，我大可踢中你的臉。不然……」英西塔土斯嘶叫一聲，聽起來很像某人呼喚他的狗。

娃娃和兩名手下衝進房間。「神駒陛下，您召喚嗎？」

那匹馬對我嘻笑。「我有僕人，就不需要對握的拇指了。是沒錯，這些僕人很沒用，我還得幫他們咬斷綁手綁腳的束線帶……」

「神駒陛下，」娃娃抗議說：「是烏克麗麗的關係！我們沒辦法……」

「把他們搬上來，」英西塔士斯命令說：「趁你還沒有讓我心情大壞的時候。」

娃娃和他的幫手把派波丟到馬背上，再強迫我跟在她後面爬上去，接著又把我的雙手綁起來……至少，這一次綁在前面，我比較能夠保持身體平衡。

最後，他們把克雷斯特拉起來站好，七嘴八舌地把超粗魯的有翅膀鞋子塞回盒子裡，再用束線帶綁緊克雷斯特的雙手，逼迫他走在前面，後面則是我們這令人生畏的一行人。我們走上甲板，經過每一個門楣我都得壓低身子，然後就這樣沿著我們的來時路，跨越超級遊艇的一座座漂浮橋梁。

英西塔士斯踏著輕鬆的步伐往前走。路上只要遇到傭兵或船員，他們都跪下且低著頭。我想要相信他們是敬畏我，不過我猜那些人敬畏的是那匹馬痛毆他們腦袋的能力，如果他們沒有表現適當敬意的話。

克雷斯特蹣跚前行。其他潘達族硬拖著他，一路拉扯。派波一直要從馬背上滑下去，我只能盡力把她固定好。

有一次她嘀咕說：「嗯—夫。」

她的意思可能是「謝謝你」或「放開我」，或者「我的嘴裡爲什麼有馬蹄鐵的味道？」

她的匕首，卡塔波翠絲，很容易拿到。我盯著刀柄，心想不知能不能很快拔出來、砍斷我的束縛，或者刺入馬的脖子。

「我不會喔。」英西塔土斯說。

我全身僵硬。「什麼？」

「用那把刀。那是很爛的招數。」

「你……你有讀心術？」

那匹馬訕笑一聲。「我不需要讀心。有人騎在你的馬背上時，你知道能從他們的肢體語言判斷出多少訊息嗎？」

「我……我不敢說自己有這種經驗。」

「嗯，我可以判斷你有什麼樣的盤算。所以不要喔。我得把你們拋出去。那麼，你和你的女朋友就有可能摔破頭死掉……」

「她不是我的女朋友！」

「而大卡會很生氣。他要你用特定的方法死掉。」

「喔。」我覺得自己的胃像胸口一樣受創甚深。像這樣在船上騎馬造成的暈眩嘔吐現象，我真想知道有沒有特定名詞可以描述。「所以，你說卡利古拉會『把我當早餐吃掉』……」

「喔，那只是比喻而已。」

「感謝眾神。」

「我的意思是，女巫梅蒂亞會用鎖鍊把你捆綁起來，剝開你的人類形體，抽取出僅剩的天神本質。接著，卡利古拉會吸收你的本質……你的，還有赫利歐斯的，讓他自己成爲新的太陽神。」

「喔。」我覺得好虛弱。我猜自己體內還有一些天神的本質，是我先前威嚴的微小火花，因此能夠回想起自己以前是誰，又有什麼樣的能耐。我不希望最後殘餘的一些神性遭到剝奪，特別是過程中牽涉到剝皮的話。想到這點就讓我腹痛如絞。假如我吐在派波身上，希望她不會太介意。「英西塔士斯，你……你這匹馬似乎很通情達理。像卡利古拉這麼反覆無常又變幻莫測的人，你爲什麼會幫助他？」

英西塔士斯嘶嘶叫。「反覆無常啊。那男孩聽我的話。他需要我，無論別人覺得他多麼凶暴或捉摸不定都沒關係。我可以好好控制他，利用他完成我的工作。我下注在對的馬身上[91]。」

他似乎沒發現「一匹馬下注在對的馬身上」所隱含的諷刺意味。此外，我很驚訝聽到英西塔士斯有自己的工作；大多數馬匹的日常工作事項都相當直截了當：食物、奔跑、更多食物、好好刷毛。依據要求重複。

「卡利古拉知道你，呃，利用他？」

「當然知道！」那匹馬說：「小孩子並不笨。嗯，只要得到他想要的……然後我們就分道揚鑣。我想要剷除人類種族，設立由馬統治的政府，一切都是爲了馬。」

「你想要……什麼？」

「我從來沒想過。」

「你認爲馬的自治政體會比奧林帕斯天神統治的世界更瘋狂嗎？」

「你不會那樣想，對吧？你，還有你兩足動物的傲慢！如果知道人類老是期待你載他們，或者要你拉他們的車，你才不會浪費生命和人類在一起。唉，我眞是白費唇舌。你又不會活

---

[91] 原文為「back the right horse」，字意是下注在對的馬身上，意即押對寶。

那麼久，根本看不到那樣的革命。」

喔，各位讀者，我無法表達內心的驚駭，並非因爲想到馬的革命，而是想到我的生命即將終結！是的，我知道凡人也要面對死亡，但是我告訴你，這對天神來說更悲慘！我花了好幾千年，得知自己不必面對生死的偉大循環。接著突然間我才發現……哇哈哈，根本不是那麼一回事！即將有個人要剝我的皮、吸光我的本質，而他聽從的建議來自一匹馬，那匹馬天生好鬥又會說話！

我們沿著超級遊艇鏈一路前進時，看到愈來愈多最近發生戰鬥的痕跡。二十號船看起來像是遭到閃電反覆劈打，上層構造是一片焦黑、冒煙的廢墟，變黑的上層甲板滿是滅火器的泡沫。

十八號船已經轉變成檢傷分類中心，到處都癱坐著傷者，因爲頭部遭到痛毆、四肢骨折、鼻子流血、鼠蹊部挫傷而哀叫連連。很多傷口都在膝蓋部位或以下，剛好是梅格．麥卡弗瑞喜歡踹踢的部位。一群林鴞在頭頂上方盤旋飛行，飢渴地吱嘎尖叫，也許只是在執勤，但我總覺得牠們等著看哪些傷者沒能撐過去。

十四號船遭到梅格．麥卡弗瑞的致命一擊。爬牆虎吞沒了整艘遊艇，包括大多數船員在內，厚厚的網狀爬藤仍把他們困在牆壁上。一群園藝專家正嘗試用樹剪和除草機救出夥伴們，他們顯然是從十六號船的植物花園奉召而來。

看到我們的朋友已經進攻到這麼遠的地方，而且造成如此大的損害，我獲得很大的鼓舞。也許克雷斯特說他們束手就擒可能搞錯了。像傑生和梅格那麼能力高強的半神半人，一旦被逼上絕路，肯定會想辦法脫逃。我只能這樣指望了，畢竟現在需要他們來救我。

可是，萬一他們沒能逃走呢？我絞盡腦汁，希望想出聰明的點子和狡詐的計畫。然而我的思緒沒有飛快奔馳，只像氣喘吁吁的慢跑。

我努力擬定偉大計畫的第一階段：我讓自己不遭到殺害，順利逃脫，然後救出朋友。我努力思索第二階段：該怎麼進行？……就在這時，我的時間用完了。英西塔士斯踏上「朱利婭．德魯西拉十二號」，慢跑進入一道金色的雙扇門，帶我們沿著坡道往下走，進入船身內部，裡面是單獨一個大房間，那是卡利古拉的覲見室。

進入這個空間，感覺就像落入海怪的咽喉。我很確定這是刻意營造的效果，皇帝希望你體會到恐慌和無助的感受。

「你已遭到吞噬，」房間似乎這樣說。「現在要把你逐漸消化掉。」

這裡沒有窗戶。十五公尺高的牆壁讓人怵目驚心，全都描繪著華麗的壁畫，畫著戰役、火山、暴風雨、狂野派對……描繪那些力量的所有圖像異常狂暴、打破疆界、顛覆自然。磁磚地板也是類似的混亂畫面，精細複雜、宛如惡夢一般的馬賽克磁磚，全部拼貼成各種怪物吞噬掉眾神的景象。上方高處的天花板漆成黑色，懸吊著金色的枝狀吊燈、裝有骨骸的籠子，還用最細的繩子掛著未加掩飾的利劍，隨時準備刺殺下方的任何人。

我發現自己在英西塔士斯的馬背上歪向旁邊，努力想找到平衡，但是不可能。這房間沒有任何安全的地方能夠盯著看。搖晃的遊艇更是毫無助益。

十二名潘達族護衛站在王座室的長邊，六名在左舷，另外六名在右舷。他們手握的長矛裝有黃金矛尖，從頭到腳裹著黃金鐵鍊盔甲，包括巨大的金屬板蓋住他們的耳朵，一旦遭受撞擊，肯定讓他們嚴重耳鳴。

房間的最遠端，在船身收窄變尖的地方，皇帝坐在他的高臺上，他背倚著角落，所有嚴重偏執的統治者都是這樣。他的面前有兩道旋風捲繞著殘骸，我有點看不懂那是什麼，是文圖斯的某種表演藝術嗎？

皇帝的右手邊站了另一名潘達人，身穿禁衛軍指揮官的全套禮服，我猜他是「混響」，護衛隊長。皇帝的左手邊站著梅蒂亞，她的雙眼散發出勝利的光芒。

皇帝本人與我記憶中的模樣差不多，年輕且輕盈，相當英俊，不過他的兩隻眼睛分開太遠，耳朵太突出（但不是與潘達族相比），微笑也太淺薄。

他穿著白色寬鬆長褲、白色帆船鞋、藍白色條紋上衣、藍色外套，戴著一頂艦長帽。我心驚膽跳地回想起一九七五年，當時我犯了錯，用「艦長與田妮爾」92的暢銷單曲〈愛會讓我們同在〉賜福他們。如果卡利古拉是艦長，那麼梅蒂亞就是田妮爾，這從很多方面看來都錯得離譜啊。我拚命把這種想法趕出腦海。

我們一行人走到王座前，卡利古拉傾身向前，搓著雙手，彷彿晚餐的下一道菜剛剛端上。「時機非常完美！」他說：「我才剛與你的朋友結束一場最迷人的對話。」

我的朋友？

直到這時，我的腦袋才讓我終於領悟，那兩道旋風裡面的東西究竟是什麼。

傑生．葛瑞斯盤旋在一道旋風裡。另一道則是梅格．麥卡弗瑞。兩人都無助掙扎。兩人都放聲尖叫，沒有發出半點聲音。他們的龍捲風監牢含有閃閃發亮的砲彈碎片，那是神界青銅和帝國黃金的微小碎片，切割著他們的衣服和皮膚，慢慢把他們切割成碎片。

卡利古拉站起來，他用一雙平靜的棕色眼睛盯著我看。「英西塔土斯，這不可能眞的是他，對吧？」

「恐怕是喔，夥伴，」那匹馬說：「他身為天神，阿波羅，也稱為萊斯特．巴帕多普洛斯，我謹代他致上可悲的歉意。」

駿馬的前腳往下跪，讓我和派波滾落到地板上。

---

92 艦長與田妮爾（Captain and Tennille），一九七〇年代走紅的美國二重唱團體，〈愛會讓我們同在〉（Love Will Keep Us Together）是他們最著名的歌曲之一。

31

我交心給你
其實是一種隱喻
那刀快拿開

我可以想到很多粗話咒罵卡利古拉。「夥伴」可不是其中之一。

然而皇帝在場時，英西塔土斯似乎像在家裡一樣怡然自得。他小跑步去右舷，那裡有兩名潘達族開始刷牠的毛皮，第三名則跪下來，拿著一個黃金桶子給牠吃燕麥。

傑生．葛瑞斯在他的砲彈碎片風洞裡猛力衝撞，奮力嘗試掙脫出來。他以痛苦的眼神看著派波，喊了一些我聽不見的話。

而在另一道風柱裡，梅格飄浮其中，雙臂交叉、雙腿盤起，滿臉怒容，很像憤怒的精靈，無視於狂割她臉的金屬碎片。

卡利古拉步下他的高臺。他從兩道風柱之間大步走過，腳步輕快活潑，無疑是扮裝成遊艇艦長的心境所致。

他在我面前幾步之遙停下來，打開手掌，拋起兩個小小的金色玩意兒，那是梅格．麥卡弗瑞的兩枚戒指。

「這位一定是可愛的派波．麥克林。」他皺眉看著她，彷彿這時才發現她幾乎失去意識。「她為什麼這樣？這種狀況我不能嘲笑她啊。混響！」

執法官指揮官彈彈手指，兩名護衛急忙向前，用力把派波拉起來站好。其中一人拿個小瓶子在她鼻子下面揮動……也許是嗅鹽吧，或是梅蒂亞的某種魔法類似物。

派波的頭猛然往後倒。一陣顫抖傳遍她全身，接著她把潘達族推開。

「我很好。」她眨眨眼，看著周遭狀況，看見傑生和梅格在他們的風柱裡，然後怒目瞪視卡利古拉。

卡利古拉。

她努力想拔出自己的刀，但手指似乎很不靈活。「我會殺了你。」

卡利古拉輕笑起來。「親愛的，那會很好玩喔。不過我們還不要彼此殺戮，好嗎？今天晚上，我有其他事情要優先進行。」

他對我眉開眼笑。「噢，萊斯特。朱比特給我好棒的『禮物』啊！」他在我周圍繞了一圈，指尖沿著我的肩膀滑過，簡直像在檢查有沒有灰塵。我想我應該攻擊他，但卡利古拉散發那麼冷靜的自信、那麼強大的氣場，讓我感到滿心迷惑。

「你的神性沒有留下多少了，是嗎？」他說：「別擔心。梅蒂亞會從你身上慢慢搾出來。然後，我會幫你報復宙斯。這樣會稍微感到安慰吧。」

「我……我不想報復。」

「你當然想啊！那會很棒喔，你等著瞧……嗯，其實呢，你會死掉，不過你必須信任我。我會讓你覺得很驕傲。」

「凱撒，」梅蒂亞站在高臺旁邊叫道，「也許我們可以盡快開始？」

她盡力掩飾，不過我聽出她的聲音很緊繃。如同我在那個死亡停車場的所見所聞，就連梅蒂亞也有其極限。她把梅格和傑生困在一對龍捲風裡，肯定需要用上相當大的力氣。她可能無法一邊維持這種文圖斯監牢，同時又施展魔法剝奪我的神性。要是我能想出方法利用這個弱點就好了……

卡利古拉的臉上閃過一絲惱怒。「好啦，好啦，梅蒂亞。再一下子就好。首先，我必須歡迎我的忠誠僕人……」他轉身看著潘達族，就是跟著我們從鞋之船走來的那群。「你們哪一個是『娃娃』？」

娃娃鞠躬，兩隻耳朵沿著馬賽克地板延展開來。「這……這裡，大人。」

「你很努力服侍我，對吧？」

「是的，大人！」

「直到今天爲止。」

那個潘達人看似要把小提姆的烏克麗麗吞下去。「陛下，他們……他們戲弄我們！用上超可怕的音樂！」

「我懂了，」卡利古拉說：「那麼你們想要怎麼改善這個情況？我要怎麼確定你們會保持忠誠？」

「我……我以一顆眞心向您保證，大人！從現在直到永遠！我和我的手下……」他用巨大的雙手摀住嘴巴。

卡利古拉露出和藹的微笑。「喔，混響？」

他的執法官指揮官走向前來。「陛下？」

「你聽到娃娃說的話吧？」

「是的，陛下，」混響附和說：「他的一顆心是您的了。還有他手下的心。」

「那好吧。」卡利古拉搖搖手指，含糊比著「走開」的手勢。「帶他們去外面，把我的東西收集起來。」

站在左舷的那一排王座室護衛大步向前，壓制住娃娃和他手下兩名副官的手臂。

「不！」娃娃尖聲大叫。「不，我……我的意思不是……！」

他和他的手下掙扎哭泣，但沒有用，穿戴黃金盔甲的潘達族把他們拖走。

混響指著克雷斯特，他站在派波旁邊，渾身顫抖，低聲啜泣。「大人，這一個呢？」

卡利古拉瞇起眼睛。「提示我一下，這一個爲什麼有白毛？」

「陛下，他很年輕，」混響說，語氣不帶半點同情。「我們族人的毛皮顏色隨著年紀增長而變深。」

「我懂了，」卡利古拉用手背拍拍克雷斯特的臉，讓年輕的潘達人哭得更大聲。「留下他。他很好玩，而且似乎無害。好啦，指揮官，快去，把那些心拿來給我。」

混響鞠個躬，快步跟在他的手下後面走。

我的脈搏猛力敲打太陽穴。我想要說服自己，情況並沒有那麼糟。皇帝的一半護衛和他們的指揮官都離開了，梅蒂亞的負擔也很重，她要控制兩個文圖斯，這就表示我只有六名潘達族菁英、一匹殺手馬和一個永生不死的皇帝要對付。這時是執行我的聰明計畫的最佳時機……如果我有聰明計畫的話。

卡利古拉走到我旁邊，伸出一隻手臂攬著我，簡直像是老朋友。「阿波羅，看見沒？我不瘋狂，也不殘酷。我只是很把別人的話當眞。如果你答應把你的生命或你的心或你的財富託付給我……那麼你就應該說出來，你不覺得嗎？」

我的眼睛滿是淚水。我好怕眨眼。

「舉例來說，你的朋友派波，」卡利古拉說：「她想要花時間陪伴她爸爸。她討厭他的職業。所以，你猜怎樣？我把那個職業拿走！如果她乖乖跟著爸爸去奧克拉荷馬州，如同他們原本的計畫，她就能得到自己想要的一切！可是她有沒有感謝我？沒有。她跑來這裡殺我。」

「我會殺了你，」派波說，她的語氣變得平穩一點。「把我說的話當眞。」

「完全就是我說的重點，」卡利古拉說：「一點感激也沒有。」

他拍拍我挫傷的胸口，害我痛得眼冒金星。「而傑生．葛瑞斯呢？他想要當祭司還是什麼的，爲眾神建造祭壇。很好！我現在是天神了，對於那件事，我一點問題也沒有！然後他跑來這裡，用閃電毀掉我的遊艇。這是祭司該有的行爲嗎？我想不是喔。」

他大步走向旋轉的風柱。這讓他暴露了後背，但我和派波都沒有起身攻擊他。即使現在回想起來，我都無法告訴你爲什麼我當時沒有發動攻擊。我覺得自己好軟弱無力，彷彿困在幾世紀前就已發生的幻象裡。這是頭一次我眞切感受到，三巨頭如果控制住每一個神諭會變成怎樣。他們不只能夠預見未來，更能夠塑造未來。他們說出的每一個字，都會變成無法改變的無情命運。

「而這一位呢，」卡利古拉仔細端詳梅格．麥卡弗瑞。「她的父親曾經發誓不達目的絕不休息，要讓『血生女』、『銀妻』轉世再生！你相信有這種事嗎？」

血生女。銀妻。這些字眼送出一陣衝擊，流過我的神經系統。我覺得自己應該知道那是什麼意思，以及它們與梅格在山麓種下的七顆綠色種子有什麼關聯。如同以往，我嘗試從自己的人類大腦深處挖掘這些資訊時，它又尖叫抗議。我幾乎看得到「檔案找不到」的訊息在眼睛後面閃閃爍爍。

卡利古拉嘻嘻笑。「嗯，我當然把麥卡弗瑞先生說的話當眞！我把他的根據地燒毀殆盡。但是坦白說，我覺得自己相當慷慨了，讓他和女兒活著。小梅格和我的侄兒尼祿曾有一段美好的生活。如果她乖乖遵守自己對尼祿的承諾……」他對梅格搖搖手指，表示很不以爲然。

在房間的右舷那一側，英西塔土斯從牠的黃金燕麥桶抬起頭來，打個嗝。「嘿，大卡？眞是一番偉大的演說。不過，我們是不是該殺了旋風裡的兩個人，梅蒂亞才能專心活剝萊斯特啊？我眞的很想見識一下。」

「對呀，拜託。」梅蒂亞附和說，只見她咬緊牙關。

「不！」派波大喊：「卡利古拉，放開我朋友。」

不幸的是，她幾乎連站都站不直，聲音頻頻發抖。

卡利古拉格格笑。「親愛的，經由梅蒂亞親自訓練，我早就能夠抵抗魅語。你得再更厲害一點才行，如果……」

「英西塔土斯，」派波叫道，聲音變得稍微有力一點。「去踢梅蒂亞的頭。」

英西塔土斯的鼻孔抖了一下。「我想，我會去踢梅蒂亞的頭。」

「不，你不會！」梅蒂亞尖聲叫喊著魅語。「卡利古拉，叫那女孩安靜！」

卡利古拉大步走向派波。「抱歉，親愛的。」

他反手打中她的嘴巴，力道之大讓她整個人轉了一圈，然後倒下。

「喔喔喔！」英西塔土斯興奮地嘶嘶叫。「好耶！」

我崩潰了。

我從來不曾覺得如此憤怒。我因爲尼歐碧家族的羞辱而摧毀他們全家時不曾如此[93]，我在德爾菲的空間裡大戰海克力士時不曾如此，就連我打倒那些幫父親打造殺人閃電的獨眼巨人也不曾如此。

在那個關頭，我決心不讓派波．麥克林死在當天晚上。我衝向卡利古拉，想要用雙手掐緊他的脖子。我想要掐死他，只希望他的臉不再露出沾沾自喜的表情。

我很確信自己會恢復天神的力量，只要懷著正義的憤怒，我會把皇帝碎屍萬段。

然而，卡利古拉幾乎連看都沒看一眼，就把我推倒在地。

「拜託，萊斯特，」他說：「你這樣是讓自己蒙羞。」

派波躺在地上瑟瑟發抖，彷彿得了重感冒。

克雷斯特蜷縮在附近，努力摀住自己的巨大耳朵，卻是徒勞無功。他顯然後悔做了那樣的決定，就是依循自己的夢想去上音樂課。

我定睛看著那兩道氣旋，希望傑生和梅格已經想出逃脫的辦法。他們還沒逃脫，但說也奇怪，兩人好像默默達成協議，彼此對調角色。

看到派波遭到襲擊，傑生並沒有因而暴怒，反倒像死掉一樣靜止飄浮，雙眼緊閉，表情槁木死灰。另一方面，梅格拚命扒抓她的文圖斯牢籠，尖叫著我聽不見的話。她的衣物好破爛，臉上交叉著許多流著血的割傷，但她似乎不以爲意。她又踢又搥，將一包包種子拋進漩渦內，在砲彈碎片之間引發三色堇和黃水仙的混亂大爆發。

在皇帝的高臺旁，梅蒂亞變得臉色蒼白且直冒汗。她剛才反擊派波的魅語，必定承受了相當大的負擔，但我沒有因此感到安慰。

混響和他的護衛很快就會回來，帶來皇帝敵人的心臟。

有個令人不寒而慄的想法浮現我心頭。他敵人的心臟。

我覺得自己好像遭人反手打臉。皇帝需要我活著，至少暫時如此。那就表示我唯一的手段是……

我的表情一定超級荒唐。卡利古拉看了爆笑出聲。

「阿波羅，你看起來好像有人踩扁你最心愛的七弦琴！」他很不屑地嘖嘖出聲。「你覺得自己很悲慘嗎？我身為人質，在叔叔提比略的宮殿裡長大。你到底知不知道那個男人有多邪惡？每天早上醒來，我都希望自己遭到暗殺，我其他的家人也一樣。我變成一流的演員。無論提比略需要我變成什麼樣子，我就演成那樣。而我存活下來了。可是你呢？你的生命從開始到結束都是金光閃閃、崇高偉大。你沒有那種韌性和毅力可以當凡人。」

他轉向梅蒂亞。「女巫，那好吧！可以把你的小型攪拌機加強到『打成泥狀』模式，殺了那兩名囚犯。然後我們來料理阿波羅。」

梅蒂亞面露微笑。「樂意之至。」

「等一下！」我尖叫說，同時從箭筒拔出一支箭。

皇帝僅剩的護衛把長矛打橫，但皇帝大喊：「且慢！」

我並沒有想要拔出弓。我沒有要攻擊卡利古拉。相反的，我把箭尖轉朝向內，抵著自己

---

93 在希臘神話中，尼歐碧（Niobe）吹噓自己的小孩比麗托（Leto）還多，結果其子女盡遭阿波羅和阿蒂蜜絲殺害。

的胸口。

卡利古拉的笑容瞬間蒸發。他幾乎沒有隱藏企圖，仔細審視著我。「萊斯特……你在做什麼？」

「讓我朋友離開，」我說：「他們所有人。然後你就可以擁有我。」

皇帝的目光宛如林鴞熠熠發亮。「如果我不肯呢？」

我鼓起勇氣，並說出自己過去四千年來的生命從來不曾想像的一句威脅：「我會殺了我自己。」

32

別逼我動手
我瘋了，我會動手……
哎喲喂，好痛

「喔，不，汝不該如此。」有個聲音在我的腦袋裡嗡嗡作響。

我的高貴姿態瞬間瓦解，因爲這才發現自己又犯了一次錯，錯把多多納之箭拔出來。它在我手中激烈抖動，無疑讓我顯露出來的害怕程度加三級。然而，我緊緊握住它。

卡利古拉瞇起眼睛。「你絕對不會動手。你的體內沒有自我犧牲的本能！」

「讓他們離開。」我把箭尖壓緊皮膚，力道大到足以流出血來。「否則，你絕對不會成爲太陽神。」

這支箭氣得嗡嗡響：「無賴，汝用其他投射式武器自殺。吾絕不是普通之殺人武器！」

「噢，梅蒂亞，」卡利古拉朝背後叫道：「如果他用這種方式自殺，你還能施展魔法嗎？」

「你明知道我不行，」她抱怨說：「那是很複雜的儀式！我準備好之前，我們不能讓他用草率的方式自殺。」

「嗯，眞是有點煩。」卡利古拉嘆口氣。「阿波羅，你瞧，你不能期待這會有快樂結局。我不是康莫德斯，我不是在玩遊戲。當個乖孩子，讓梅蒂亞用正確的方法殺了你，然後我會讓其他人死得毫無痛苦。這是條件最好的提案。」

我覺得卡利古拉會是超可怕的汽車銷售員。

在我旁邊，派波在地板上顫抖，她受到的創傷可能讓神經系統承受不了負荷。克雷斯特用耳朵裹住自己。傑生繼續在他的旋轉砲彈碎片圓錐體裡閉目沉思，但在這種情況下，我無法想像他眞能達到涅槃的極樂境界。

梅格對我大吼大叫、拚命比劃手勢，也許要叫我別當笨蛋，把箭放下。只有這一次，我聽不見她的命令，卻感受不到半點喜悅。

皇帝的護衛留在原地不動，手中緊抓著長矛。英西塔土斯嚼著燕麥，彷彿正在觀賞電影裡的好戲。

「最後一次機會。」卡利古拉說。

在我背後某處，在坡道頂端，有個聲音叫道：「陛下！」

卡利古拉抬頭看。「佛朗吉，怎樣？我這裡有點忙。」

「有……有消息，陛下。」

「待會兒再說。」

「大人，是關於北方的攻擊。」

我感受到一陣希望。今晚正在進行攻擊新羅馬的行動。我的聽力不像潘達族那麼好，但佛朗吉的語氣含有異常激動的急迫之意，絕對不會聽錯。他爲皇帝帶來的不是好消息。

卡利古拉的表情顯得很失望。「那麼，到這裡來。而且，不要碰到那個拿箭的白痴。」

潘達人佛朗吉匆匆經過我旁邊，附耳對皇帝輕聲細述。卡利古拉也許曾考慮成爲演技精湛的演員，但他在隱藏厭惡方面沒有演得很好。

「好失望啊。」他把梅格的戒指扔到旁邊去，活像那是毫無價值的小石頭。「拜託，佛朗吉，你的劍。」

「我……」佛朗吉笨拙地摸索他的坎達劍。「是……是的，陛下。」

卡利古拉仔細檢視鈍頭的鋸齒狀劍刃，接著用凶狠的力道交還給那把劍的主人，刺入可憐潘達人的肚子。佛朗吉哀號大叫，碎裂成塵埃。

卡利古拉面向我。「好，我們進行到哪裡？」

「你的北方攻勢，」我說：「沒有進行得很順利？」

我這樣刺激他實在很蠢，但實在忍不住啊。在那當下，我的理性沒有比梅格．麥卡弗瑞多到哪裡去，我只想傷害卡利古拉，把他擁有的一切全部粉碎成灰。

他把我的問題揮到一邊。「有些工作一定要我親自出馬。那沒問題。你會想，羅馬人的半神半人營區會遵守羅馬皇帝的命令吧，但是，唉。」

「長久以來，第十二軍團的慣例是支持『好』皇帝，」我說：「以及罷黜壞皇帝。」

卡利古拉的左眼抽跳一下。「噢，布斯特，你在哪裡？」

在左舷那邊，有一名照料馬匹的潘達族嚇得扔掉手中的刷子。「是的，陛下？」

「帶著你的手下，」卡利古拉說：「把話傳出去。我們立刻解除陣式，向北航行。我們在灣區有些事還沒解決。」

「可是，大人……」布斯特看著我，彷彿想要判定我有沒有造成夠大的威脅，能不能讓皇帝身邊沒有留下護衛。「是的，大人。」

其他的潘達族匆匆離開，結果沒有人幫英西塔土斯端著牠的黃金燕麥桶。

「喂，卡，」那匹駿馬說：「你這豈不是本末倒置，把要拉的車放在『馬匹』前面嗎？我們出發去打仗之前，你應該先完成萊斯特這件事吧。」

「喔，我會的，」卡利古拉打包票說：「好了，萊斯特，我們都知道，你不會……」

他以迅雷不及掩耳的速度衝過來，企圖抓住那支箭。我早就料到了。他還來不及阻止我，我很聰明，搶先一步，把箭刺入我的胸膛。哈！這會幫卡利古拉好好上一課，千萬不要低估我！

親愛的讀者，刻意傷害你自己要耗費很大的意志力。而且是不好的意志力……愚蠢又魯莽的那種，你永遠都不該召喚，甚至努力要救你朋友都不好。

我刺自己的時候，體驗到的巨大疼痛眞是把我嚇壞了。刺殺自己爲什麼得這麼痛啊？我的骨髓變成岩漿，肺部充滿又熱又溼的沙子。鮮血浸溼了上衣，我膝蓋一軟往下跪，氣喘吁吁又頭暈目眩。世界在我周圍旋轉，整個王座室好像變成巨大的文圖斯監獄。

「罪惡啊！」多多納之箭的聲音在我腦中嗡嗡響（目前也在我的胸口裡）。「汝實不能將吾刺入此內！噢，邪惡又醜陋的血肉啊！」

我腦中有遙遠的一部分想著，它這樣抱怨實在不公平，畢竟快要死掉的人是我耶，但我即使想說話也說不出來。

卡利古拉衝向前。他抓住箭桿，但梅蒂亞大喊：「住手！」

她跑過王座室，跪在我旁邊。

「把箭拔出來，情況可能更糟！」她氣呼呼地說。

「他都自己刺入胸口了，」卡利古拉說：「那樣怎麼會更糟？」

「笨蛋，」她嘀咕說。我不確定這個評論是針對我還是卡利古拉。「我不希望他的血流乾。」她從腰帶取下一個黑色絲質袋子，拿出用塞子塞住的玻璃小瓶，然後把袋子遞給卡利古拉。「拿好這個。」

她取下瓶塞，把內容物倒在整個傷口上。

「好冰！」多多納之箭抱怨說：「好冰！好冰啊！」

就我個人來說，我沒有半點感覺。燒灼的痛感變得模糊，陣陣抽痛傳遍我全身。我相當確定那是不好的預兆。

英西塔土斯小跑步過來。「哇，他眞的動手了。那完全是兩『馬』子事。」

梅蒂亞仔細檢視傷口。她用古代的科爾奇斯語咒罵幾句，問候我母親以前的浪漫關係。

「這個白痴連殺自己都殺得不對，」女巫抱怨說：「看起來呢，不知道爲什麼，他沒有刺中心臟。」

「女巫，此乃吾啊！」那支箭在我的胸腔裡面吟詠著：「難不成，汝認爲吾會欣然任己深埋於萊斯特之超噁心臟內？吾迂迴閃躲也！」

我在心裡默默記住，等一下要不是感謝多多納之箭，就是把它折斷，無論哪一個結果，到時候感覺都會超棒的。

梅蒂亞對皇帝彈彈手指。「把紅瓶子遞給我。」

卡利古拉沉下臉，顯然不習慣扮演外科護士的角色。「我從來沒翻找過女人的包包。特別是女巫的。」

我想，這是最確切的跡象，顯示他的神智完全正常。

「如果你想要當太陽神，」梅蒂亞怒吼說：「快動手！」

卡利古拉找到了紅瓶子。

梅蒂亞把紅瓶子裡黏黏的東西塗在右手上面，然後用左手抓著多多納之箭，從我的胸口把它拔出來。

我放聲尖叫，視線隨即變暗，感覺好像有鑽頭之類的東西鑿開我的左側胸肌。等到我的視線漸漸恢復，這才發現有厚厚的紅色東西封住那支箭造成的傷口，有點像信封用的封蠟。疼痛非常可怕，無法忍受，但我又可以呼吸了。

如果沒有這麼痛苦，我可能會露出勝利的微笑。我早就把梅蒂亞的治療力量盤算在內。她的技術幾乎像我兒子阿思克勒庇俄斯一樣好，只不過臨床的態度沒那麼好，而且她的療法往往包含了黑魔法、邪惡的原料，以及小孩子的眼淚。

我當然也沒有期待卡利古拉會放我朋友離開，不過希望因為梅蒂亞分心，她可能對文圖斯失去控制力。果真如此。

我牢牢記住那一刻的景象：英西塔土斯低頭看著我，牠的口鼻黏著一點燕麥；女巫梅蒂亞檢視我的傷口，她的雙手沾了黏黏的鮮血和魔法膏藥；卡利古拉站著俯身看我，潔白閃亮的褲子和鞋子濺上我的鮮血；而派波和克雷斯特倒在附近地板上，俘虜我們的人暫時忘記他們的存在。就連梅格似乎也在自己的翻攪監牢裡靜止不動，看著我動手做的事而驚嚇不已。

那是每一件事全都搞砸之前、我們的偉大悲劇上演之前的最後一刻，然後傑生·葛瑞斯的兩隻手臂猛力伸出，風之牢籠為之爆裂。

33

沒有好消息
我開頭便警告你
離開吧，讀者

一個龍捲風就可以把你的一整天全都毀了。

我見識過宙斯造成的毀滅性事件，那時他在堪薩斯大抓狂。所以，看著兩個充滿砲彈碎片的風精靈像鏈鋸一樣，把「朱利婭．德魯西拉十二號」從中扯裂，我並沒有很驚訝。

在那場爆炸中，我們全都應該死掉才對。我很確定會有那種結局。然而，傑生將二度空間的爆炸震波導引向上、再向下，然後傳向旁邊，炸穿了左舷和右舷的牆壁；炸穿黑色的天花板，只見黃金吊燈和利劍宛如雨點般落下；鑽開馬賽克地板，直抵船身內部深處。遊艇發出嗚嗚聲，船身劇烈搖晃，金屬、木材和玻璃纖維劈啪作響，很像怪物的嘴裡啃咬著骨頭。

英西塔土斯和卡利古拉跌跌撞撞逃往一邊，梅蒂亞逃向另一邊。他們身上連一點刮傷也沒有。糟糕的是，梅格．麥卡弗瑞位於傑生的左邊，文圖斯爆炸時，她飛向側邊，穿過牆上剛炸出來的開口，消失在黑暗中。

我好想尖叫，但發出來的聲音只能算是垂死的格格聲。由於爆炸聲響依然迴盪在耳，所以我也不確定。

我幾乎無法動彈，完全不可能去救我的年輕朋友。我絕望地探看四周，目光停留在克雷斯特身上。

那個年輕潘達人的眼睛張得好大，幾乎搭配他的耳朵。一把黃金劍從天花板掉下來，刺入他雙腿之間的磁磚地板內。

「救梅格，」我用沙啞的嗓音說：「那麼你想學什麼樂器，我都會教你彈。」

我本來覺得連潘達族也聽不到我的聲音，但克雷斯特似乎聽到了。他的表情從震驚轉變成不顧後果的決心。他爬過磁磚地板，伸展耳朵，從炸破的開口跳出去。

地板上的裂口變得愈來愈寬，把我們與傑生分開來。三公尺高的瀑布湧進受創的船身，再流向左舷和右舷；黑暗的海水和船隻殘骸沖刷著馬賽克地板，也湧入房間中央愈來愈寬的裂口內。底下損壞的機械冒出濃煙，隨著海水灌入內艙而火光搖曳。在上方，一整排潘達族出現在碎裂天花板的邊緣，一邊尖叫一邊拔出武器，直到天空亮起，閃電的捲曲電光把那些護衛炸成灰燼。

傑生從王座室對面那側的煙霧中走出來，手上握著他的古羅馬短劍。

卡利古拉憤怒咆哮。「你是朱比特營那些小搗蛋之一，對吧？」

「我是傑生．葛瑞斯，」他說：「第十二軍團的前任執法官。朱比特之子。羅馬之子。不過我隸屬於兩個營區。」

「那太好了，」卡利古拉說：「今天晚上朱比特營的背叛謀反，我要你負起責任。英西塔土斯！」

一支黃金長矛滾過地板，皇帝撿起它。他跳上駿馬的馬背，駿馬衝向裂口，只消一跳就飛躍過去。傑生連忙撲向旁邊，免得遭到踐踏。

就在這時，我的左邊某處傳來一陣憤怒的狂吼。派波．麥克林已經站起來，她那張臉的下半部宛如夢魘，腫脹的上唇在牙齒上方裂開，下巴歪斜，嘴角有鮮血汩汩滴落。

她衝向梅蒂亞，梅蒂亞剛好轉身，鼻子迎上派波的拳頭。女巫跌撞後退，手臂像風車一樣旋轉，只見派波伸手一推，讓她跌入裂口邊緣。女巫消失在焚燒的燃料和海水混合翻攪的熱湯裡。

派波對傑生大喊。她喊的可能是「加油！」，但發出來的聲音是粗嘎的叫聲。

傑生有點忙，他躲過英西塔土斯的進攻，用短劍擋開卡利古拉的長矛，但他的移動速度有點慢。我只能猜想，他剛才控制風勢和閃電消耗了很多能量。

「離開這裡！」他對我們大叫。「快走！」

一支箭從他的左大腿凸出來。傑生咕噥一聲，踉蹌幾步。我們上方有更多的潘達族聚集過來，無視於劇烈暴風雨的威脅。

眼看卡利古拉再度發動攻勢，派波大喊警告。傑生勉強來得及滾到旁邊。他朝空中做出抓取的動作，只見一陣風把他猛力拉高。突然間，他跨坐在一朵小型暴風雨雲上，有四道漏斗雲構成四條腿，鬃毛因閃電而劈啪作響……是「暴風雨」，他的文圖斯駿馬。

他騎馬對抗卡利古拉，舉劍對抗長矛。又有一支箭射中傑生的上臂。

「我告訴過你，這可不是玩遊戲！」卡利古拉大喊：「你不會活著從我旁邊走開！」

下方又出現一次爆炸，整艘船爲之搖撼。房間裂開得更遠。派波走路歪歪倒倒，那可能救了她的命；有三支箭射中她先前站立的地方。

不知怎的，她拉著我站起來。我手上抓著多多納之箭，但實在不記得何時撿起它。到處都沒看到克雷斯特，也沒看到梅格，連梅蒂亞都消聲匿跡。一支箭射中我的鞋尖。我的疼痛已經太劇烈，根本無法分辨那支箭有沒有穿透我的腳。

派波用力拉扯我的手臂。她指著傑生，口中吐出急切的字句，可是難以理解。我想要幫他，但能夠怎麼辦呢？我才剛刺殺自己的胸口啊。如果打噴嚏太用力，我相當確定傷口上面的紅色栓塞會移位，然後失血而死。我無法拔出弓，連撥彈烏克麗麗都沒辦法。在此同時，愈來愈多潘達族出現在我們上方的破損屋頂邊緣，急著想幫我用箭自殺。

派波也沒有好到哪裡去。她能夠站著根本就是奇蹟，等到腎上腺素消退，這種奇蹟會回過頭來害死你。

然而，我們要怎麼離開呢？

我看著傑生和卡利古拉激烈大戰，滿心驚恐。傑生的四肢現在都因爲箭傷而流血，卻還能高舉他的劍。那個空間要容納兩個騎馬的人實在太狹小，但他們仍彼此繞圈，互相進攻。英西塔土斯用牠的黃金前蹄踢中暴風雨，文圖斯則炸出電流回敬牠，把駿馬側邊的白色毛皮都燒焦了。

正當前任執法官和皇帝衝過彼此身邊，傑生的目光越過王座室的廢墟，迎上我的目光。他的表情對我清楚傳達他的計畫。像我一樣，他已經決定不會讓派波．麥克林死在今晚。而爲了某種原因，他也決定我必須活著。

他再度高喊：「快走！記住！」

我很遲鈍，震驚得說不出話來。傑生迎著我的目光，多停留了幾分之一秒，也許要確定我眞的理解最後那個詞彙：「記住」……那是一百萬年前的今天早上，他曾在帕沙第納的宿舍房間要求的承諾。

正當傑生轉身之際，卡利古拉突然改變方向。他擲出手中的長矛，矛尖鑽入傑生的兩邊肩胛骨之間。派波放聲尖叫。傑生全身僵硬，一雙藍眼睛睜得好大，眼神驚駭。

他向前倒下，兩隻手臂摟住暴風雨的脖子。他的嘴唇蠕動著，似乎對他的駿馬輕聲說話。

「帶他離開啊！」我暗暗祈禱，心裡明知沒有天神會聆聽。「拜託，就讓暴風雨帶他安全離開吧！」

傑生從馬背掉落，面朝下撞到甲板，長矛依然插在背部，古羅馬短劍從手中哐啷掉落。

英西塔土斯小跑步迎向掉落的半神半人。飛箭繼續在我們周圍宛如雨點般落下。

卡利古拉從裂口對面凝視著我，對我面露超火大的陰沉表情，完全就像我父親要加諸懲罰前的神情：你自己看看，都是你害我要做這種事。

「我警告你，」卡利古拉說。接著，他瞥向上方的潘達族。「留阿波羅一命，他不會造成威脅。不過殺了那女孩。」

派波憤怒嚎叫，因爲無能爲力而氣得發抖。我站到她前面，等待死亡的到來，還以冷靜的超然態度心想，第一支箭不知會射中哪裡。我看著卡利古拉拔出他的長矛，然後再度刺入傑生的頭部，徹底移除我們朋友可能還活著的最後一絲希望。

正當潘達族搭箭拉弓、準備瞄準目標之際，空氣中突然有帶電的臭氧劈啪作響。我們周圍捲起狂風。突然間，我和派波從「朱利婭．德魯西拉十二號」的燃燒船身隨風飛起，坐在暴風雨的背上；文圖斯執行傑生最後的命令，帶我們安全離開，無論我們願不願意。

我絕望哭泣，看著我們高速飛越聖巴巴港的水面，一波波爆炸依然在我們背後隆隆作響。

34 衝浪之意外 全新的婉轉說法 史上最慘夜

接下來的幾個小時，我的心遺棄了我。

我不記得「暴風雨」把我們放在沙灘上，雖然牠一定是這樣做。我回想起派波對我大吼大叫一陣子，或者坐在海浪裡全身發抖流不出淚，或者徒勞無功地扒抓一把溼漉沙子扔進浪裡。有幾次我想拿神食和神飲給她，她卻一把掃開。

我還記得在細長的沙灘上慢慢行走，赤著一雙腳沒穿鞋，上衣浸溼海水好冰冷。治療傷口的黏性栓塞刺痛胸口，不時滲出一點鮮血。

我們已經不是在聖巴巴拉了。這裡沒有港口，沒有超級遊艇鏈，面前只有黑暗的太平洋無盡延伸。我們背後隱約可見一道黑暗峭壁，一條之字形的木頭階梯通往峭壁頂端，那裡有房子的燈火。

梅格．麥卡弗瑞也在這裡。等一下，梅格什麼時候到的？她全身溼透，衣服破爛，臉和手臂宛如瘀青和割傷的交戰地區。她坐在派波旁邊，一起吃著神食。我心想，那些神食不夠吃吧。潘達人克雷斯特蹲在一段距離外的峭壁底部，以飢渴的眼神盯著我，簡直像是等待第一堂音樂課快快開始。潘達人一定是完成了我交代的任務。他不知用什麼方法找到梅格，把她從海裡拉出來，載著她飛來這裡……無論這裡是什麼地方。

我記得最清楚的事，是派波說著「他沒死」。

神食和神飲才剛讓她嘴巴周圍消腫、終於又能開口說話，她就一直說個不停。她看起來還是很慘，上唇需要縫綴傷口，看來絕對會留下疤痕。她的下巴和下唇整個是超大塊的茄色瘀青，我想她的牙科帳單可能很驚人。然而，她努力以堅定的決心重複說著：「他沒死。」

梅格扶著她的肩膀。「也許吧。我們會搞清楚。你需要休息和治療。」

我以不可置信的眼神盯著我的年輕主人。「也許？梅格，你又沒看到發生什麼事！他……傑生……那根長矛……」

梅格瞪著我。她沒有說「閉嘴」，但我聽到那個命令既響亮又清晰。她的兩枚黃金戒指在手上閃閃發亮，不過我不知道她怎麼可能取回戒指。也許就像那麼多魔法武器一樣，如果遺失，它們會自動回到主人手中。感覺好像尼祿把這麼黏人的禮物送給他的繼女。

「暴風雨會找到傑生，」梅格堅持說：「我們只要等待就行了。」

暴風雨……對喔。文圖斯把我和派波送來這裡以後，我隱約記得派波不斷騷擾那個風精靈，用含糊的話語和手勢命令他回去遊艇找傑生。暴風雨高速奔過海面，簡直像是帶電的海龍捲。

此刻，凝視著地平線，我不禁納悶，自己眞的敢期待好消息嗎？

我在船上的記憶漸漸恢復了，拼湊成一幅壁畫，簡直比卡利古拉牆上畫的所有壁畫更加駭人。

皇帝曾經警告我：這不是玩遊戲。他確實不像康莫德斯。即使卡利古拉那麼熱愛戲劇演出，他要執行死刑也絕不會加上一堆浮誇的特殊效果、鴕鳥、籃球、賽車和震耳欲聾的音樂。卡利古拉不會「假裝」要殺人。他動手就殺。

「他沒死。」派波重複她的真言，彷彿嘗試對自己和對我們說魅語。「他經歷過太多事，不會現在死掉，不會像那樣死掉。」

我很想要相信她。

可惜，我見識過成千上萬的凡人死者。很少人的死亡是有意義的，大多數人都死得不是時候、突如其來、沒有尊嚴，或者至少死得有點糗。理應死去的人反倒永遠不會死，理應活著的人總是走得太快。

爲了拯救自己的朋友，挺身對抗邪惡的皇帝……像傑生．葛瑞斯這樣的英雄，如此死去似乎再合理不過了。他對我說過歐律斯拉俄亞女先知傳達的訊息。如果我沒有要求他跟我們一起來……

「不要責怪你自己，」自私的阿波羅說：「那是他的選擇。」

「這是我的任務啊！」滿懷罪惡感的阿波羅說：「要不是爲了我，傑生還會安全待在他的寢室裡，幫一些沒人搞得懂的小神繪製新祭壇的草圖！派波．麥克林也會毫髮無傷，與她父親在一起，準備去奧克拉荷馬展開新生活。」

自私的阿波羅對這一切無話可說，不然就是自私地把話留給自己。

我只能望著大海痴痴等待，希望傑生．葛瑞斯安然撐過這片黑暗，活得好好的。

最後，空氣中略帶臭氧的氣息。閃電劈過水面。暴風雨衝上岸，一個黑暗的形體趴在他背上，宛如鞍囊。

風之馬跪下來，把傑生輕輕放到沙灘上。派波大喊一聲，跑到他旁邊。梅格跟過去。世間最可怕的事，莫過於看到她們臉上短暫出現鬆口氣的表情，但是隨即垮下。

傑生的皮膚呈現空白羊皮紙的顏色，散布著黏液、沙子和泡沫。大海洗去了血跡，但他的學校制服襯衫染成紫色，宛如元老院議員的飾帶。幾支箭刺穿他的手臂和雙腿。他的右手固定成指著的姿勢，彷彿仍然叫我們快走。他的表情似乎沒有扭曲或害怕，看起來很平靜，很像是累了一整天，剛剛才睡著。我不想叫醒他。

派波搖晃他，哭喊著：「傑生！」她的聲音迴盪在峭壁間。

梅格的臉定格成嚴厲的怒容。她向後癱坐在地上，抬頭看著我。「把他治好。」命令的力量拉著我向前，逼我跪在傑生的旁邊。我伸手放在傑生冰涼的額頭上，只能確認顯而易見的事實。「梅格，我不能治好死者。我也希望我可以。」

「永遠都有方法，」派波說：「醫生的解藥啊！里歐那裡有！」

我搖搖頭。「里歐是預先準備好，在死去的那一刻就服下解藥，」我用溫和的語氣說：「他事先歷經各種艱難險阻才得到那些材料，而即使如此，他也需要阿思克勒庇俄斯才能做出解藥。那不能適用於這裡，不適用於傑生。派波，我很抱歉，太遲了。」

「不，」她堅持說：「不，切羅基人永遠受到這樣的教誨……」她發著抖，吸口氣，似乎下定決心，忍受說這麼多話的痛苦。「那是最重要的傳說之一。回到最早有個人開始摧毀大自然的時候，動物認定他造成威脅，牠們全都投票同意要對抗回去。每一種動物都用不同的方法殺掉人類。但是植物……它們善良又有同情心，投票支持相反的結論，每一種植物都找到自己的方法保護人類。所以，每一種狀況都可以找到相應的植物療法。無論是疾病、中毒或受傷，一定能找到某種植物有效。你只要知道是哪一種就行了！」

我皺起眉頭。「派波，那種傳說包含很大的智慧。不過即使我還是天神，我也沒辦法提供療法給你，把死去的人救回來。如果眞有那樣的東西，黑帝斯絕對不允許使用。」

「還有『死亡之門』！」她說：「梅蒂亞就是用那種方法回來的啊！傑生爲什麼不行？一定有方法可以欺騙整個系統。幫幫我！」

她的魅語對我發揮影響力，如同梅格的命令一樣強大。接著，我看著傑生平靜的神情。

「派波，」我說：「你和傑生奮力關閉死亡之門，因爲你很清楚，讓死者回到活人的世界是不對的。傑生．葛瑞斯在很多方面都讓我印象深刻，但他絕對不是騙子。他會希望你爲了帶他回來，跑去大鬧天堂、人間和冥界嗎？」

她的眼睛閃耀著憤怒的光芒。「你根本不在乎，因爲你是天神。等你把神諭都救出來之後，你會回去奧林帕斯，所以這有什麼大不了的？你利用我們，達到自己的目的，就像所有其他天神一樣。」

「喂，」梅格說，語氣溫和但堅定。「這樣說沒有好處。」

派波伸手放在傑生的胸口。「阿波羅，他爲了什麼而死？一雙鞋子？」

我一陣驚慌，害得胸口的栓塞差點噴出去。我完全忘了那雙鞋。我奮力從背後解下箭筒，往下傾倒，把裡面的箭全倒出來。

卡利古拉的涼鞋捲成一團，滾到沙灘上。

「鞋子在這裡。」我把它們撈起來，雙手不斷顫抖。「至少……至少我們有這雙鞋。」

派波放聲大哭。她猛力拉扯傑生的頭髮。「對啦，對啦，超棒的。這下子你可以見到你的神諭了。那個害死他的神諭！」

在我背後某處，約莫峭壁一半高度的地方，有個男子的聲音大叫：「派波？」

暴風雨突然逃走，爆開成狂風和雨滴。

從峭壁的樓梯匆匆跑下來，穿著素色睡褲和白色T恤的人，竟然是崔斯坦．麥克林。

當然啦，我明白了。暴風雨帶我們來到麥克林家的馬里布房子。不知為何，牠早就知道要來這裡。派波的父親一定遠從峭壁頂端就聽到她的叫聲。

他跑向我們，腳上的人字拖鞋拍打著腳底，沙子噴濺到褲腳上，襯衫也在風中劈啪起伏。風勢把他的凌亂黑髮吹進眼睛裡，但沒有掩蓋他的驚慌神色。

「派波，我一直在等你！」他大叫：「我在露台上，然後……」

他怔住不動，第一眼先看到他女兒滿是瘀青的臉，然後是躺在沙灘上的身體。

「喔，不，不。」他衝向派波。「這……這是……？誰……？」

他先確定派波沒有立即死去的危險，然後跪在傑生旁邊，伸手放到男孩的頸部，查驗脈搏。他附耳到傑生的嘴巴上，檢查呼吸。當然，他什麼都沒有感受到。

他以沮喪的眼神看著我們。他注意到克雷斯特蹲在附近，巨大的白色耳朵攤開在身子周圍，他愣了一下才恍然大悟。

我幾乎能感受到「迷霧」旋繞在崔斯坦．麥克林的周圍，他企圖辨認自己看到了什麼，嘗試將眼前的景象融入他的凡人腦袋能夠理解的狀態。

「衝浪意外？」他鼓起勇氣說：「噢，派波，你明知道這些岩石很危險啊。你為什麼不告訴我……？怎麼會……？算了。算了。」他用顫抖的雙手拿出睡褲口袋裡的手機，撥電話給

「九一一」。

電話發出吱嘎聲和嘶嘶聲。

「我的電話沒有……我……我搞不懂。」

派波失聲痛哭，把臉埋在她父親的胸口。

那一刻，崔斯坦．麥克林應該會永遠崩潰才對。他的人生分崩離析，失去了整個工作生涯得到的一切。此刻，他發現女兒受了傷，她的前男友死在他無法贖回的沙灘地產上……確實，這一切足以讓人神志崩潰。卡利古拉又有理由好好慶祝這一晚的殘酷施虐成果了。

然而，人類的韌性再次讓我大感驚奇。崔斯坦．麥克林的神情變得很堅強，眼神清澈。他一定是領悟到女兒非常需要自己，他不能那麼任性，繼續沉溺於自憐的心情。他剩下一個重要的角色得扮演：「她的父親」這個角色。

「好了，寶貝，」他說著，捧著她的臉。「好了，我們會……我們會釐清這件事。我們會度過難關。」

他轉過身，指著仍然蹲伏在峭壁附近的克雷斯特。「你。」

克雷斯特像貓一樣對他嘶嘶叫。

麥克林先生眨眨眼，他的內心正在進行很困難的重新設定。

他指著我。「你。帶其他人去上面的房子。我會留下來陪派波。用廚房裡的電話線路打電話給『九一一』。告訴他們……」他看著傑生殘破的屍體。「告訴他們，立刻過來這裡。」

派波抬起頭，雙眼紅腫。「還有，阿波羅？不要回來。你聽見我說的沒？走……走開就是了。」

「派波，」她父親說：「那不是他們的……」

「走開啦！」她尖叫。

我們奮力爬上搖搖晃晃的階梯時，我不確定哪一方面感覺比較沉重，是我筋疲力竭的身體，還是像砲彈一樣壓在我胸口的悲痛和罪惡感？一路走到房子，我聽見派波的啜泣聲在黑暗的峭壁間反覆迴盪。

35

若你將一把
烏克麗麗給潘達
他要上課。不。

消息只有從壞消息變成更壞。

我和梅格都沒辦法讓電話線路發揮功能。無論什麼來源發出詛咒，阻止我們這些受盡折磨的半神半人使用通訊設備，都讓我們無法得到撥號音。

絕望之餘，我請求克雷斯特試試看。在他手上，電話運作良好。我將之視爲對我個人的公然侮辱。

我叫他打電話給「九一一」。他失敗了好多次，我才猛然想到，他試按的是羅馬數字「IX-I-I」。我示範正確的按法給他看。

「喂，」他對接線生說：「海灘上有個死人。他需要幫忙……地址？」

「黃金海十二號。」我說。

克雷斯特跟著說。「正確……我是誰？」他嚇得掛上電話。

這似乎暗示我們該離開了。

慘上加慘：葛利生．黑傑的一九七九年份福特平托車依然停在麥克林家前面。由於缺乏更好的選項，我被迫開著這輛車回到棕櫚泉。我還是覺得狀況很差，不過梅蒂亞敷在我胸口的魔法密封劑似乎正在進行修補，緩慢且疼痛，很像一群小惡魔拿著釘書機在我胸腔裡跑來跑去。

梅格坐在副駕駛座，車子裡滿是煙燻汗水、潮溼衣物和燃燒蘋果的氣味。克雷斯特與我的戰鬥烏克麗麗一起坐在後座，他又撥又彈，不過我還沒教他彈任何一個和弦。如我所料，對他的八指大手來說，烏克麗麗的指板實在太小了。他每次彈了錯誤的音符組合（每次彈都會出現），就對樂器嘶聲威嚇，彷彿這樣可以威脅它乖乖就範。

我茫然開著車。離開馬里布愈遠，我發現自己心裡愈是這樣想：「不。當然沒有發生那種事。今天從頭到尾一定是一場惡夢。我沒有眼睜睜看著傑生·葛瑞斯死掉。我沒有任憑派波·麥克林在沙灘上哭泣。我絕對不會讓那種事發生。我是好人啊！」

我不相信我自己。

我這種人，反而只配在大半夜開著一輛黃色平托車，身邊伴著一名性情乖戾、全身破爛的女孩，以及一名嘶聲威嚇、對烏克麗麗萬般著迷的潘達人。

我根本不確定我們爲什麼要回去棕櫚泉。那樣有什麼用呢？是啦，格羅佛和其他朋友盼著我們，但我們能夠提供的消息都很悲慘，外加一雙老舊的綁帶涼鞋。我們的目標位於洛杉磯市中心，那裡是烈焰迷宮的入口。爲了確保傑生沒有白白死掉，我們應該直接開車去那裡，找到女先知，把她從牢籠裡救出來。

唉，不過我這是在開什麼玩笑啊？我根本不成人形，什麼事都做不了。梅格也沒有好到哪裡去。我最大的願望只有一路開回棕櫚泉，沒有握著方向盤打瞌睡。接著，我可以蜷縮在「水池」底部，哭著入睡。

梅格把兩隻腳翹到儀表板上。她的眼鏡已經從中折斷，但她繼續戴著，乍看很像歪斜的飛行員風鏡。

「給她一點時間，」她對我說：「她很生氣。」

我一度以為梅格是以第三人稱的方式談起她自己。那正是我所需要的。然後我才意識到，她指的是派波．麥克林。梅格以她自己的方式嘗試安慰我。這一天令人驚駭的事物也太多，好像永遠不會結束。

「我知道。」我說。

「你企圖殺死你自己耶。」她指出。

「我……我以為那樣會……讓梅蒂亞分心。那是錯的。全都是我的錯。」

「沒啦。我懂。」

梅格．麥卡弗瑞原諒我了嗎？我拚命忍住不哭出來。

「傑生做了抉擇，」她說：「你也一樣。英雄必須隨時準備自我犧牲。」

我心裡很不安……不只因為梅格說了這麼長的句子。我不喜歡她對英雄氣概的定義。我向來認為，所謂的英雄就該站在遊行的花車上，對群眾揮手、拋擲糖果，沉浸於平民的阿諛奉承。可是自我犧牲？不。我要招募英雄時，傳單上不會用這種話當作一大亮點。

而且，梅格似乎稱我為「英雄」，把我和傑生．葛瑞斯放進同一個類別。那樣感覺很不對勁。我身為天神時，我的表現比身為英雄好太多了。我曾經對派波談起死亡的決定性，那是對的。傑生不會回來了。如果我在凡間這裡死去，同樣也不會得到死而復生的機會。面對這個概念，我絕對不會像傑生那麼冷靜。我曾經刺殺自己的胸口，只因為完全預期梅蒂亞會把我治好，唯有如此，她才能在一會兒之後把我活活剝開。在這方面，我是儒夫。

梅格摳著她掌心的硬繭。「你說得對。關於卡利古拉。尼祿。我為何那麼憤怒。」我瞥了一眼。她的臉因為專注而緊繃。她以一種奇特的超然態度說著那些皇帝的名字，彷彿正在檢視玻璃牆後面的致命病毒樣本。

「那麼，你現在覺得怎麼樣？」我問。

梅格聳聳肩。「一樣。不一樣。我不知道。你把一棵植物的根砍斷的時候？我的感覺就像那樣。很難熬。」

就我聽來，梅格的混亂評語很有道理，那對我的神智來說並不是好兆頭。我想起提洛斯島，我出生的島嶼，它以無根的狀態漂流在海上，直到我母親，麗托，在那裡安頓下來，生下我和我姊姊。

我很難想像自己出生之前的世界是什麼模樣，很難想像提洛斯島是個不斷漂泊的地方。由於我存在的關係，我的家園扎扎實實生了根。我從來不曾質疑自己是誰，或者我的父母親是誰，或者我從何而來。

梅格的提洛斯島從來不曾停止漂泊。她這麼憤怒，我能責怪她嗎？

「你的家族很古老，」我指出：「普列納烏斯的家系給了你值得驕傲的遺產。你父親在艾塞爾斯做著很重要的工作。血生女、銀妻……無論你種下的那些植物到底是什麼，它們都讓卡利古拉非常害怕。」

梅格的臉上有好多新的傷口，因此很難判斷她有沒有皺眉。「那麼，如果我不能讓那些種子順利生長呢？」

我沒有大膽提出答案。我搞砸了今晚，無法再處理更多的想法了。

克雷斯特從座位之間伸出頭來。「你現在可以教我彈C小調六和弦三全音嗎？」

我們在棕櫚泉並沒有一場歡樂大團圓。

光是根據我們的狀況，執勤的木精靈就看得出，我們帶來的是壞消息。這時是凌晨兩點，但溫室的全體成員都集合在水池邊，另外包括格羅佛、黑傑教練、蜜莉和小嬰兒查克。

木精靈約書亞樹一看到克雷斯特，立刻沉下臉。「你爲什麼把這個生物帶來我們這裡？」

「更重要的是，」格羅佛說：「派波和傑生在哪裡？」

他迎上我的目光，原本的沉著態度立刻像紙牌塔一樣轟然崩垮。「喔，不。不。」

我們向大家述說整個經過。其實應該是，由我說。梅格坐在水池邊，悲傷地凝視水面底下。克雷斯特爬進牆上的一個凹洞，耳朵像毯子一樣裹住全身；他還把我的烏克麗麗緊抱在懷裡，就像蜜莉抱著小嬰兒查克一樣。

我描述傑生的最後戰役時，聲音中斷了好多次。對我來說，他的死終於變得非常眞實。我放棄所有希望，再也不覺得會從這場惡夢醒過來了。

我以爲葛利生．黑傑會大抓狂，開始對每一件東西和每一個人猛揮他的球棒。但他像崔斯坦．麥克林一樣令我驚訝。羊男變得冷靜且沉著，語氣平穩得令人不安。

「我是那孩子的守護者，」他說：「我應該在那裡才對。」

格羅佛想要安慰他，但黑傑舉起一隻手。「不要。拜託不要。」他面對蜜莉。「派波會需要我們。」

雲精靈抹掉一滴眼淚。「對。當然。」

蘆薈扭著雙手。「我也該去？也許我幫得上忙。」她以懷疑的眼神看著我。「你有沒有在葛瑞斯那男孩身上試用蘆薈？」

「恐怕他眞的死了，」我說：「連蘆薈也無法發揮功效。」

她面露懷疑的神色，不過蜜莉捏捏她的肩膀。「蘆兒，這裡需要你。把阿波羅和梅格治好。葛利生，去拿尿布袋。我們在車子那裡會合。」

她懷中抱著小嬰兒查克，飄浮到空中，離開水池。

黑傑對我彈彈手指。「平托車的鑰匙。」

我扔出鑰匙。「拜託不要衝動行事。卡利古拉是……你不能……」

黑傑以冰冷的眼神阻止我說話。「我會好好照顧派波。那是我的優先事項。我會讓其他人去衝動行事。」

我聽出他語氣中的尖酸指控。這番話出自黑傑教練之口，感覺非常不公平，但我實在無心抗辯。

等到黑傑一家人離開，蘆薈趕忙照料我和梅格，在我們的傷口上面塗抹黏液。她對我胸口的紅色栓塞發出嘖嘖聲，然後用她頭髮的可愛綠色尖刺取而代之。

其他木精靈似乎很茫然，不知道該做什麼或說什麼。他們站在水池附近，一邊等待一邊思考。我想，他們身爲植物，對於長時間的沉默應該覺得很自在。

格羅佛．安德伍德重重癱坐在梅格旁邊，手指在他的牧笛孔洞上面動來動去。

「失去一名半神半人……」他搖搖頭。「對守護者來說，那是最糟糕的事。好幾年前，那時候我以爲失去了泰麗雅．葛瑞斯……」他自己住口，然後絕望的重擔讓他顯得好萎靡。

「喔，泰麗雅。等她聽到這消息……」

我本來以爲心情不會更差了，但想到這一點，感覺又有好幾片剃刀環繞在我胸口周圍。泰麗雅．葛瑞斯曾在印第安納波利斯救我一命。她戰鬥的時候有多凶狠，談起弟弟的時候就有多溫柔。我覺得自己應該負責把這個消息告訴她。另一方面，她聽到這消息時，我不希望與她身處於同一個州。

我看看身邊情緒低落的夥伴們。我想起女先知在夢中說的話：「對你來說，這似乎很不值得。我不確定這眞的是我自己。不過你一定要來。他們很悲痛，你一定要讓他們振作起來。」現在我懂了。我希望我不懂。我連自己都無法振作了，要怎麼讓整個水池旁邊渾身是刺的木精靈全部振作起來？

然而，我舉起從遊艇取得的那雙古老行軍靴。「至少我們有這雙鞋。傑生犧牲他的性命，讓我們有機會阻止卡利古拉的計畫。明天，我會穿上這雙鞋，進入烈焰迷宮。我會找到方法救出神諭，阻止赫利歐斯的烈焰。」

我想，這是相當棒的激勵演說，目的是恢復我朋友們的信心，也讓他們放心。我沒說的是，上述的每一件事，我根本不曉得該怎麼達成。

梨果仙人掌氣得尖刺直豎，她施展這招眞是超完美的。「你根本不成人形，什麼事都做不了吧。況且，卡利古拉一定知道你有什麼打算。這次他會等在那裡，一切準備就緒。」

「她說得對。」克雷斯特在他的凹洞裡面說。

木精靈對他皺起眉頭。

「他爲什麼還在那裡？」圓杜仙人掌質問道。

「音樂課。」我說。

我贏得好幾十雙困惑的眼神。

「說來話長，」我說：「不過在遊艇上，克雷斯特爲了我們甘冒生命危險。他救了梅格。我們可以信任他。」我看著那個年輕的潘達人，希望這番評估正確無誤。「克雷斯特，你有沒有什麼事可以告訴我們，也許有幫助？」

克雷斯特皺起他毛茸茸的白鼻子（完全沒有變可愛，也沒有讓我想要摟著他）。「你不能用市中心的主要入口。他們會等在那裡。」

「我們過了你這一關啊。」梅格說。

克雷斯特的巨大耳朵周圍變成粉紅色。「那不一樣啦，」他嘀咕說：「我叔叔懲罰過我了。那時候是午餐換班。從來沒有人在午餐換班的時候發動攻擊。」

他盯著我，活像我早該知道這件事。「他們現在會部署更多打手。還有陷阱。甚至連那匹馬都會在那裡。牠的移動速度可以非常快，只要一通電話就會趕到。」

我還記得英西塔土斯現身於「馬克羅的瘋狂軍用品店」的速度有多快，也記得牠在鞋之船上打鬥起來有多兇狠。我一點都不急著再度面對牠。

「有其他管道可以進去嗎？」我問：「我不知道的某種方法？比較不危險，方便靠近神諭房間的入口？」

克雷斯特把他的烏克麗麗（那是我的烏克麗麗吧）抱得更緊。「有一個。我知道。其他人不知道。」

格羅佛歪著頭。「我得說，聽起來有點太方便了一點。」

克雷斯特面露敵意。「我喜歡探險。沒有其他人喜歡。阿瑪斯叔叔……他老是說我太愛作白日夢。不過你探險的時候，就會發現一些事。」

我無法反駁。我自己探險時，不是也很喜歡找一些想要殺我的事物？我猜明天也是大同小異。

「你可以帶我們去那個祕密入口嗎？」我問。

克雷斯特點點頭。「那麼你就有機會。你可以溜進去，趁守衛發現你之前找到神諭。那麼你可以出來，幫我上音樂課。」

那些木精靈以茫然的表情盯著我，一副不想插手的樣子，彷彿想著：「喂，我們不能告訴你該怎麼死喔，那是你自己選的。」

「我們就這麼辦，」梅格幫我做決定。「格羅佛，你也參一咖？」

格羅佛嘆口氣。「當然好。不過呢，首先，你們兩個需要睡一覺。」

「還有治療。」蘆兒補上一句。

「還有墨西哥玉米捲餅？」我請求說：「當做早餐？」

就這一點，我們達成共識。

於是，有墨西哥玉米捲餅可以期待，加上穿越烈焰迷宮可能遇到的致命陷阱……我蜷縮在自己的睡袋裡，昏睡過去。

36

掛留四和弦
此乃你彈之和弦
接著突然間……

我醒來時，全身覆蓋著黏液，而且鼻孔裡有蘆薈尖刺。（又來了！）往好的一面想，我不再覺得肋骨裡充滿岩漿。我的胸口痊癒了，只有刺殺自己的地方留下一道皺皺的疤痕。我以前從來不曾有疤痕，希望我能把它視爲光榮的標誌。然而，現在每次低下頭看到疤痕，我都很怕回想起畢生最糟糕的一夜。

至少我睡得很沉，一夜無夢。蘆薈眞是好東西。

太陽在頭頂上方閃耀。水池邊空無一人，只剩下我和克雷斯特，他在凹洞裡打呼，緊緊抓著他的烏克麗麗泰迪熊。可能是好幾個小時前吧，有人在我的睡袋旁邊放了早餐，有一盤墨西哥玉米捲餅配上一杯「大男人」汽水。食物都涼了，只剩微溫，汽水裡的冰塊也早已融化。我不介意，狼吞虎嚥地又吃又喝。眞感激裡面包了辣莎莎醬，蓋掉我鼻腔裡的遊艇焚燒氣味。

等我把身上的黏液清除掉，在池邊梳洗乾淨，我穿上一套新的馬克羅迷彩裝……是「極地白」，因爲在莫哈未沙漠裡眞的有此需求。

我揹起箭筒和長弓，再把卡利古拉的鞋子固定在腰帶上。我考慮從克雷斯特的懷中拿起烏克麗麗，但終究決定暫時讓他留著，畢竟不希望有人咬掉我的雙手。

最後我爬出去，走進沉悶的棕櫚泉熱氣。

從太陽的角度看來，一定是大約下午三點。我很納悶梅格爲什麼讓我睡到這麼晚。我環顧整片山麓，沒有看到半個人。我一度覺得好內疚，想像著梅格和格羅佛一直無法叫醒我，已經自行去處理迷宮的事情。

「該死！」他們回來時我可以這樣說：「兩位，眞抱歉！我也完全準備好了！」

可是不對。卡利古拉的涼鞋掛在我的腰帶上，他們不可能沒帶這雙鞋就離開。他們也不可能忘了克雷斯特，畢竟他是唯一知道迷宮超級祕密入口的人。

我瞥見有個動靜一閃而過，有兩個人影在附近的溫室後面移動。我走過去，聽見熱切對話的聲音：是梅格和約書亞。

我不確定究竟該讓他們獨處，還是大步走過去喊道：「梅格，沒時間跟你的絲蘭男朋友談情說愛啦！」

接著，我發現他們正在談論氣候和生長季節。呃。我走過去看，發現他們正在研究一排七株幼苗，從岩石表面的土壤冒出新芽……剛好就是梅格昨天種下她那些種子的地方。

約書亞立刻察覺到我，這是很確切的徵兆，顯示我的極地迷彩裝完全發揮功效。

「嗯。他活著。」他的語氣沒有顯得特別興奮。「我們正在討論這些新生兒。」

每一株幼苗都長到大約一百公分高，植莖呈現白色，葉子是淡綠色的鑽石形，看起來太精緻了，不適合沙漠的高溫。

「那些是梣樹。」我目瞪口呆地說。

我很了解梣樹……嗯，總之，我對梣樹的了解遠超過大多數樹木。很久以前，我曾經號稱「阿波羅．墨利埃」，意思是「名爲阿波羅的梣樹」，因爲我擁有一片神聖樹林，位於……噢，那片樹林在哪裡？我以前有太多度假地了，沒辦法記得一清二楚。

我開始覺得頭暈目眩。「墨利埃」這個詞除了梣樹以外還有其他意義。它具有特別的重要性。即使種在完全不友善的氣候下，這些幼苗仍然散發力量和能量，連我都能感受到。它們經過一夜就長成健康的幼苗，眞想知道明天看起來會變成怎樣。

墨利埃……我在心裡把這個詞翻來覆去。卡利古拉是怎麼說的？血生女。銀妻。

梅格皺起眉頭。她今天看起來好多了；她換回原本的紅綠燈顏色服裝，而且竟然修補洗淨，眞是奇蹟。（我猜是木精靈的傑作，他們在織品方面很擅長。）她的貓眼眼鏡也用藍色電氣膠帶修補好，手臂和臉上的疤痕已經消褪成淡淡的白色線條，很像流星劃過天際的痕跡。

「我還是不懂，」她說：「梣樹不能生長在沙漠裡啊。我爸爲什麼會用梣樹做實驗？」

「墨利埃。」我說。

約書亞眼睛一亮。「我也是這樣想。」

「誰？」梅格問。

「我相信，」我說：「你父親做的事不只是研究一種吃苦耐勞的全新植物品種，而是嘗試要重新創造……或者應該說讓一種古代的木精靈『轉世重生』。」

到底是我自己的想像，還是那些幼苗沙沙作響？我好想往後退、逃之夭夭，但拚命忍住這樣的衝動。它們只是幼苗啊，我提醒自己。細緻、無害的幼小植物，沒有半點意圖想要謀殺我。

約書亞跪下。他穿著卡其色的狩獵服裝，配上蓬亂的灰綠色頭髮，看起來很像野生動物專家，正準備向電視節目觀眾介紹某種致命的毒蠍。然而他只是摸摸最近一棵幼苗的莖幹，然後很快地把手移開。

「到底是不是呢？」他沉吟說：「它們還沒有意識，不過我感受到的力量……」

梅格交叉手臂噘起嘴。「嗯，如果知道是重要的梣樹之類，我不會把它們種在這裡。又沒人告訴我。」

約書亞對她擠出一絲微笑。「梅格．麥卡弗瑞，如果這些真的是墨利埃，即使在這麼嚴苛的氣候下也能存活。它們是最早的木精靈，是烏拉諾斯遭到殺害後，他的鮮血滴落在蓋婭的土壤上所誕生的七姊妹。她們與三位復仇女神在同一個時代創造出來，力量也同樣強大。」

我嚇得發抖。我不喜歡復仇女神，她們長得很醜、脾氣很壞，而且對音樂的品味很差。

「血生女，」我說：「卡利古拉這樣叫她們。還有『銀妻』。」

「唔。」約書亞點點頭。「根據傳說，墨利埃與『白銀時代』[94]的人類結婚，生下『青銅時代』的種族。不過所有人都會犯錯。」

我仔細端詳那些幼苗，它們看起來不太像青銅時代人類的母親啊，也不像復仇女神。

「即使像麥卡弗瑞先生這樣技術精湛的植物學家，」我說：「即使有狄蜜特的賜福……這種力量強大的生物真的有可能轉世重生嗎？」

約書亞焦慮地搖晃身子。「誰知道？幾千年來，普列納烏斯的家族似乎一直追尋這個目標。沒有人更適合了。麥卡弗瑞先生讓種子達到完美的境界。他的女兒把它們種下。」

梅格臉紅了。「我不知道。都可以啦。感覺好怪。」

約書亞凝視著幼小的梣樹。「我們得要等待和觀察。不過想像一下七位原始的木精靈，擁有強大的力量，決心保護大自然，要把威脅大自然的人全部摧毀。」他身爲開花植物，此刻神情變得異常好戰。「卡利古拉想必看出這是很大的威脅。」

我無法辯駁。這是很強大的威脅，因此要把植物學家的房子焚燒殆盡，把他和他女兒直接送到尼祿的羽翼之下？可能吧。

約書亞站起來。「嗯，我得去休眠了。就算是我，白天這些時間的負擔也很大。我們會緊盯著這七位新朋友。祝你們任務順利！」

他爆開成一團絲蘭纖維。

梅格看起來很不高興，可能因爲我打擾了他們對於氣候區的談情說愛對話吧。

「梣樹，」她咕噥說：「而我把它們種在沙漠裡。」

「你種在它們需要存在的地方，」我說：「如果這些眞的是墨利埃……」我驚訝地搖搖頭，「它們回應了你，梅格。你把早已消失數千年的一種生命力帶回來，眞是令人驚嘆。」

她看看四周。「你在取笑我嗎？」

「不是，」我向她保證。「梅格．麥卡弗瑞，你是你母親的孩子。你還滿讓人刮目相看。」

「唔。」

我能理解她的懷疑心情。

---

94 在希臘神話中，人類劃分為五個時代，泰坦巨神克羅諾斯統治的時期為「黃金時代」，宙斯和奧林帕斯天神取代後稱為「白銀時代」，其他三段時期為「青銅時代」、「英雄時代」和「黑鐵時代」。

很少有人用「刮目相看」來描述狄蜜特。這位女神經常受到嘲笑，說她不夠有趣，或者力量不夠強大。就像植物一樣，狄蜜特做事很慢又安靜，她創造的東西往往要生長好幾個世紀。不過等到那些東西開花結果（有點遜的雙關語，抱歉），它們會很驚人。就像梅格·麥卡弗瑞一樣。

「去叫醒克雷斯特吧，」梅格對我說：「我們在山坡下的路邊碰面。格羅佛幫我們弄到一輛車。」

格羅佛在取得豪華車輛方面，幾乎與派波·麥克林一樣厲害。他幫我們找到一輛紅色的賓士運動休旅車，這種車我通常不會抱怨，只不過我和梅格從印第安納波利斯開車去特洛佛尼烏的洞穴時，也是開著完全相同的牌子和車型。

我實在很想告訴你，我不相信不好的預兆。不過呢，既然我是掌管預兆的天神……

至少格羅佛同意開車。風勢轉而吹向南方，莫朗哥谷充滿了野火焚燒的濃煙，塞車也比平常更嚴重。透過紅色的天空觀看午後的太陽，很像一隻邪惡的眼睛。

假如卡利古拉變成新的太陽神，我很怕太陽可能看起來永遠充滿敵意……但是不行，我不能那樣想。

如果卡利古拉將太陽戰車據爲己有，實在很難預料他會用哪些可怕的東西來裝飾他的新坐騎：音聲儲存器、底盤燈光、喇叭放送出〈低底盤車〉[95]的即興重複樂段……有些東西實在無法忍受。

我和克雷斯特一起坐在後座，盡全力教他基本的烏克麗麗和弦。儘管他的手很大，但學得很快，不過他對大和弦沒有耐心，想要學習更炫的和弦。

「再彈一次掛留四和弦[96]給我看，」他說：「我喜歡那個。」

他當然會喜歡最難解的和弦啦。

「我們應該幫你買一把比較大的吉他，」我又催促一次。「或甚至找魯特琴。」

「你彈烏克麗麗，」他說：「我要彈烏克麗麗。」

我爲什麼老是吸引這種頑固的同伴啊？是因爲我的個性迷人又隨和嗎？我不知道。

克雷斯特專心的時候，說來奇怪，他的表情讓我聯想到梅格的神情，那麼年輕的臉孔，依然那麼熱切和認眞，彷彿全世界的命運都寄託於某個和弦彈得正確、某包種子順利種下、把某袋腐臭的農產品扔到某個街頭無賴的臉上。

只因爲有這樣的相似度，我爲什麼應該喜歡克雷斯特？我也不知道，不過我猛然想起他從昨天開始失去了多少東西，包括他的工作、他的叔叔、幾乎整個人生，以及他跟著我們要冒多大的風險。

「我一直沒說我有多麼抱歉，」我鼓起勇氣說：「關於你叔叔阿瑪斯。」

克雷斯特好奇地看著烏克麗麗的指板。「你爲什麼要抱歉？我爲什麼要？」

「呃……這只是，你知道的，禮貌性的表達啊……你殺了某人親戚的時候。」

---

[95]〈低底盤車〉（Low Rider）是美國放克樂團「戰爭」（War）的歌曲。

[96] 掛留四和弦（suspended fourth chord）帶有不穩定感，像是懸掛在空中，常接續穩定的三音和弦。在此比喻危險的不穩定狀態，以及對於穩定未來的嚮往和憧憬。

「我一直都不喜歡他，」克雷斯特說：「我母親送我去找他，說他會讓我成爲眞正的潘達戰士。」他撥彈著和弦，但有個減七和弦彈錯了。他看起來對自己很滿意。「我不想當戰士。你做什麼工作？」

「那麼，我就該做那樣的工作。掌管音樂的天神。」

「呃，嗯，我是掌管音樂的天神。」

梅格往後面瞥了一眼，笑得好詭異。

我努力對克雷斯特擠出鼓勵的微笑，但希望他不會要求把我活活剝開、吸光我的本質。已經有一張候補名單等著對我那樣做了。「嗯，我們先把這些和弦彈得熟練些，好嗎？」

我們沿著洛杉磯的北邊開車，穿越聖伯納迪諾，再到帕沙第納。我發現自己凝視著山丘，那裡有我們造訪過的埃德頓學校。我心想，等到學校教職員發現傑生．葛瑞斯失蹤了，又發現學校的休旅車被強行徵用並棄置在聖巴巴拉的海邊，不知道會有什麼反應。我想起傑生書桌上的神殿山模型，還有等在他書架上的素描簿。我似乎活不了那麼久，不足以信守對他的承諾，把他的計畫安全帶到兩個營區。一想到讓他失望了，我心痛的程度遠比聽到克雷斯特試彈「降G小調六和弦」更悲慘。

最後，克雷斯特指示我們開上五號州際公路，往南開往城市。我們從水晶泉路的出口下了交流道，進入格里菲斯公園，途經曲折的道路、起伏的高爾夫球場，以及濃密的桉樹林。

「再往前一點，」克雷斯特說：「第二個右轉彎，爬上那座山丘。」

他指示我們開上一條碎石便道，這不是規畫要給賓士休旅車開的。

「在那上面。」克雷斯特指著樹林裡。「我們得要走路。」

格羅佛將車子停在一叢絲蘭旁邊，就我所知那是他的朋友。他查看步道口的狀況，那裡有塊小牌子寫著「洛杉磯舊動物園」。

「我知道這地方。」格羅佛的山羊鬍微微抖動。「我討厭這裡。爲什麼帶我們來這裡？」

「告訴過你了啊，」克雷斯特說：「迷宮的入口。」

「可是……」格羅佛忍住不說，顯然權衡著自己天生對於把動物養在籠子裡的反感，以及想要摧毀烈焰迷宮的渴望。「好吧。」

不管從哪個角度看，梅格都算是很高興。她猛吸著洛杉磯所欠缺的新鮮空氣，我們走進步道時，她甚至試著翻了幾次筋斗。

我們爬到山脊頂上。動物園的廢墟在我們下方向外延伸，包括雜草叢生的人行道、碎裂剝落的水泥牆、生鏽的獸籠，以及裡面塞滿垃圾的人造洞穴。

格羅佛反手抱住自己，儘管炎熱卻全身發抖。「人類在數十年前拋棄這個地方，那時候他們建了新的動物園。以前關在這裡的動物，我還能夠感受到牠們的情緒……牠們的悲傷。好可怕。」

「下面這裡！」克雷斯特伸展耳朵，飛到廢墟上方，降落在一個深邃洞穴裡。

我們其他人的耳朵不具備飛行價值，必須找到路爬下去，穿越一團雜亂的地帶。最後我們與克雷斯特會合，那裡是一個骯髒水泥碗的底部，堆滿了乾燥葉子和垃圾。

「熊住的洞穴？」格羅佛變得臉色蒼白。「呃。可憐的熊。」

克雷斯特舉起兩隻八指大手，推動籠舍的後側牆壁。他皺起眉頭。「不對啊。應該就在這裡。」

我的士氣向下沉到新低點。「你是說，你的祕密入口不見了？」

克雷斯特氣呼呼，顯得很挫折。「我不該對『尖叫小子』提起這個地方。阿瑪斯一定聽到我們說話，不知道用什麼方法封住了。」

我好想指出，把你的祕密跟某個名叫「尖叫小子」的人分享，絕對不是好主意，但克雷斯特的心情看起來已經夠差了。

「現在怎麼辦？」梅格問：「用市中心的出口？」

「太危險了，」克雷斯特說：「這個一定有方法可以打開！」

格羅佛整個人焦躁不安，我都懷疑他的褲子裡是不是有松鼠。他一副非常想放棄的樣子，想要盡可能快步逃出這個動物園。然而，他嘆口氣。「預言是怎麼說你的偶蹄嚮導？」

「你單獨引領確知方向，」我回想著說：「不過你已經達成目標，帶我們去棕櫚泉。」

格羅佛一副不情願的樣子，拿出他的牧笛。「我猜，我還沒完成任務。」

「吹奏一首打開的歌？」我問：「就像黑傑在馬克羅的店裡用的方法？」

格羅佛點頭。「我有好一陣子沒試這招了。上一次，我在紐約的中央公園打開一條路，通入冥界。」

「拜託，只要把我們弄進迷宮就好，」我勸他。「不要去冥界。」

他舉起牧笛，以顫音吹奏「匆促樂團」的歌曲〈湯姆．索亞〉97。克雷斯特看得好入迷，梅格別摀住耳朵。

水泥牆搖晃起來，從正中央往下裂開，露出一道粗糙陡峭的階梯，往下通入黑暗中。

「也太棒，」格羅佛嘀咕說：「我討厭地底下的程度，差不多就像討厭動物園一樣。」

梅格召喚出她的雙刀，邁開大步走進去。深呼吸一口氣後，格羅佛也跟上。

我轉向克雷斯特。「你要跟我們一起來嗎？」

他搖搖頭。「我對你說過，我不是戰士。我會守著出口，練習我的和弦。」

「不過我可能需要烏克……」

「我會練習我的和弦。」他堅持說，然後開始彈奏一個掛留四和弦。

我跟著朋友走進黑暗深處，那個和弦依然在我背後響起，完全就是一場充滿戲劇張力、令人毛骨悚然的大戰之前，你預期會聽到的緊張背景音樂。

有時候我眞的超討厭掛留四和弦。

97〈湯姆・索亞〉（Tom Sawyer）是加拿大搖滾樂團「匆促」（Rush）的代表作之一。

37

想玩遊戲嗎？很簡單。你猜猜看然後你燒死

迷宮的這部分沒有電梯、遊蕩的公務員，也沒有任何路牌提醒我們轉彎之前要按喇叭。

我們到達階梯底部，發現地板上有個垂直的豎井。

格羅佛呢，身為一半的山羊，毫無困難便往下爬。等他往上喊說沒有怪物，也沒有掉落的大熊等著我們，梅格便種了厚厚一層紫藤沿著深坑側邊往下生長，讓我們有一些地方可以抓握，聞起來也很愉悅。

我們掉進一個正方形的小房間，有四條地道向外延伸，每一面牆壁各有一條。空氣既炎熱又乾燥，簡直像是赫利歐斯的烈焰最近才剛掃過。我的皮膚冒出斗大的汗珠。在我的箭筒裡，箭桿發出劈啪聲，羽毛也嘶嘶作響。

格羅佛一臉可憐相，望著上方滲透下來的些微陽光。

「我們一定會回去上面世界。」我向他保證。

「我只是在想，派波不知道有沒有接收到我的訊息。」

梅格透過纏著藍色膠帶的眼鏡看著他。「什麼訊息？」

「我去找賓士車時遇到一位雲精靈，」他說著，彷彿去借車時偶然碰到雲精靈是稀鬆平常

的事。「我請她帶個訊息給蜜莉，告訴她我們在忙什麼。這是假設，你也知道，雲精靈可以安全傳達訊息。」
我考慮了一會兒，心想格羅佛為什麼沒有早點提起。「你希望派波會來這裡和我們會合？」
「不算是……」他的表情述說著「對啦，眾神，求求你們，我們用得上幫手」。「我只是想說，她應該知道我們在幹嘛，以免……」他的神情述說著「以免我們在火焰裡燒掉，再也沒人聽說我們的下落」。
我不喜歡格羅佛的表情。
「該用鞋子了。」梅格說。
我意識到她看著我。「怎樣？」
「鞋子啊。」她指著掛在我腰帶上的綁帶涼鞋。
「啊，對喔。」我把鞋子從腰帶取下。「我想，呃，你們兩個不會想要試穿看看吧？」
「才沒有。」梅格說。
格羅佛打了個寒顫。「施了魔法的鞋子啊，我有過很不好的經驗。」
要穿上邪惡皇帝的涼鞋，我一點都不興奮激動。我很怕它們會把我變成超級渴望力量的瘋子，而且這雙鞋和我的極地迷彩裝很不搭。然而，我還是坐在地上，綁好鞋帶。我不禁心想，如果羅馬帝國那時候就有魔鬼氈，他們征服的世界版圖一定更加廣大。
我站起來，試著走幾步。涼鞋刺進我的腳踝，側邊也用力夾緊。往好的一面想，我沒有覺得比平常更反社會化。希望我沒有感染了「卡利古拉炎」。
「好了，」我說：「鞋子，帶我們去找歐律斯拉俄亞女先知！」

鞋子毫無動靜。我朝一個方向用力伸出腳趾，然後伸往另一個方向，心想它們是不是需要踹一下才會啓動。我查看鞋底是否有按鈕或電池槽。什麼都沒有。

「我們現在怎麼辦？」我沒有特別問誰。

房間浮現微弱的金光而亮起來，彷彿有人轉動調光器的開關。

「兩位。」格羅佛指著我們腳邊。在粗糙的水泥地板上，有個一點五公尺的正方形顯露出淡淡的金色輪廓。如果那是個活板門，我們全都會直直掉進去。同樣的正方形一個個相連，延伸到每一條走廊裡，很像棋盤遊戲的一個個格子。所有路徑都沒有一樣長，有一條只往走道裡延伸了三格，另一條也有五格的長度，有一條是七格，第四條是六格。

我右手邊的牆上出現一排發亮的金色銘文，以古希臘文字顯示：「屠殺匹松之人，坐擁黃金七弦琴，配備駭人之箭。」

「到底怎樣？」梅格問：「那個怎麼說？」

「你不會讀古希臘文？」我問。

「你也不會區分草莓和山藥啊，」她反駁說：「那個說什麼？」

我翻譯給她聽。

格羅佛摸摸他的山羊鬍。「聽起來很像是說阿波羅。我是指，你啦。你以前……很厲害的時候。」

我嚥下傷心的感覺。「答案當然是阿波羅。我是說，我啦。」

「所以，迷宮像是……歡迎你嗎？」梅格問。

這樣應該很好吧。我一直希望自己在奧林帕斯的宮殿有個「聲控虛擬助理」，但赫菲斯托斯還沒辦法把那種技術弄得相當好。他試過一次，把助理命名爲「艾莉莎 siri 星際電話」。她非常吹毛求疵，要求一定要唸對她的名字；同時，她有個習慣超煩的，老是聽不懂我的要求是什麼。我會說：「艾莉莎 siri 星際電話，派一支瘟疫箭去摧毀科林斯。」而她會回答：「我想你說的是：『派之運將會客室。』」

我想，烈焰迷宮這裡不會內建一個虛擬助理。如果眞的有，可能也只會問我，希望別人用什麼溫度烹煮我。

「這是個字謎，」我終於說：「就像離合詩或填字遊戲。女先知想要導引我們去找她。」

梅格看著一條條走廊皺起眉頭。「如果她想要幫忙，爲什麼不乾脆弄得簡單一點，幫我們指出單一方向就好？」

「希蘿菲爾的運作方式就是這樣，」我說：「這是她可以幫我們的唯一方法。我相信，我們必須，呃，在正確數目的格子裡填入正確答案。」

格羅佛搔搔頭。「誰會有巨大的黃金筆啊？眞希望波西在這裡。」

「我覺得不需要，」我說：「我們只需要走在正確的方向上，拼出我的名字。Apollo，六個字母。這些走道只有一條是六格。」

「你有沒有把我們站的這一格算進去？」梅格問。

「呃，沒有，」我說：「那就假設這一格是起始格。」不過，她的問題害我開始質疑自己。

「萬一答案是萊斯特呢？」她說：「Lester，那也是六格啊。」

這個想法讓我的喉嚨好痛。「拜託，不要再問這種好問題了，可以嗎？我也想要全部搞清楚啊！」

「或者，萬一要用希臘文回答呢？」格羅佛補上一句。「題目是用希臘文呈現。如果是那樣，你的名字是幾格？」

又來一個超煩的合理重點。我的名字用希臘文來寫是「Απολλων」。

「那樣會是七格，」我坦承說：「即使翻譯成英文也一樣，Apollon。」

「要不要問多多納之箭？」格羅佛提議。

我胸口的疤痕刺痛起來，很像故障的電源插座。「那樣可能違反規則。」

梅格哼了一聲。「你只是不想跟那支箭講話吧。爲什麼不試試看？」

如果我繼續堅持，我想她會用命令句再說一次，於是我拔出多多納之箭。

「滾開，無賴！」它嗡嗡警告說：「汝絕不能再來一次，將吾刺入汝之噁心胸口！亦不能刺入敵人之眼！」

「放輕鬆，」我對它說：「我只是想要一點建議。」

「那麼汝說即是，但吾警告汝……」它突然完全靜止不動。「然而說眞格的。吾眼前所見乃塡字遊戲？誠然，吾熱愛塡字遊戲。」

「喔，好玩。喔，開心。」我轉身看著我的朋友。「這支箭熱愛塡字遊戲。」

我向那支箭解釋我們的尷尬處境，它堅持要更近一點細看地上的方格和牆上書寫的提示。更近一點細看……用什麼眼睛看啊？我實在搞不懂。

那支箭嗡嗡作響深思一會兒。「吾認爲，最佳答案將是普通英文。最佳之名乃汝於今日最爲人熟知之名。」

「他所言……」我嘆口氣。「他說答案會是英文。我希望他指的是現代英文，而不是他說的那種怪裡怪氣的莎士比亞式暗語。」

「那才不怪裡怪氣！」那支箭抗議說。

「因爲我們沒有那麼多格可以拼出『*Apollonius beest thy answereth*』（阿波羅乃汝之最佳答案）啦。」

「喔，哈哈。此俏皮話與汝之肌肉一樣弱。」

「感謝來玩。」我把箭收起來。「那麼，朋友們，六個字的地道。Apollo。可以嗎？」

「萬一我們選錯了呢？」格羅佛問。

「嗯，」我說：「或許魔法涼鞋會幫忙。也說不定涼鞋只是讓我們一開始先玩這個遊戲，如果沒有走上正確的道路，即使女先知努力幫忙，我們也會自己迎向迷宮的暴怒……」

「然後我們燒死。」梅格說。

「我很愛玩遊戲，」格羅佛說：「帶路吧。」

「答案是『Apollo』！」我鄭重聲明。

我才剛踏向下一格，腳邊就出現一個大大的「A」。

我把這視爲好兆頭。我再踏出一步，「P」出現了。我的兩位朋友緊跟在後。

最後我們走出第六格，進入一個小房間，與上一間完全相同。回頭望去，「APOLLO」這整個字在我們後面迸發出強烈的光芒，而我們面前又有三條地道，包括左邊、右邊和前面，各自延伸一排金光閃閃的格子。

「有另一個提示。」梅格指向牆壁。「這一個爲什麼寫英文？」

「我不知道，」我說。接著我大聲讀出發亮的文字：「新入口的傳令員，悄悄流逝之年的開啓者，傑納斯[98]，雙重之。」

「喔，那個傢伙。掌管門戶的羅馬天神。」格羅佛不禁顫抖。「我見過他一次。」他環顧四周，顯得疑神疑鬼。「我希望他不會突然蹦出來。他會很愛這個地方。」

梅格的手指撫摸那幾行金色字句。「有點簡單，對吧?他的名字就在提示裡面。五個字母，J-A-N-U-S，所以會是那個方向。」她指著右邊走道，只有那裡是五個格子。

我盯著提示，然後看看格子。我開始有不安的感覺，比炎熱更難受，但我不確定原因是什麼。

「『傑納斯』不是答案，」我終於說：「這個狀況不只是塡空問題，你們不覺得嗎？『雙重之傑納斯』是什麼意思？」

「臉，」格羅佛說：「他有兩張臉，兩張臉我都不需要再見到。」

我朗聲對空蕩蕩的走道說：「正確答案是『faces』（臉、面對）！」

我沒有得到回應，但我們往右手邊的走道前進時，「FACES」這些字出現了。好險，我們沒有遭到泰坦巨神的烈焰活活烤熟。

在下一個房間裡，新的走道再度通往三個方向。這一次，牆上發亮的提示又是古希臘文。

我讀著那些字，一陣寒慄傳遍我全身。「我知道這個！這來自巴庫利德斯[99]的一首詩！」

我翻譯給兩位朋友聽。「但最崇高的天神，因他的閃電而偉大，他派遣希普諾斯和他的雙胞胎兄弟，從覆雪的奧林帕斯山前去尋找無畏的戰士薩爾珀冬[100]。」

梅格和格羅佛茫然地盯著我看。說眞的，只因爲穿著卡利古拉的鞋子，我就得做每一件事嗎？

「這一行有個地方改動過，」我說：「我記得那個場景。薩爾珀冬死了。宙斯把他的遺體從戰場上帶走。不過這裡的用語……」

「希普諾斯是掌管睡眠的天神，」格羅佛說：「那間小屋做出最棒的牛奶和餅乾。不過誰是他的雙胞胎兄弟？」

我的心發出登愣一聲。「就是那裡不一樣。眞正的詩句不是用『他的雙胞胎兄弟』，而是雙胞胎兄弟的名字：桑納托斯[101]，字意是『死神』。」

我看著三條地道，全都沒有八個格子可以塡入「Thanatos」。一條是十格，一條是四格，另一條有五格，剛好可以容納「DEATH」（死亡）。

「喔，不……」我倚著最近的牆壁，感覺好像有一根蘆薈的黏刺沿著我的背部往下滑溜。

「你幹嘛一副很害怕的樣子？」梅格問。「到目前爲止你表現得很好啊。」

「梅格，因爲，」我說：「這不只是解答一些隨機出現的謎題。我們是把字謎形式的預言拼組起來，而到目前爲止，它說的是『阿波羅面對死亡』。」

---

[98] 傑納斯（Janus），負責守護天國之門的雙面神。具有兩張臉，一面看過去，一面看未來，並掌管事物的開始和結束。英文的一月（January）名稱即源自於此。

[99] 巴庫利德斯（Bacchylides，約 518-451B.C.），古希臘抒情詩人。

[100] 薩爾珀冬（Sarpedon），宙斯之子。特洛伊戰爭中，他帶領特洛伊抵抗希臘軍隊，最後遭希臘戰士帕特羅克洛斯（Patroclus）殺死。

[101] 桑納托斯（Thanatos），希臘神話中掌管死亡之神，是地獄之神黑帝斯的助手。

38

我歌頌自己！但阿波羅比較酷更酷，超級酷

我討厭說對事情。

我們到達走道末端時，「DEATH」這個字在背後地板上灼熱發光。我們發現自己置身於較大的圓形房間內，面前有五條新的地道分支出去，很像一隻巨大機器手的拇指和四根手指。

我等待新的提示出現在牆壁上。無論是哪一種提示，我超希望答案是「不盡然」。也說不定是：「而且容易戰勝！」

「為何什麼事都沒發生？」格羅佛問。

梅格歪著頭。「你們聽。」

血液在我耳朵裡轟隆作響，但最後我聽見梅格說話的聲音了：遙遠的痛苦哭聲，低沉且粗嘎，比較像野獸而非人類，伴隨著悶悶的火焰劈啪聲，彷彿是……噢，眾神哪。簡直像某人或某種事物曾受到泰坦巨神高熱的熾燒，此刻垂死躺著，慢慢死去。

「像是怪物的聲音，」格羅佛終於說：「我們該幫牠嗎？」

「怎麼幫？」梅格問。

她說得有道理。聲音迴盪又擴散，即使我們決定自由選擇路徑、不回答謎題，我也無法

判斷聲音是從哪一條地道傳來。

「我們得繼續前進，」我下定決心說：「我想，梅蒂亞派了一些怪物看守下面這裡，那一定是牠們其中之一。我想，她不會太在意那些怪物偶爾遭到烈火吞噬。」

格羅佛瞇起眼睛。「好像不太對，任憑牠受苦。」

「而且，」梅格補充說：「萬一有哪隻怪物觸發了閃焰，往我們這邊燒過來呢？」

我凝視我的年輕主人。「你今天真是暗黑問題大噴發耶。我們要有信心。」

「對女先知？」她問：「對那雙邪惡的鞋子？」

我沒有答案可以告訴她。幸好遲來的下一個提示救了我，那是用拉丁文呈現的三行金色文字。

「喔，拉丁文！」格羅佛說：「等一下，我看得懂。」他對那些字謎起眼睛，接著嘆氣。

「不行，看不懂。」

「真的嗎，希臘文或拉丁文都不行？」我說：「他們在羊男學校都教你們學什麼啊？」

「主要是，你也知道，重要的事情啊。像植物。」

「多謝你喔。」梅格喃喃地說。

我幫兩位比較沒受教育的朋友翻譯提示：

「此刻我必須述說國王之潰逃。

統治羅馬人民的最後一任

乃是不公義但武力強盛之人。」

我點頭。「我相信這段文字出自奧維德[102]。」

兩位夥伴看起來不太有印象的樣子。

「所以答案是什麼？」梅格問：「最後的羅馬皇帝？」

「不，不是皇帝，」我說：「在羅馬的最早期，那個城市是由國王統治。最後一位，第七任，遭到推翻，然後羅馬變成共和政體。」

我嘗試讓思緒投注於羅馬的王政時代。那整個時期對我來說有點模糊，當時我們天神仍然以希臘為基礎，羅馬有點像是落後封閉的地方。不過最後一位國王……他喚回一些不好的記憶。

梅格打斷我的遐想。「什麼是『強盛』？」

「意思是力量很強大。」我說。

「聽起來不太像。如果有人說我『強盛』，我會打他。」

「不過老實說，你的武器很強盛啊。」

她打我。

「哎喲。」

「兩位，」格羅佛說：「最後一位羅馬國王的名字是什麼？」

我想了想。「塔……唔。我剛剛想起來，現在又忘了。塔……什麼的。」

「塔可餅？」格羅佛滿懷希望地說。

「羅馬國王為什麼會叫『塔可餅』啊？」

「我不知道啦。」格羅佛搓搓肚子。「因為我餓了嗎？」

可惡的羊男。現在我滿腦子都是塔可餅了。接著，答案突然又回來找我。「塔克文！或者原本的拉丁文名字是『塔克文尼斯』。」

「嗯，哪一個才對呢？」梅格問。

我觀察那些走道。左邊最遠的地道，像拇指那條，有十個格子，足夠容納「Tarquinius」（塔克文尼斯）。正中央的地道有七格，足以放進「Tarquin」（塔克文）。

「是那一條。」我終於說，指著正中央的地道。

「你怎麼能確定？」格羅佛問：「因爲那支箭告訴我們答案是英文嗎？」

「那是原因之一，」我坦承說：「也因爲這些地道看起來很像五根手指。迷宮給我一根中指，感覺很合理。」我提高音量。「那樣不對嗎？答案是不是『Tarquin』，中指？迷宮，我也愛你喔。」

我們走向那條路徑，「TARQUIN」這個名字在我們背後閃耀金光。

走道開展成一個正方形房間，是我們迄今所見最大的空間。牆壁和地板都鋪著褪色的羅馬式馬賽克磁磚，看起來原本就是這樣鋪設，雖然我相當確定羅馬人從來不曾殖民洛杉磯大都會地區的任何一部分。

空氣感覺更加溫暖又乾燥。地板非常燙，我可以透過涼鞋的鞋底感受到。這房間有一件事很正面：它只提供三條新的地道給我們選擇，而不是五條。

---

102 奧維德（Ovid，約 43B.C.-17A.D.），古羅馬時代重要詩人，最著名作品是《變形記》（*Metamorphoseon libri*）。

格羅佛嗅聞空氣。「我不喜歡這個房間，好像聞到什麼……怪物之類的。」

梅格握緊她的兩把鐮刀。「從哪個方向來？」

「呃……全部都有吧？」

「喔，你們看，」我說著，想要聽起來高興一點，「另一個提示。」

我們走向最近的馬賽克牆壁，那裡有兩行金色的英文字在磁磚上閃閃發亮：

草葉，屍體之草葉，生長在我之上，死亡之上，

多年生之根，高處之葉……噢讓你冬天不致凍寒，纖細之葉

我的腦子也許還困在拉丁文和希臘文裡，因爲我完全看不懂這兩行字的意思，即使是以白話英文寫成。

「我喜歡這一段，」梅格說：「談到葉子。」

「對，很多葉子，」我附和說：「不過沒意義。」

格羅佛笑起來。「沒意義？你不認得？」

「呃，我應該認得嗎？」

「你是掌管詩歌的天神耶！」

我覺得自己的臉開始發燙。「我『以前』是掌管詩歌的天神，這不表示我是每一句隱晦詩詞的活動百科全書啊……」

「隱晦？」格羅佛的尖銳聲音迴盪在一條條走道內，令人緊張不安。「那是華特．惠特曼

啊！出自《草葉集》[103]！我不記得確切出自哪一首詩，不過……」

「你讀詩？」梅格問。

格羅佛舔舔嘴唇。「你知道的啊……主要是與大自然有關的詩。惠特曼，以人類來說，對樹木有些很美的描述。」

「還有葉子，」梅格指出：「以及根。」

「完全正確。」

我想要對他們發表演說，指出世人高估了華特．惠特曼。那個人總是歌頌自己，而不是歌頌其他人，舉例來說，像是我。不過，我決定等一下再發表這番評論。

「那麼你知道答案嗎？」我問格羅佛。「這是個填空題？多重選擇題？或者是非題？」

格羅佛仔細研究那幾行字。「我想……是啊。一開始少了幾個字。應該是『墳墓之草葉，屍體之草葉，』等等之類。」

「墳墓之草葉？」梅格問。「那樣說不通啊。不過屍體之草葉也是一樣。除非他說的是木精靈。」

「這是一種比喻的意象，」我說：「很明顯，他描述的是死者所在的地方，野草蔓生……」

「哦，這下子你又是華特．惠特曼的專家囉。」格羅佛說。

「羊男，不要挑戰我。等我又變成天神……」

---

[103]《草葉集》（*Leaves of Grass*）是美國詩人華特．惠特曼（Walt Whitman, 1819-1892）的代表作，這首詩出自〈我胸口的芳草〉（Scented herbage of my breast）。惠特曼的詩作對愛情有大膽的描述。

「你們兩個，閉嘴，」梅格命令說：「阿波羅，說出答案。」

「好。」我嘆口氣。「迷宮，答案是『tomb』（墳墓）。」

我們再度成功沿著中指前進……我是說，中間走道啦。「TOMB」這個字在我們背後的四個格子裡灼熱發光。

到最後，我們抵達一個圓形房間，比先前的房間更大也更華麗。整個圓頂狀的天花板是一整幅黃道十二宮，以藍底銀點的馬賽克磁磚拼貼而成。六條新的地道向外輻射出去。地板正中央豎立了一座古老噴泉，可惜是乾的。（可以喝口水就太感激了。詮釋詩文和解答謎題實在很容易口渴。）

「房間愈來愈大了，」格羅佛指出：「而且更精緻。」

「也許這是好事，」我說：「可能表示我們愈來愈接近了。」

梅格盯著黃道十二宮圖像。「你確定我們沒有走錯路？到現在爲止，預言根本看不出個所以然。『阿波羅面對死亡塔克文墳墓。』」

「你得假設一些短字穿插進去，」我說：「我相信這個訊息是『阿波羅在塔克文的墳墓面對死亡』。」我用力吸口氣。「其實我不喜歡這個訊息。也許我們要添加的短字是『阿波羅沒有面對死亡；塔克文的墳墓……』等等之類的。也許接下來的字是『頒給他超棒的大獎』。」

「嗯哼。」梅格指著中央噴泉的邊緣，那裡出現下一個提示。三行英文字寫著：

以阿波羅逝去的愛人為名，這種花應於秋天種下。

將球莖置於土壤內，尖端朝上。覆蓋泥土

而徹底澆水……你要移植。

我忍住嗚咽聲。

首先，迷宮強迫我讀華特．惠特曼。現在又嘲笑我的過往情事。提起我的已逝愛人，雅辛托斯，以及他的悲劇之死，把他簡化成三兩句神諭的瑣事……不。這樣太過分了。

我在噴泉邊緣坐下，雙手摀住臉。

「到底怎麼了？」格羅佛緊張地問。

梅格回答：「那幾行字講的是他的前男友。風信子。」

「雅辛托斯啦。」我更正說。

我猛然站起，內心的悲傷轉爲憤怒。兩位朋友連忙躲開。我想我看起來一定像瘋子，心裡的感覺也正是如此。

「希蘿菲爾！」我對著黑暗大喊：「我以爲我們是朋友！」

「呃，阿波羅？」梅格說：「我覺得她不是故意要嘲笑你。而且，答案與那種花有關，風信子。我相當確定，這幾行字出自美國的《農民曆》。」

「如果出自電話簿，我也不在乎！」我狂吼。「眞是夠了。『風信子』！」我對著走廊大吼。「答案是『HYACINTH』！你高興了嗎？」

梅格大喊：「不！」

回顧當時，她眞該大喊：「阿波羅，停下來！」那麼我就沒有選擇的餘地，只能遵守她的命令。因此，接下來發生的事情全是梅格的錯。

我大步走向唯一有八個格子的走道。

格羅佛和梅格跟在我後面跑，但是等他們趕上我時，一切都太遲了。

我回頭看，預期會看到「HYACINTH」在地板上拼出來。然而只有六個格子亮起來，而且閃耀著改錯字的紅筆顏色：

U N L E S S

（除非）

在我們腳底下，地道的地板消失了，我們墜入了烈焰深坑。

39

尊貴的犧牲
我會為你擋烈焰
哇，我是好人

換成不同的情況，我看到那個「除非」會有多高興啊。

阿波羅在塔克文的墳墓面對死亡，除非……

喔，開心的連接詞！那表示眞的有方法避開可能的死亡，我會盡全力避開可能的死亡。

慘的是，墜入火坑把我剛剛發現的希望給弄熄了。

在半空中，還沒搞清楚到底發生什麼事之前，我突然身體一斜、停止墜落，箭筒的背帶勒緊我的胸口，左腳也幾乎要脫離腳踝斷裂開來。

我發現自己懸垂在深坑的側壁上。大約六公尺下方，豎井通往一池火焰。梅格死命抓住我的腳。而在我上方，格羅佛用一隻手抓住我的箭筒，另一隻手緊抓一塊小小的岩架。他踢掉腳上的鞋子，拚命想用他的羊蹄在側壁找到踏腳點。

「勇敢的羊男，太棒了！」我大叫：「把我們拉上去！」

格羅佛眼睛暴凸，滿臉滴著汗水。他發出嗚咽聲，似乎顯示他沒有力氣把我們三人都拉出深坑。

如果我活下來且再次成爲天神，我一定要去找「偶蹄長老會議」談談，請他們爲羊男學校增加更多的體育課。

我扒抓牆壁，希望能找到方便的欄杆或緊急出口。什麼都沒有。

梅格在我的下方大喊著：「阿波羅，眞的嗎？『除非』你要移植風信子，才會幫它們徹底澆水？」

「那種事我怎麼會知道？」我抗議說。

「風信子是你創造的耶！」

呃。這是凡人的邏輯。只因爲有位天神創造了某種事物，不表示他就很了解啊。否則普羅米修斯[104]應該對人類瞭若指掌才對，而我向你保證，他並不了解。我創造了風信子，所以我應該要知道怎麼種植和澆水？

「救命！」格羅佛以短促的尖銳聲音說。

他的羊蹄在細小的縫隙上滑動，手指顫抖，手臂搖晃，彷彿他正額外撐住兩個人的體重……這個嘛，嗯，他還眞的是這樣。

下方的高熱實在讓人很難思考。如果你曾經站在烤肉的炭火附近，或者你的臉曾經很貼近打開的烤箱，只要想像把那種感覺增加一千倍就行了。我的眼睛快乾掉了，嘴巴也好乾。這種灼熱的空氣再呼吸幾次，我有可能失去意識。

下方的火焰似乎橫掃過一片石頭地板。墜落本身可能不會致命。要是有方法可以關掉火焰就好了……

我突然萌生一種想法，非常爛的想法，我不禁責怪自己快要沸騰的腦袋。那些火焰是由赫利歐斯的本質提供燃料。如果他的意識還留下很少的一部分……那麼理論上，我就有可能與他溝通。也許呢，只要我直接碰觸火焰，就能說服他相信我們不是敵人，應該讓我們活著。痛苦燒死之前，我可能有極其奢侈的三奈秒[105]時間可以達成目標。更何況如果我掉下去，我的朋友就有機會爬出去。畢竟，我是三人之中體重最重的，這身鬆垮肌肉多虧了宙斯的殘酷詛咒。

可怕的想法，超可怕的。要不是想起傑生．葛瑞斯，以及他為了救我而採取的行動，我絕不可能鼓起勇氣嘗試看看。

「梅格，」我說：「你可以自己抓著牆壁嗎？」

「我看起來像蜘蛛人嗎？」她吼回來。

有極少數的人能像蜘蛛人一樣攀附得那麼緊。梅格顯然不是其中之一。

「用你的雙刀啊！」我大叫。

她只用一隻手抓著我的腳踝，另一隻手召喚出鐮刀，刺向牆壁……一次，兩次。由於刀刃是彎的，要刺進去並不容易。然而砍到第三次時，刀尖深陷到岩石裡。她抓住刀柄，放開我的腳踝，只用一把刀就讓自己支撐在火焰上方。「然後呢？」

「留在那裡不要動！」

「我辦得到！」

---

[104] 普羅米修斯（Prometheus），泰坦巨神之一。他瞞著宙斯將火送給人類，幫助人類開啟文明，也因此觸怒了宙斯。宙斯將他囚禁在山上，後來是海克力士與奇戎救了他。

[105] 一奈秒是十億分之一秒。

「格羅佛！」我往上方大喊：「你可以放開我了，但是別擔心，我有個……」

格羅佛放開我。

你對守護者說，好，可以把你扔進火裡了，老實說，什麼樣的守護者會二話不說就把你扔進火裡？我預期會有一場冗長的辯論，而我會向他保證，我有個計畫可以救自己和救他們。我預期格羅佛和梅格會嚴正抗議（嗯，也許梅格不會），說我不該爲了他們而犧牲自己，說我不可能在烈焰裡存活下來，等等之類的。但是，沒有，他連想都沒想就把我扔了。

至少，這樣讓我沒時間反悔。

我不能以各種質疑折磨自己，像是：「萬一這樣行不通怎麼辦？太陽烈焰以前是我的第二天性，萬一現在我無法在其中存活下來該怎麼辦？我們正在拼湊的這段美好預言，關於我會死在塔克文墳墓裡的預言，萬一其實表示我會在今天死掉，死在這個可怕的烈焰迷宮裡，那該怎麼辦？」

我不記得自己撞上地板。

我的靈魂似乎與身軀分離了。我發現自己回到數千年前，回到我變成太陽神的最初那天早上。

經過一夜，赫利歐斯消失了。我不知道最後是什麼樣的祈禱破壞了原本的平衡，最終讓我成爲太陽神，將原本的泰坦巨神放逐到眾人遺忘之境，把我提升到他的地位。但現在，我身在太陽宮殿裡。

我既害怕又緊張，伸手推開王座室的門。空氣熾熱燃燒，光線讓我什麼都看不見。

赫利歐斯的超大金色王座空蕩屹立。他的斗篷披在扶手上，頭盔、鞭子和鍍金的鞋子放在臺座上，準備讓它們的主人使用。但是泰坦巨神本尊就這樣消失了。

「我現在是天神，」我對自己說：「我辦得到。」

我大步走向王座，希望自己不會燒掉。要是在上班第一天，我因為身上的寬外袍起火燃燒而尖叫跑出宮殿，那就永遠不知道以後的結果會如何了。

慢慢地，烈焰在我面前漸漸平息。我用意志力讓自己的身軀變大，直到剛好可以穿戴前輩的頭盔和斗篷。

然而，我沒有試坐王座。我有工作要做，而且時間快來不及了。

我瞥了鞭子一眼。有些訓練師說，面對一群新的馬匹，你絕對不該表現得很仁慈。牠們會把你視為弱者。不過我下定決心不拿鞭子，我不要以「嚴苛工頭」的形象展開我的新職位。

我大步走進馬廄。太陽戰車實在太美，我忍不住熱淚盈眶。四匹太陽馬已經套上馬具站好，牠們的馬蹄是閃亮的黃金，牠們的馬鬃是波浪狀的火焰，牠們的眼睛是熔融的金塊。

牠們憂心忡忡地打量我。「你是誰？」

「我是阿波羅，」我說著，強迫自己的聲音聽起來很有自信。「我們會有很棒的一天！」

我跳上戰車，然後就出發了。

我得承認，這條學習曲線實在滿陡的。精確的說，大約是四十五度的弧度。我可能在空中不小心繞了幾圈吧，也可能造成少數幾座新的冰河和沙漠，最後終於找到適合的巡航高度。不過那天結束時，戰車真的是我的了，幾匹馬已經讓自己順應我的意志、我的個性。我是阿波羅，掌管太陽的天神。

我試著保留那種自信的感覺，以及第一天就成功的得意感受。

我恢復意識，發現自己身在深坑底部，蹲伏在烈焰裡。

火焰在我身邊旋繞，企圖要焚燒我的血肉、解離我的靈魂。我可以感覺到泰坦巨神的存在，痛苦，模糊，憤怒。他的鞭子似乎每一秒鞭打我一千次。

「赫利歐斯，」我說：「是我。」

「我不會遭到焚毀，」我說：「我是阿波羅。我是你的合法繼承人。」

烈焰更加憤怒、熾熱了。赫利歐斯怨恨我……不過且慢。不只是這樣而已。他痛恨待在這裡。他痛恨這個迷宮，這個半衰的監獄。

「我會解放你。」我承諾說。

我的耳朵充滿巨大的劈啪聲和嘶嘶聲。也許那只是我頭上著火的聲音，但我想我聽到火焰中有個聲音：殺。她。

她……

梅蒂亞。

赫利歐斯的情緒一路燒入我的內心，我感覺到他對自己女巫孫女的百般不情願。梅蒂亞先前對我說過，關於控制住赫利歐斯的憤怒……那可能是真的。但最重要的是，她要控制赫利歐斯不殺她。她囚禁他，約束他的意志，也對自己施展強大的保護力，免得受到他的天神火焰所傷。是的，赫利歐斯不喜歡我，但是他超痛恨梅蒂亞那種專制放肆的魔法。爲了從他所承受的折磨中掙脫出來，他需要孫女死去。

其實這不是第一次了，我一直很納悶，爲什麼希臘神祇從未開創天神的家族治療呢？我們肯定非常需要。也說不定在我出生之前其實是有的，而梅蒂亞退出了。或者克羅諾斯把她整個人吞下肚[106]。

無論如何，我對烈焰說：「我會著手進行。我會解放你。但是你必須讓我們通過。」說時遲那時快，烈焰迅速消退，彷彿宇宙裡扯開一條裂縫。

我倒抽一口氣，皮膚冒著蒸氣，極地白迷彩裝也稍微烤成灰色。不過我活著。周圍的房間快速冷卻。我也領悟到，烈焰已然撤退的這條地道，正是從那個房間延伸而來。

「梅格！格羅佛！」我大叫：「你們可以下來……」

梅格掉在我頭上，把我壓扁。

「哎喲！」我尖叫：「不是像這樣啦！」

格羅佛比較有禮貌，他沿著牆壁爬下來，以山羊所著稱的敏捷身手跳到地板上。他聞起來很像燒焦毛毯的氣味，整張臉被曬傷得很厲害，帽子也早已掉入火焰裡，這時露出兩隻羊角尖，像迷你火山一樣冒出蒸氣。梅格則是大致上還好，甚至跳下來之前就先收好她的刀。她從裝備腰帶拿下水壺，喝掉大部分的水，剩下的遞給格羅佛。

「多謝喔。」我咕噥說。

「你擊退了高熱，」她指出：「做得好。終於爆發天神力量了嗎？」

「呃……我想，比較算是赫利歐斯決定放我們一馬。他想要離開迷宮的程度，差不多等於

[106] 泰坦巨神克羅諾斯殺死父親烏拉諾斯時，烏拉諾斯詛咒他，以後他的孩子會殺死他。後來克羅諾斯發現自己的孩子不是泰坦巨神，而是天神，便把所有的孩子吞進肚子裡。參《波西傑克森：希臘天神報告》第三十五頁。

我們想要他離開的程度。他希望我們殺了梅蒂亞。」

格羅佛吸了一大口氣。「所以……她在下面這裡？她沒有死在那艘遊艇上？」

「看來是這樣。」梅格瞇起眼睛看著熱氣蒸騰的走廊。「如果你又搞錯哪一題的答案，赫利歐斯有沒有答應不要燒死我們？」

「我……那又不是我的錯！」

「對啦。」梅格說。

「也對。」格羅佛附和說。

老實說，我墜入烈焰沖天的深坑，與一位泰坦巨神商討停戰事宜，讓烈火風暴退出這個空間而救了我朋友，他們卻還想討論我怎麼不記得農民曆上的某某指示。

「我想，我們不能指望赫利歐斯永遠不會燒死我們，」我說：「同樣也不能期待希蘿菲爾不使用字謎。那是他們的天性。這次是翻到只能使用一次的『擺脫烈焰』命運卡。」

格羅佛搗著他的羊角尖。「嗯，那麼我們就別浪費了。」

「對。」我拉高自己稍微烤焦的迷彩褲，努力重拾我第一次駕馭太陽馬當時的自信語氣。

「跟我來。我很確定一切都沒問題！」

40

恭喜再恭喜
你完成字謎考驗
你贏得……敵人

所謂的「沒問題」，在這個例子裡，指的是「如果你超愛岩漿、鎖鍊和邪惡魔法就沒問題」。走道直接通往神諭所在的房間，這點從一方面來說……好耶！另一方面呢，就沒那麼好了。這個長方形空間約莫籃球場大小，沿著牆壁有六個入口，每一個都是簡單的石砌門口，附有一個小小的踏腳處，懸垂在岩漿池的上方，我曾在幻影中見過這個場景。然而此刻我才發現，那些不斷冒泡和微微發亮的物質並非岩漿。那是赫利歐斯的神聖神血，比岩漿更熱，比火箭燃料的力量更強大，要是濺到你的衣服上絕對無法清除（我透過自身經驗告訴你）。我們已經到達迷宮的正中央，這裡是赫利歐斯力量的儲存槽。

神血表面漂浮著一片片大型石磚，每一片大約零點五平方公尺，構成的直排和橫列看似沒有邏輯可言。

「這是填字遊戲。」格羅佛說。

當然，他說得對。糟的是，沒有一條石橋連接到我們立足的小陽台，也沒有一條通往房間的對面，歐律斯拉俄亞的女先知就坐在她的石頭平台上，在那裡漂浮不定。她身處的地方沒有比單獨監禁的牢房好到哪裡去。那裡提供一張吊床、一張桌子和一間廁所。（喔，是的，即使是永生不死的女先知也需要用廁所。他們有些最棒的預言都是出自……當我沒說。）

看到希蘿菲爾的處境，我好心痛。她看起來完全就像我記憶中的她：年輕女子的模樣，綁著赤褐色的髮辮，皮膚蒼白，結實健壯的體格是她那強壯的水精靈母親和結實的牧羊人父親的餽贈。女先知的白色長袍沾染了煙灰，遍布著炭屑燒灼的孔洞。她專心看著左邊牆上的入口，似乎沒注意到我們。

「那是她？」梅格輕聲說。

「除非你看到另一個神諭。」我說。

「嗯，那就對她說話啊。」

我不知道自己爲什麼要負責做所有的事，但我還是清清喉嚨，對著沸騰的神血湖對面大喊：「希蘿菲爾！」

女先知跳了起來。直到這時我才注意到鎖鍊，那是熔融的鍊條，如同我在幻影中所見，銬住她的手腕和腳踝，將她固定在平台上，只夠讓她從平台的一側移動到另一側。喔，好沒尊嚴！

「阿波羅！」

我本來希望她看到我會因爲高興而容光煥發。然而，她看起來主要是震驚。

「我以爲你會來自另一個……」她的聲音卡住。她皺著眉，一臉專心的樣子，然後衝口說出：「七個字母，最後一個字母是Y。」

「『Doorway』（門口）？」格羅佛猜測說。

整個湖面的石磚停止漂移，改變陣式。有一塊石磚插入我們站的小平台底下，還有六塊與它相連，由這七塊石磚構成一座橋，延伸到房間內。發亮的金色文字出現在那排石磚上，從我們腳邊由「Y」開始：DOORWAY。

希蘿菲爾興奮得直拍手，讓她的熔融鎖鍊吱嘎作響。「太棒了！快點！」

這樣的一道石板浮橋跨越在燃燒的神血湖上方，我一點都不急著踏上去測試我的體重，但梅格大步跨出，我和格羅佛只好跟進。

「女士小姐，沒有惡意喔，」梅格對女先知叫道：「我們剛才差點掉進一種岩漿火焰之類的。你可不可以別再出謎題了，乾脆做一道橋，從這裡直通你那裡？」

「眞希望我可以！」希蘿菲爾說：「這是我遭受的詛咒啊！我講話要不是像這樣，就是完全保持……」她噎住說不出話。「九個字母，第五個字母是『D』。」

「『Quiet』（安靜）！」格羅佛大喊。

我們的浮橋隆隆作響搖晃起來，格羅佛的手臂像風車一樣旋轉，要不是梅格拉住他，他可能就掉下去了。矮子表示謝天謝地，他們的重心比較低。

「不是『安靜』啦！」我大喊：「那不是我們的最後答案！那很白痴耶，因爲『quiet』只有五個字母，而且根本沒有『D』。」我瞪了羊男一眼。

「抱歉，」他喃喃說：「我太興奮了。」

梅格仔細端詳那些石磚，鏡框上的水鑽散發出紅光。「『Quietude』（寧靜）？」她提議說：「那樣是九個字母。」

「首先，」我說：「你會知道那個字，我眞是刮目相看。其次，注意上下文。『完全保持寂靜』不太合理。況且，D的位置不對。」

「那麼，聰明天神，答案是什麼？」她質問說：「這次不要再出錯了。」

太不公平了吧！我努力思考「安靜」的同義字，沒有想到很多個。我喜歡音樂和詩歌，沉默實在不是我的作風。

『Soundless』（無聲），」我最後說：「應該是這個。」

石磚嘉獎我們，形成第二座橋，九個字母「SOUNDLESS」橫越其上，從「D」那裡連接第一座橋。糟的是，由於新橋往側邊延伸，我們也就沒有比較靠近神諭的平台。

「希蘿菲爾，」我叫道：「我很能體會你的處境，可是你有沒有辦法控制答案的長度？也許下一個答案可以弄個超級長又簡單的字，帶我們踏上你的平台？」

「阿波羅，你明知我不行。」她握緊雙手。「可是，拜託，你們一定要快點，如果希望阻止卡利古拉變成……」她又噎住。「三個字母，中間的字母是『O』。」

『God』（天神）。」我很不爽地說。

第三座橋形成了，有三塊石磚，與「soundless」的O相連，於是我們只向目標靠近一塊石磚而已。我、梅格和格羅佛一起擠在「G」石磚上。房間感覺更熱了，彷彿我們愈靠近希蘿菲爾，赫利歐斯的神血就更加憤怒。格羅佛和梅格汗流浹背，我自己的極地白迷彩裝也像是泡在汗水裡。自從「滾石合唱團」一九六九年第一次巡演在麥迪遜廣場花園登台之後，我從未覺得和夥伴們擁抱在一起這麼不舒服。（小提示：你可能很羨慕吧，但是到了安可的部分，千萬別伸手摟住米克．傑格和凱斯．理查德茲107，那些人超會流汗的。）

希蘿菲爾嘆口氣。「很抱歉，我的朋友。我會再試一次。有些時候，我希望預言是禮物，是我從來不曾……」她痛苦地眨眼。「六個字母，最後一個字母是『D』。」

格羅佛扭來扭去。「等一下。什麼？D，那又要退回後面了。」

高熱讓我覺得眼睛好像變成中東烤肉裡的洋蔥，但我努力檢視目前的橫排和直列。

「也許呢，」我說：「新的提示是另一個垂直的字，從『Soundless』的『D』分支出去？」

希蘿菲爾的眼神射出鼓勵的光芒。

梅格抹掉額頭的汗水。「嗯，那我們幹嘛費心多一個『god』？它又沒有要通往哪裡。」

「喔，不，」格羅佛哀嚎說：「我們還在拼組預言，對吧？門口，無聲，天神？那是什麼意思？」

「我……我不知道，」我坦承說，我頭骨裡的腦細胞像雞湯麵一樣快要煮沸。「趕快再多得到幾個字吧。希蘿菲爾說，她希望預言是禮物，是她從來不曾……怎樣？」

「『Gotten』（得到）說不通。」梅格嘀咕說。

「『Received』（收到）？」格羅佛提議：「不對。字母太多。」

「也許是個比喻，」我建議說：「一個禮物，她從來不曾……『opened』（打開）？」

格羅佛吸了口氣。「那是我們最終決定的答案？」

他和梅格低頭看著燃燒的神血，然後回頭看我。他們對我的能力所表現的信心，並沒有讓我覺得內心很溫暖。

「是的，」我下定決心說：「希蘿菲爾，答案是『opened』。」

女先知鬆口氣，只見一座新橋從「soundless」的「D」延伸出去，帶我們跨越湖泊。我

---

107 米克・傑格（Mick Jagger）和凱斯・理查德茲（Keith Richards）是滾石樂團的主唱和吉他手。

們全部擠在「O」石磚上，此刻距離女先知的平台大約只剩一點五公尺了。

「我們該用跳的嗎？」梅格問。

希蘿菲爾尖叫一聲，然後用力摀住自己的嘴巴。

「我猜，跳過去會是不智之舉，」我說：「我們必須答完謎題。希蘿菲爾，也許再來個非常短的字，通往前方？」

女先知勾勾手指，然後又慢又小心地說：「短字，橫排，『Y』開頭。短字，直排，『附近或旁邊』。」

「雙殺題！」我看著我的朋友。「我相信我們找的答案是『yo』（喲）橫排和『by』（旁）直排。這樣應該可以讓我們到達平台。」

格羅佛從石磚的邊緣往外探看，此刻神血之湖的冒泡情形呈現白熱化狀態。「這種時候，我很討厭失敗。『Yo』是可以接受的字嗎？」

「我手邊沒有拼字遊戲的規則手冊，」我坦白說：「不過我想可以吧。」

真高興這不是拼字遊戲。雅典娜每玩必贏，她的字彙多到令人受不了。有一次，她在分數乘以三的加分題用了「abaxial」（遠軸的）這種字，宙斯憤怒之餘，用閃電轟掉帕納薩斯山的山頂。

「女先知，這是我們的答案，」我說：「『Yo』和『by』。」

又多兩塊石磚卡入定位，把我們的橋連接到希蘿菲爾的平台上。我們跑過去，希蘿菲爾高興得直拍手並哭了起來。她振臂擁抱我，然後似乎想起自己的手腳銬著熾烈燃燒的鎖鍊。

梅格回過頭，望向我們背後的答案之路。「好了，所以如果預言就這樣結束，那到底是什麼意思？『門口無聲天神打開喲旁』？」

希蘿菲爾正想開口說些什麼，接著覺得別開口比較好。她滿懷希望地看著我。

「我們再重新假設一些短字連接詞，」我鼓起勇氣說：「如果把迷宮的第一部分組合起來，會得到『阿波羅在塔克文的墳墓面對死亡，除非……呃，門口……通往』？」我望著希蘿菲爾，她點頭以示鼓勵。「通往無聲天神的門口……唔。我不知道那是誰。『除非通往無聲天神的門口打開了，由……』」

「你忘了『yo』。」格羅佛說。

「我想，我們可以不要管『yo』，畢竟那是雙殺題。」

格羅佛拉拉他烤焦的山羊鬍。「這就是我不玩拼字遊戲的原因。而且，我好想吃石磚。」

我找希蘿菲爾商量一下。「所以，阿波羅……就是我，我在塔克文的墳墓面對死亡，除非通往無聲天神的門口打開了，由……由什麼打開？梅格說得對。應該還有更多預言。」

在我左邊某處，有個熟悉的聲音叫道：「不需要。」

在左手邊牆壁中間的岩架上，女巫梅蒂亞站在那裡，看起來絕對是活生生的，她看到我們一副很高興的樣子。在她背後，兩名潘達人守衛抓著一名囚犯，用鎖鍊捆綁且毒打過，那是我們的朋友克雷斯特。

「哈囉，我親愛的，」梅蒂亞面露微笑。「你們懂吧，預言沒有必要講完，反正你們現在全都要死了！」

---

108 帕納薩斯山（Mount Parnassus）位於希臘中部，山頂呈平坦狀，看似被炸掉。

41

梅格唱。完了。所有人打道回府我們全烤熟

梅格率先發動攻擊。

她以快速又準確的攻勢，嚴重破壞拴住女先知的鎖鍊，接著以凌厲的眼神看著梅蒂亞，彷彿是說：「哈，哈！我解開我攻擊的神諭了！」

鐐銬從希蘿菲爾的手腕和腳踝掉落下來，顯露出醜陋的紅色燒灼環圈。希蘿菲爾踉蹌後退，雙手緊抓著胸口。她看起來比較像是滿心驚恐而非感激。「梅格．麥卡弗瑞，不！你不該……」

無論她要提供什麼樣的提示，無論是橫排或直列，全都不重要了。鎖鍊和鐐銬猛然接回去，完全密合。接著，它們像惹人注目的響尾蛇一樣跳起來……跳向我，而非希蘿菲爾。它們揮向我的手腕和腳踝。疼痛如此強烈，剛開始幾乎覺得既冰涼又舒適，接著我放聲尖叫。

梅格再次砍劈那些熔融的鎖鍊，但現在，它們抵抗了她的刀刃。隨著每次揮砍，鎖鍊都變得緊繃，把我向下拉扯，直到我被迫蹲下。我用盡無足輕重的力氣，對著那些鐐銬奮力掙扎，但很快就發現這是很糟的主意。拉扯那些鐐銬，很像把我的手腕壓向熾熱的煎鍋。極度的痛苦幾乎害我昏過去，而產生的氣味……喔，眾神哪，我一點都不喜歡油炸萊斯特的氣

味。唯有完全保持中立，任憑那些鐐銬帶著我移動到它們想要移動的地方，我才能讓疼痛勉強維持在能忍受的一定程度。

梅蒂亞笑起來，看到我全身扭曲顯然很樂。「梅格．麥卡弗瑞，做得好！我本來要親自把阿波羅捆起來，但是你節省了我的力氣。」

我跪在地上。「梅格、格羅佛……帶女先知離開這裡。不要管我！」

又一次表現得勇敢和自我犧牲。希望你記得數數看有幾次。

唉，我的建議根本無效。梅蒂亞彈彈手指，整個神血表面的石磚移動位置，切斷了女先知平台的所有出口。

在女巫背後，她的兩名護衛把克雷斯特推倒在地。他往下滑，背倚著牆壁，雙手銬著手銬，但依然頑固地拿著我的戰鬥烏克麗麗。那個潘達人的左眼腫脹到睜不開，嘴唇也破裂，右手有兩根手指彎成可笑的角度。他迎上我的目光，表情充滿羞愧。我很想要向他保證，他還不算失敗。我們根本不該留他獨自一人站崗。即使斷了兩根手指，他還是能夠彈奏驚人的指法！

不過我幾乎無法清楚思考，更遑論安慰我年輕的音樂課學生。

兩名護衛伸展巨大的耳朵，飛越房間，任憑上升熱氣流托起他們，飛到我們平台角落附近的兩塊石磚上。他們拔出自己的坎達劍，站在一旁等待，以免我們笨到嘗試跳湖求生。

「你們殺了提姆伯瑞。」一人氣呼呼地說。

「你們殺了皮克，」另一人說。

梅蒂亞在她站立的地方笑起來。「阿波羅，你瞧，我挑了兩名超積極的志願之士！其他人也吵著要陪我下來這裡，但是……」

「外面還有更多人？」梅格問。我實在無法判斷，她這樣問到底是覺得有用（好耶，現在要殺的人比較少！）還是沮喪（哼，等一下要殺比較多人！）。

「當然啦，親愛的，」梅蒂亞說：「就算你們想出一些笨點子可以過我們這關，那也無所謂。更別提撲特和分貝不會讓你們得逞。兩位男孩，對吧？」

「我是撲特。」撲特說。

「我是分貝。」分貝說：「我們現在可以殺他們嗎？」

「還不行，」梅蒂亞說：「我剛好需要阿波羅在那裡，準備要分解了。至於你們其他兩人，放輕鬆就好。如果你們企圖干預，我一定會叫撲特和分貝殺了你們。然後，你們的鮮血會灑入神血，那樣會破壞混合物的純度。」她雙手一攤。「你們懂了吧。我們不能汙染神血。這份配方裡，我只需要阿波羅的本質。」

我不喜歡她用那種語氣談論我，活像我已經死了，只是另一種原料，重要性沒有比蟾蜍眼睛或檫樹等其他原料高到哪裡去。

「我才不會分解。」我怒吼說。

「噢，萊斯特，」她說：「你眞的會喔。」

鎖鍊進一步縮緊，迫使我四肢趴地。我實在無法理解，希蘿菲爾怎麼能忍受這般痛苦那麼久？然而，她仍是永生不死之身。我就不是了。

「開始吧！」梅蒂亞大叫。

她開始吟誦。

神血散發出純白的光芒，讓整個房間褪去色彩。在我的皮膚底下，感覺好像有很多邊緣尖銳的迷你石磚動來動去，正剝開我的凡人形體，把我重新排列成一種新的謎題，那個謎題的答案全都不是阿波羅。我放聲尖叫，氣急敗壞亂講話。我也有可能哀求饒命，幸虧我還留有一點點尊嚴，那種話實在說不出口。

透過眼角餘光，在極度痛苦的朦朧深處，我隱約意識到兩位朋友慢慢退開，這時我身體的各個開口冒出蒸氣和火焰，他們嚇壞了。

我不怪他們。他們能怎麼辦呢？在這個關頭，我很有可能像馬克羅店裡的「闔家歡樂包」手榴彈一樣炸開，而我的包裝盒根本沒有「防篡改」的設計。

「梅格，」格羅佛說著，同時胡亂摸索他的牧笛，「我打算吹一首大自然的歌，看看能不能干擾那種吟誦，也許叫來一些救兵。」

梅格抓緊她的兩把刀。「在這種高熱下？在地底下？」

「我們只能倚靠大自然了！」他說：「掩護我！」

他開始吹奏。梅格幫忙站崗，舉高她的兩把刀。就連希蘿菲爾也來幫忙，她握緊雙拳，準備展現給潘達族瞧瞧，女先知以前在歐律斯拉俄亞是如何對付流氓的。

潘達族似乎不知該如何反應。他們聽到牧笛聲便皺起眉頭，把耳朵捲起來包住頭，很像伊斯蘭男子的頭巾，但沒有發動攻擊。梅蒂亞曾叫他們不要。格羅佛吹奏的音樂抖個不停，潘達族似乎同樣緊張，無法確定那音樂是否包含了侵略行動。

在此同時，我則是忙著抵擋，不讓自己遭到剝開，變得什麼都不剩。憑著本能，我的每一絲意志力都奮力讓自己保持完整。我是阿波羅，對吧？我……我很美好，每個人都愛我。

這個世界需要我！

梅蒂亞的吟誦暗中破壞了我的決心。她的古代科爾奇斯語歌詞一路鑽進我的內心：有誰需要古代天神？有誰在乎阿波羅？卡利古拉有趣多了！他比較適合這個現代世界。他適合。我則不。我為何不乾脆放手？那麼我就可以歸於平靜。

痛苦是很有趣的事。你認為自己已經達到極限，不可能再感受到更多的折磨，接著你發現還有另一種層次的極度痛苦，在那之後還有另一種層次。我皮膚底下的石磚不斷切割、移動、撕扯。火焰很像太陽的閃焰，橫掃我痛苦的凡人身軀，直接燒穿馬克羅店裡的廉價折扣極地白迷彩裝。我忘了我是誰，忘了我為什麼奮力繼續活著。我超想放棄，只求這樣的痛苦能夠停止。

接著，格羅佛找到他的節奏了。他的音符變得比較有自信和熱烈，節奏也比較平穩。他吹奏一首狂熱激昂、情急絕望的吉格舞曲；在古希臘時代的草原上，羊男會在春天用牧笛吹奏這種曲子，希望鼓勵木精靈現身，與他們一起在野花叢間歡欣舞動。

在這個火熱的填字遊戲地牢裡，那種歌曲完全不適合，毫無希望。不可能有任何大自然精靈聽得到。沒有一位木精靈會現身，與我們一起舞動。然而，音樂減輕我的疼痛，降低周遭的熱度，很像一條冰毛巾壓在我發燙的額頭上。

梅蒂亞的吟誦顯得遲疑。她怒目瞪著格羅佛。「真的嗎？你要停止，還是我得逼你停止？」

格羅佛甚至吹奏得更加激昂，那是對大自然的悲痛呼喚，迴盪在整個房間內，也讓地道隨之共振，很像教堂管風琴的一根根音管。

梅格突如其來加入，以恐怖的單調聲音唱著無意義的歌詞。「嘿，那片大自然如何？我們好愛那些植物。到下面來呀，你們木精靈，然後，呃，生長以及……殺了女巫這一夥人。」

希蘿菲爾呢，她曾經有非常美好的歌聲，一出生便吟唱預言，只見她以驚慌的眼神看著梅格。幸虧她有高尚的自制力，才不至於一拳揍向梅格的臉。

梅蒂亞嘆口氣。「好吧，眞是夠了。梅格，我很抱歉。不過我很確定，只要我向尼祿解釋你唱歌有多爛，他會原諒我殺了你。撲特、分貝，讓他們安靜。」

在女巫背後，克雷斯特發出格格聲示警。儘管雙手遭到捆綁，也斷了兩根手指，但他仍笨拙地摸索自己的烏克麗麗。

在此同時，撲特和分貝笑得很樂。「好了，我們要報仇！死！死！」

他們伸展自己的耳朵，高舉手上的劍，朝向平台跳過來。

梅格能用她所信賴的鐮刀打敗他們嗎？

我不知道。然而，她突然採取行動，就像她突然唱歌一樣令人吃驚。也許看著可憐的克雷斯特，她覺得潘達族的血流得夠多了。也說不定，她仍想著自己發洩怒氣的方向錯了，她其實應該把怒氣發洩在哪個人身上。無論實情是什麼，她的鐮刀金光一閃，變回戒指的形式。她從自己的腰帶抓出一包東西，唰的一聲撕開，把種子撒在潘達族衝過來的路徑上。

眼看突然冒出植物，撲特和分貝連忙轉彎、放聲尖叫，只見一大團看似朦朧的綠色豚草覆蓋在他們身上。撲特撞上最近的牆壁，開始猛打噴嚏，豚草把他固定在原地的樣子，很像蒼蠅黏上捕蠅紙。分貝則是一頭撞上梅格腳邊的平台，豚草生長到他身上，最後他看起來比較像一棵灌木而不像潘達族……是一棵拚命打噴嚏的灌木。

梅蒂亞變得臉色蒼白。「你們也知道……我對卡利古拉說，請龍牙戰士來當護衛，效果好太多了。可是不不不不，他堅持要雇用潘達族。」她滿臉厭惡地猛搖頭。「抱歉，兩位男孩，你們做出了抉擇。」

她再度彈彈手指。有個文圖斯旋轉成形，從神血湖裡拉出炭渣，構成一個龍捲風。那個風精靈射向撲特，把尖叫的潘達人從牆壁扯下，隨隨便便就把他扔進火焰裡。接著它掃過平台，掠過我兩位朋友的腳邊，將仍然狂打噴嚏和哭泣的分貝推出平台邊緣。

「好了，那麼，」梅蒂亞說：「如果這樣可以鼓勵你們其他人『保持安靜』……」

文圖斯發動攻勢，把梅格和格羅佛包圍起來，將他們抬離平台表面。

我放聲大叫，在鎖鍊裡掙扎甩動，很確定梅蒂亞會把我的兩位朋友扔進火焰，但他們只是掛在半空中。格羅佛依然吹著他的牧笛，可是沒有聲音透過旋風傳遞出來；梅格正在咆哮大吼，可能吼著：「又來這套？你這是開我玩笑嗎？」

文圖斯沒有把希蘿菲爾抓進去，我想梅蒂亞認爲她不會帶來威脅。她走到我旁邊，雙手依然緊握拳頭。我很感激她，但我實在不認爲一位拳擊手女先知鬥得過梅蒂亞的力量。

「好啦！」梅蒂亞說，她的眼裡閃過一絲勝利的光芒。「我會重新開始。不過，要一邊控制文圖斯、一邊這樣吟誦並不容易，所以，拜託，乖一點，否則我可能會失去專注力，把梅格和格羅佛扔進神血裡。而且，說眞的，那裡面已經有太多雜質，有潘達族還有豚草。好了，我們進行到哪裡？喔，對了！剝開你的凡人形體！」

42

你想要預言？我會扔廢言給你吞我的胡言！

「抵抗！」希蘿菲爾跪在我旁邊。「阿波羅，你必須抵抗！」

我痛苦到說不出話，否則我早就對她說：「抵抗。哎呀，好深刻的智慧啊，眞是太感謝了！你一定是神諭還是什麼的！」

至少，她沒有要求我在石磚上拼出「RESIST」（抵抗）這個字。

我的臉汗如雨下。我的身體滋滋作響，但不是好的方面，不像我以前身爲天神那樣。

女巫繼續吟誦。我知道她一定耗盡全力，但這一次，我看不出自己要怎麼利用這種情勢。我全身捆著鎖鍊，我不能使出「把箭尖壓緊胸口」的把戲，而就算可以，我想梅蒂亞豈不也可以施展她的魔法，剛好讓我死掉，讓我的本質滴入神血池裡。

我無法像格羅佛一樣吹牧笛。我不能像梅格一樣仰賴豚草。我不像傑生．葛瑞斯一樣有十足的力量，可以打破文圖斯的牢籠、拯救我的朋友。

抵抗……可是要用什麼方法抵抗呢？

我的意識開始動搖。我試圖緊緊抓住自己出生那天的回憶（對，我記得那麼久遠以前的事），當時我從母親的子宮蹦出來，開始載歌載舞，讓整個世界充滿我極其美好的聲音。我還記得自己第一次跋涉進入德爾菲的深谷裂隙，與我的敵人匹松奮力扭打，感覺牠緊緊纏繞我永生不死的身軀。

其他一些記憶比較沒那麼牢靠。我記得駕駛太陽戰車飛越天空，但我不是我自己……我是赫利歐斯，掌管太陽的泰坦巨神，甩動火熱的鞭子揮打我的駿馬背部。我看見自己全身塗成金色，頭頂上戴著光芒四射的冠冕，移動穿越一大群景仰敬慕的凡人崇拜者之間，不過我是卡利古拉皇帝，新任的太陽神。

我到底是誰？

我試著想像自己母親麗托的臉龐。我想不起來。我父親，宙斯，以及他那駭人的怒目神色，但只有模糊的印象。我姊姊……當然，我絕不會忘記我的雙胞手足！但即使是她的面貌也在我心裡載浮載沉，難以清楚辨認。她有一雙銀色的眼睛，聞起來有忍冬的香氣。還有什麼？我好驚慌，我想不起她的名字，連自己的名字都想不起來。

我在石板地面張開所有手指。它們在火焰裡冒煙，像細嫩樹枝一樣碎裂。我的身體似乎變成一個個像素，就像潘達族即將碎裂解體時一樣。

希蘿菲爾對我附耳傾訴：「撐住！救兵快到了！」

即使她是神諭，我也看不出她怎麼會知道。誰會來救我？誰有這種能力？

「你已經取代我的位置，」她說：「你要運用！」

我呻吟幾聲，既憤怒又挫折。她爲什麼一直講些無關緊要的話？她爲什麼不能回去繼續講謎語？我在她的位置上，在她的鎖鍊裡，到底要怎麼運用？我又不是神諭，甚至再也不是天神了。我是……萊斯特？喔，也太好，這個名字我就記得一清二楚。

我望著那堆橫排和直欄的石磚，此刻全部空白，彷彿在等待全新的挑戰。預言還沒有說完。也許，如果我能找到方法完成預言……情況會不會有差別？

非有差別不可。傑生已經獻出他的生命，於是我才能進展到這裡。我們朋友冒著所有的生命危險。我不能就這樣放棄。爲了解救神諭，爲了解救赫利歐斯、讓他離開這個烈焰迷宮……我必須把我們起頭的事情做個了結。

梅蒂亞的吟誦繼續嗡嗡響，與我的脈搏密切配合，接管了我的心智。我需要顛覆它，就像格羅佛利用他的音樂干擾它。

你已經取代我的位置，希蘿菲爾剛才這麼說。

我是阿波羅，掌管預言的天神。這時候該由我來擔任自己的神諭了。

我強迫自己專注於那些石磚。血管在我的額頭砰砰狂跳，很像在我的皮膚底下放鞭炮。

石磚移動位置，有三塊石磚在房間的左上角遠處排成一排，每一塊石磚上各有一個字：

我結結巴巴說出：「銅……銅續金。」

BRONZE UPON GOLD。

「對！」女先知說：「對，完全正確！繼續！」

這番嘗試既艱難又可怕。鎖鍊好燙，一直把我往下拉。我忍著極度的痛苦輕聲說：「東遇西。」

第二排的三塊石磚移動到第一排下方的位置，閃耀著我剛才說出的那些字。

又有更多行字從我口中吐露出來：

「軍團復，

照深處；

一擋百，

神未敗。

古語訴，

撼古基！」

這一切是什麼意思？我一點概念也沒有。

整個房間隆隆作響，有更多石磚移動至定位，更有新的石磚從湖裡升起，以便符合字數。此時，湖面的整個左側放滿了八排石磚，每一排都是三塊石磚三個字，很像神血池的蓋子拉開到一半。熱度降低了，我的鐐銬也冷卻下來。梅蒂亞的吟誦結巴顫抖，不再能掌控我的意識。

「這是什麼鬼？」女巫氣呼呼地說：「我們很接近了，不能現在停止！我會殺了你的朋友，如果你不……」

在她背後，克雷斯特用烏克麗麗撥彈掛留四和弦。梅蒂亞顯然忘了他的存在，這時嚇得差點跳進岩漿裡。

「你也這樣？」她對克雷斯特大吼。「讓我完成！」

希蘿菲爾對我附耳輕聲說：「快點！」

我懂了。克雷斯特要讓梅蒂亞分心，企圖幫我爭取時間。他很執著，持續彈著他的（我的啦）烏克麗麗。他彈了一連串最刺耳的和弦，都是我教他的，而有些一定是他當場亂彈。同時，梅格和格羅佛在他們的文圖斯牢籠裡旋轉，努力想掙脫出來，但是徒勞無功。梅蒂亞只消一彈手指，他們就會面臨與撲特和分貝相同的命運。

我要重新開始發出聲音，甚至比拉扯太陽戰車脫離泥沼更加困難。（別問我詳情。說來話長，事關很有魅力的沼澤水精靈。）

我不知怎麼辦到的，啞著嗓子再度說出一行字：「毀暴君。」

又有三塊石磚排成一行，這次排列在房間的右上角。

「助羽翼。」我繼續說。

老天爺，我心想，我在胡扯什麼啊！可是那些石磚繼續遵循我聲音的指揮，效果比「艾莉莎 siri 星際電話」好多了。

「金山下，

子之駒。」

石磚繼續堆排，以三塊一排的形式構成第二直欄，火焰湖只剩下沿著房間中央的細長縫隙還看得見。

梅蒂亞努力忽視潘達人的存在。她又恢復吟誦，但克雷斯特立刻用「降 A 小調增五和弦」打斷她的專注力。

女巫氣得尖叫。「潘達人，眞是夠了！」她從裙子的摺層抓出一把匕首。

「阿波羅，不要停，」希蘿菲爾警告說：「你一定不能……」

梅蒂亞刺殺克雷斯特的腹部，砍斷他的不和諧演奏。

我嚇得哭起來，但仍莫名吐露出更多行字。

「聆小號，」我啞著嗓子說，聲音幾乎聽不見。「轉紅潮……」

「住嘴！」梅蒂亞對我大喊：「文圖斯，把囚犯扔進……」

克雷斯特撥彈一個更難聽的和弦。

「哎喲！」女巫轉過身，再度刺殺克雷斯特。

「入陌家。」我哭著說。

克雷斯特又彈奏掛留四和弦，梅蒂亞再刺一刀。

「復榮光！」我大喊。最後幾塊石磚移動到定位，把第二直欄的詩句拼湊完整，從房間的遠端一直排列到我們平台的邊緣。

我可以感覺到預言完成了，如同長時間在水底下游泳後呼吸空氣一樣暢快。赫利歐斯的火焰，此刻只有沿著房間中央才看得見，而且冷卻成紅通通的文火，沒有比普通的大火糟到哪裡去。

「好耶！」希蘿菲爾說。

梅蒂亞轉過身，大聲咆哮。她的雙手閃耀著潘達人的鮮血。在她背後，克雷斯特側倒在地，不斷呻吟，把烏克麗麗壓在他受傷的腹部上。

「喔，阿波羅，做得好，」梅蒂亞冷笑說：「你讓這個潘達人爲了你而死，等於是白死。我的魔法施展得很夠了，乾脆用老方法剝開你。」她舉起手上的刀子。「而至於你的朋友……」

她彈彈沾滿血腥的手指。「文圖斯，殺了他們！」

43

最愛之章節
因為只一人慘死
那就夠糟了

然後她就死了。

仁慈的讀者，我不會說謊。這個故事的大部分都因爲太痛苦而寫不下去，但是上面那句話帶來純粹的喜悅。喔，梅蒂亞臉上的表情啊！

不過我應該倒帶一下。

這種最受歡迎的命運大逆轉，到底是怎麼發生的呢？

梅蒂亞呆立不動，雙眼圓睜。她跪倒在地，手上的刀子哐啷落下。她臉朝下撲倒，背後顯露出剛來的人……派波．麥克林，她的日常服裝外面套著皮革盔甲，嘴唇剛縫好，臉部依然瘀青嚴重，但神色充滿剛毅。她的頭髮末端微微燒焦，手臂覆蓋著一層細細灰燼。而她的匕首，卡塔波翠絲，這時從梅蒂亞的背部凸出來。

派波的背後站著一群少女戰士，總共有七人。首先，我以爲阿蒂蜜絲的獵女隊又來救我了，但這些戰士所配備的盾牌和長矛，竟是以蜂蜜色澤般的金色木頭製成。

在我背後，文圖斯鬆弛開來，把梅格和格羅佛扔到地上。我的熔融鎖鍊碎裂成深色灰燼。我倒下時，希蘿菲爾扶住我。

梅蒂亞雙手扭曲。她把臉轉向側邊，張開嘴巴，但是沒有吐露出半個字。

派波跪在她旁邊，伸出手，幾乎是溫柔地放在女巫的肩膀上，然後用另一隻手，從梅蒂亞的兩邊肩胛骨之間拔出卡塔波翠絲。

「好好來個『暗劍傷人』必有好報。」派波親吻梅蒂亞的臉頰。「本來我想請你幫忙向傑生打個招呼，不過他會在埃利西翁。而你呢……不會去那裡。」

女巫的眼睛翻到頭裡面去了，她不再有動靜。派波回頭看著她的木頭武裝夥伴。「我們把她丟下去如何？」

「好建議！」七位少女齊聲高喊。她們大步走向前，抬起梅蒂亞的屍體，隨意拋進她自己祖父的火池裡。

派波在牛仔褲上擦拭她的染血匕首。她那腫脹又縫過的嘴唇露出微笑，看起來比較陰森可怕而非友善。「嗨，各位。」

我爆出心碎的哭泣，派波期待的可能不是這個吧。我不知怎的站了起來，無視於腳踝的灼熱痛楚，飛奔過派波身邊，衝到克雷斯特躺下的地方，他發出虛弱的格格聲。

「噢，勇敢的朋友。」淚水刺痛我的眼睛。我只要嘗試移動，皮膚就爆出尖銳的痛楚，但我一點都不在乎自己難以忍受的疼痛。

克雷斯特毛茸茸的臉龐因休克而呆滯，雪白的毛皮遍布著血跡，亮晶晶的腹部一團糟。他緊抓著烏克麗麗，彷彿那是唯一能把他維繫在活人世界的東西。

「你救了我們，」我激動得幾乎說不出話。「你……你幫我們爭取到足夠的時間。我會找到方法治好你。」

他定睛看著我，努力以沙啞的聲音說：「音樂。天神。」

我緊張地笑笑。「是的，我的年輕朋友。你是音樂之神！我……我會教你彈奏每一個和弦。我們會找九位謬思女神一起開演奏會。等到……等到我回去奧林帕斯山……」

我講不下去了。

克雷斯特不再聆聽。他的眼睛變得呆滯，扭曲的肌肉放鬆了，身體粉碎崩裂，向內塌陷，直到烏克麗麗端坐在一堆塵土上……對我犯下的眾多錯誤樹立一座悲傷的小型紀念碑。

我不知道在那裡跪了多久，頭暈目眩，不停顫抖。哭泣很痛，但我哭個不停。

最後，派波蹲在我旁邊。她滿臉同情，但我總覺得，在那雙多彩的漂亮眼睛背後，她正想著：「萊斯特，又一條性命為了你而殞落。又一個死者你無法治好。」

她沒有這樣說。她把刀子收進刀鞘。「我們等一下再哀悼，」她說：「此時此刻，我們的工作還沒完成。」

我們的工作。她來救我們，儘管曾經發生那麼多事，儘管傑生……我不能在這時候崩潰。至少不能比現在更糟。

我撿起烏克麗麗，對著克雷斯特的塵土默默許下承諾。接著，我想起打破承諾會有什麼下場。我曾經發誓要教這位年輕人彈奏他想學的任何樂器，現在他死了。儘管房間裡瀰漫著灼人的高熱，我仍然感受到冥河女神斯堤克斯的冰冷目光緊盯著我。

我倚在派波身上，讓她扶著我走過房間，回到平台上，梅格、格羅佛和希蘿菲爾在那裡等我。

七名女戰士站在附近，一副等待接受命令的樣子。

她們的盔甲也像盾牌一樣，用蜂蜜色澤的金色木料巧妙裁製而成。那些女子很有氣勢，每一位約莫兩百一十公分高，臉孔就像她們的盔甲一樣閃亮和弧度漂亮。她們的頭髮呈現各種不同的色調，白色、亞麻色、金色和淡棕色，以瀑布式編髮在背後直瀉而下。葉綠素的綠色渲染著她們的眼睛和健壯四肢的血管。

她們是木精靈，但與我以前見過的木精靈完全不一樣。

「你們是墨利埃。」我說。

那群女子興味盎然地打量我，讓我覺得很不安，感覺她們對於找我打架、跟我跳舞或把我扔進火焰裡，興致同樣高昂。

站在最左邊的那位開口說話：「我們是墨利埃。你是梅格嗎？」

我眨眨眼。我有種感覺，她們在尋找「對」這個答案，但我同樣困惑的是，我很確定自己不是梅格啊。

「嘿，各位，」派波插嘴說，同時指著梅格。「這位是梅格．麥卡弗瑞。」

墨利埃突然開始小跑步前進，膝蓋抬得比需要的高度高很多。她們彼此緊靠在一起，在梅格面前排列成半圓形，簡直像是操演軍樂隊的練習。她們停步，再次用長矛敲打盾牌，接著低頭表示敬意。

「梅格萬萬歲！」她們叫道：「創造者之女！」

格羅佛和希蘿菲爾退到角落，似乎想要躲到女先知廁所的後面。

梅格仔細端詳七位木精靈。文圖斯吹亂了我年輕主人的頭髮。原本固定眼鏡的藍色電氣膠帶脫落了，所以她像是戴了鑲水鑽的兩支單眼眼鏡，看起來不太協調。她身上的衣物再次淪落成一堆燒焦且扯爛的破布……綜合以上，就我的觀點，她看起來完全像「梅格」應該有的模樣。

她喚回平常雄辯滔滔的口才：「嗨。」

派波的嘴唇彎曲成詭異的微笑。「我在迷宮的入口遇到這些女生。她們正要衝進來找你們。據說聽到你們的歌。」

「我的歌？」梅格問。

「音樂！」格羅佛大喊：「眞的有用？」

「我們聽到大自然的呼喚！」帶頭的木精靈大叫。

這句話聽在凡人耳裡有不同的意義，但我決定還是別提起的好。

「我們聽見野地之王的牧笛聲！」另一位木精靈說：「我想，羊男，那一定就是你。羊男萬歲！」

「羊男萬歲！」其他人附和喊道。

「呃，是啦，」格羅佛弱弱地說：「你們也萬歲。」

「不過最主要的是，」第三名木精靈說：「我們聽到了叫喊聲，來自梅格，創造者之女。萬歲！」

「萬歲！」其他人附和喊道。

對我來說，這樣的萬歲呼聲夠多了。

梅格瞇起眼睛。「你們說的『創造者』，指的是我爸，那位植物學家？還是我媽，狄蜜特？」

木精靈彼此低聲討論一番。

最後，帶頭的木精靈說：「這是最重要的一點。我們指的是麥卡弗瑞，偉大的木精靈培育者。不過現在，我們明白你也是狄蜜特之女。兩位創造者之女，你獲得雙倍的賜福！我們隨時聽候差遣！」

梅格皺起眉頭。「聽候差遣，嗯哼？」她看著我，彷彿想問：你爲什麼不能變成這麼酷的僕人？「所以，你們幾位到底怎麼找到我們？」

「我們有很多種力量！」有一位大喊說：「我們是從大地之母的鮮血誕生出來！」

「生命的原始力量流過我們身上！」另一位說。

「我們當過小嬰兒宙斯的保母！」第三位說：「我們生出一整個人類種族，好戰的『青銅世代』！」

「我們是墨利埃！」第四位說。

「我們是強大的梣樹！」第五位叫道。

結果最後兩位沒什麼話可喊，只好喃喃地說：「梣（ash）也是灰燼的意思。對啦，我們是炮灰。」

派波插嘴說：「所以，黑傑教練透過雲精靈接到格羅佛的訊息，然後我來找你們各位。但我不知道那個祕密入口在哪裡，所以又去洛杉磯市中心。」

「你自己去？」格羅佛問。

派波的眼神變得黯淡。我領悟到，她來這裡的首要目標是對梅蒂亞報仇，其次才是救我們。活著出去……在她的優先事項清單上，那列在非常不重要的第三項。

「總之，」她繼續說：「我在市中心遇到這些女生，我們算是結爲盟友吧。」

格羅佛倒抽一口氣。「但是克雷斯特說，主要入口會是死亡陷阱啊！受到重兵看守！」

「是啊，本來是……」派波指著那些木精靈。「再也不是了。」

那些木精靈一副自己很樂的樣子。

「梣樹很強大。」一位說。

其他人喃喃表示同意。

希蘿菲爾從廁所後面的藏身處走出來。「不過那些烈焰，你們怎麼……？」

「哈！」一位木精靈大叫。「太陽泰坦巨神的烈焰根本傷不了我們！」她舉起自己的盾牌，有一邊角落變黑了，不過煤灰已經脫落，顯露出底下毫無瑕疵的全新木料。

根據梅格的怒容，我看得出來，她的心智運作了太久的時間，我不禁覺得緊張起來。

「那麼……你們這些女生現在聽命於我？」她問。

砰的一聲，那些木精靈再度同聲敲擊盾牌。

「我們會遵從梅格的指令！」木精靈的領袖說。

「就像，如果我要求你們幫忙弄些墨西哥玉米捲餅……？」

「我們會問要多少！」另一位木精靈高喊：「而且你喜歡多辣的莎莎醬！」

梅格點點頭。「酷喔。不過呢，也許你們可以先護送我們安全離開迷宮？」

「那一定要完成！」木精靈領袖說。

「等一下，」派波說：「那是……？」

她指著地板的石磚，我那些金色的囈語依然在石板上閃耀發光。

我剛才跪趴在鎖鍊裡面，實在無法體會它們的配置：

BRONZE UPON GOLD（銅續金）
EAST MEETS WEST（東遇西）
LEGIONS ARE REDEEMED（軍團復）
LIGHT THE DEPTHS（照深處）
ONE AGAINST MANY（一擋百）
NEVER SPIRIT DEFEATED（神未敗）
ANCIENT WORDS SPOKEN（古語訴）
SHAKING OLD FOUNDATIONS（撼古基）

DESTROY THE TYRANT（毀暴君）
AID THE WINGED（助羽翼）
UNDER GOLDEN HILLS（金山下）
GREAT STALLION'S FOAL（子之駒）
HARKEN THE TRUMPETS（聆小號）
TURN RED TIDES（轉紅潮）
ENTER STRANGER'S HOME（入陌家）
REGAIN LOST GLORY（復榮光）

「那是什麼意思？」格羅佛問，他看著我，彷彿我有最模糊的一點點概念。

我因爲疲倦和悲傷而心痛。克雷斯特奮力讓梅蒂亞分心，幫派波爭取時間抵達這裡，拯救我朋友的性命，而在此同時，我嘴裡吐出這些無意義的話語：兩個直欄的文字，中間隔著火熱的欄線。這些字甚至沒有設定成有趣的字體。

「意思是阿波羅成功了！」女先知驕傲地說：「他完成這則預言！」

我搖搖頭。「可是我沒完成啊。『阿波羅在塔克文的墳墓面對死亡，除非通往無聲天神的門口打開了，由……』那整段預言呢？」

派波仔細檢視地上的字句。「內容還滿多的，我該寫下來嗎？」

女先知的微笑有點猶豫。「你的意思是……你看不出來？就在那裡啊。」

格羅佛瞇眼看著那些金色文字。「看出什麼？」

「喔。」梅格點頭。「好吧，對啦。」

七位木精靈全都擠到她身邊，一臉著迷的樣子。

「偉大的創造者之女，那是什麼意思？」帶頭者問。

「那是離合詩，」梅格說：「你們看。」

她小跑步到房間的左上角，沿著每一行的第一個字母往下走，然後跳過分隔的欄線，再沿第二欄的第一個字母走，一邊走一邊大聲唸出每一個字母：「B-E-L-L-O-N-A-S D-A-U-G-H-T-E-R（貝婁娜[109]之女）。」

「哇。」派波搖搖頭，滿臉驚訝。「我還是不確定預言的意思，關於塔克文和無聲天神等等那些。不過呢，你顯然需要貝婁娜之女的幫忙。那是指朱比特營的資深執法官，蕾娜·阿維拉·拉米瑞茲—阿瑞拉諾。」

---

[109] 貝婁娜（Bellona），羅馬女戰神，象徵物是劍。雖等同於希臘神話中的厄妮爾（Enyo），但在羅馬時期的地位非常受到重視。

44

哈哈，木精靈？
此乃由馬嘴直述
再見，馬先生

「梅格，萬歲！」帶頭的木精靈叫道：「解答謎題之人，萬歲！」

「萬歲！」其他人附和喊道，隨之而來的是跪拜、長矛敲打盾牌，以及提議要去取回墨西哥玉米捲餅。

我實在很想爭辯梅格值不值得接受歡呼。要不是在燃燒的鎖鍊裡，魔法差點把我剝成兩半死掉，我本來可以解開謎題的。我也相當確定梅格根本不知道離合詩是什麼，直到我解釋給她聽才知道。

但我們有更嚴重的問題要解決。整個空間開始搖晃，塵土從天花板撒下，還有幾塊石磚掉進神血池濺起火花。

「我們必須離開了，」希蘿菲爾說：「預言完整傳達，我也自由了。這個房間將不會維持下去。」

「我喜歡離開！」格羅佛贊同說。

我也喜歡離開，但我還想堅守一項承諾，無論冥河有多麼恨我都無所謂。

我跪在平台邊緣，凝視著火熱的神血。

「呃，阿波羅？」梅格問。

「我們該把他拉走嗎？」一位木精靈問。

「我們該把他推進去嗎？」另一位問。

梅格沒有回答，也許她正在衡量哪一個提案聽起來比較棒。我努力專注於底下的烈焰。

「赫利歐斯，」我喃喃說著：「你的禁錮結束了。梅蒂亞死了。」

神血翻攪又閃耀。我感受到泰坦巨神模模糊糊的怒氣。如今他自由了，似乎正想著，爲什麼不該將自己的力量從這些地道釋放出去，將鄉間地帶變成一片荒原？而想到有兩名潘達人、一些豚草和他的邪惡孫女掉進自己火熱又美好的本質裡，他可能也不太高興。

「你有權利生氣，」我說：「不過我記得你，你的光彩耀眼，你的溫暖熱情。我記得你和眾神以及凡間的眾人都有深刻的友誼。你是偉大的太陽神，我永遠無法變得像你一樣，不過我每一天都努力榮耀你的名聲，要眾人記住你最棒的特質。」

神血冒泡得更加激烈。

我只是在和一位朋友講話，我對自己說，又不是要說服一具洲際彈道飛彈不要自行發射。

「我會堅持下去，」我對他說：「我會重新取回太陽戰車。只要我駕馭它，世人就會記得你。我會遵循你以前飛越天空的路線，穩定又確實。不過，你比誰都清楚，地球上不該有太陽的烈焰，那種烈焰的用意不是摧毀這片土地，而是讓它溫暖！卡利古拉和梅蒂亞把你扭曲成一種武器。別讓他們得逞！你只需要好好『休息』就行了。我的老友，返回混沌的蒼穹吧，恢復平靜。」

神血轉變成白熱狀態。我很確定自己的臉要嚴重脫皮到眞皮層了。

接著，火熱的本質激烈飄動和閃爍，很像一整池的蛾類翅膀，然後神血消失了。熱度消散。石磚瓦解成灰，宛如雨點般灑入空蕩蕩的池內。我手臂上的可怕燒傷消褪了，剝落的皮膚也自動癒合。疼痛減退成可以忍受、差不多像是「遭受折磨區區六小時」的痛苦程度，於是我癱倒在石板地上，冷得發抖。

「你辦到了！」格羅佛大叫。他看著那些木精靈，然後看看梅格，驚訝大笑。「你們有沒有感受到？熱浪、乾旱、野火……全都不見了！」

「確實，」木精靈領袖說：「梅格的虛弱僕人拯救了大自然！梅格萬歲！」

「萬歲！」其他木精靈同聲喊道。

我根本沒有抗議的力氣。

整個空間搖晃得更猛烈了，一道巨大的裂縫沿著天花板的正中央曲曲折折裂開。

「大家趕快離開這裡，」梅格轉身對木精靈說：「扶起阿波羅。」

「梅格開口了！」木精靈領袖說。

兩名木精靈把我拉起來站好，從左右兩邊扶著我。我努力想用自己的兩隻腳支撐體重，只是爲了保持尊嚴，但感覺好像穿著滑輪在溜冰，而輪子是用溼答答的通心粉做的。

「你們知道怎麼去那裡吧？」格羅佛問那些木精靈。

「我們現在知道了，」一位木精靈說：「那是回到大自然最快的途徑，我們總是能找到那種途徑。」

如果把「救命，我快要死了」這類事件區分成一到十的等級，「離開迷宮」就是等級十。不過既然這一週我所做的每一件事都是等級十五，那麼「離開迷宮」也不過是一塊果仁小酥餅而已。地道的屋頂掉落在我們四周，地面崩壞碎裂。怪物發動攻擊，卻只是遭到七位狂熱的木精靈刺殺而死，同時嘴裡大喊：「萬歲！」

最後我們到達一個狹窄的豎井，它傾斜著向上延伸，上方有一小塊正方形的陽光。

「這裡不是我們進來的地方。」格羅佛憂心忡忡地說。

「夠近了，」木精靈領袖說：「我們會打頭陣！」

沒人反駁。七位木精靈高舉她們的盾牌，排成一列，大步爬上豎井。派波和希蘿菲爾接著上去，後面跟著梅格和格羅佛。我殿後，身體已經恢復到可以自己攀爬，只是稍微哭一下且拚命喘氣。

等到我沐浴於陽光下、爬出來站好，戰線已然成形。

我們回到原本的熊洞，然而豎井究竟怎麼帶我們來到這裡，我實在是搞不懂。墨利埃已經在地道出口構成一道盾牌牆。我的其他朋友站在她們背後，全都拔出武器。在我們上方，有十二名潘達人排列在水泥碗的邊緣，搭箭拉弓準備就緒。他們的正中央挺立著巨大的白色駿馬，英西塔土斯。

牠一看到我，甩了甩漂亮的鬃毛。「他終於來了。梅蒂亞沒辦法結案，哼？」

「梅蒂亞死了，」我說：「除非你現在就逃走，否則你會是下一個。」

英西塔土斯嘶嘶叫著。「反正從來就沒喜歡過那個女巫。至於投降嘛……萊斯特，你最近有沒有瞧瞧自己的模樣？你根本沒資格出言威脅。我們占據了有利位置，你也見識過潘達人的射箭速度有多快。我不知道你那些身穿木頭盔甲的漂亮夥伴是誰，但那不重要。乖乖跟我們走。『大卡』正往北方航行，要去處理你在舊金山灣區的那些朋友，不過我們很容易就能趕上艦隊。我的男孩爲你設計了各式各樣的特殊待遇！」

派波怒吼一聲。希蘿菲爾伸手放在她的肩膀上。我想，要讓阿芙蘿黛蒂之女不至於自行衝向敵人，那是唯一的方法。

梅格的鐮刀在午後陽光下閃閃發亮。「嘿，梣樹女士，」她說：「你們多快可以到那裡？」

木精靈領袖瞥了一眼。「很快，親愛的梅格。」

「酷喔，」梅格說。接著，她對那匹馬和牠的部隊大吼一聲：「最後的投降機會！」

英西塔土斯嘆口氣。「很好。」

「很好，你要投降？」梅格問。

「不。很好，我們會殺了你。潘達族……」

「木精靈，攻擊！」梅格大喊。

「木精靈？」英西塔土斯不可置信地問。

那是他說出的最後一句話。

墨利埃只消一躍便跳出深坑，活像沒有比門廊台階高多少。十二名潘達族弓箭手，西部最快的射手，竟連一支箭都來不及射出，梣樹長矛就把他們砍成灰燼。

英西塔土斯驚慌嘶叫。墨利埃把牠團團圍住，只見牠用黃金馬蹄往後踹踢，但即使力氣很大，在原始的殺手木精靈面前還是完全沒得比。駿馬站不穩而摔倒，同一時間來自七個方向的「肉叉」刺向牠。

木精靈面對梅格。

「任務完成！」木精靈領袖朗聲說：「梅格現在想要墨西哥玉米捲餅嗎？」

在我旁邊，派波看起來好像快吐了，感覺復仇已經稍微失去吸引力。「我還以為自己的聲音很有力量。」

格羅佛輕聲表示同意。「我從來沒作過樹木的惡夢。從今以後，這種情況可能會改變。」

就連梅格看起來也很不安，彷彿現在才意識到自己得到什麼樣的力量。看到那樣的不安，我鬆了一口氣。那是確切的徵兆，顯示梅格還是好人。強大的力量會讓好人覺得很不自在，而非喜悅或自誇。正因如此，好人很少會掌握權力。

「我們離開這裡吧。」她終於說。

「親愛的梅格，我們離開這裡應該去哪裡？」木精靈領袖問。

「回家，」梅格說：「棕櫚泉。」

她的語氣完全不帶苦澀，自然而然就把這些字眼湊在一起：回家。棕櫚泉。她需要回歸，像那些木精靈一樣，回歸到她的根源。

45

沙漠花盛放
日落雨空氣香甜
遊戲該登場！

派波沒有與我們同行。

她說，她必須回去馬里布的房子，她父親或黑傑一家人才不會擔心。明天傍晚，他們會全部一起離開，前往奧克拉荷馬。而且，她有一些事情要安排。她的語氣很沉重，於是我相信她所說的「最後的安排」，指的是傑生。

「明天下午來找我。」她拿了一張摺起的蒲公英黃色紙張遞給我，那是三巨頭金融公司的驅逐通知。她在背面草草寫了聖莫尼卡的一個地址。「我們會讓你們順利上路。」

我不確定她這是什麼意思，但她沒有解釋，逕自走向附近高爾夫球場的停車場，無疑又借了一輛符合貝德羅辛身分的車子。

我們其他人開著紅色賓士車回到棕櫚泉。希蘿菲爾開車。誰知道古代神諭會開車啊？梅格坐在她旁邊，我和格羅佛坐後座。我一直可憐兮兮地盯著自己的座位，才不過兩小時前，克雷斯特曾經坐在這裡，急著學習彈和弦，想要變成音樂天神。

我可能哭了。

七位墨利埃大步走在賓士車旁邊，很像一群特勤局的探員，輕輕鬆鬆便跟上我們，即使脫離了一輛接一輛的塞車車陣亦然。

儘管勝利凱歸，我們一行人仍悶悶不樂。沒有人發起熱烈的對話。在某個時候，希蘿菲爾試圖破冰。「我用我的小眼睛暗中觀察……」

我們異口同聲回答：「不要。」

在那之後，我們一路默默開車。

外面的氣溫至少降低十度。一道海水層捲進洛杉磯盆地的上空，很像巨大的溼抹布，吸收了所有的乾熱和濃煙。我們到達聖伯納迪諾時，黑壓壓的雲層掃過山頂，在乾枯燒焦的山區降下傾盆大雨。

我們翻越隘口，看見棕櫚泉在山下延伸到遠方，格羅佛開心大叫。沙漠覆蓋著一片野花……有金盞花、罌粟花、蒲公英和報春花，全都因爲剛下完雨而閃閃發亮，讓空氣帶著涼爽和香甜。

數十位木精靈在水池外面的山頂等我們。蘆薈大驚小怪地照顧著我們的傷勢，梨果仙人掌則是滿臉怒容，問我們怎麼可能又毀掉身上的衣物。翁兒好高興，想要找我一起跳探戈，但卡利古拉的涼鞋實在不是設計用來進行精密的腳部活動。其餘眾人則在墨利埃的身邊圍繞很大一圈，以敬畏的眼神呆望著她們。

約書亞用力抱緊梅格，害她吱吱叫。「你辦到了！」他說：「烈焰消失了！」

「你的語氣不用這麼驚訝吧。」她嘀咕說。

「還有這些……」他轉頭看著墨利埃。「今天很早的時候，我……我看到她們從幼苗冒出來。她們說聽到一首歌，一定要追隨。那就是你？」

「是啊。」梅格看到約書亞的下巴闔不攏，緊盯著那些梣樹木精靈，似乎不是很高興。「她們是我的新部屬。」

「我們是墨利埃！」木精靈領袖附和道。她跪在梅格面前。「親愛的梅格，我們需要指引！我們該扎根在哪裡？」

「扎根？」梅格問。「可是我以為……」

「偉大的梅格，我們可以留在你種植的山麓上，」木精靈領袖說：「不過，如果你希望我們扎根在其他地方，一定要快點決定！我們很快就會變得太大又太強壯，沒辦法移植！」

我突然浮現一個畫面：我們買一輛貨車，把貨車斗裝滿泥土，然後載著七棵殺手梣樹往北開向舊金山。我喜歡這點子。可惜，我知道這樣行不通。樹木不太方便進行公路旅行。

梅格搔搔耳朵。「如果待在這裡……你們會好好的嗎？我是說，在這整個沙漠環境裡？」

「我們會很好。」木精靈領袖說。

「不過多一點遮蔭和水源當然最好。」第二名梣樹說。

約書亞清清喉嚨，不自覺地用手指梳攏一頭亂髮。「嗯，有你們作伴，我們真是太榮幸了！大自然的力量在這裡已經很強大，不過有了墨利埃與我們為伍……」

「是啊，」梨果仙人掌附和說：「再也沒有人會來煩我們了。我們可以平靜生長！」

蘆薈以懷疑的眼光仔細端詳墨利埃。我想，她不信任這種很少需要療癒的生命形式。「你們的領域有多遠？你們可以保護多大的範圍？」

第三位墨利埃笑起來。「我們今天行軍去洛杉磯！那樣毫無困難。如果扎根在這裡，我們可以保護一百里格[10]範圍內的一切事物！」

翁兒抓抓自己的黑髮。「那樣可以涵蓋阿根廷嗎？」

「不行，」格羅佛說：「不過幾乎可以涵蓋整個南加州。」他轉身看著梅格。「你覺得如何？」

梅格實在太累了，像幼苗一樣搖來晃去。我有點期待她會喃喃說些梅格作風的答案，像是「不知」，然後就睡昏過去。然而她作勢指著墨利埃。「過來這裡。」

我們全都跟著她走到水池邊緣。梅格指著陰暗的水井下面，它的中央有深邃的藍色池水。

「水池周圍如何？」她問。「有遮蔭。有水。我想……我想，我爸會喜歡這樣。」

「創造者之女開口了！」一位墨利埃大叫。

「兩位創造者之女！」另一位叫道。

「梅格是也！」

「雙倍的賜福！」

「聰明的解謎者！」

這又讓最後兩位幾乎無話可說，於是她們嘀嘀咕咕：「對啦。梅格是也。對啦。」

其他木精靈喃喃自語點點頭。事實上，這些梣樹會奪走他們吃墨西哥玉米捲餅的好去處，但也沒人抱怨。

「神聖的梣樹林，」我說：「以前在古代，我本來有這樣一片樹林。梅格，這樣很完美。」

我面對女先知，她一直默默站在後方，顯然歷經長時間的囚禁後，身邊有這麼多人讓她

---

⑩ 里格（league）是古老的長度單位，一里格相當於五公里，約步行一小時的距離。

嚇呆了。

「希蘿菲爾，」我說：「這片樹林會受到很好的保護。沒有人膽敢來這裡威脅你，諒卡利古拉也不敢。我不會告訴你該怎麼做，由你自己做抉擇。不過，你會不會考慮把這裡當作你的新家？」

希蘿菲爾的兩隻手臂環抱自己。在午後的陽光下，她的赤褐色頭髮與沙漠的山丘有著相同色彩。我不禁好奇，她是否想著這座山麓與她出生的地方，就是歐律斯拉俄亞她住過的洞穴，兩個地方有多麼不一樣。

「我在這裡可以過得很開心，」她終於說：「我的第一個念頭……這只是一個想法啦，我聽說帕沙第納製作很多遊戲節目。我有好多製作節目的新點子。」

梨果仙人掌興奮得全身發抖。「親愛的，我們先把這件事釘起來，等一下再來討論如何？加入我們的行列！」

把一件事「釘」起來，還眞是來自仙人掌的好建議啊。

蘆薈點點頭。「有神諭在這裡，我們好榮幸！每次有人快要感冒，你可以先警告我！」

「我們會張開手臂歡迎你，」約書亞贊同說：「只不過，我們一些人的手臂有尖刺。他們可能只會對你揮揮手。」

希蘿菲爾面露微笑。「太好了。我會是……」她突然住嘴，活像準備要開始講一段新的預言，把大家搞得雞飛狗跳。

「好了！」我說：「不需要謝謝我們！就這樣說定了！」

於是，棕櫚泉贏得一位神諭，而世界上其他地方也因爲有了全新的白天電視遊戲節目而得救，像是《命運之女先知》或《神諭猜猜猜！》⑪。這是雙贏的局面。

那天傍晚的後來，我們花時間在山麓下方搭建新帳篷、吃外帶晚餐（我選了綠辣椒墨西哥玉米捲餅，謝謝你問起喔），然後說服蘆薈，我們身上塗的一層層醫療黏液已經夠厚了。墨利埃把她們自己的幼苗挖起來，移植到水池邊，我想木精靈完美詮釋了什麼叫「自立自強」。

日落時分，她們的領袖來找梅格，低頭鞠躬。「我們現在要休眠了。不過只要你呼喚我們，如果我們在範圍內，一定會回應！我們會以梅格之名保護這塊土地！」

「謝啦。」梅格說，如同以往充滿詩意。

墨利埃隱身到她們的七棵梣樹裡，如今在水池周圍構成一圈美麗的樹木。她們的樹枝散發出柔和的奶油色光芒。其他木精靈則是穿越山麓，享受著涼爽空氣和無煙夜空裡的繁星，同時幫女先知導覽她的新家園。

「這裡有些岩石，」他們對她說：「而再過來這裡，這些有更多岩石。」

格羅佛在我和梅格旁邊坐下，滿足地嘆口氣。

羊男已經換了衣物：綠色帽子、新的紮染襯衫、乾淨的牛仔褲，還有一雙適合羊蹄穿的全新紐巴倫運動鞋。他的肩膀上揹著背包。我的心一沉，看出他穿著適合旅行的服裝，不過我並不驚訝。

「要去哪裡？」我問。

---

⑪ 這是模仿美國知名的長青電視節目《命運之輪》（*Wheel of Fortune*）和《價格猜猜猜！》（*The Price is Right!*）

他笑起來。「回去混血營。」

「現在？」梅格追問。

他雙手一攤。「我已經在這裡待了好多年。感謝你們各位，我的工作終於真正完成了！我是說，我知道你們還有很長的路要走，要救出其他神諭和一大堆事情，但是……」

他太有禮貌了，不好意思說出內心的想法：「但是拜託，別要求我和你們一起參與得更深。」

「你應該回家去，」我感傷地說，心裡希望我也能回家。「不過，你連今晚都不休息？」

格羅佛的眼神彷彿望著遙遠的地方。「我需要回去。羊男不是木精靈，但我們也有根源。混血營是我的根源。我已經離開太久了。希望朱妮珀不會幫自己找隻新的山羊……」

我回想起之前在混血營時，木精靈朱妮珀有多麼苦惱，擔心不在身邊的男朋友。

「我想，她絕對不會換掉這麼優秀的羊男，」我說：「謝謝你，格羅佛．安德伍德。如果沒有你和華特．惠特曼，我們不可能成功。」

他笑起來，但神情立刻變得黯淡。「我只是對傑生感到很遺憾，還有……」她的目光落向我腿上的烏克麗麗。自從我們回來以後，我還沒有讓它離開我的視線，但也無心幫琴弦調音，更遑論彈奏它。

「是啊，」我贊同說：「還有發財樹。還有拚死也要努力找到烈焰迷宮的其他所有人。或者野火、乾旱……」

哇喔。才不過一下子之前，我本來心情還很好。格羅佛真的很懂得掃興。

他的山羊鬍微微顫抖。「我很確定你們會順利到達朱比特營，」他說：「我從沒去過那裡，也沒見過蕾娜，不過我聽說她是很好的人。我的好兄弟，獨眼巨人泰森，也在那裡。幫我跟他打招呼。」

我想著在北方等待我們的狀況。除了在卡利古拉的遊艇上收集到的點滴消息，也就是他在新月那晚的攻擊行動並不順利，我們並不知道朱比特營發生了什麼事，也不知道里歐．華德茲是否還在那裡，抑或飛回印第安納波利斯去了。我們所知道的，只有卡利古拉現在失去他的駿馬和女巫，此刻正航向舊金山灣區，親自去處理朱比特營的狀況。我們必須搶先到達那裡。

「我們會很好，」我說，努力想說服自己。「我們已經從三巨頭手中奪回三位神諭。而現在，除了德爾菲本身，只剩下一個預言來源了：西卜林書……或者該說，鳥身女妖艾拉試圖根據記憶而重建的內容。」

格羅佛皺起眉頭。「是啊。艾拉。泰森的女朋友。」

他聽起來很困惑，好像覺得獨眼巨人有個鳥身女妖女朋友實在沒道理，更別提她擁有照相般的記憶力，因而成為我們與那部預言書的唯一連結，那部預言書早在好幾世紀之前就已經焚毀。

我們的處境只有極少部分說得出道理，不過我是前任的奧林帕斯天神，我很習慣這種顛三倒四的狀況。

「格羅佛，謝啦。」梅格擁抱羊男一下，並親吻他的臉頰；她從來沒有對我表示過這麼大的感激。

「你也是，」格羅佛說：「梅格，謝謝你。你……」他吸口氣。「你是很好的朋友。我喜歡和你聊植物。」

「我也在場喔。」我說。

格羅佛害羞地笑笑。他站起來，把背包胸口的背帶扣上。「你們兩個，好好睡一覺。也祝你們好運。我有預感會再見到你們，等到……嗯。」

等到我升上天界，重新回到我的永生不死王座？

等到我們全都以某種悲慘的方式死在三巨頭手上？

我不確定。不過格羅佛離開後，我覺得心裡空了一塊，彷彿我用多多納之箭戳出來的洞變得更深也更大。我解開卡利古拉涼鞋的鞋帶，把那雙鞋扔開。

我睡得很不好，也作了很不好的夢。

我躺在一條冰冷黑暗的河底，上方漂浮著一名女性，她身穿黑色的絲質長袍，是冥河女神斯堤克斯，冥界之水的活生生化身。

「打破更多的諾言。」她氣呼呼地說。

一陣嗚咽聲哽在我的喉頭。我不需要這樣的提醒。

「傑生·葛瑞斯死了，」她繼續說：「還有年輕的潘達人。」

他叫克雷斯特！我好想尖叫。他有名字啊！

「你老是對我的流水草率發誓，現在你開始覺得愚蠢了嗎？」斯堤克斯問。「還會有更多人死去。我的神譴不會放過你親近的人，除非你改過自新。阿波羅，好好享受你身為凡人的時光吧！」

河水開始灌進我的肺，活像我的身體直到現在才想起自己需要氧氣。

我喘著氣醒來。

沙漠上方天色漸明。我把自己的烏克麗麗抱得好緊，在前臂上留下半圓形的壓印，胸口也瘀青了。梅格的睡袋空蕩無人，但我還來不及尋找她的身影，她就從山丘爬下來找我，她的眼神有種奇特的興奮光芒。

「阿波羅，起來，」她說：「你得來看看這個！」

46

貳獎：公路行
卡帶裡有邦喬飛
首獎：請別問

麥卡弗瑞宅邸已經重生了。

或者應該說，重新生長出來。

經過一晚，沙漠裡的闊葉樹以不可思議的速度抽高長大，形成橫梁和地板，構成一間好幾層樓的高腳屋，與舊的那間非常相似。大量的爬藤也從石頭廢墟冒出來，彼此交織成牆壁和天花板，還留下空間給窗戶和天窗，紫藤甚至搭出遮蔭的雨篷。

新房子最大的差異：客廳的大房間是在水池周圍建設成馬蹄形，爲梣樹留下開放的天空。

「我們希望你喜歡，」蘆薈說，她帶我們參觀。「我們全部一起參與，決定至少要爲你做到這樣。」

內部涼爽又舒適，每個房間都有噴泉和流水，是用活生生的根部管道從地下泉水輸送而來。開花的仙人掌和約書亞樹妝點各個空間，巨大的樹枝將自己塑造成各種家具。就連麥卡弗瑞博士的舊工作桌都漂亮重現。

梅格吸著鼻涕，不停狂眨眼。

「喔，親愛的，」蘆薈說：「我希望你不是對這間房子過敏！」

「不，這地方太讚了。」梅格縱身投入蘆兒的懷裡，無視於木精靈身上的許多尖刺。

「哇喔，」我說（梅格的詩意一定感染到我身上了）：「這需要多少位大自然精靈才能完成啊？」

蘆兒輕描淡寫地聳聳肩。「莫哈未沙漠的每一位木精靈都想幫忙。你救了我們所有人！而且你讓墨利埃復原。」她在梅格的臉頰親了黏黏的一吻。「你父親會感到很驕傲。你完成他的研究工作。」

梅格眨眨眼，忍住淚水。「我只是希望……」

她不需要說完，我們全都知道有多少個生命來不及獲救。

「你會留下來嗎？」蘆兒問。「艾塞爾斯是你的家。」

梅格凝視著整片沙漠景緻。我很怕她要說「會」。她對我的最後一個命令，會是叫我自己繼續完成任務，而這一次她是認眞的。她爲什麼不該如此？她已經找到自己的家。她在這裡有很多朋友，包括七位力量非常強大的木精靈，她們會爲她歡呼，每天早上帶墨西哥玉米捲餅來給她吃。她可以成爲南加州的守護者，遠離尼祿的掌控。她可以找到平靜生活。

才不過短短幾星期前，我一想到不必受到梅格的約束就很高興，但現在，我發現自己無法忍受這種想法。

是的，我希望她快樂。不過我知道，她還有很多事要做，首要之務就是再次面對尼祿，正面迎戰並征服「野獸」，藉此終結她人生的可怕篇章。

噢，而且，我也需要梅格的幫忙。說我自私吧，但我無法想像沒有她該怎麼辦。

梅格捏捏蘆兒的手。「也許有一天會吧。我希望會。不過現在……我們有些地方要去。」

格羅佛很慷慨，把他從……不知道哪裡借來的賓士車留給我們。

我們向希薙菲爾和木精靈道別，他們正在討論一些計畫，要在艾塞爾斯的後面找一間臥室，把地板做成巨大的填字遊戲板。接著我們開車去聖莫尼卡，尋找派波給我的那個地址。我不時看著後照鏡，很擔心公路警察會因爲發現贓車而把我們攔到路邊，那會是我這一週的完美結局。

我們花了一番工夫才找到正確的地址：是一個小型的私人機場，靠近聖莫尼卡的海邊。門口有一名警衛，沒有問問題便讓我們進入，彷彿本來就預期有兩名青少年開著可能是偷來的紅色賓士車。我們直直開上飛機跑道。

一架閃閃發亮的白色塞斯納小飛機停在航廈附近，就在黑傑教練的黃色平托車旁邊。我超抖的，心想我們是否闖進《神諭猜猜猜！》的節目裡。首獎：塞斯納飛機。二獎……不，我無法面對這種念頭。

黑傑教練正在平托車的車蓋上幫小嬰兒查克換尿布，爲了分散查克的注意力，黑傑讓他咬一顆手榴彈。（那可能只是空殼。可能吧。）蜜莉站在他旁邊，仔細監督。

一看到我們，她揮揮手，露出悲傷的微笑，不過她指向飛機，派波站在階梯底部，正與駕駛員談話。

派波的兩隻手拿著一件大而扁平的東西，是一塊展示板。她的腋下也夾了幾本書。在她的右手邊，靠近機尾的地方，行李艙門打開。地勤人員正用一些黃銅製的設施，小心固定著一個大型木箱。那是一具棺木。

我和梅格走過去時，機長與派波握手。他的神情很緊繃，充滿同情。「麥克林小姐，每一件事都準備就緒。我要登機進行飛行前的檢查作業，直到我們的乘客都準備好。」
他匆匆對我們點個頭，接著爬進塞斯納飛機。
派波穿著褪色的丹寧牛仔褲和綠色的迷彩背心上衣。她把頭髮剪得更短了，略帶波浪，可能因爲反正很多頭髮都燒焦了，也因此有點像泰麗雅．葛瑞斯，感覺很詭異。她的多彩眼睛映照著飛機跑道的灰色，因此有可能誤認爲雅典娜的孩子。
她拿的展示板，當然啦，是傑生爲朱比特營的神殿山製作的模型。夾在她手臂底下的是傑生的兩本素描簿。
感覺有一顆球卡在我的喉嚨裡。「啊。」
「是啊，」她說：「學校讓我整理他的東西。」
我拿著模型，很像幫死去的士兵拿著摺好的國旗。梅格將素描簿放進她的背包。
「你們要去奧克拉荷馬了？」我問，用下巴指指飛機。
派波笑起來。「嗯，對呀。不過我們要開車去。我爸租了一輛休旅車。他正在DK甜甜圈店[112]等我和黑傑一家人。」她感傷地笑了笑。「我們都要搬離這裡了，他才第一次帶我去吃早餐。」
「開車？」梅格問。「可是……」
「飛機是要給你們兩人搭的，」派波說：「還有……傑生。就像我說的，我爸僅剩的飛行時間和燃料額度只夠飛最後一趟。我跟他談起送傑生回家；我的意思是……他住過最久的

[112] DK甜甜圈（DK's Donuts）是聖莫尼卡著名的甜甜圈店。

家，在舊金山灣區，還有你們可以護送他去那裡……我爸同意用飛機運送比較好。我們很樂意開車。」

我看著神殿山的模型……一棟棟迷你的大富翁模型屋，全都有傑生的手寫字跡仔細標示清楚。我讀著標示的字樣：阿波羅。我可以在心裡聽見傑生的聲音，說著我的名字，請求我幫一個忙：「無論未來如何，等你回到奧林帕斯山，等你再度成為天神，一定要記住身為一個人類是什麼樣子。」

這樣，我心想，就是身為一個人類。站在飛機跑道上，看著凡人把一位朋友和英雄的遺體放進飛機的貨艙，知道他再也不會回來了。向一位悲痛的年輕女子道別，她曾費盡一切努力幫助我們，而你知道永遠無法回報她的恩情，永遠無法彌補她所失去的一切。

「派波，我……」我像女先知一樣無法言語。

「沒事啦，」她說：「只要安全抵達朱比特營就好。請他們為傑生舉辦他應得的羅馬人葬禮。阻止卡利古拉。」

如同我的預料，她說這些話聽起來不帶痛苦。這些話只是了無生氣，就像棕櫚泉的空氣一樣……不是要批評，只是本來就熱。

梅格看看貨艙裡的棺木。這趟飛行有死者為伴，她看起來很不安。我不能怪她。我從來不曾邀請黑帝斯跟我一起駕駛太陽出去巡航，因為找不到好的理由。把冥界和上面的世界混在一起，感覺會帶來厄運。

無論如何，梅格喃喃說著：「謝謝你。」

派波把小女孩拉過去緊緊擁抱，並親吻她的額頭。「別提了。如果你有機會到塔立奎鎮，來找我，好嗎？」

我想到每一年向我祈禱的數百萬個年輕人，他們希望離開自己的家鄉小鎮，跨越大半個世界來到洛杉磯這裡，希望實現他們的遠大夢想。而現在，派波．麥克林則是反其道而行，她離開父親過去的迷人生活和電影的浮華世界，回到奧克拉荷馬州的塔立奎小鎮。而她提起此事，語氣充滿平靜，彷彿深知自己的艾塞爾斯會在那裡等著她。

蜜莉和黑傑教練走過來，小嬰兒查克在教練的懷裡，依然開心咬著他的手榴彈。

「嗨，」教練說：「派波，你準備好了嗎？有很長的路要開車。」

羊男的神情既嚴肅又堅定。他看著貨艙裡的棺木，接著很快地定睛看著飛機跑道。

「快好了，」派波附和說：「你確定平托車可以開那麼長的路途？」

「當然！」黑傑說：「就是，呃，你知道，隨時盯著，以免休旅車拋錨，你需要我幫忙。」

蜜莉翻了個白眼。「我和查克要坐休旅車。」

教練哼了一聲。「那好啊。這樣就有機會放我要聽的歌。我帶了『邦喬飛』⑬的全部專輯卡帶！」

我努力擠出鼓勵的微笑，不過我下定決心，如果有機會再見到黑帝斯，我要向他提議一種新的「刑獄」：平托車。公路旅行。用卡帶播放邦喬飛。

梅格輕點小嬰兒查克的鼻子，逗得他格格笑，還吐出一些手榴彈碎片。「你們在奧克拉荷馬到底要做什麼啊？」她問。

⑬ 邦喬飛（Bon Jovi），美國著名搖滾樂團。

「當然是當教練啊！」教練說：「奧克拉荷馬有些很棒的大學運動隊伍。而且，我聽說那裡大自然的力量相當強大，是養育小孩的好地方。」

「而且雲精靈永遠有事情要忙，」蜜莉說：「每個人都需要雲啊。」

梅格盯著天空，也許很好奇有多少雲是雲精靈賺取最低工資所製造的。接著，突然間，她的嘴巴張得好大。「呃，各位？」

她指向北方。

有個發亮的形體從一排白雲浮現出來。我一度以爲是小飛機到了最後進場階段。接著它拍動翅膀。

地勤人員慌忙就位，只見青銅巨龍非斯都進場準備降落，里歐．華德茲騎在他背上。地勤人員揮舞他們的橘色錐狀閃燈，引導非斯都前往塞斯納小飛機旁邊的定點。似乎沒有一個凡人發現這一切根本不正常。其中一位人員對里歐大喊，問他需不需要加油。

里歐嘻嘻笑。「不用啦。但如果你可以幫我的小子洗淨上蠟，也許再幫它找點塔巴斯克辣椒醬，那樣會很棒。」

非斯都大吼表示贊同。

里歐．華德茲爬下來，小跑步朝我們跑來。無論經歷過什麼樣的冒險，他似乎永遠頂著一頭黑色鬈髮、面露頑皮的笑容，以及精靈一般的矮小完整身軀。他穿著紫色T恤，以金色的拉丁文寫著：「我的夥伴去新羅馬，我得到的只有這件討厭T恤。」

「派對現在可以開始了！」他大聲嚷嚷：「我的朋友們啊！」

我不知道該說什麼才好。我們全都站在原地，目瞪口呆，看著里歐擁抱我們每個人。

「嘿，你們各位怎麼樣啊？」他問：「有誰用閃光手榴彈丟你們嗎？那麼，我從新羅馬帶來好消息，也有壞消息，不過首先呢……」他掃視我們每一張臉。他的表情開始垮下。「傑生在哪裡？」

47

機上的飲料包含天神的眼淚拜託必換掉

派波崩潰了。她癱倒在里歐懷裡，哭著講述事發經過，直到他，整個人嚇呆，紅著眼眶，緊緊抱著她，把臉埋進她的頸間。

地勤人員沒有來煩我們。黑傑一家人退向平托車，教練緊緊抱著蜜莉和他們的寶貝，每個人與自己家人永遠都該像那樣，因爲悲劇有可能降臨在任何人身上，隨時都可能發生。

我和梅格站在旁邊，傑生的模型依然在我懷中微微顫抖。

在塞斯納小飛機旁邊，非斯都抬起頭，發出低沉的慟哭聲，接著向天空猛烈噴火。地勤人員見狀有點緊張，他們正用水管沖洗它的翅膀。我想，私人噴射機不常慟哭，或從鼻孔噴火，或者……有鼻孔。

我們周遭的空氣似乎凝成結晶，形成脆弱的情緒碎片，不管如何轉身都會割傷。

里歐看起來像是遭受連番的攻擊。（這點我很熟，我見過他遭受連番攻擊的樣子。）他抹掉臉上的淚水，盯著貨艙，接著看看我手上的模型。

「我沒有……我甚至不能說再見。」他喃喃說著。

派波搖搖頭。「我也沒有。發生得太快了。他就……」

「他做了傑生每次都會做的事，」里歐說：「他扭轉戰局。」

派波顫抖著吸一口氣。「那你呢？你的消息？」

「我的消息？」里歐忍住啜泣。「聽了這種事，誰還關心我的消息？」

「喂。」派波搥了他手臂一拳。「阿波羅對我說過你參與的事。朱比特營怎麼樣？」

里歐的手指在大腿上敲打，彷彿用摩斯密碼同時進行兩場對話。「我們……我們擋住那場攻擊。算是吧。造成很多損害。那是壞消息。很多好人……」他又瞥了貨艙一眼。「嗯，法蘭克還好。蕾娜，海柔。那是好消息……」他渾身發抖。「眾神哪，我現在根本無法思考，這樣正常嗎？就是，根本忘記怎麼思考？」

我可以向他保證那樣很正常，至少以我的經驗來說。

機長走下飛機的樓梯。「麥克林小姐，抱歉打擾，不過我們要排隊等候起飛了。如果不想錯失我們的時段……」

「好，」派波說：「當然。阿波羅和梅格，你們兩位去吧。我和教練和蜜莉會很好的。里歐……」

「喔，你不能甩掉我，」里歐說：「你剛贏得大獎，由青銅巨龍護送你去奧克拉荷馬。」

「里歐……」

「我們不要爭辯這種事，」他堅持說：「況且，那樣算是順路去印第安納波利斯。」

派波的微笑像薄霧一樣模糊。「你要定居在印第安納波利斯。而我呢，在塔立奎。我們真的要各奔東西了，對吧？」

里歐轉身看我們。「去吧，你們兩位。帶著……帶著傑生回家。好好安葬他。你們會發現朱比特營還在那裡喔。」

從飛機的玻璃窗，我看了最後一眼，派波和里歐、教練和蜜莉在飛機跑道上聚在一起，討論他們與青銅巨龍和黃色平托車一起向東的旅程。

同時，我們搭乘的私人飛機沿著跑道滑行。我們轟隆飛上青天，前往朱比特營，去找蕾娜，貝婁娜之女。

我不知道自己要怎麼找到塔克文的墳墓，也不知道無聲的天神到底是誰。羅馬營區已經受創，我不知道要怎麼阻止卡利古拉繼續發動攻擊。可是就算有這些事要煩惱，也比不上我們已經碰上的那些事……有那麼多生命死去，一位英雄的棺木在貨艙裡碰撞出聲，三位皇帝全都還活著，準備針對我所珍惜的每個人和每件事引發更多的大浩劫。

我發現自己哭了起來。

這太荒謬了。天神不哭的。但每次看到傑生的模型放在旁邊的座位上，我只想到，他再也見不到自己仔細標示的計畫付諸實行。我拿著自己的烏克麗麗，也只想到克雷斯特以他骨折的手指彈出最後一個和弦。

「嘿。」梅格在我前面的座位轉過頭來。儘管戴著平常的貓眼眼鏡、穿著學齡前色彩的服裝（不知怎的全都修補好了，又是那些超有耐心的木精靈施展魔法），梅格今天的語氣顯得比較成熟。比較有自信。「我們會導正每一件事。」

我傷心地搖頭。「那到底有什麼意義呢？卡利古拉正往北方而去。尼祿還不知道在哪裡。我們曾經面對三位皇帝，每一個都打不倒。還有匹松……」

她以超快的速度打我鼻子一下，比她輕拍小嬰兒查克的力道大多了。

「哎喲！」

「引起你的注意了吧？」

「我……對啦。」

「那麼你聽好：你會『活抵台伯河』，你會『開始搖擺』。之前在印第安納州，預言是這麼說的，對吧？等我們到達那裡，一切就說得通了。你會打敗三巨頭。」

我瞇起眼睛。「這是命令嗎？」

「這是承諾。」

我眞希望她沒有那樣說。我幾乎聽到女神斯堤克斯的笑聲，她的聲音在冰冷的貨艙裡迴盪，那裡正是朱比特之子棲身的棺木放置的地方。

想到這裡讓我好生氣。梅格說得對。我會打敗那些皇帝。我會從匹松手中解救德爾菲。我不會讓那些犧牲自己性命的人白白死去。

也許這趟任務要以「掛留四和弦」告終。我們還有很多事要做。

不過從現在開始，我再也不只是萊斯特了。我再也不只是旁觀者。

我會是阿波羅。

我會好好記住。

太陽神試煉

烈焰迷宮

文 / 雷克・萊爾頓　譯 / 王心瑩

主編 / 林孜懃　副主編 / 陳懿文
封面設計 / 唐壽南
內頁排版 / 連紫吟、曹任華
行銷企劃 / 鍾曼靈
出版一部總編輯暨總監 / 王明雪

發行人 / 王榮文
出版發行 / 遠流出版事業股份有限公司　104005 台北市中山北路一段11號13樓
電話：(02)2571-0297 傳真：(02)2571-0197 郵撥：0189456-1
著作權顧問 / 蕭雄淋律師
輸出印刷 / 中原造像股份有限公司
□ 2019年2月 1 日 初版一刷
□ 2022年4月15日 初版四刷

定價 / 新台幣360元 (缺頁或破損的書，請寄回更換)

ISBN 978-957-32-8449-9
遠流博識網 http://www.ylib.com　E-mail:ylib@ylib.com
遠流雷克萊爾頓奇幻櫃 http://www.facebook.com/thekanefans

THE TRIALS OF APOLLO：THE BURNING MAZE

國家圖書館出版品預行編目（CIP）資料

太陽神試煉3:烈焰迷宮 / 雷克.萊爾頓（Rick Riordan）著;王心瑩譯. -- 初版. -- 臺北市:遠流, 2019.02

面； 公分.

譯自：The trials of apollo : the burning maze

ISBN 978-957-32-8449-9(平裝)

874.57 107023810